Asuka Lionera

LÖWENTOCHTER

Für Andrea ♡

Schau hinter die Fassade!

Asuka Lionera

DRACHENMOND VERLAG

DRACHENMOND VERLAG

Astrid Behrendt
Rheinstraße 60
51371 Leverkusen
http: www.drachenmond.de
E-Mail: info@drachenmond.de

Satz: Marlena Anders
Lektorat: Marlena Anders
Korrektorat: Michaela Retetzki
Illustrationen: Asuka Lionera
Umschlaggestaltung: Asuka Lionera
Illustrationen: www.shutterstock.de

Druck: Booksfactory

ISBN 978-3-95991-226-6
Alle Rechte vorbehalten

Für Opa Egon
Nichts stirbt, was in der Erinnerung bleibt.

KAPITEL 1

Ihr stechender Blick folgt jedem meiner Schritte, den ich durch die große Halle mache, während ich die Gäste begrüße. Zwar schaut sie schnell zur Seite, wenn ich mich in ihre Richtung umdrehe, dennoch kann ich ihren Blick auf mir spüren. Abwartend, beinahe lauernd beäugt sie mich, so wie sie es immer tut. Als würde sie damit rechnen, dass ich mich jeden Augenblick in eine blutrünstige Bestie verwandeln könnte.

Doch da muss ich sie leider enttäuschen. Für gewöhnlich verwandle ich mich nur nachts in die Bestie, die sie in mir sieht.

Ich begriff eine Weile nicht, warum sich mein Körper Nacht für Nacht verändert, warum mich diese Schmerzen, die ich jedes Mal dabei empfinde, heimsuchen, sobald die Sonne untergegangen ist. Aber nachdem ich endlich von dem Zauber, der mir all meine Erinnerungen genommen hat, befreit wurde, weiß ich es wieder ganz genau.

Ich bin verflucht.

Auf mir lastet ein uralter Fluch, der von Generation zu Generation weitergegeben wird, und ich habe einen Großteil meines Lebens damit verbracht, ein Heilmittel dagegen zu finden. Ich war bereit, alles dafür zu opfern, um endlich normal zu sein. Aber *ihr* Gedächtnis-Zauber ließ mich alles vergessen und machte mich zu einer seelenlosen Hülle, in deren Innerstem ich nach Freiheit schrie. Ein Zauber, den *sie* auf mich gelegt hat, und wofür ich sie selbst heute, fast ein Jahr danach, noch immer abgrundtief hasse. Ich habe sie schon vorher gehasst, aber danach, nachdem ich wieder wusste, wer ich war und warum ich mich verwandle, wurde es noch schlimmer.

Ich bleibe stehen, drehe mich um und bedenke sie mit einem bitterbösen Blick. Sie zuckt erschrocken zusammen und schaut schnell woanders hin. Das ist nichts Neues. Obwohl sie die Königin ist, hat sie doch Schwierigkeiten mit direkten Konfrontationen. Sie ist zu weich, zu sehr darauf bedacht, allen gefallen zu müssen, und sie ist es auch noch nicht gewohnt, im Mittelpunkt der Aufmerksamkeit zu stehen.

Ganz anders als der Mann, der auf dem Thron neben ihr sitzt. Länger als nötig verweilt mein Blick auf ihm, nimmt jede Kante

seines Gesichts, das mir so vertraut ist, wahr. Ja, mein Bruder ist wirklich ein geborener König: stolz, schön und ehrenvoll. Für viele Jahre empfand ich für ihn mehr, als eine Schwester empfinden sollte, und vielleicht tue ich das selbst jetzt noch, obwohl er glücklich verheiratet und mittlerweile sogar Vater ist.

Verbissen schlucke ich den bitteren Anflug von Neid herunter und widme mich wieder den Menschen, die sich im Schlosssaal eingefunden haben und sich darum drängen, mit mir zu plaudern. Aus dem Augenwinkel sehe ich, wie meine Schwägerin unruhig auf dem Thron umherrutscht, als würde sie sich darauf und in ihren feinen Gewändern nicht wohlfühlen. Als würde sie sich nicht damit wohlfühlen, die Königin der Menschen zu sein.

Nun, mit diesem Gefühl ist sie nicht allein. Ich kann es deutlich in den Mienen der Umstehenden erkennen, dass sie auch nach einem Jahr noch nicht glücklich darüber sind, eine Halbelfe als Königin zu haben.

Ich hätte garantiert einen durchaus besseren Anblick als Königin geboten, wäre graziler, schöner und anmutiger als dieses Miststück, das den Großteil seines Lebens in einer Hütte im Wald gehaust und keinerlei Wissen über Anstand und von der Führung eines Volkes hat. Die nichts weiter als ein Emporkömmling ist, den *ich* gefunden und zu dem gemacht habe, was er nun ist.

Schon seltsam, nicht wahr? Im Grunde ist es meine Schuld, dass sie jetzt dort oben sitzt, auf meinem Platz, denn ich war es, die ihre Mutter, die lang verschollene Königin der Elfen, fand, die seit fast einem Jahrhundert für tot gehalten worden war. Nur durch mich erfuhr sie, dass sie eigentlich eine Prinzessin und zu Höherem bestimmt ist.

Von mir aus hätte sie gern die verdammte Königin der Elfen werden können, wenn sie dafür die Finger von meinem Bruder gelassen hätte.

Ich habe bis heute nicht verstanden, was er an der Halbelfe findet. Sie ist weder besonders hübsch noch besonders klug. Würde sie durch die Straßen laufen, würde niemand von ihr Notiz nehmen, so gewöhnlich ist sie.

»Prinzessin Giselle«, flüstert ein untersetzter Mann neben mir. Ich blinzele mehrmals, um die düsteren Gedanken abschütteln und mich

wieder auf das Geschehen um mich herum konzentrieren zu können. »Es tut gut, Euch wieder am Hofe zu sehen«, plappert er weiter. »Ihr wart … mehrere Monate nicht da.«

Ich zwinge mich zu einem Lächeln und nicke. »Das ist richtig. Ich habe eine Zeit lang am Hof der Elfen gelebt, um deren Gebräuche zu studieren.« Eine glatte Lüge, aber es ist die Ausrede, auf die mein Bruder und ich uns geeinigt haben. Niemand soll wissen, dass meine Erinnerungen über Monate weggesperrt waren und ich mich nur durch einen dummen Zufall wieder daran erinnern konnte, wer und was ich bin.

Wo wir gerade von einem dummen Zufall reden … Ohne Vorwarnung krampft sich eine unsichtbare Hand um mein Herz zusammen und raubt mir für einen Moment die Luft zum Atmen. Keuchend presse ich eine Hand gegen die Brust und sehe mich mit einem Anflug von Panik um.

»Entschuldigt mich bitte«, murmle ich und warte die Antwort des Mannes gar nicht ab, sondern zwänge mich zwischen den umstehenden Menschen hindurch, immer den rettenden Ausgang vor Augen.

Ich muss hier weg, so schnell wie möglich, auch wenn es sich anfühlt, als würde ich durch einen Sumpf waten. Mein Körper gehorcht mir nicht mehr und meine Beine wollen den Weg in die entgegengesetzte Richtung einschlagen. Nur mit purer Willenskraft schaffe ich es, einen Fuß vor den anderen zu setzen. Ich muss hier verschwinden! Das Gefühl in meiner Brust kann nur eines bedeuten: Er ist hier. Ich spüre ihn, ohne ihn zu sehen, aber ich habe keine Zweifel. Und unter gar keinen Umständen will ich ihm über den Weg laufen!

Schon seit Monaten schaffe ich es irgendwie, ihm jedes Mal wieder auszuweichen, auch wenn es mich innerlich zerreißt. Ich hasse die widersprüchlichen Gefühle, die in mir toben. Ich weiß, was sie bedeuten, doch ich will es nicht wahrhaben. Niemals! Ich gestatte mir nicht einmal, darüber nachzudenken.

Als ich die Tür erreiche, wage ich einen Blick über die Schulter und sehe die grünlich schimmernden Haare des Waldelfen, der sich suchend durch die Massen bewegt. Er überragt die anderen Anwesenden um eine halbe Kopflänge, und seine ungewöhnliche Haarfarbe sticht heraus, sodass ich ihn sofort entdecke.

Ich weiß, wen er zu finden hofft: mich. Schnell öffne ich die Tür einen Spaltbreit und zwänge mich hindurch. Erst im Korridor erlaube ich mir wieder zu atmen. Die Muskeln in meinen Beinen zittern, wollen mich zurück in den Saal tragen, doch ich gehe in die entgegengesetzte Richtung davon.

Ohne es bewusst zu wollen, laufe ich hinaus auf den Burghof. Die kühle Nachmittagsluft sticht in meinen Lungen und ich friere erbärmlich in dem dünnen Kleid. Aber nichts auf der Welt könnte mich dazu bringen, wieder hineinzugehen, nicht einmal die Aussicht, mir hier draußen den Tod zu holen. Der frisch gefallene Schnee knirscht unter meinen Füßen, als ich in die Ställe flüchte. Normalerweise mag ich den Geruch von Tieren nicht und die meisten Tiere fürchten mich, weil sie spüren, was ich bin, aber hier wird er mich nicht suchen. Jeder erwartet, dass ich mich drinnen bei den Gästen aufhalte, und auch die Anwesenden werden lieber im Warmen bleiben. Ich muss nur die Zeit überbrücken, bis er wieder verschwindet, allerdings bleibt er in letzter Zeit immer länger am Hof, in der Hoffnung, mich anzutreffen.

Mehr als ein paar flüchtige Blicke hat er in den letzten Monaten nicht von mir bekommen, denn zum Glück – oder eher zu meinem Leidwesen – spüre ich seine Anwesenheit, sobald er in meiner Nähe ist. Ein ›netter‹ Nebeneffekt meines Fluchs. Wie kam mein Bruder nur damit zurecht? Es macht mich wahnsinnig! Schlimm genug, dass mein Körper jede Nacht ein Eigenleben entwickelt. Wäre es da zu viel verlangt, wenigstens tagsüber Herrin über ihn und meine Gefühle zu sein?

Um möglichst viel Abstand zwischen dem Waldelfen und mir zu bringen, laufe ich bis zum hintersten Ende der Ställe. Einige Pferde weichen mit einem hohen Wiehern vor mir zurück und stampfen mit den Hufen auf. Ich weiß, warum die Tiere sich vor mir fürchten – sie können meine andere Gestalt wittern und wissen, dass ich ihr Feind bin. Nicht jetzt, aber sobald die Sonne untergegangen ist, könnte ich für nichts garantieren. Zwar weigere ich mich schon seit Jahrzehnten, in meiner Tiergestalt Nahrung zu mir zu nehmen, aber wenn irgendwer wegen diesem nervtötenden Gewieher oder Gestampfe auf mich aufmerksam wird, mache ich liebend gerne eine Ausnahme. Ein Grollen braut sich in meiner Kehle zusammen,

während ich dem lautesten Gaul einen finsteren Blick zuwerfe, und er verstummt augenblicklich.

Da das ganze Schloss von Besuchern wimmelt und die Mägde und Wachen wie aufgescheuchte Hühner umherhuschen, gibt es nicht viele Orte, an denen ich Ruhe finden kann.

Ich verkrieche mich hinter einem Heuhaufen, schlinge die Arme um die Beine und lege den Kopf auf die angewinkelten Knie.

In den letzten Sonnenstunden des Tages überkommen mich immer wieder schwermütige Gedanken, die ich nicht verhindern kann. Bald werde ich meine rosige Haut gegen schwarzes Fell eintauschen, meine Knochen werden brechen, um sich im nächsten Moment neu anzuordnen, meine Muskeln werden bis zum Zerreißen gespannt, bevor sie sich an meine neue Form anpassen. Selbst beim Gedanken daran bricht mir kalter Schweiß aus. Die Verwandlung ist jedes Mal schmerzhaft. Über die Dauer von über einem Jahrhundert habe ich mich zwar bis zu einem gewissen Grad an die Schmerzen gewöhnt, aber trotzdem würde ich es vorziehen, sie nie wieder spüren zu müssen.

Mein Leben ist ein einziger Scherbenhaufen. Seit meiner Geburt trage ich einen Fluch in mir, der für etwas ausgesprochen wurde, das ich nicht verschuldet habe. Etwas, das vor vielen Jahrtausenden geschehen ist, und doch bin ich die Leidtragende. Ich mag zwar eine Prinzessin sein, aber in meinem Inneren schlummert eine Bestie, die sich Nacht für Nacht befreit. Früher konnte ich meine Ängste und Sorgen mit meinem Bruder, der genauso unter dem Fluch litt wie ich, teilen. Ich konnte mich auf Vaan verlassen und er sich auf mich. Es gab Zeiten, da waren wir beide unzertrennlich und sowohl tagsüber als auch nachts nur gemeinsam anzutreffen.

Doch diese Zeiten sind unwiederbringlich dahin, seit er seine Gefährtin gefunden hat. Die ihm nun auch noch vor zehn Wochen einen Sohn geboren hat.

Ich knirsche mit den Zähnen, als ich mich an den Moment erinnere, als auch ich mich über die Wiege beugen und heucheln musste, wie wunderschön das Balg doch ist. Ein dunkler Teil in mir hat sich vorgestellt, wie es wäre, das Kind hier und jetzt aus dem Turmfenster zu werfen, doch ich habe diesen Teil schnell zum Schweigen gebracht, ehe mir einer der Anwesenden meine Gedanken ansehen konnte.

Ich hasse das Halbelfen-Miststück dafür, dass es mir meinen Bruder weggenommen hat, und ich gönne ihnen ihr Glück nicht. Jeden Tag reiben sie mir unter die Nase, was ich niemals haben kann. Wer würde mich schon nehmen? Tagsüber gehöre ich zwar zu den schönsten Menschenfrauen des Landes, aber nachts …

Nachts verwandle ich mich in eine schwarze Löwin.

Mein Leben hat mich verbittert werden lassen. Meine Schönheit und das prunkvolle Leben, das ich führen könnte, werden überschattet von Wut und Raserei.

Es ist kein Geheimnis, dass mein Bruder und ich – und vor uns unsere Mutter, die verstorbene Königin Miranda – den Fluch der Götter in uns tragen, der uns einen Teil des Tages in eine Tiergestalt zwingt. Die Menschen wissen es und fürchten sich nicht vor uns, aber sie sehen uns auch nicht als normal an. Ich kann es ihnen nicht verdenken.

Kein Mann würde sich eine Bestie ins Bett holen. Jedenfalls nicht in *dem* Sinne. Eine normale Beziehung oder Ehe ist für mich undenkbar, denn es gibt niemanden, der über mein Anderssein hinwegsehen könnte.

Es wird nie jemanden geben, der beide Seiten von mir akzeptieren oder gar lieben kann.

Vor langer Zeit glaubte ich, jemanden gefunden zu haben, der es könnte. Bis zuletzt klammerte ich mich an die Möglichkeit, dass er mein Gefährte sei, auch wenn ich die Kraft des Bandes nicht zwischen uns spürte. Ich versuchte ihn an mich zu binden, fügte ihm gegen seinen Willen Verletzungen zu, um unser Blut zu vermischen, doch … Schnell schüttele ich den Kopf, als die Erinnerungen, die ich im hintersten Winkel meines Bewusstseins weggesperrt habe, hervorbrechen wollen.

Als ich nach einem Weg suchte, den Fluch auf einem anderen Weg zu brechen, setzte ich all meine Hoffnungen in die verschollen geglaubte Elfenkönigin Jocelyn. Ich dachte, wenn ich sie aus ihrem Eisgefängnis befreie, wird sie so dankbar sein, dass sie mich von meinem Fluch erlöst.

Doch das Gegenteil war der Fall. Anstatt mich zu befreien, sperrte sie mich in einen Käfig, wie das wilde Tier, in das ich mich nachts ver-

wandle, während sie sich in ihrer Festung am Mondberg verschanzte, und mit ihrem Tod schwand meine Hoffnung, jemals vom Fluch befreit zu werden.

Mein Bruder hat es geschafft, ebenso wie unsere Mutter vor ihm. Sie mussten sich nicht mehr verwandeln, sondern haben die Kontrolle über ihre andere Erscheinung zurückerlangt. Mehr noch: Sie verfügen über das volle Potential, das in uns Mondkindern schlummert. Es gibt einen Weg, den Fluch zu brechen, aber diesen Weg werde ich niemals beschreiten. Nur über meine Leiche.

Ich schrecke zusammen, als ich ein Geräusch in den Stallungen höre, das nicht von den Gäulen stammt. Schritte. Jemand nähert sich. Ich horche in mich hinein, spüre aber nichts weiter als das dumpfe Ziehen, das stets da ist, solange der Waldelf auf Abstand ist.

»Ist da jemand?«, ruft die Stimme eines jungen Stallknechts.

Seufzend komme ich auf die Beine und klopfe mir das Stroh vom Kleid, ehe ich mich ihm zuwende. Seine Augen werden riesig und der viel zu große Adamsapfel hüpft in seinem schmalen Hals auf und ab.

»P-P-Prinzessin Giselle«, stammelt er. »W-W-Was ...«

»Was ich hier mache?«, helfe ich ihm aus, als ich hinter dem Heuhaufen hervortrete. »Da drin findet eine wichtige Veranstaltung statt und ich brauchte einen Ort, an dem ich ein wenig Ruhe finden kann.«

Noch immer starrt er mich an, als würde er einen Geist sehen. Fast könnte man es für Panik halten, wäre da nicht das begehrliche Glitzern in seinen Augen. Der Anflug eines Lächelns umspielt meine Lippen. Ich kenne meine Wirkung auf Männer, auch wenn sie noch so jung sind wie dieser hier und gerade erst den Stimmbruch hinter sich haben. Ich kenne die Blicke, mit denen sie jede meiner Bewegungen in sich aufsaugen. Der Bursche reicht mir nur bis zur Nasenspitze, aber ich spüre, wie er mich betrachtet und dabei nach Luft schnappt.

Grinsend beuge ich mich zu ihm hinab und sehe ihm fest in die Augen. Gut möglich, dass er aufgehört hat zu atmen. »Dass du mich hier gefunden hast, bleibt aber unser kleines Geheimnis, in Ordnung?«, wispere ich. Wenn die anderen wissen, dass ich mich hier im Stall verkrieche, muss ich mir ein neues Versteck suchen, und die gehen mir nach den Monaten, in denen ich dem Waldelfen bereits aus dem Weg gehe, langsam, aber sicher aus.

Ein paar Herzschläge lang ist der Bursche wie erstarrt, ehe er eifrig nickt. Ich nicke ebenfalls und verlasse mit wiegenden Hüften den Stall. Erst als ich außer Sichtweite bin, werden meine Schritte schneller, bis ich fast über den ausladenden Hof renne. Mit den Händen reibe ich mir über die nackten Arme, um mich warm zu halten, bis ich das Burgtor erreiche. Kurz schwebt meine Hand über dem Griff, als ich sie hastig zurückziehe.

Er ist *immer noch* da drin!

Ich überschlage meine Möglichkeiten. Ob ich es schaffe, schnell genug am Saal vorbei zur Treppe zu kommen, die zu meinen Gemächern führt? Oder wird er dort bereits auf mich warten, wie er es schon mal getan hat? Keine Ahnung, wie er an den Wachen vorbeigekommen ist … Oder wie das eine Mal, als er vor meiner Zimmertür übernachtet und darauf gewartet hat, dass ich von meinen nächtlichen Streifzügen zurückkomme. Ich habe das Gefühl, nirgends mehr sicher zu sein, weil er hinter jeder Ecke lauern kann.

Um nicht zu Eis zu erstarren, beschließe ich, das Risiko dennoch einzugehen und ziehe die Tür auf. Nachdem ich mich vergewissert habe, dass außer ein paar Wachen niemand auf den Korridoren unterwegs ist, flitze ich den langen Gang entlang. Obwohl ich so leise wie möglich auftrete, hallen meine Schritte unnatürlich laut auf dem Steinboden wider. Bei jedem einzelnen denke ich, dass sie jemand hören wird.

Doch ich schaffe es unbehelligt zur Treppe. Als ich den Fuß auf die erste Stufe setze, schließt sich eine Hand um meinen Arm und ich erstarre.

»Was machst du hier?«, fragt eine Stimme hinter mir.

Erleichtert stoße ich die Luft aus, die ich angehalten habe, und drehe mich um. Ich muss den Kopf in den Nacken legen, um in Augen zu schauen, die ebenso golden sind wie meine. Mein Herz verpasst bei seinem Anblick den nächsten Schlag und stolpert schließlich vor sich hin.

»Ich wollte mich gerade zurückziehen«, antworte ich so kühl wie möglich. Die Berührung seiner Hand brennt auf meiner Haut, doch ich wage es nicht, sie abzuschütteln.

»Wir haben dich bei der Feier vermisst«, sagt mein Bruder.

»*Wir*?«, entschlüpft es mir, ehe ich es verhindern kann. »Ich glaube, deine *Frau* war froh, dass ich nicht dabei war.«

Vaan nimmt seine Hand von mir. Sofort fühlt sich die Stelle, die er eben noch berührt hat, eisig kalt an und ich muss ein Zittern unterdrücken.

»Es wäre deine Pflicht als einzige Tante des Kindes gewesen, den Segen der Götter zu erbitten«, erwidert er und mir entgeht nicht das Grollen in seiner Stimme. Er ist wütend und ich kann es ihm nicht verdenken, denn alles, was er sagt, ist richtig.

Es wäre meine Aufgabe gewesen, seinen Sohn zu halten und die uralten Worte zu sprechen. Normalerweise macht dies einer der Großväter des Kindes, aber weder Vaan und ich noch die Halbelfe haben ein noch lebendes Elternteil vorzuweisen. Also ist diese zweifelhafte Ehre an mich als einzig existierende Verwandte übergegangen. Nicht dass ich besonderen Wert darauf gelegt hätte, das Balg auch nur zu berühren. Ich hätte es einzig und allein Vaan zuliebe gemacht. Um ihn lächeln zu sehen. Alles andere wäre daneben verblasst.

»Ich fühlte mich nicht wohl und brauchte frische Luft«, sage ich ausweichend.

Vaans Augen verengen sich zu Schlitzen, bevor er geräuschvoll die Luft ausstößt. »Er war wieder da«, murmelt er. »Ich habe ihn gesehen, auch wenn er versucht hat, Fye und mir aus dem Weg zu gehen. Er hat nach dir Ausschau gehalten.«

Ich nicke. »Deshalb musste ich gehen.«

Mein Bruder fährt sich mit einer Hand durch die Haare, die im Schein der Kerzen kupferfarben glänzen. »Du kannst nicht ewig vor ihm davonlaufen, Giselle.«

Trotzig recke ich das Kinn nach vorne. Ich weiß, dass er recht hat und ich mich kindisch verhalte. Weglaufen hat noch nie ein Problem gelöst, aber ich schaffe es nicht, dem Waldelfen gegenüberzutreten. Ich habe keine Angst vor ihm – zumindest nicht im herkömmlichen Sinn. Wenn ich es darauf anlegen würde, könnte ich im Nu in meine andere Gestalt wechseln und ihn zerfetzen, ehe er wüsste, wie ihm geschieht. Er wirkt nicht bedrohlich auf mich und doch lässt mich seine bloße Anwesenheit erschaudern.

»Vielleicht musst du ihn erst einmal kennenlernen. Gib Ayrun doch ...«

Schnell hebe ich die Hand, um ihn zu unterbrechen. »Sprich seinen Namen nicht aus!«, zische ich und presse die andere Hand gegen meine Brust. Unter meinen Fingern spüre ich, wie mein Herzschlag erneut ins Stolpern gerät. Und das nur, weil Vaan seinen Namen gesagt hat! Wie ich schon sagte, ich hasse es, den Fluch in mir zu tragen, und das, was ich gerade fühle, hängt damit zusammen.

»Wie lange soll das noch so weitergehen?« Vaan packt mich an den Schultern und schüttelt mich. Sanft zwar, aber stark genug, dass ich ihn ansehe und mich wieder auf ihn konzentriere. »Das, was ihr gerade macht, zerstört euch *beide*. Er leidet, Giselle. Fye hat es mir erzählt. Er sucht sie jeden zweiten Tag auf in der Hoffnung, dir über den Weg zu laufen.«

»Ich habe ihn nicht darum gebeten ...«

Vaan lässt mich los und verdreht seufzend die Augen. »Warum tust du dir das an? Ich weiß, was du spürst. Ich kenne die Macht des Bandes.«

»Er ist es *nicht*«, sage ich schnell. »Er ist *nicht* mein Gefährte. Ich spüre rein gar nichts.«

»Das habe ich dir beim ersten Mal, als du es gesagt hast, schon nicht geglaubt.« Er schüttelt den Kopf, als er sich umdreht, um zurück in den Saal zu gehen. »Ihr beide lasst Fye und mir bald keine andere Wahl mehr, als euch so lange in ein Zimmer zu sperren, bis ihr das, was auch immer zwischen euch vorgeht, geklärt habt. Und das ist mein Ernst.«

Ich schlucke hörbar, denn ich weiß, dass seine Worte keine leere Drohung sind. Aber was soll ich darauf erwidern? Wenn ich ihn anbetteln würde, es nicht zu tun, würde er nur noch mehr davon überzeugt sein, dass der Waldelf mein Gefährte ist. Also zucke ich nur möglichst gleichgültig mit den Schultern, doch mein Bruder ist bereits auf dem Weg zurück zu seinen Gästen, die zur Weihung seines Sohnes gekommen sind.

Mit zusammengebissenen Zähnen steige ich die Treppe empor und verbiete mir jeden weiteren Gedanken an den Waldelfen, der im Saal vergeblich darauf wartet, dass ich mich zeige.

KAPITEL 2

Ich bleibe nicht lange in meinem Zimmer, denn die Sonne beginnt bereits hinter den Berggipfeln zu verschwinden. Es wird Zeit für mich, erneut nach unten und hinaus in den Hof zu gehen, um in meine andere Gestalt zu wechseln. Latent spüre ich bereits das Ziehen in meinen Gliedmaßen, das die bevorstehende Verwandlung ankündigt.

Das Pulsieren in meiner Brust hat vor einer Weile nachgelassen, was bedeutet, dass der Waldelf endlich die Burg verlassen hat. Wenigstens besteht so nicht die Gefahr, dass ich ihm auf dem Weg nach unten begegne.

Ich schlüpfe aus meinem Kleid und lege mir nur einen dunklen Umhang um, der mir bis zu den Knöcheln reicht, ehe ich die Tür öffne und auf den Flur hinaustrete. Die Wachen, an denen ich vorbeikomme, grüßen mich respektvoll und ich erwidere ihren Gruß mit einem Nicken.

Draußen umfängt mich die kühle Abendluft, kriecht unter meinen Umhang und lässt mich frösteln. Ich schaue nach oben in den fliederfarbenen Himmel. Eine weitere einsame Nacht in der Winterkälte steht mir bevor, in der ich sinnlos durch die angrenzenden Wälder streife, bis die Sonne endlich wieder aufgeht und mich aus der verhassten Gestalt befreit.

Barfuß überquere ich den Burghof und der Schnee schmilzt zwischen meinen Zehen. Ich beeile mich, den Wald zu erreichen, bevor die Sonne vollends untergegangen ist. Unterwegs blitzt hin und wieder das Gesicht des Waldelfen vor meinem inneren Auge auf, egal wie vehement ich versuche, es zu verdrängen.

So geht es mir jeden Abend, als wolle mir mein Unterbewusstsein zeigen, dass ich nur die Hand ausstrecken muss, um mich von meinem Fluch zu befreien. Es gibt für mich nur einen Weg, normal zu werden, aber dafür müsste ich all das aufgeben, was ich bin und was mich ausmacht. Eine Bindung verändert einen, das habe ich deutlich bei meinem Bruder beobachten können. Ich lege keinen Wert darauf, zu einem liebestollen Idioten zu werden, wie er einer ist. Seit er in

Fye seine Gefährtin gefunden hat, hat er nur noch Augen für sie. Ihn scheint es nicht zu stören, dass die Gefühle, die er für sie zu haben glaubt, nur das Resultat eines Fluchs sind, den zwei dumme Götter verschuldet haben und den wir als ihre Nachkommen immer noch ertragen müssen. Sieht er nicht, wie *falsch* das ist?

Ich will selbst entscheiden, in wen ich mich verliebe, und nicht durch einen Fluch die Person vorgegeben bekommen. Denn nichts anderes ist es: Für uns Mondkinder, die den Fluch der Götter in sich tragen, gibt es auf der ganzen Welt nur ein einziges Wesen, das für uns bestimmt ist. Wie durch Magie fühlen wir uns durch das Band zu diesem Wesen hingezogen, ohne noch Herr über unsere Gefühle sein zu können. Mutter hat uns stets erzählt, dass die Bindung etwas ganz Wundervolles sei, das größte Gut, das Mondkinder wie wir erreichen können, denn nur mit unserem Gefährten an unserer Seite wären wir komplett. Als ich jung war, habe ich darauf gehofft, auch bald meinen Gefährten zu finden, den Einen, der nur für mich bestimmt ist.

Aber ich bin zu alt, um noch an Märchen zu glauben.

Seit sich mein Bruder an die Halbelfe gebunden hat, sehe ich die Wahrheit. Die Bindung ist nichts Magisches, nichts Erstrebenswertes, denn sie ist nicht *echt*. Vaan hätte sich nie von sich aus für die Halbelfe entschieden, die nun an seiner Seite Königin ist. Er hätte sie nicht einmal eines zweiten Blickes gewürdigt! Nein, er hätte sie schon beim ersten Mal übersehen. Ich kenne den Frauengeschmack meines Bruders und die Halbelfe kommt dem nicht einmal *ansatzweise* nahe.

Und nun versucht diese höhere Macht, mich an den Waldelfen zu binden, der aus dem Nichts erschienen ist, als ich unter dem Memoria-Zauber stand und mich nicht wehren konnte. Aber das lasse ich nicht zu!

An meinem dunkelsten Tag, als der einzige Mann, den ich je geliebt habe, mich verschmähte, habe ich mir geschworen, nie wieder zuzulassen, dass Gefühle über mein Denken herrschen. Ich bin keine von den Frauen, die sich durch ein hübsches Gesicht und ein schelmisches Lächeln um den kleinen Finger wickeln lassen.

Ich bin keine Prinzessin, die einfach erobert werden kann.

Der Himmel verdunkelt sich, und als mein Körper beginnt, sich zu verkrampfen, öffne ich mit steifen Fingern den Umhang, der zu

Boden gleitet. Ich sacke auf die Knie und stütze mich mit den Händen ab, während ich unkontrolliert zucke.

Die Schmerzen rauschen in schneidenden Wellen durch mich hindurch. Heiß und kalt schießen sie von meinen Fingerspitzen meine Arme hinauf und breiten sich über meinen gekrümmten Rücken aus. Ich beiße fest die Zähne zusammen, kann aber ein Wimmern nicht unterdrücken. Heute ist es wieder besonders schlimm. Das Geräusch, das meine Knochen verursachen, als sie brechen, hallt in mir wider, bevor ich meinen Schmerz in den dunklen Wald hinausschreie und kraftlos zusammensinke. Für einen Moment wird mir schwarz vor Augen, und als ich wieder richtig sehen kann, sind meine Sinne um ein Vielfaches geschärft. Trotz der Dunkelheit sehe ich alles, als wäre es bereits heller Tag.

Ich rapple meinen nun anderen Körper auf und schüttele mich, um die Blätter abzustreifen, die an meinem schwarzen Fell kleben. So schnell, wie die Schmerzen kommen, so zügig verschwinden sie auch wieder, als wären sie nur Einbildung gewesen. Ein Blick hinab auf meine Pfoten beweist mir aber, dass ich mir nichts davon abbilde. Ohne ein Geräusch zu verursachen, husche ich zwischen den Bäumen entlang und suche mir einen Ort, an dem ich die Nacht hinter mich bringen kann. Manchmal bleibe ich einfach in der Burg, aber heute habe ich es dort nicht mehr ausgehalten. Ich ertrage es dort nur, wenn mein Bruder und seine Halbelfe nicht da sind und sich auch der Waldelf tagsüber nicht hat blicken lassen.

Dann kann ich vergessen, dass mein Leben in Trümmern liegt und nichts so läuft, wie ich es mir wünsche. Aber sobald ich die drei in meiner Nähe weiß, wird mir wieder bewusst, was ich nicht haben kann oder niemals haben will.

Ich bleibe vor einem riesigen Baum stehen, stemme mich kurz auf die Hinterläufe und schlage meine Krallen tief in die Rinde des Stammes. Das ist die einzige Möglichkeit, meine Wut und den Hass, der in mir brodelt, herauszulassen. Manchmal stelle ich mir vor, dass es der Körper der Halbelfe ist, den ich mit meinen Krallen bearbeite. Ich könnte es tun. Ich müsste mich nur umdrehen und zur Burg zurückgehen. Niemand würde mich hören, wenn ich mich in ihre Gemächer schleiche und sie im Schlaf überrasche. Sie würde ihr Ende

nicht kommen sehen. Ein Problem gibt es jedoch: Wenn ich sie töte, stirbt auch mein Bruder, denn durch die Bindung sind ihre Lebensspannen vereint. Also begnüge ich damit, die Rinde des Baumes bis zur Unkenntlichkeit zu zerfetzen.

Ich bin so sehr damit beschäftigt, den Stamm zu bearbeiten, dass ich es versäume, auf meine Umgebung zu achten. Und als ich dann das Pulsieren spüre, ist es längst zu spät.

»Hat Euch der Baum etwas getan?«, fragt eine tiefe, aber gleichzeitig melodische Stimme hinter mir.

Fauchend wirbele ich herum, schaffe es aber nicht, mich vom Fleck zu rühren. Mit weit aufgerissenen Augen starre ich den Mann an, der sich angeschlichen und mich beobachtet hat. Wie lange folgt er mir schon?

Natürlich muss es der Waldelf sein, wer denn auch sonst? Bisher war mir nie Glück vergönnt, warum also jetzt? Ich weiß, dass ich wegrennen und mich im Schutze der Dunkelheit verstecken sollte, doch meine Beine sind so starr, als bestünden sie aus Stein. In diesem Körper leide ich viel stärker unter den Auswirkungen des Fluchs als in meinem menschlichen. Zu viele Instinkte gewinnen die Oberhand über mein Handeln und überlagern mein Denken. Ich schaffe es unter großer Anstrengung, nicht geradewegs und schnurrend auf ihn zuzulaufen. Wie von unsichtbaren Fäden werde ich von ihm angezogen und blende alles um mich herum aus. Selbst die nervende Stimme, die mich immer wieder anschreit, dass ich verschwinden soll, ignoriere ich.

Der Waldelf hebt die Hände, als wolle er mir zeigen, dass mir von ihm keine Gefahr droht. Als ob er mir etwas antun könnte … Weiß er denn nicht, dass *ich* das Monster bin? Wenn sich hier jemand fürchten muss, dann er. Aber im Moment wäre ich für nichts und niemanden eine Gefahr, zu sehr werde ich von den widersprüchlichen Empfindungen überwältigt, als überhaupt daran zu denken, ihm Schaden zuzufügen.

Nachdem er sich versichert hat, dass ich nicht fliehe, geht er zu dem Baum, an dessen Rinde ich bis eben meine Klauen gewetzt habe, und legt eine Hand auf den malträtierten Stamm. Ein sanftes grünes Glühen breitet sich von seinen Fingern auf den Baum aus und nach

wenigen Sekunden bildet sich dort, wo er den Baumstamm berührt, neue Rinde.

»Entschuldigt, ich kann es nicht ertragen, wenn ich eine geschundene Pflanze sehe«, meint er schmunzelnd, als er meinen wohl fassungslosen Blick, der abwechselnd von ihm zurück zum Baumstamm huscht, bemerkt. »Könnt Ihr mich verstehen, wenn Ihr in dieser Gestalt seid?«

Ich zögere, nicke dann aber. Noch immer schaue ich auf seine Finger, die sanft über die geheilte Rinde fahren. In der Vergangenheit habe ich schon viele Elfen dabei beobachtet, wie sie Magie einsetzten. Mächtige Zauberer, die die Kontrolle über Elemente besaßen und sogar die Kraft über die Zeit selbst hatten, waren darunter. Einige Elfen schaffen es, allein durch ihre Stimme die Gefühle von anderen zu beeinflussen oder Erinnerungen auszulöschen. Aber der Zauber des Waldelfen ist neu für mich. Warum hat er seine Magie dazu eingesetzt, den blöden Baum zu heilen? Über kurz oder lang wäre ihm schon neue Rinde gewachsen.

»Es tut mir leid, ich bin Euch einfach gefolgt«, murmelt er eine Spur verlegen und nimmt seine Hand vom Baum. »Da ich Euch im Schloss nie antreffen konnte, dachte ich, dass ich vielleicht hier draußen mehr Glück hätte. Als Waldelf ziehe ich nicht nur meine Kraft aus den Pflanzen und Lebewesen, die uns umgeben, sondern werde auch zu einem gewissen Grad ein Teil von ihnen. So konnte ich mich verstecken, sodass Ihr mich nicht wahrnehmen konntet.«

Er macht eine Handbewegung und im nächsten Moment verschwimmen seine Konturen. Er wird nicht unsichtbar oder verschwindet, aber ich habe trotz meiner verbesserten Sinne Schwierigkeiten, ihn zwischen den Sträuchern, Blättern und Zweigen auszumachen. Es ist fast so, als würde er ein Teil des Waldes werden. Zusammen mit seiner erdfarbenen Kleidung und dem Umhang, der aussieht, als wäre er mit unzähligen kleinen Blättern verziert, verschmilzt er fast vollständig mit seiner Umgebung.

Na toll, nun bin ich noch nicht einmal mehr hier draußen vor ihm sicher … Er konnte sich an mich heranschleichen, ohne dass ich es bemerkt habe, weil er eins mit der Natur werden kann. Mein Nackenfell stellt sich auf und ich weiche ein Stück zurück. Ja, ich muss hier weg. Mein Kopf ist plötzlich wieder klar und Flucht ist nun meine oberste Priorität.

Als er bemerkt, was ich vorhabe, wird er wieder sichtbar und streckt eine Hand nach mir aus. »Nein, bitte, Prinzessin, ich wollte Euch nicht erschrecken. Bitte bleibt hier. Ich werde keine Magie mehr anwenden, das verspreche ich Euch. Nur ... geht nicht weg.«

Das hättest du wohl gerne, zischt eine Stimme in meinem Kopf, ehe ich herumwirble und in die Dunkelheit davonrenne.

KAPITEL 3

Kopflos eile ich durch den Wald, getrieben von dem Wunsch, nicht mehr in seiner Nähe sein zu müssen. Wobei das nicht ganz richtig ist. Es ist vielmehr das Abhandenkommen meines Denkvermögens, das mich nervös und verletzlich macht. Gemeinsam mit dem Pulsieren in meinem Inneren und den seltsamen Gefühlen, die jedes Mal aufflammen, wenn ich ihn sehe, werde ich noch verrückt. Es ist verrückt und falsch, doch es liegt nicht an ihm. Beinahe bewundere ich ihn für seine Hartnäckigkeit, obwohl ich ihm nur die kalte Schulter zeige. Wären unsere Rollen vertauscht, hätte ich wohl keinen weiteren Gedanken an ihn verschwendet, wenn er mich so herablassend behandelt hätte.

Kurz flackert ein Schuldgefühl in mir auf, das ich jedoch im Keim ersticke. Ich darf kein Mitleid mit ihm haben, darf nicht auf die Gefühle in mir hören, sonst werde ich mich am Ende selbst verlieren. Und außer mir selbst habe ich niemanden.

Schnaufend lege ich mich auf den kühlen Waldboden. Der Schnee, der vor ein paar Tagen zum ersten Mal in diesem Jahr gefallen ist, hat es noch nicht durch die Baumwipfel geschafft, sodass nichts als feuchte braune Blätter unter mir liegen.

Als er mit mir gesprochen hat, bin ich einfach nur kopflos davongerannt. Nun habe ich keine Ahnung, wo ich mich befinde, denn ich habe nicht auf meine Umgebung geachtet. Der Wald um mich herum ist dichter, undurchdringlicher als der, der direkt an Eisenfels grenzt und in dem ich mich normalerweise aufhalte. Ich sollte mich aufmachen, um einen Weg zurückzufinden, wenn ich mich nicht mitten in diesem Gestrüpp zurückverwandeln will. Der Sonnenaufgang wird nicht mehr lange auf sich warten lassen.

Ich stemme mich auf die Beine und werfe einen Blick über meine Schulter. Kam ich aus der Richtung oder ... Ich schaue nach rechts. War es doch eher von dort? Ich war noch nie gut darin, mich irgendwo zurechtzufinden, weshalb ich mich jede Nacht möglichst nah an Eisenfels aufhalte. Selbst mein Vater hat mich nie mehr auf Reisen mitgenommen, als er gemerkt hat, dass ich ein

unvergleichliches Talent darin besitze, mich zu verlaufen. Und nun habe ich mich verirrt und das nur wegen dieses Waldelfen! Warum taucht er auch plötzlich hinter mir auf? Es ist alles seine Schuld, dass ich jetzt frierend mitten im Nirgendwo festsitze und den Weg nach Hause nicht mehr finde! Ich hätte ihn anfallen und dadurch vertreiben sollen, statt kopflos davonzurennen. Warum habe ich das nur getan?

Ich fühlte mich wie erstarrt und unfähig, eine klare Entscheidung zu treffen. Ich hasse dieses Gefühl. Ein Grund mehr, warum ich nie einen Mann akzeptieren werde, der aufgrund des Fluchs an mich gebunden wäre.

Ich muss einen Weg finden, dafür zu sorgen, dass sich der Waldelf in Zukunft von mir fern hält, sonst werde ich noch wahnsinnig. Ich halte das nicht mehr länger aus!

Ein Blätterrascheln hinter mir lässt mich zusammenzucken. Auf einen Schlag ist das Ziehen in meiner Brust wieder da und ich fauche frustriert. Undeutlich kann ich seine Umrisse zwischen den Zweigen erkennen.

»Bitte, lauft nicht wieder davon«, murmelt er, bleibt aber, wo er ist. Kluge Entscheidung. »Ich will Euch nichts Böses.«

Dann lass mich in Ruhe!, schreie ich in meinem Kopf und blecke die Zähne. Wie viel deutlicher muss ich denn noch werden, damit er sich verzieht? Hat es nicht gereicht, dass ich davongelaufen bin?

Mit gerunzelter Stirn schaut er zu mir hinab und stößt ein Seufzen aus. »Ihr seid weit entfernt von Eisenfels. Lasst mich Euch wenigstens zurückbringen, ehe die Sonne aufgeht.«

Als er die Hand nach mir ausstreckt, weiche ich einen Schritt zurück, und er lässt sie sofort sinken.

»Die Nacht ist bald vorüber«, sagt er. »Ich will nur, dass Ihr sicher nach Hause gelangt. Wenn Ihr mich dann nicht mehr sehen wollt, werde ich gehen.«

Ich mustere aufmerksam sein Gesicht, auch wenn es mir Kopfschmerzen bereitet, seine verschwommene Gestalt zwischen den Blättern ausmachen zu wollen. Gerade wenn ich das Gefühl habe, ihn deutlich zu sehen, verschmilzt er wieder mit seiner Umgebung, als wäre er nichts weiter als ein Schatten zwischen den Bäumen.

Sein Angebot, mich in Ruhe zu lassen, nachdem der Tag angebrochen ist, scheint durchaus verlockend, allerdings glaube ich ihm kein Wort. Auch wenn von uns beiden nicht er das Mondkind ist, scheint er sich auf eine mir unverständliche Art und Weise zu mir hingezogen zu fühlen. Er wird sich nicht von mir fernhalten, ganz egal, was er mir gerade verspricht.

Als könnte er meine Gedanken lesen, lässt er den Kopf hängen. »Was kann ich tun, damit Ihr mir glaubt? Oder mir zumindest zuhört?«

Nichts, schießt es mir durch den Kopf und ich kämpfe das ungewohnte Mitgefühl nieder, das sich bei seinem Anblick in mir ausbreiten will. Damit will ich gar nicht erst anfangen! Ich will überhaupt nichts fühlen, wenn ich ihn ansehe. Schnell weiche ich einen weiteren Schritt zurück und wende den Blick ab. Wenn ich ihn nicht anschaue, ist es leichter zu ertragen, in seiner Nähe zu sein.

»Es liegt mir fern, Euch zu belästigen, das müsst Ihr mir glauben!«

Geh weg!, zischt die Stimme in meinem Kopf. *Komm mir nicht zu nahe!* Ich sollte schleunigst verschwinden, aber ich habe keine Ahnung, wohin ich mich wenden soll. Was, wenn ich mich noch schlimmer verlaufe? Wenn ich den Weg nach Hause nicht mehr finde und mich mitten im Wald zurückverwandle? Nackt, frierend und unbewaffnet würde ich den Tag vermutlich nicht unbeschadet überstehen. Ist es das wirklich wert?

Mein Blick huscht unstet umher, während ich fieberhaft nach einer Lösung suche. Bei dem Glück, das ich in letzter Zeit habe, verlaufe ich mich so sehr, dass ich mich in einem fremden Gebiet wiederfinde. In dem der Dunkelelfen zum Beispiel, die trotz Vaans Gefährtin alles andere als gut auf uns Menschen zu sprechen sind. Ich war schon einmal eine Geisel der Elfen und kann mich noch gut an den Käfig erinnern, in dem sie mich gefangen gehalten haben, um auch meine andere Seite unter Kontrolle zu haben. Mein Wunsch, das zu wiederholen, ist nicht vorhanden. Aber das würde bedeuten, dass ich dem Waldelfen vor mir zumindest so weit vertrauen muss, dass er mich sicher zurück nach Eisenfels bringt. Kann ich das? Kann ich den Rest der Nacht und vermutlich einen Teil des Tages in seiner direkten Nähe verbringen, ohne vollends den Verstand zu verlieren?

Mit langsamen Schritten kommt er auf mich zu und ich unterdrücke den Drang zu flüchten. Stattdessen ducke ich mich und spanne meine Muskeln an, jederzeit bereit, ihn anzuspringen, wenn er versuchen sollte, mir zu schaden. Mit einem tiefen Grollen und peitschendem Schweif mache ich deutlich, dass er mir lieber nicht zu nahe kommen soll, doch er lässt sich davon nicht beeindrucken. Mit einem mulmigen Gefühl schaue ich zu, wie er direkt vor mir in die Hocke geht, sodass unsere Augen auf einer Höhe sind.

Als unsere Blicke sich kreuzen und ich seinen Geruch – eine Mischung aus Wald, Moos und Wärme – wahrnehme, explodiert etwas in mir, das mir die Luft zum Atmen raubt. Mein Herz setzt für mehrere Schläge aus und die Welt um mich herum scheint zum Stillstand zu kommen. Nein, das stimmt nicht. Sie ist nicht zum Stillstand gekommen, vielmehr fühlt es sich so an, als verschiebe sie sich, rücke sich zurecht und als sähe ich zum ersten Mal in meinem Leben alles so, wie es wirklich ist. Der dunkle Schleier, der ständig über mir hing, wird weggezogen und macht gleißendem Licht Platz.

Überwältigt von den verschiedenen Emotionen, die in mir toben, schnappe ich nach Luft und auch mein Herz beginnt wieder zu schlagen. Ungleichmäßig und viel zu schnell, als müsste es sich erst an die neuen Empfindungen gewöhnen. Ich sehe Einzelheiten an ihm, die mir vorher nie aufgefallen sind, seine feingliedrigen Finger zum Beispiel, oder das Funkeln in seinen Augen, die so grün sind wie frisch gewachsenes Gras.

Als der Waldelf mir zaghaft zulächelt, braut sich in meiner Kehle ein Schnurren zusammen.

Was zum …?

Ich schüttele heftig den Kopf, um wieder zu Verstand zu kommen. Was bei allen Göttern geht hier vor? Ist das … der Fluch? Trübt er meine Wahrnehmung bereits jetzt so sehr, obwohl ich dem Waldelfen aus dem Weg gegangen bin? Eilig weiche ich vor ihm zurück, bis ich mich außerhalb seiner Reichweite befinde. Ich muss hier weg und zwar sofort, bevor es noch schlimmer wird!

Meine Pfoten finden auf den feuchten Blättern kaum Halt, als ich herumwirbele, um im Dickicht zu verschwinden. Auf einmal ist es mir egal, dass ich mich noch mehr verlaufen oder den Dunkelelfen

begegnen könnte – ich halte es keine Sekunde länger hier aus. Verängstigt durch die neuen Gefühle, die mich schier zerreißen, will ich einfach nur Abstand von allem, was sie auslöst.

Es ging mir gut, als ich ihn nicht kannte, und ich kam zurecht, als ich mich von ihm fernhielt. Aber hier, nahe bei ihm, verliere ich die Kontrolle über alles, das mir wichtig ist. Auch wenn es mir zuwider ist, bleibt mir nur die Flucht – kopflos und unrühmlich, aber allemal besser als die Alternative.

Hinter mir höre ich sein Rufen, sein Flehen, dass ich stehen bleiben soll, doch seine Worte treiben mich noch mehr an. Ich schlittere zwischen den Bäumen entlang, schaue weder nach links noch rechts, sondern renne einfach weiter.

Das vom tauenden Schnee nasse Gras streift meinen Bauch, als ich weiterhaste. Wieder und wieder werfe ich einen Blick über die Schulter, doch vom Waldelfen ist nichts zu sehen. Hier auf der freien Ebene hat er nicht viele Möglichkeiten, sich zu verbergen, also beschließe ich, hierzubleiben.

Ich schaue nach oben. Am Horizont färbt der Nachthimmel sich bereits rot. Es wird nicht mehr lange dauern, bis der neue Tag anbricht. Und dann? Ich werde mich verwandeln und frieren. Ob mich hier jemand findet? Wohl kaum. Ich weiß nicht einmal, ob ich mich noch in unserem Königreich befinde, oder ob ich die Grenzen zum Elfenreich bereits überschritten habe.

Ich streife über die Ebene und gelange auf der gegenüberliegenden Seite an einen Abhang und spähe hinunter in die schwarze Tiefe. Hier komme ich nicht weiter. Am unteren Ende kann ich zwar einen Weg erkennen, aber die Felswand reicht bestimmt zehn Meter hinab und mit diesem Körper habe ich keine Möglichkeit, den Abhang nach unten zu klettern. Jedoch ist meine Chance, unten auf einem Weg auf andere Menschen zu treffen, die mir helfen könnten, größer als hier oben. Aber wie komme ich dorthin, ohne mir jeden einzelnen Knochen zu brechen?

Nicht dass mir das etwas ausmachen würde. Ein weiterer Nebeneffekt des Fluchs ist eine rasche Heilung bei körperlichen Verletzungen. Trotzdem würde ich den Schmerz spüren, wenn ich unten auf dem blanken Stein aufschlage, und ich müsste warten, bis ich mich erneut

gewandelt habe, denn nur mein Tierkörper könnte den Schaden reparieren. Und sicher bin ich mir nicht, dass ich es wirklich überleben würde. Schnittwunden, Verbrennungen oder Verstauchungen waren bisher nie ein Problem, aber ein Sturz aus einer solchen Höhe? Das probiere ich lieber nicht aus und beschließe stattdessen, an der Klippe entlangzulaufen, um einen Weg nach unten zu suchen.

Ich habe keine fünf Meter geschafft, als ich ein Ziehen in meinen Gliedmaßen spüre. Der Himmel über mir wird heller und meine Rückverwandlung steht kurz bevor. Normalerweise kann ich meine Wandlung bis zu einem gewissen Grad kontrollieren, dank des jahrelangen Trainings durch meine Mutter, aber die Begegnungen mit dem Waldelfen haben mich so aufgewühlt, dass ich gar nichts mehr zustande bringe. Ich bin froh, dass ich noch eine Pfote vor die andere setzen kann.

Die Aussicht, mich hier zu verwandeln, lässt mich noch mehr in Panik geraten, bis ich hektisch am Rand der Klippe entlangrenne.

Bitte nicht, bitte nicht, bitte nicht hier, denke ich immer wieder, doch es ist sinnlos. Ich verliere den Halt, als sich mein Körper verkrampft, und schlage der Länge nach ins Gras. Meine Krallen graben sich in die weiche Erde und ich versuche mich wieder hochzustemmen, um wenigstens einen geschützten Ort zu finden, aber ich habe keine Kraft mehr. Ich krümme mich zusammen, als eine Schmerzwelle durch mich hindurchrauscht. Das Knacken meiner Wirbelsäule und die damit verbundene Pein presst mir die Luft aus den Lungen.

Ich versuche ruhig liegen zu bleiben, bis es vorbei ist. Es bringt nichts, mich dagegen zu wehren, dadurch wird es nur noch schlimmer. Statt auf die Schmerzen konzentriere ich mich auf meine Atmung, wie ich es von meiner Mutter gelernt habe. Ein Pulsieren in meiner Brust macht meine Konzentration jedoch zunichte. Mit letzter Kraft hebe ich den Kopf und schaue ins Gesicht des Waldelfen, der neben mir hockt und mich besorgt mustert.

»Habt Ihr Schmerzen? Kann ich irgendwas für Euch tun?«, fragt er.

Ich bäume mich auf, um seiner Hand, die er nach mir ausgestreckt hat, zu entkommen. »Geh … weg!«, würge ich hervor. Es ist eine Mischung aus Schreien, Fauchen und Keuchen und ich habe keine

Ahnung, ob er mich verstanden hat. Die Laute, die ich von mir gebe, sind alles andere als menschlich.

Mit letzter Kraft robbe ich von ihm weg, schaffe so viel Abstand zwischen uns wie möglich, ohne dass ich Gefahr laufe, die Klippe herunterzufallen. Dunkle Wolken vernebeln meinen Verstand, und das Einzige, was ich fühle, ist Schmerz. Ich kann mich nicht daran erinnern, dass mir eine Verwandlung je so wehgetan hat. Sogar die in meiner Jugend waren nur ein schwacher Abklatsch dessen, was ich gerade durchmache. Anstatt dass sich mein Körper auf einmal wandelt, fühlt es sich an, als würde jeder Knochen einzeln brechen und sich verschieben. Selbst die langen Eckzähne, die sich zurück in meinen Kiefer schieben, schicken einen gleißenden Schmerz durch meinen Kopf, der mich Sterne sehen lässt.

Abwechselnd wimmere und kreische ich, winde mich im Gras, um die Qual halbwegs zu dämpfen. Nach und nach blitzt helle Haut zwischen dem schwarzen Fell auf, meine Pfoten werden kleiner, anschließend länglich und wandeln sich zu Händen. Kalter Schweiß rinnt mir in Strömen den Rücken hinunter. Ich rutsche weiter von ihm weg, krümme mich zitternd zusammen und warte darauf, dass es endlich vorbei ist. Strähnen meines blonden Haares hängen mir ins Gesicht und verhindern so zumindest, dass ich ihn ansehen kann.

Als die Schmerzen nachlassen, bleibe ich kraftlos im Gras liegen. Vorsichtig hole ich Luft, bereue es jedoch sofort. Der eisige Dunst sticht in meinen Lungen und die Winterkälte kriecht durch meine ungeschützte Haut, bis ich unkontrolliert zittere, sodass meine Zähne aufeinanderschlagen.

Etwas Warmes legt sich um meinen Rücken und ich merke, wie ich bewegt werde. Ich will mich wehren, denn ich weiß, dass es nur der Waldelf sein kann, der meine Schwäche ausnutzt, doch die Wärme, die sich von meinem Rücken ausgehend über meinen geschundenen Körper ausbreitet, hält mich davon ab. Das wohlige Gefühl lässt mich aufseufzen und ich rolle mich zusammen wie eine Katze vor dem Kamin. Seine Hände liegen an meiner Schulter und unter meinen Kniekehlen, als er mich kurz anhebt. Ich spitze zwischen halb geöffneten Lidern hindurch und sehe einen Blätterumhang, der mich wie ein Kokon umhüllt.

Aber das, was mich unruhig werden lässt, ist die Tatsache, dass ich auf seinem Schoß sitze. Mit einer Hand reibt er mir über den Rücken, den anderen Arm hat er um mich geschlungen, um mich fest an sich zu pressen. Seine Körperwärme springt auf mich über, aber ich glaube nicht, dass ich deswegen plötzlich in Flammen stehe.

Sein Geruch, der durch den Umhang und die Nähe überall um mich herum ist, und sein Herzschlag, den ich an seine Brust gepresst hören kann, geben mir den Rest. Obwohl ich mich wehren und fliehen sollte, fühle ich mich sicher und geborgen, als hätte ich nicht eben eine meiner schlimmsten Verwandlungen durchgemacht. Die Schmerzen und die Angst sind vergessen, und mit jedem Atemzug, den ich mache, mit jeder kreisenden Bewegung seiner Hand an meinem Rücken normalisiert sich mein Herzschlag, bis er gleichmäßig mit seinem schlägt.

Es interessiert mich nicht, dass ich praktisch nackt und ihm so nah bin, wie ich es niemals sein wollte. Seit dem Moment vorhin im Wald, als ich ihm zum ersten Mal in die Augen gesehen habe, ist etwas mit mir passiert, das ich nicht erklären kann. Etwas, das ich nie für möglich gehalten hätte. Trotz allem, was ich heute Nacht durchgemacht habe, fühle ich mich … *glücklich*.

Hartnäckig versucht eine Stimme in meinem Kopf mich davon zu überzeugen, dass das Glück, das ich gerade empfinde, nicht echt ist. Dass keine meiner Gefühle, die ich in seiner Nähe habe, echt sind und es auch nie sein werden. Allein aufgrund des Fluchs fühle ich mich zu ihm hingezogen. Unter normalen Umständen wäre er mir vermutlich nie aufgefallen, da wir aus verschiedenen Völkern stammen. Vermischungen wurden noch nie gern gesehen, das beste Beispiel dafür ist das Halbelfen-Miststück, das sich als Königin aufspielt. Vielleicht hätte ich ihn gesehen und auch wahrgenommen, aber mehr hätte ich nie empfunden, weil es weiß, dass es zu nichts führen würde.

Mein Leben lang habe ich mit angesehen, zu was die Menschen, aufgestachelt durch Lügen und Intrigen, imstande waren, den Halbelfen anzutun. Es gab damals nur drei Elfen, die bei uns am Hof gelebt haben und zu denen ich ein halbwegs vertrauensvolles Verhältnis hatte. Aber die anderen … Sie hielten sich von uns Menschen fern, bezeichneten uns als niedere Kreaturen ohne magische Begabung. Sie

verachteten uns, auch wenn sie es nicht so direkt zeigen konnten. Ich habe gesehen, zu was Elfen in der Lage sind, und ich wäre niemals auf die Idee gekommen, mich zu einem von ihnen hingezogen zu fühlen.

Was für eine Ironie des Schicksals! Anscheinend sucht sich dieses verdammte Band immer genau den Gefährten aus, den man am wenigstens haben will. So ist es auch meinem Bruder ergangen, der sich an eine Halbelfe gebunden hat.

Schicksal? Ein Wort, an das ich nie geglaubt oder mit dem ich zumindest gehadert habe. Soll sich das geändert haben?

Ich schlage die Augen auf und begegne seinem Blick. Die aufgehende Sonne zaubert helle Strähnen in seinem Haar hervor, die mir vorher nie aufgefallen sind. Ebenso wenig wie seine markante Gesichtsform, die untypisch für die feingliedrigen Elfen ist. Am faszinierendsten finde ich aber nach wie vor seine Augen: Das strahlende Grün nimmt mich gefangen und ich ertappe mich dabei, wie ich darin nach anderen Farbschattierungen oder Sprenkeln suche, aber keine finde.

Als ich ihn länger als nötig anschaue – nein, begaffe wäre das richtige Wort für das, was ich gerade mache –, ziehen sich seine Augenbrauen besorgt zusammen.

»Ich bringe Euch sofort nach Hause«, murmelt er, während er versucht aufzustehen. »Das hätte ich gleich tun sollen, aber Ihr saht so …« Er unterbricht sich, um sich zu räuspern. »Ihr wart in keiner guten Verfassung.«

»Nein, es … Die Verwandlung war diesmal schmerzhafter als sonst, aber es geht mir gut, wirklich«, versichere ich ihm und winde mich in seinen Armen.

Der Waldelf hält abrupt inne und setzt meine Beine langsam ab. Erst als er sich sicher ist, dass ich alleine stehen kann, nimmt er auch die andere Hand von meinem Rücken. Ich beginne zu frieren und ziehe den Umhang enger um meine Schultern, doch die Wärme, die ich eben noch verspürt habe, ist verschwunden. Deutlich spüre ich den frostigen Wind, der um meine nackten Beine weht.

Der halbe Meter Abstand zwischen uns kommt mir auf einmal unüberwindbar vor. Ich will, dass er mich wieder berührt, so abwegig dieser Gedanke auch ist. Mein Körper schreit danach, fordert, dass diesmal kein schützender Umhang zwischen uns ist.

Nur seine Haut auf meiner, sonst nichts.

Ich weiß nicht, ob mir meine Gedanken auf der Stirn geschrieben stehen, aber der fassungslose Blick, mit dem er mich bedenkt, lässt mich unruhig werden.

»W-Was?«, frage ich.

»Ich … Es ist nur so, dass … Ich glaube, das war das erste Mal, dass Ihr einen halbwegs zusammenhängenden Satz zu mir gesagt habt.«

Seine Antwort lässt mich blinzeln und ich gehe im Kopf unsere Begegnungen durch. Na ja, als Begegnungen kann ich es nicht bezeichnen, denn es stimmt: Bisher bin ich ihm nur ausgewichen und habe Vorwände gesucht, ihm nicht über den Weg laufen zu müssen. Eine Unterhaltung haben wir noch nie geführt und sind auch jetzt noch weit davon entfernt.

Ich weiß nicht, was ich darauf antworten soll, also schweige ich und kralle meine Finger in den Umhang, um meine Hände daran zu hindern, sich nach ihm auszustrecken. Mein Innerstes ist ein wilder Strudel an Gefühlen, die ich nicht einordnen kann und über die ich nicht Herr werde.

»Lasst mich Euch nach Hause bringen, bevor Ihr Euch hier draußen erkältet.«

Ich schüttele den Kopf. »Ich erkälte mich nicht. Ich kann nicht krank werden. Aber ich würde gerne nach Hause gehen.«

Doch keiner von uns rührt sich. Ich verlagere mein Gewicht von einem Bein auf das andere, um mich überhaupt zu bewegen und irgendwas zu tun, das mich davor bewahrt, den Verstand zu verlieren. Unschlüssig sehen wir einander an, überlegen, was wir sagen oder tun könnten, und sind doch nicht bereit, das Offensichtliche zu machen.

»Schafft Ihr es zu Fuß?«, erkundigt er sich dann. »Es ist ziemlich weit.«

»Ich denke schon. Ich bin einiges gewohnt.« Ich schicke dem Gesagten ein unsicheres Lächeln hinterher, um ihm die Bitterkeit zu nehmen.

Er hält mir die Hand hin. »Da ich nun weiß, dass Ihr sprechen könnt, würde ich mich gerne vorstellen«, sagt er mit einem schelmischen Grinsen auf den Lippen, das ein ungewohntes Flattern in meinem Bauch auslöst. »Ich bin Ayrun und so etwas wie der gewählte Sprecher der Waldelfen.«

Zögernd strecke ich meine Hand aus und lege sie in seine. Meine ist so klein, dass sie in seiner fast verschwindet, und doch genieße ich die Wärme, die ausgehend von unseren verbundenen Handflächen meinen Arm hinaufschießt.

»Giselle«, antworte ich schlicht, als ich seine Hand schüttle. Es käme mir komisch vor, meinen Rang und mehrere Titel zu nennen, schließlich weiß er, wer ich bin.

»Macht Ihr das jede einzelne Nacht durch?«, fragt er nach einer Weile, in der wir uns einfach nur angeschaut haben.

»Die Verwandlung? Ja, aber sie ist nicht jedes Mal so ... schlimm.«

Warum fragt er das jetzt?, schießt es mir durch den Kopf. Ich weiß, dass ich nicht normal bin und ich verabscheue mich selbst dafür, so zu sein. Die Menschen in Eisenfels wissen von dem Fluch und fürchten sich nicht vor mir, ebenso wenig wie sie auch früher meinen Bruder oder meine Mutter nicht fürchteten. Aber für den Waldelfen, der zum ersten Mal eine Wandlung miterlebt hat, muss es schrecklich ausgesehen haben ...

Augenblicklich fühle ich mich schlecht. Es muss für ihn verstörend sein, so eine Verwandlung zu sehen. Es ist widernatürlich und abstoßend. Vergeblich versuche ich, meine Hand zurückzuziehen, doch er verstärkt den Druck mit seiner.

»Ich kannte Eure Mutter, wisst Ihr?«, sagt er, ohne den Blick von mir zu nehmen. »Nun, *kennen* wäre wohl zu viel gesagt, aber ich war ein paar Mal mit am Hof von Eisenfels, als Königin Jocelyn noch unter uns weilte. War sie auch so wie Ihr?«

Ich nicke. Es wäre mir nie in den Sinn gekommen, dass er bereits meiner Mutter, der früheren Menschenkönigin, begegnet sein könnte.

»Sie war eine sehr freundliche Frau und ich trauere um sie. Aber wenn ich mich recht entsinne, verwandelte sie sich nicht.«

»Meine Mutter war eine Tagwandlerin. Während mein Bruder und ich uns bei Nacht verwandeln, wurde sie bei Tagesanbruch in die Gestalt eines Falken gezwungen«, erkläre ich ihm.

»Aber ich habe Eure Mutter tagsüber gesehen, mehrmals sogar. Und ich würde mich daran erinnern, wenn sie Federn gehabt hätte.«

Es soll witzig klingen, aber mich verletzen seine Worte. Meine Mutter hat genauso unter ihren Verwandlungen gelitten wie ich.

Zwar versuchte sie, uns von klein auf den Fluch als eine Chance zu verkaufen, aber bei mir hat es nicht gewirkt. Mein Bruder fand sich im Laufe der Zeit damit ab, aber mir graut es noch immer jeden Tag davor, dass die Sonne untergeht. Nur weil der Waldelf nichts über uns Mondkinder weiß, stellt er Mutter hin, als wäre sie eine Lügnerin gewesen. Dabei war sie die Einzige, die mich je verstanden hat.

Ich reiße meine Hand zurück und straffe die Schultern, um mich größer zu machen als ich eigentlich bin. »Meine Mutter war ein Wandler, aber sie konnte den Fluch unterdrücken. Danach war es ihr möglich, sich nur noch zu verwandeln, wenn es ihr Wunsch war.«

»Und wie hat sie das geschafft?«, fragt er.

Lässt ihn wirkliches Interesse diese Fragen stellen oder will er mich nur aushorchen? Aber zu welchem Zweck? Auf einmal wird mir seine Nähe wieder bewusst und ich stolpere einen Schritt zurück. Mit jedem Stück, das ich mich von ihm entferne, gerät mein Herz aus dem Takt. Am liebsten würde ich frustriert aufschreien, denn ich weiß, was es bedeutet. Ich konnte die Zeichen von Anfang an deuten, aber ich wollte es einfach nicht wahrhaben.

Ich versuche meine falschen Gefühle zum Schweigen zu bringen und betrachte ihn ganz rational. Vaan hat recht: Mich hätte es durchaus schlimmer treffen können. Ohne den Umhang nehme ich zum ersten Mal seine kräftige Gestalt wahr, die breiten Schultern und wohlgeformten Arme, die mich eben mühelos hochgehoben haben. Er sieht anders aus als die meisten Elfen und erinnert mich von der Statur her an den rothaarigen Elfen Gylbert, der Vaans Schwertmeister war, als wir klein waren.

Mir gefällt durchaus, was ich da sehe, aber ich weigere mich, es zu akzeptieren. Ich werde nicht aufhören, einen anderen Weg zu finden, um den Fluch zu lösen, ohne mich auf vorgegaukelte Gefühle einlassen zu müssen.

»Verzeiht«, murmelt er, als ich auf seine Frage nicht antworte. »Ich möchte nicht neugierig erscheinen. Es ist nur ...« Er fährt sich mit der Hand durch die Haare. »Ich möchte gern mehr über Euch erfahren, und da Ihr endlich mit mir sprecht ...« Zögernd bricht er mitten im Satz ab und schaut mich abwartend an.

»Ich möchte jetzt nach Hause«, sage ich so ruhig wie möglich, obwohl es in meinem Inneren brodelt. Die Art, wie er mich anschaut – so verletzt und enttäuscht –, erweckt in mir den Wunsch, die Hand nach ihm auszustrecken und beruhigend über seine Wange zu streicheln. Stattdessen sage ich: »Die Nacht hat mich doch mehr angestrengt, als ich dachte.«

»Natürlich«, murmelt er und senkt den Blick. »Ich weise Euch den Weg durch den Wald. Bitte folgt mir.«

Ich achte darauf, dass uns mindestens zwei Meter trennen, und versuche, alle äußeren Sinneseindrücke zu ignorieren, aber es ist sinnlos. Sein Geruch haftet am Umhang, der mein einziges Kleidungsstück ist, und wenn ich nach vorne sehe, habe ich sofort seinen Rücken mit dem beeindruckenden Muskelspiel, das sich unter seiner engen Tunika abzeichnet, vor Augen. All das hilft mir nicht, das Ziehen in meiner Brust zu ignorieren, und es lässt mich noch gereizter werden, als ich es normalerweise schon bin.

Auf seine Fragen antworte ich einsilbig und höre kaum hin, weil ich zu sehr damit beschäftigt bin, wütend auf mich selbst zu sein. Ich hätte niemals zulassen dürfen, dass er mir folgt. Ich wäre gar nicht in dieser dämlichen Situation, wenn ich von Anfang an mehr auf meine Umgebung geachtet hätte. Und nun finde ich nur dank seiner Hilfe den Weg zurück.

Jetzt stehe ich in seiner Schuld …

KAPITEL 4

Der Weg zurück dauert viel länger, als ich gedacht hätte. Die Sonne hat ihren Zenit bereits überschritten, als ich in der Ferne endlich die alltäglichen Geräusche der Stadt höre.

Irgendwann hat der Waldelf es aufgegeben, sich mit mir unterhalten zu wollen, und ich habe ebenfalls geschwiegen. Ich hätte auch nicht gewusst, was ich zu ihm sagen soll.

›Toll, du bist ganz zufällig der Kerl, der mir von meinem blöden Fluch zugedacht wurde! Ich bin dazu verdammt, für alle Zeit deine Nähe zu suchen, und werde mich früher oder später den vorgegaukelten Gefühlen, die ich für dich zu haben glaube, hingeben, um nicht völlig den Verstand zu verlieren!‹ Nein, ich glaube nicht, dass ich damit einen guten Eindruck hinterlassen würde. Also halte ich lieber den Mund, ehe etwas Dämliches herauskommt. Das einzige Geräusch ist das Knirschen der mit Raureif überzogenen Blätter unter unseren Füßen.

Als wir zum Waldrand kommen, nehme ich meinen eigenen Umhang, den ich dort deponiert habe, an mich und drehe mich um. Ihn direkt anzusehen, schaffe ich aber nicht, und starre stattdessen auf einen Baumstumpf hinter ihm.

»Ich danke dir für deine Hilfe«, murmele ich. »Wenn du mich kurz entschuldigst, ich gehe schnell dort hinüber, um meinen Umhang anzuziehen, damit ich dir deinen wiedergeben kann.«

Es sollte eigentlich locker klingen, aber die Worte verlassen nur widerwillig meinen Mund und wirken genauso starr, wie ich mich gerade fühle. Weder will ich seinen Umhang von mir nehmen noch will ich mich von ihm entfernen, denn ich weiß, was dann mit mir passieren wird. Das Ziehen in meiner Brust wird sich verstärken, bis ich nicht mehr klar denken kann, bis mein einziger Lebenszweck darin besteht, wieder in seiner Nähe zu sein. Es ist falsch, so grundfalsch, und doch bin ich machtlos dagegen. Aber nach dieser Nacht, nachdem ich ihn angesehen habe und unsere Herzen im gleichen Takt schlugen, wird nichts mehr so sein wie vorher. Da bin ich mir sicher.

Die sorgsam hochgezogenen Mauern, die ich gegen den Fluch und die damit verbundenen Emotionen errichtet habe, wurden durch eine einzige Unachtsamkeit eingerissen. Ich fühle mich hilflos und verletzlich, etwas, das ich bisher nicht kannte. Mein Leben lang habe ich meine Gefühle tief in mir eingeschlossen, und nach Vaans Zurückweisung habe ich mir geschworen, nie wieder etwas für jemanden zu empfinden. Ich wollte nicht mehr fühlen, wollte nicht mehr lieben, sondern mein – im wahrsten Sinne des Wortes – verfluchtes Leben einfach nur hinter mich bringen. Dann hörte ich von einem möglichen Heilmittel, ohne den Irrsinn einer Bindung über mich ergehen lassen zu müssen, und setzte alles daran, es zu bekommen. Ich scheiterte – kläglich! – und lebe nun tagein, tagaus mit meinem Bruder zusammen, der mir mit seiner Gefährtin stets wieder vor Augen führt, was für mich niemals Wirklichkeit werden wird. Und obwohl ich den Gedanken daran, einen Gefährten zu wählen, hasse, spüre ich bitteren Neid in meiner Brust, wann immer ich das verliebte Lächeln der Halbelfe sehe. Ich hasse sie und ich hasse alles, wofür sie steht. Was ist so falsch daran? Wäre sie nicht dummerweise in diesem jämmerlichen Dorf in Vaans Leben gestolpert, hätte es bis ans Ende aller Zeit nur uns beide gegeben.

Aber nein, erst wendet sie sich meinem Bruder zu, und durch den blöden Umstand, dass sie die Königin der Elfen ist, trat der Waldelf in mein Leben, nur um alles, was ich mir sorgsam aufgebaut habe, mit zielsicherer Präzision zu zerschmettern.

Ich will es nicht, aber je mehr ich mich dagegen wehre, desto schlimmer wird es. Das hat mir die letzte Verwandlung gezeigt. Mein Körper weigert sich, die Abneigung meines Geistes anzuerkennen, und tut das, wofür er ausgelegt ist.

Wenn ich mich weiterhin dagegen sträube, werde ich mir über kurz oder lang erheblichen Schaden zufügen. Meine Wandlungen werden noch schmerzhafter und länger werden, und das Ziehen in meiner Brust wird mein Denken überlagern, bis ich zu nichts anderem mehr fähig bin, als schnurstracks zu ihm zu rennen und ihn anzuflehen, mein Gefährte zu werden.

Ich schüttele den Kopf, um die dunklen Gedanken zu vertreiben, und wende mich zum Gehen, doch eine Hand an meinem Arm hält

mich zurück. Der direkte Hautkontakt schickt heiße Impulse durch meinen gesamten Körper, die mich für einen Moment Sterne sehen lassen. Ich reiße die Augen weit auf und drehe ich mich halb zu ihm um. In einer anderen Situation wäre sein Gesichtsausdruck komisch, denn er scheint über seine Handlung genauso überrascht zu sein wie ich. Doch der Gedanke, seine Hand von meinem Arm zu nehmen, scheint ihm nicht zu kommen, und ich verlange es auch nicht. Warum auch immer.

»Nein, es ...« Er weicht meinem Blick aus. »Behaltet den Umhang und gebt ihn mir ein anderes Mal wieder. Ich möchte Euch so schnell wie möglich nach Hause bringen.«

Ich verzichte, ihn darauf hinzuweisen, dass es eine Sache von wenigen Minuten ist, den Umhang zu wechseln, doch meine Zunge klebt nutzlos am Gaumen, also nicke ich nur. Langsam lösen sich seine Finger von meinem Arm und ich reibe mit der freien Hand über die Stelle.

Wir treten aus dem Wald hinaus auf die Wiese, die direkt an Eisenfels grenzt. Die einzelnen Grashalme sind mit Raureif überzogen und beugen sich träge im Wind.

Kaum dass das Stadttor sichtbar ist, sehe ich schon meinen Bruder, der – gehetzt wie das Tier, das in ihm wohnt – an den Mauern auf und ab geht. Als er mich bemerkt, stürmt er auf mich zu und packt mich an den Schultern.

»Bei allen Göttern, Giselle, wo warst du so lange?«, brüllt er mich an und ich meine, echte Sorge in seinen markanten Gesichtszügen erkennen zu können. »Wir dachten schon, dir wäre etwas passiert. Keiner hatte dich gesehen und wir wussten nicht ...«

Sein Blick gleitet über meine Schulter und er verstummt sofort. Seine Augenbrauen schießen in die Höhe, als er unsicher vom Waldelfen zu mir und wieder zurück schaut. Ich schließe seufzend die Augen und kneife mir mit Daumen und Zeigefinger an die Nasenwurzel.

Dass ausgerechnet Vaan der Erste sein muss, dem wir begegnen ...

Er nimmt die Hände von meinen Schultern und räuspert sich. Ehe er etwas sagen kann, hebe ich schnell die Hand und schicke einen warnenden Blick hinterher, der ihm versichert, dass ich es ihn büßen

lassen werde, wenn er jetzt eine einzige dumme Bemerkung von sich gibt.

»Verzeiht mir, es ist meine Schuld, dass Eure Prinzessin erst jetzt nach Hause kommt«, sagt der Waldelf und ich wünschte, er würde einfach den Mund halten.

Vaan quittiert seine Erklärung mit einem bedeutungsschwangeren »Aha«, was ihm einen Knuff in die Seite von mir einbringt.

»Richtet bitte meiner Königin meine Grüße aus«, murmelt der Waldelf, bevor er endlich den Rückzug antritt. Er verbeugt sich vor Vaan und mir, doch ich halte den Blick gesenkt, während seine Schritte hinter mir verhallen.

Wie angewurzelt bleibe ich stehen und überlege fieberhaft, wie ich die Situation retten könnte, doch mir will beim besten Willen nichts einfallen.

Nach einer Weile stößt Vaan geräuschvoll die Luft aus. »Fühlt sich gut an, nicht wahr?«

Auch ohne ihn direkt anzuschauen, kann ich das Grinsen in seiner Stimme hören. Ich recke das Kinn und erwidere: »Ich habe keine Ahnung, wovon du redest.«

»Nein, natürlich hast du das nicht«, gluckst er, ehe er den Arm um meine Schulter legt und mich durchs Stadttor führt. »Und das ist auch nicht sein Umhang, den du da trägst.« Schnell beiße ich mir auf die Zunge, um keine schnippische Antwort zu geben. »Ich kann ihn an dir riechen. Oh, du brauchst doch deswegen nicht rot zu werden.«

Ich stoße ihm so heftig mit dem Ellenbogen in die Seite, dass er ein paar Schritte von mir wegtaumelt und sich lachend die Stelle hält, die ich getroffen habe.

»Ich will kein einziges Wort darüber hören«, zische ich. »Es ist nichts passiert. Er ist mir gefolgt und hat mich zurückgebracht, weil ich mich verirrt habe. Ende der Geschichte. Es ist nicht das, wonach es aussieht.«

»Das ist es doch nie, nicht wahr?« Immer noch grinsend beugt er sich zu mir hinunter. Seine gute Laune verschlechtert meine nur umso mehr, bis der Wunsch, ihn zu schlagen, beinahe unerträglich wird. »Du musst dich deswegen nicht schämen. Ich weiß, was in dir vorgeht.«

»Nein, das bezweifle ich«, murmle ich. »Du wirst mit niemandem darüber reden, erst recht nicht mit *ihr*.«

»Und warum sollte ich den Mund halten? Ich freue mich für dich, wenn du endlich ...«

Frustriert stoße ich die Luft aus und fahre mir mit den Händen durch meine verknotete blonde Mähne. »Weil nichts passiert ist. Verstehst du? *Nichts!* Es war ein blöder Zufall, sonst nichts. Ein Zufall, der sich nicht wiederholen wird. Hör also auf, da etwas hineinzuinterpretieren. Ayrun ist nicht der, für den du ihn hältst.«

Abrupt bleibt Vaan stehen und ich drehe mich zu ihm um. Was ist denn jetzt schon wieder? Als sich einer seiner Mundwinkel zu dem schelmischen Grinsen, das ich schon als Kind an ihm geliebt habe, hebt, gehe ich fieberhaft das eben Gesagte durch und würde mir am liebsten selbst mit der Hand gegen die Stirn hauen.

»Du hast ihn bei seinem Namen genannt«, kommt Vaan mir zuvor. »Das hast du bisher noch nie getan. Und du willst mir wirklich erzählen, dass es nichts zu bedeuten hat?«

»Ja!«, schreie ich ihn an, selbst überrascht über meinen Ausbruch. Ich habe es satt. Ich habe es *so* satt! Seine Anspielungen, seine Vermutungen, und nun scheint mein Versprecher ihn in allem bestärkt zu haben. »Halte dich aus meinem Leben raus, ist das klar?«

»Ich bin dein Bruder«, hält er dagegen. »Es ist nur natürlich, dass ich ...«

»Nein!« Mit beiden Händen stoße ich ihn vor die Brust. »Zwischen uns ist *nichts* natürlich, weil wir es selbst nicht sind! Ich bin nicht wie du und will es auch niemals sein. Ayrun, der Waldelf, wie auch immer, ist nicht der, den du in ihm sehen willst. Und ich habe nicht vor, ihn je wiederzusehen!«

Mit einer Hand reibt er sich über die Brust, während seine Augenbrauen sich zusammenziehen. Ich kenne diesen Blick und schlucke krampfhaft. »Schön, ich werde dich in Ruhe lassen. Aber ich werde nicht dabei zusehen, wie du dich selbst zugrunde richtest. Sollte ich doch mit meiner Vermutung recht haben, werde ich nicht tatenlos zuschauen, wie du dir Schmerzen zufügst. Egal, was in der Vergangenheit zwischen uns vorgefallen ist – du bist meine Schwester und ich werde über dich wachen, wenn du es selbst nicht kannst.«

Mein Hals ist so eng, dass ich kaum noch Luft bekomme, und der glühende Blick aus seinen Goldaugen treibt mir fast die Tränen in die eigenen. Ich weine nicht. Das letzte Mal, als ich geweint habe, war, als meine Mutter getötet zu meinen Füßen lag, ihr Herz durchbohrt von ihrem eigenen Dolch. Der Schmerz, den ich damals spürte, ist zu vergleichen mit dem, was ich jetzt empfinde. Auch wenn Vaans Worte einen wunden Punkt getroffen haben, bedeutet das nicht, dass ich mich ihm anvertrauen könnte.

»Denk bitte daran, dass du jederzeit zu mir kommen kannst«, fügt er mit sanfterer Stimme hinzu, die mir einen wohligen Schauer durch den Körper jagt. »Ich habe dasselbe durchgemacht wie du und kann dich verstehen. Und wenn du – warum auch immer – über den Waldelfen sprechen willst, wird auch Fye ein offenes Ohr für dich haben.«

Als er ihren Namen erwähnt, versteife ich mich sofort. Vergessen ist das Gefühl der Geborgenheit, das mich eben noch durchströmt hat. Schnell ziehe ich die kühle Fassade der unnahbaren Prinzessin nach oben und speise ihn mit einem knappen Nicken ab, da ich meiner Stimme trotz allem nicht traue.

Seufzend nickt er ebenfalls, bevor er eine Hand an meinen Rücken legt und mich zurück in die Burg führt.

KAPITEL 5

Die erste Nacht und der darauffolgende Tag verlaufen ereignislos, und hin und wieder frage ich mich, ob das, was ich erlebt habe, pure Einbildung war.

Ich streife durch die Burg auf der Suche nach etwas, das meine Gedanken beschäftigen könnte, finde aber nichts. Die Verwandlung, die bei Sonnenuntergang nach meiner Rückkehr erfolgte, war zwar schmerzhaft, aber zu ertragen, was mich erleichterte. Nun, einen Tag später, kommt mir mein Ausflug mit dem Waldelfen weit entfernt vor, als wäre er niemals passiert. Das ziehende Gefühl in meiner Brust ist einem dumpfen Pochen gewichen, das mich zwar stört, ich aber weitestgehend ignorieren kann, solange ich etwas finde, um meine Gedanken in eine andere Richtung zu lenken.

Als ich an einem der hohen Fenster vorbeigehe und in den Burghof hinabblicke, finde ich die ersehnte Ablenkung. Im Schneematsch erblicke ich mehrere Soldaten beim Bogenschießen. Einige trainieren mit Schwertern. Das Klirren der Waffen, das Surren der Pfeile und die bellende Stimme des Kommandanten lassen meine Fingerspitzen kribbeln. Es ist schon viele Monate her, seit ich selbst dort unten trainiert habe, und bis eben ist mir nicht aufgefallen, wie sehr ich es vermisst habe.

Ich drehe auf der Hacke um und rausche zurück in mein Zimmer, wo ich mir das lästige Kleid herunterreiße, meine langen Haare zu einem Zopf flechte und aus dem hintersten Winkel meines Schrankes eine braune Lederhose, ein weißes Hemd und ein blaues Wams herausziehe. Eine vorfreudige Unruhe hat mich erfasst, und ohne stillzustehen, schnüre ich das Wams und rolle die Ärmel des Hemdes bis zu den Ellenbogen hinauf. Wadenhohe Stiefel und ein Gürtel, an dem die Scheide meines Dolchs angebracht ist, komplettieren meine Trainingskleidung.

Beim Hinausgehen werfe ich einen flüchtigen Blick in den Spiegel und lächle mir selbst zu. Meine Wangen sind vor Aufregung gerötet und in meinen Augen leuchtet ein Glanz, den ich schon seit langer Zeit nicht mehr gesehen habe. Einige vorwitzige Strähnen meines

blonden Haares haben sich aus dem Zopf gelöst und kringeln sich um mein Gesicht.

Ohne noch mehr Zeit zu vergeuden, renne ich aus meinem Zimmer, den Korridor entlang und die Treppe hinunter. Nur halbherzig murmle ich in aller Eile eine Entschuldigung, als ich eine Magd beinahe zu Fall bringe, die gerade durch das Tor kommt. Ich verlangsame meine Schritte erst, als ich den steinigen Untergrund des Trainingsplatzes unter meinen Stiefeln knirschen höre. Nur das abgezäunte Trainingsareal an sich gleicht einer matschigen Schlammgrube. Wie wild klopft mein Herz in meiner Brust, während ich auf das kleine Regiment schaue, das gerade im Schein der Wintersonne trainiert.

Ich zwinge mich zu einem langsamen Gang, während meine Finger bereits über dem Griff des Dolchs zucken. Der Hauptmann bemerkt mich als Erster und schreit den Soldaten ein kurzes Kommando zu, das sie aufblicken lässt. Zwölf Augenpaare sind auf mich gerichtet. Jeder von ihnen weiß, wer ich bin, doch die Art, wie sie meinen Aufzug mit hochgezogenen Augenbrauen begaffen, lässt mich einen Moment zögern. Dann straffe ich die Schultern und gehe zielstrebig auf den Ausbilder zu, der sich sofort vor mir verbeugt. Die übrigen Anwesenden tun es ihm gleich.

»Hoheit«, murmelt der Hauptmann. »Was verschafft mir die Ehre Eures Besuchs?«

Ich gebe vor, die Blicke, mit denen die Soldaten meine Kehrseite begutachten, nicht zu bemerken, und konzentriere mich auf den Mann vor mir. Er hat seine besten Jahre bereits hinter sich. Sein Gesicht ist gezeichnet von der langen Zeit, die er unter freiem Himmel verbracht hat, sodass seine Haut ledrig und von Falten durchzogen ist. Trotzdem strahlt er eine Würde aus, die mich für ihn einnimmt. Vor ihm war der Hochelf Gylbert für die Ausbildung einer Truppe, die sich die Schwarzen Ritter nannte, verantwortlich. Ich kannte ihn gut. Etwas *zu* gut, vermutlich. Der neue Hauptmann hat nichts mit ihm gemein: weder sein fabelhaftes Aussehen noch die einschüchternde Aura, die Gylbert umgeben hat und von der ich mich magisch angezogen fühlte.

»Ich habe Euch und Eure Soldaten beim Training beobachtet«, berichte ich, was ein Tuscheln hinter mir auslöst. »Ich habe lange

keine Waffe mehr in Händen gehalten und fürchte, dass ich etwas eingerostet bin. Deshalb möchte ich Eurem Training beiwohnen.«

»Was?«, brummt der Hauptmann, und das Tuscheln um mich herum wird lauter. »Ich … Vergebt mir, Prinzessin, aber ich glaube nicht, dass Ihr … Ihr solltet keine Waffen benutzen. Euer Bruder würde mich einen Kopf kürzer machen, wenn er davon erführe.«

Ich runzle bei seinem Gestammel die Stirn. Seine Ausflüchte sind an den Haaren herbeigezogen, das weiß er genauso gut wie ich. Er sieht nur das zierliche blonde Ding vor sich, das unmöglich eines der Schwerter halten und sich vermutlich noch in ihrer Dummheit die eigene Hand abhacken würde.

Ich mag klein sein und nicht über magische Kräfte verfügen, aber ich bin alles andere als wehrlos. Dass er mich auf meine Äußerlichkeiten beschränkt, lässt mich wütend werden und mit den Zähnen knirschen, eine Unart, für die meine Mutter mich mit einem missbilligenden Blick gestraft hätte.

Mein Blick huscht zu den umstehenden Soldaten, die mich zwar gutmütig, aber bezüglich meiner Kampfkünste bestenfalls geringschätzig mustern. Sie sehen nichts als die hautenge Lederhose, die sich perfekt um meine Beine schmiegt, und das hübsche Gesicht, das von blonden Haaren eingerahmt wird.

Sie sehen die Prinzessin. Nicht mehr und nicht weniger. Aber das ist nicht alles, was ich bin. Sie sind blind für den Zorn und die Wut, die in mir wohnen und darum betteln, endlich freigelassen zu werden.

Blitzschnell greife ich nach dem Dolch an meiner Hüfte, und ehe auch nur einer der Umstehenden die Hand heben kann, schleudere ich ihn gegen die nächstgelegene Zielwand. Obwohl sie mindestens zehn Meter entfernt steht und ich nur den Bruchteil einer Sekunde Zeit hatte, um zu zielen, treffe ich mitten in den roten Kreis. Ein paar Mal wippt der Dolch nach, doch die Spitze bleibt im Holz stecken.

Ich recke das Kinn, als ich die Männer betrachte, wie sie mit offenen Mündern den Dolch anstarren, und ein feines Lächeln umspielt meine Lippen.

In der Vergangenheit haben schon andere den Fehler gemacht, mich nach meinem Aussehen zu beurteilen. Keinem von ihnen ist es gut bekommen. Ich bin so viel mehr als ein hübsches Gesicht. Wenn

es darauf ankommt, kann ich mich genauso gut verteidigen wie einer der anwesenden Soldaten, wenn nicht sogar noch besser. Bisher habe ich meine Vorführung auf den Dolch beschränkt, doch der ist nur meine zweitliebste Waffe. Es gibt eine, mit der ich noch viel geschickter bin.

»Also, was ist nun?«, frage ich in die drückende Stille. »Darf ich nun mit Euren Soldaten trainieren oder nicht?«

Der Hauptmann kratzt sich am Kinn, den Blick immer noch auf den Dolch gerichtet. »Nun, ich ... Vielleicht wäre es besser, wenn ich das vorher mit Eurem Bruder ...«

Ich stelle mich vor ihn und zwinge ihn so, mich anzusehen. »Mein Bruder hat hiermit nichts zu tun. Ich bin hier, weil ich wieder trainieren will, nicht weil ich ein Komplott plane. Es gibt also nichts, was Ihr mit Vaan besprechen müsstet. Ich verspreche, dass ich niemandem im Weg stehen werde.«

Es ist nicht meine Art, zu betteln, deshalb beschränke ich mich darauf, den Hauptmann mit meinen Blicken niederzustarren, bis er schließlich einknickt. Es dauert nicht lange, bis er mit einem bellenden Befehl alle Soldaten wieder an die Arbeit scheucht und mir mit einem Nicken zu verstehen gibt, wo ich mich hinstellen kann.

»Erwartet aber nicht, dass Ihr eine Sonderbehandlung bekommt, Prinzessin«, warnt er mich. Wahrscheinlich hofft er, dass er mich damit noch umstimmen könnte.

Doch ich drehe mich nur grinsend zu ihm um. »Damit hätte ich nie gerechnet. Ich verspreche im Gegenzug, dass ich nicht zu hart mit Euren Soldaten umspringen werde.«

Einige Lacher werden um mich laut, als hätte ein vorlautes Kind einen Witz gemacht, über den die Erwachsenen pflichtschuldig lachen müssen. Aber das wird ihnen sehr bald vergehen, dafür werde ich sorgen.

Der Soldat, der mein erster Trainingspartner ist, grinst mir zu, ehe er mich mit Blicken verschlingt. Ich verdrehe die Augen und schüttle den Kopf, bevor ich mich umdrehe, um an einer großen Holzwand nach einer geeigneten Waffe zu suchen. Mein Partner hat sich für ein Einhandschwert entschieden, aber darauf wird meine Wahl nicht fallen. Nur flüchtig streift mein Blick die aufgereihten Schwerter,

Lanzen, Schilde und Äxte. Sie sind allesamt zu schwer oder zu groß für mich.

Erst weiter hinten werde ich fündig. Mit einem grimmigen Lächeln greife ich danach. Der Ledergriff liegt perfekt in meiner Hand, und auch das Gewicht ist auf den Punkt ausbalanciert. Beinahe liebevoll betrachte ich die Peitsche aus dunklem Leder, die aufgerollt in meinen Händen liegt. Meine eigene habe ich verloren, als ich die Elfenkönigin befreit habe, doch diese hier fühlt sich ebenfalls so an, als wäre sie für mich gemacht worden. Vielleicht ist sie das auch, denn ich kenne niemanden, der den Umgang mit dieser Waffe so forciert wie ich.

Mein Trainingspartner wird eine Spur blasser, als er erkennt, für welche Waffe ich mich entschieden habe, und umfasst seinen Schwertgriff fester, ohne mich aus den Augen zu lassen. In geduckter Haltung steht er etwa vier Meter von mir entfernt und wartet darauf, dass der Hauptmann uns den Befehl erteilt, unseren ›Gegner‹ anzugreifen. Ein Grollen bildet sich in meiner Brust, als ich seine Angst wittern kann, und die Löwin in mir läuft hektisch hin und her, lässt ihre Beute nicht aus den Augen. Nichts anderes ist das Jüngelchen vor mir: Beute. Er ist kein Gegner, zumindest nicht für mich. Ich gebe mir selbst die Vorgabe, ihn mit nicht mehr als drei Hieben zu entwaffnen und mit fünf zur Aufgabe zu bewegen. Ein durchaus erreichbares Ziel.

Als der Hauptmann den Kampf für eröffnet erklärt, stürmt der Rekrut schreiend auf mich zu und versucht, mich mit seinem Schwert zu erschlagen. Ich weiche leichtfüßig aus; die Peitsche liegt noch immer aufgerollt in meiner Hand. Er taumelt, und ich gebe ihm genügend Zeit, um wieder ins Gleichgewicht zu kommen, ehe ich ihm ermunternd zulächle. Nun scheint er auch endlich zu begreifen, dass ich mich über ihn lustig mache, denn sein erneuter Angriff ist vehementer – wenn auch von genauso wenig Erfolg gekrönt. Diesmal rennt er gegen eine der Holzlatten, die um den Trainingsbereich als Zaun aufgestellt sind, und landet um ein Haar im Schlamm.

Nur am Rande nehme ich wahr, dass die anderen Soldaten das Training unterbrochen haben, um uns zuzusehen. Sie bemerken, dass

ich meinen Partner nach Strich und Faden vorführe, doch keiner von ihnen schreitet ein, auch der Hauptmann nicht.

Angriff, ausweichen, warten – so geht es eine ganze Weile weiter, bis ich beginne, mich zu langweilen. Auch die Attacken meines Partners werden kraftloser, fahriger, und er schnappt hörbar nach Luft, wenn ich ihm Zeit zum Ausruhen gebe.

Als ich erneut einem Angriff ausgewichen bin, entrolle ich während der Drehung die Peitsche und lasse das Ende mit einem lauten Knall auf meinen Gegner nieder. Sein Schrei hallt zwischen den Hofmauern wider, doch ich hole erneut aus, ziele auf seine rechte Seite und treffe auf die Klinge, direkt unterhalb des Heftes. Der Schlag ist so hart, dass das Schwert mehrere Meter durch die Luft gewirbelt wird, ehe es im weichen Untergrund stecken bleibt. Kreischend hält der Soldat die Stelle an seinem Arm, die ich zuvor getroffen habe, und sinkt auf die Knie.

Zwei Schläge. Zwei verdammte Schläge. Mehr habe ich nicht gebraucht, um meinen Gegner in die Knie zu zwingen. Ich grunze verächtlich. Das sollen die Männer sein, die uns beschützen, wenn es zu einem Angriff kommt? Dass ich nicht lache!

Ich mustere die Gesichter der anderen Soldaten. Sie sind blass und ihre Augen sind starr auf den jammernden Kameraden gerichtet. Mitleid und ›Zum Glück wurde ich ihr nicht zugeteilt‹ kann ich in ihren Mienen erkennen. Keiner wagt es, sich zu rühren.

Nur der Hauptmann löst sich aus seiner Starre. »Das Training ist für heute beendet«, donnert er. »Seht zu, dass der Platz aufgeräumt ist, bevor ihr verschwindet.«

Mit gesenktem Blick machen sie sich daran, die Waffen und Trainingsgeräte einzusammeln. Niemand sieht mich an oder richtet das Wort an mich. Stur bleibe ich an Ort und Stelle stehen, sodass sie in großen Bögen um mich herumlaufen müssen, während ich mit verschränkten Armen den Hauptmann anstarre.

»Auf ein Wort, Prinzessin«, sagt er in gedämpftem Tonfall.

Ich nicke und folge ihm zu einer kleinen Hütte, die direkt neben dem Trainingsplatz steht. Sie ist kärglich eingerichtet: Nur ein Bett, ein Tisch und zwei Schemel sind darin zu finden. Der Hauptmann deutet auf einen der Schemel, doch ich schüttele den Kopf.

»Sagt, was Ihr zu sagen habt«, fordere ich.

»Ich sehe Euch an, dass Ihr vom Zustand unserer Soldaten nicht begeistert seid«, sagt er, während er sich schwerfällig auf einen der niedrigen Schemel niederlässt. »Hab ich recht, Hoheit?«

»Allerdings«, knurre ich. »Das eben ... Das war *lächerlich*! Ich habe ihn mit zwei Schlägen entwaffnet und zur Aufgabe gezwungen. Zwei Schläge! Was wird erst passieren, wenn er in einer echten Schlacht kämpfen muss, in der Menschen um ihn herum sterben? Ich kann mir nicht vorstellen, dass er tapfer bis zum bitteren Ende dem Feind gegenüberstehen würde.«

Der Hauptmann nimmt meinen kleinen Ausbruch mit einem Nicken zur Kenntnis. »Ich stimme Euch in allen Punkten zu, Prinzessin, doch bedenkt, dass Ihr einige Jahrzehnte Trainingsvorsprung habt. Die Männer sind jung und haben allesamt noch keinen echten Kampf gesehen. Ich trainiere nur die neuen Soldaten. Sobald sie das Grundtraining durchlaufen haben, ist ein anderer Veteran für sie zuständig. Aber Ihr müsst verstehen, dass die Rekruten nicht aus demselben Holz geschnitzt sind wie ich oder gar Ihr.«

»Und das soll eine Entschuldigung sein?«

»Nein, soll es nicht. Es ist die Wahrheit.«

Ich schnaube durch die Nase. »Dann kann ich froh sein, dass ich mich selbst zu verteidigen weiß und mein Leben nicht in den Händen dieser Stümper liegt. Wahrscheinlich sollte ich glücklich darüber sein, dass mein Partner das Schwert am richtigen Ende gepackt hat, nicht wahr?«

Der Hauptmann gluckst. »Ich hätte schwören können, dass die Männer genau dasselbe über Euch gedacht haben, als Ihr plötzlich auf dem Platz erschienen seid. So kann man sich irren. Der Wurf mit dem Dolch war erstklassig, aber mit der Peitsche seid Ihr ...« Er zuckt mit den Schultern. »So etwas habe ich noch nicht gesehen. Ich habe überhaupt noch nie jemanden gesehen, der diese Waffe so zu führen wusste wie Ihr.«

Ich nicke knapp. »Ich hatte einen guten Lehrer.«

»Ich weiß, von wem Ihr sprecht. Die Schwarzen Ritter gelten unter uns alten Soldaten noch immer als Legende. Ihr Kommandant, Ritter Gylbert, soll unvergleichlich geschickt mit dem Schwert

gewesen sein. Leider hatte ich nie die Gelegenheit, ihm persönlich zu begegnen. Ich bin bei Weitem nicht so talentiert wie Ritter Gylbert oder Lady Layla, aber ich tue, was ich kann. In ein paar Monaten wird auch dieser Trupp besser in Form sein und seine Aufgabe erfüllen.«

Ich beschränke mich darauf, den Mund zu halten und nur die Augenbrauen hochzuziehen. Der Hauptmann selbst mag ein Kämpfer sein, aber ich bezweifle, dass er dazu geeignet ist, Soldaten auszubilden. Als ich jünger war und von mir noch nicht erwartet wurde, mich wie eine Prinzessin zu geben, durfte ich zusammen mit meinem Bruder trainieren, der von zwei kampferprobten Hochelfen ausgebildet wurde. Ihr Training war mörderisch – aber überaus effektiv. Alles, was ich kann, habe ich von Gylbert und Layla erlernt, und sie waren es auch, die mein Talent mit eher ungewöhnlichen Waffen erkannten und förderten.

»Hättet Ihr vielleicht Interesse daran, mich beim Training zu unterstützen?«, fragt er aus dem Nichts heraus. »Ich muss zugeben, dass ich vorhin, als Ihr zum Trainingsplatz kamt, skeptisch war. Zwar habe ich davon gehört, dass auch Ihr im Waffenkampf unterrichtet wurdet, aber ich hatte keine Ahnung, dass Euer Training so weit fortgeschritten war. Ich würde mich freuen, einen talentierten Kämpfer wie Euch an meiner Seite zu haben. Ich kann schließlich nicht überall sein, und die Männer würden sich sicher freuen, eine solche ... Augenweide unter ihnen begrüßen zu dürfen.«

»Ich werde ihnen das Fürchten lehren, das ist Euch hoffentlich klar«, sage ich, muss aber ein Schmunzeln unterdrücken. Insgeheim freut es mich, dass er mich gefragt hat, und es wäre eine Lüge, zu behaupten, dass es mir keinen Spaß machen würde, die verweichlichten Soldaten zu triezen. »Sie werden nie wieder eine Frau mit solchen Blicken betrachten, wie sie mich heute angesehen haben. Sie werden es nie wieder wagen, eine Frau zu unterschätzen.«

Der Hauptmann nickt. »Und das ist gut so. Schon vor hundert Jahren waren die besten Kämpfer aufseiten der Elfen Frauen, das erzählt man sich heute noch. Es ist von Vorteil, wenn auch unsere Generation wieder daran erinnert wird, dass Frauen zu mehr gut sind, als Haus und Herd zu hüten. Ihr, Prinzessin, seid ein leuchtendes Beispiel, ebenso wie unsere Königin.«

Ich versteife mich, als die Sprache auf die verhasste Gefährtin meines Bruders kommt, doch der Hauptmann scheint es nicht zu bemerken.

»Ich habe sie einmal kämpfen sehen«, erzählt er und seine Miene nimmt einen verzückten Ausdruck an. »Ich sah, wie sie Magie zwischen ihren Händen beschwor und sie anschließend entfesselte. Und die Waffe, mit der sie kämpfte, war sehr ungewöhnlich. Wie hieß die doch gleich?«

»Ihr meint die Schwertlanze«, speie ich hervor.

»Schwertlanze! Ganz genau! Ich habe seitdem nie einen anderen Kämpfer gesehen, der diese Waffe benutzt hat. Aber die Königin ist damit genauso talentiert, wie Ihr im Umgang mit der Peitsche seid.«

Ich presse fest die Lippen zusammen, um ihn nicht anzuschreien, dass er seine unangebrachten Vergleiche lassen soll. Fye ist eine Stümperin, wenn es um Waffen geht. Sie hat keinerlei Talent, und wäre ihre Mutter nicht die verdammte Elfenkönigin gewesen, würde sie nicht einmal mit Magie umzugehen wissen. Es ist eine Beleidigung, mit ihr auf eine Stufe gestellt zu werden. Bevor sie meinen Bruder getroffen hat, hat sie sich mit abgebrochenen Ästen und Stöcken verteidigt. *Stöcken!* Und mit so etwas werde ich verglichen!

Es kostet mich meine gesamte Willenskraft, um mir meine Wut nicht anmerken zu lassen, und ich bemühe mich, schnell ein anderes Thema anzuschneiden. »Welche Aufgabe gedenkt Ihr mir zu übertragen?«

»Ich denke, wir beginnen damit, dass Ihr das tägliche Training überwacht und die Soldaten auswählt, die noch besondere Aufmerksamkeit brauchen.«

Ich nicke. Damit bin zufrieden, zumindest vorerst. Er will sehen, ob ich nicht nur geübt mit Waffen bin, sondern auch beurteilen kann, wenn jemand seine Sache nicht gut macht. An seiner Stelle würde ich ganz genauso vorgehen.

Gerade als ich mich von ihm verabschieden und mich zurückziehen will, hält er mich auf. »Vielleicht solltet Ihr morgen ... etwas weniger ... aufreizende Kleidung anziehen, Mylady.«

»Soll ich etwa eine Rüstung tragen, in der ich mich kaum bewegen kann?« Als der Hauptmann zu einer Entgegnung ansetzt, hebe

ich schnell die Hand, um ihn zu unterbrechen. »Haben Eure Männer schon einmal gegen die Elfen gekämpft, Hauptmann? Nein? Dann lasst Euch sagen, dass die Kriegerinnen, vor allem die Zauberinnen, weitaus weniger am Leib tragen als ich, damit sie ihr Medium, das ihre Magie verstärkt, schneller durch die Haut aufnehmen können. Sollen Euren Männern etwa die Augen aus dem Kopf fallen, wenn sie zum ersten Mal auf dem Schlachtfeld einer Magierin gegenüberstehen?«

»Medium?«, fragt der Hauptmann.

Ich rolle mit den Augen, ehe ich erkläre: »Jedes Volk der Elfen kann Magie wirken. Dazu benötigen sie eine Quelle, die wir als Mana bezeichnen. Um an dieses Mana zu gelangen, bedienen sich die Elfen eines Mediums, das sie mit Kraft versorgt. Welches Medium benutzt werden kann, hängt von der Art der Elfen ab. Die Magie der Dunkelelfen beispielsweise ist besonders stark bei Nacht oder an dunklen Orten, während sie tagsüber nahezu unbrauchbar ist. Waldelfen bedienen sich der Natur um sie herum. Nur Hochelfen sind dazu in der Lage, andere Elfen als ihr Medium zu benutzen und sie sozusagen auszusaugen.«

Ich erinnere mich mit einem Schaudern daran, wie die letzte Elfenkönigin sämtliche Magie aus Gylbert herausgezogen hat. Es sah unglaublich schmerzhaft aus, wie er sich krümmte, den Mund zu einem tonlosen Schrei geöffnet, obwohl Jocelyn nur eine Hand auf seinen unbedeckten Arm gelegt hatte.

»Während eines Kampfes ist es wichtig, dass die kämpfende Elfe ständig mit neuem Mana versorgt wird«, fahre ich fort. »Ihr Medium nimmt sie am besten direkt über die Haut auf, weshalb sich Elfenkrieger meistens nur spärlich bekleiden.«

»Und was ist mit unserer Königin?«, fragt er. »Welches Medium benutzt sie?«

Ich schlucke eine spitze Bemerkung hinunter und antworte: »Keines. Schließlich ist sie nur eine Halbelfe. Da sie keine Volkszugehörigkeit hat, besitzt sie auch kein Medium, das sie im Falle eines Kampfes nutzen kann, und muss auf die Manavorräte in sich zurückgreifen, die aber früher oder später zur Neige gehen.«

Der Hauptmann brummt etwas Unverständliches, ehe er hinzufügt: »Ich denke nicht, dass wir in unserer Generation noch einmal

gegen die Elfen ins Feld ziehen. Immerhin ist ihre Königin nun auch die unsere.«

Meine Augen verengen sich zu Schlitzen und ein Grollen braut sich in meiner Brust zusammen. »Seid Euch da nicht so sicher, Hauptmann. Seid Euch nicht so sicher.«

Ehe ich mich noch um Kopf und Kragen rede, verabschiede ich mich und verlasse die Hütte. Draußen bleibe ich stehen, um tief durchzuatmen. Warum habe ich das gesagt? Wollte ich ihm Angst machen? Nein, das ist es nicht. Ich glaube selbst an das, was ich gesagt habe. Nur weil die Halbelfe ihre Königin ist, bedeutet das nicht, dass alle Elfen plötzlich friedlich nebeneinanderher mit uns leben. Zwar waren Kriege auch früher nicht an der Tagesordnung, aber gerade in Grenzgebieten kam es häufiger zu Übergriffen. Ich erinnere mich an einige Fälle, in denen mein Vater und Vaan zu unseren Grenzen reisen mussten, um zwischen Bauern, die ihre Felder in die Gebiete der Waldelfen verlagert haben, und dem aufgebrachten Elfenvolk zu vermitteln. Leider ging es nicht immer friedlich aus.

Das Kribbeln in meinen Fingerspitzen und der dunkler werdende Himmel erinnern mich daran, dass ich mich sputen muss. Um nichts in der Welt möchte ich meine Trainingskleidung durch eine Verwandlung ruinieren, und die Zeit drängt. Nur noch spärlich kann ich den Lichtstreif am Horizont erkennen.

Ich werde es nicht mehr schaffen, mich umzuziehen und in den Wald zu gehen, also beschließe ich, heute Nacht im Schloss zu bleiben. Früher habe ich das oft gemacht, aber es gibt mehrere Gründe, warum ich davon abgekommen bin. Einer ist die Tatsache, dass ich es nicht länger als nötig in Vaans und Fyes Nähe aushalte, doch das ist nicht alles. Als ich erkannt habe, dass meine andere Gestalt leichter zufriedenzustellen ist, wenn ich mich draußen herumtreibe, bin ich dazu übergegangen, die Nächte im Wald zu verbringen.

Auf meinem Weg zurück begegne ich nur einigen Wachen; die restliche Dienerschaft hat sich bereits zurückgezogen. Ein latentes Ziehen in meiner Brust sagt mir, dass der Waldelf heute wieder für kurze Zeit ins Schloss zurückgekehrt ist. Zu meinem Glück hat mich das Training so beschäftigt, dass ich nicht eine Sekunde an ihn gedacht oder das Ziehen so stark wie sonst gespürt habe. Hoffentlich

wird meine neue Aufgabe mich auch die kommende Zeit von dem Chaos in meinem Kopf ablenken und mir dabei helfen, ihm aus dem Weg zu gehen. Solange er nicht mit meinem Bruder oder der Halbelfe spricht, wird er keinen Zugang zum Trainingsbereich, der hinter der Burg liegt, bekommen. Ich wäre vor ihm sicher und müsste nicht mehr in der Angst leben, ihm zufällig über den Weg zu laufen.

Das Abendessen habe ich verpasst, doch mein knurrender Magen lässt mich einen Umweg über die Küche machen. Das nervtötende Ziehen in meiner Brust wird stärker, obwohl …

»Prinzessin«, höre ich seine tiefe Stimme hinter mir, und ich ramme die Füße in den Boden. Mich umzudrehen, wage ich nicht, sondern suche gleich nach einem Fluchtweg. Wie konnte ich so dumm sein und ihn nicht bemerken? Warum wurde er nicht schon längst aus dem Schloss geworfen? Um diese Uhrzeit dürften keine Abgesandten mehr hier sein …

Wie jedes Mal, wenn er in meiner unmittelbaren Nähe ist, ergeben nicht einmal meine Gedanken einen Sinn. Ich sehe den verzweigten Weg vor mir, den ich nehmen könnte, um ihm zu entgehen, aber ich kann meine Beine nicht dazu überreden, sich zu bewegen. Es ist, als hätte mein Körper ohne meine Zustimmung beschlossen, sich nicht von der Stelle zu rühren.

Ich fühle seine Präsenz hinter mir, spüre seinen warmen Atem in meinem Nacken, der einige Strähnen, die sich aus dem Zopf gelöst haben, nach vorne pustet und mir eine Gänsehaut beschert. Ich stelle mir vor, wie sein Blick an meinem Rücken hinabgleitet und meinen Aufzug mustert, ehe er wieder nach oben zurückkehrt. Der Gedanke ruft ein seltsames Kribbeln in meinem Bauch hervor.

»Solltet Ihr nicht längst auf dem Weg nach draußen sein?«, fragt er nach einer gefühlten Ewigkeit. »Immerhin wird es bald Nacht.«

»Ich habe beschlossen, die Nacht im Schloss zu verbringen«, presse ich hervor. Selbst das Sprechen bereitet mir Schwierigkeiten.

In meinem Kopf bilden sich einige weitere Erwiderungen, die ich ihm gerne an den Kopf werfen würde. Zum Beispiel, dass es ihn einen feuchten Dreck angeht, warum ich noch hier bin, und dass er sich um seine eigenen Angelegenheiten kümmern soll. Dass er endlich aufhören soll, meine Nähe zu suchen. Doch nichts davon kommt

über meine Lippen. Stattdessen hülle ich mich in Schweigen und bete stumm darum, dass er verschwindet.

»Haltet Ihr das für eine gute Idee? Wird das Eure … andere Gestalt nicht zu sehr einengen?«

»Nein, wird es nicht«, sage ich schnell und schaffe es endlich, einen Schritt von ihm wegzumachen. »Diese andere Gestalt, von der Ihr da sprecht, das bin immer noch ich. Und wenn ich beschließe, im Schloss zu bleiben, dann ist das meine Sache.«

»Verzeiht, ich wollte Euch nicht kränken. Ich versuche nur, mich mit Euch zu unterhalten.«

Gegen jede Vernunft drehe ich mich um und schaue zu ihm auf. Ich weiß bereits in dem Moment, in dem ich mich ihm zudrehe, dass es ein Fehler ist, doch erneut ist mein Verstand ein Gefangener meines Körpers. Ein Zustand, den ich zutiefst verabscheue, denn es fühlt sich so an, als könne ich nichts weiter tun, als hilflos danebenzustehen, während ich mir selbst dabei zusehe, wie ich ins Verderben renne.

Mein Zorn auf mich selbst verraucht, als ich in sein Gesicht schaue und ehrliche Sorge in seiner Mimik erkenne. Kurz flackert etwas in meiner Brust auf, etwas Warmes, aber ich gebe mir alle Mühe, es zu unterdrücken. Ich will nicht, dass er mich so ansieht. Ich will nicht, dass er mich *überhaupt* ansieht!

»Wenn Ihr mich jetzt entschuldigt«, murmle ich, als ich mich von seinem Anblick losreißen kann. »Wie Ihr bereits sagtet, es wird bald Nacht.«

Ich habe noch keinen Schritt gemacht, als seine Hand vorschießt und sich um meinen Unterarm legt. Sein Griff ist leicht – wenn ich es darauf anlegen würde, könnte ich mich jederzeit mit einer Bewegung befreien. Warum tue ich es dann nicht? Warum lasse ich zu, dass er mich erneut zurückhält?

»Ich …« Er schluckt hörbar, als er mir dabei zuschaut, wie ich zuerst auf seine Hand an meinem Arm und anschließend in sein Gesicht starre. Er sieht die Wut, die in mir brodelt, und denkt, sie richtet sich gegen ihn. Aber damit liegt er falsch. Es gibt nur einen, auf den ich wütend bin: auf mich selbst. »Ich dachte, es würde Euch vielleicht gefallen, wenn ich Euch die Nacht über Gesellschaft leisten

und Euch etwas mehr als nur den Rand des Waldes zeigen könnte. Es gibt einige schöne Ecken, die Ihr noch nicht entdeckt habt.«

Es kostet ihn Überwindung, sein Angebot bis zum Ende vorzubringen, denn mit jedem Wort verengen sich meine Augen mehr und mehr zu Schlitzen.

»Erinnert Ihr Euch noch an letzte Nacht?«, frage ich eisig, ohne meinen Blick von ihm abzuwenden.

»Wie könnte ich sie vergessen?«

Kurz blinzle ich, weil seine Worte sich wie ein wohltuender Schleier über meine Wut legen, doch ich unterdrücke das Gefühl. »Dann wisst Ihr vielleicht noch, welche Schmerzen mir die Verwandlung bereitet hat. Wie ich geschrien habe, als mein Körper über längere Zeit und qualvoller als jemals zuvor auseinandergerissen wurde.« Er wird merklich blasser bei den Bildern, die meine Worte heraufbeschwören, und für einen kurzen Moment zittert die Hand, die noch an meinem Arm liegt. »Und das ist ganz allein Eure Schuld.«

»M-Meine Schuld? Aber … Wie kann ich …«

Mit einem Ruck befreie ich meinen Arm, solange ich noch klar denken kann und mich nicht erneut von ihm einlullen lasse. »Das kann ich Euch nicht erklären. Glaubt mir aber, wenn ich Euch sage, dass ich mich besser fühle, wenn Ihr *nicht* zugegen seid.«

Sichtlich getroffen, macht er einen Schritt zurück.

»Ich … Es lag mir fern, Euch irgendwie Schmerzen zuzufügen. Ich dachte nur, dass es Euch gefallen würde, wenn ich Euch nachts begleite, um Euch die Zeit zu vertreiben. Ihr kamt mir so … verloren und einsam im Wald vor. Bitte verzeiht, wenn ich mit dieser Annahme falschlag.«

Mit fest zusammengepressten Lippen macht er auf dem Absatz kehrt und flieht regelrecht den Gang entlang. Fassungslos starre ich ihm nach, drauf und dran, ihn zurückzuhalten. Aber warum? War es nicht genau das, was ich erreichen wollte? Er geht, und er wird so bald nicht wieder meine Nähe suchen. Alles ist so, wie ich es mir gewünscht habe. Ich müsste mich freuen. Doch mein Herz, das sich anfühlt, als würde es von einer unsichtbaren Hand zerquetscht werden, ist da anderer Ansicht. Mit jedem Schritt, den er sich von mir entfernt und der zwischen den engen Wänden widerhallt, nimmt das

Engegefühl in meiner Brust zu, bis ich nicht mehr in der Lage bin, normal zu atmen.

Was ist nur los mit mir?

»Ayrun, wartet!«, rufe ich, als ich glaube, ersticken zu müssen.

Ich presse beide Hände auf meine Brust, spüre das ungewohnt abgehackte Schlagen meines Herzens unter meinen Handflächen und ringe nach Luft. Als ich den Blick hebe, sehe ich, dass er stehen geblieben ist und sich zu mir umgedreht hat.

Wenn er noch einen Schritt von mir wegmacht, dann … dann weiß ich nicht, was mit mir passieren wird.

Es fühlt sich bereits an, als würde mir mein Herz aus der Brust gerissen werden. Hinzu kommt das Kribbeln in meinen Gliedmaßen, das die bevorstehende Verwandlung ankündigt. Es wird unerträglich werden, wenn ich jetzt meine Gestalt ändere. Es würde mich nicht nur körperlich zerreißen.

Meine Beine beginnen zu zittern, und ich muss mich mit einer Hand an der Wand abstützen, um nicht das Gleichgewicht zu verlieren.

»Es … Es tut mir leid, was ich gesagt habe.« Meine Stimme ist nicht mehr als ein schwaches Keuchen, und die Worte kommen nur abgehackt aus meinem Mund hervor.

Mit schnellen Schritten ist er bei mir, umfasst meine Taille und hilft mir zurück in eine aufrechte Position. Er streicht mir mit einer Hand das Haar aus der schweißnassen Stirn, während ich nichts anderes tun kann, als auf die steile Falte zu starren, die sich zwischen seinen zusammengezogenen Augenbrauen gebildet hat.

»Kann ich irgendwas für Euch tun? Bitte sagt mir, was ich tun soll!«

Kraftlos lasse ich meinen Kopf nach vorne gegen seine Schulter sinken. Das Ziehen in meiner Brust ist verschwunden und ich kann endlich wieder normal atmen, aber mein Körper ist so ausgelaugt, als wäre ich den ganzen Tag über den Trainingsplatz gerannt. Nein, eigentlich geht es weit über körperliche Anstrengung hinaus. Es ist eher so, als wäre mir meine ganze Kraft entzogen worden, und ich wäre nichts weiter als eine leere Hülle.

»Mein Zimmer … Bitte bringt mich auf mein Zimmer«, murmle ich.

Ohne dass ich ihn um seine Hilfe bitten muss, legt er eine Hand unter meine Knie, die andere an meinen Rücken, hebt mich hoch und presst mich an sich. Sein würziger Duft nach Wald, Moos und Holz wirkt beruhigend, so beruhigend auf mich, dass ich meine Wange an seine Brust schmiege und die Augen halb schließe.

Ich bekomme nur am Rande mit, wie er durch die Burg eilt. Einige Wachen werfen uns besorgte Blicke zu und ich hoffe, dass sie nicht sofort zu meinem Bruder laufen, um ihm davon zu berichten. Doch niemand hält uns auf. Sehe ich wirklich so schlecht aus, dass sie ihm gestatten, unbehelligt durch die Burg zu laufen? Und warum kennt er sich hier überhaupt so gut aus? Mir ist bewusst, dass er den direkten Weg zu meinem Zimmer kennt, aber von der Küche aus, die sich im Keller befindet, hätte ich nicht gedacht, dass er immer den richtigen Korridor wählt.

So schwungvoll, dass sie nach hinten gegen die Wand knallt, stößt er die Tür zu meinem Zimmer auf und legt mich behutsam auf die Matratze, ehe er sich umdreht, um die Tür wieder zu schließen. Für einen Moment genieße ich die weiche Vertrautheit meines Bettes, bevor ich mich auf die Unterarme stütze und meine Füße über den Bettrand auf den Boden stelle.

»Ihr solltet liegen bleiben.« Ohne dass ich ihn davon abhalten kann – oder will, was ich aber einzig und allein auf meine momentane Schwäche schiebe! –, greift er nach meiner Hand. Federleicht fährt sein Daumen über meinen Handrücken, und diese winzige Berührung dämpft das Zerren, das bereits vom Rest meines Körpers Besitz ergriffen hat. Wie gern würde ich seiner Aufforderung nachkommen, mich hinlegen, die Augen schließen und einfach schlafen, wie jeder normale Mensch es nachts tut.

Aber ich bin nicht normal.

»Geht zur Tür, schiebt den Riegel vor und dreht Euch nicht zu mir um«, weise ich ihn an.

Verdutzt schaut er mich an, bevor er meine Hand loslässt und zur Tür geht. Erst als ich das Klacken des Riegels höre, atme ich tief ein und stehe auf. Den Rücken zu ihm gedreht beginne ich, die Schnüre meines Wamses zu lösen. Ich muss mich beeilen, doch meine Finger zittern so sehr, dass ich ständig von vorne muss. Meine Muskeln

zucken bereits unkontrolliert und ich werde mich nicht mehr lange auf den Beinen halten können, doch um nichts in der Welt will ich meine Kleidung ruinieren. Zu sehr freue ich mich auf das tägliche Training und auf die Aufgabe, die ich endlich habe.

»Prinzessin, solltet Ihr nicht ...«

»Nicht umdrehen!«

Mit schweißnassen Händen streife ich die Hose ab und ziehe mir das Hemd über den Kopf. Das Rascheln meiner Kleidung und meine stoßweise gehenden Atemzüge sind das einzige Geräusch im Zimmer, abgesehen von meinem wie wild klopfenden Herzen.

Die Kälte des Steinbodens kriecht meine Beine hinauf und nistet sich in meinem Körper ein, sodass ich die Arme um mich schlinge, um mich zumindest etwas warm zu halten. Anschließend schiebe ich mit dem Fuß den unordentlichen Kleiderhaufen so weit weg wie möglich, um während der Wandlung nicht doch versehentlich etwas zu zerstören.

»Egal, was Ihr hört: Dreht Euch erst um, wenn es vorbei ist«, sage ich, den Blick starr auf die Wand vor mir gerichtet.

Nur zu gern würde ich über meine Schulter schauen und mich vergewissern, ob er sich an das, was ich ihm aufgetragen habe, gehalten hat, doch ich wage es nicht. Was, wenn er zu mir schaut? Mit falscher Scham bin ich zwar nicht gesegnet – ein notwendiges Übel, wenn man sich von klein auf jede Nacht verwandelt und am Morgen nicht gleich frische Kleidung zur Verfügung hat –, aber der Gedanke daran, dass *sein* Blick über meine Haut wandert, lässt mich trotzdem nervös werden. Das ist unsinnig, vor allem, wenn ich bedenke, dass er gestern Nacht bereits bei meiner Rückverwandlung dabei war und mich im Arm gehalten hat, als ich wieder menschliche Züge annahm.

»Kann ich etwas tun, um es Euch ... zu erleichtern?«, fragt er.

»Nein, da muss ich alleine durch. Normalerweise ist es nicht so schlimm wie gestern Nacht.«

»Was war gestern Nacht anders?«

Ein paar quälende Atemzüge lang denke ich darüber nach, einfach nicht zu antworten und stattdessen darauf zu warten, dass die Verwandlung endlich einsetzt und mich davor bewahrt, es aussprechen zu müssen. Das zerrende Gefühl in meinen Gliedmaßen und das Zit-

tern meiner Muskeln wird nimmt zwar zu, aber noch spüre ich nicht das Reißen, das meinen Körper verändert.

»Ihr«, sage ich daher leise, fast flüsternd, als hoffte ich, dass er mich nicht versteht.

»Sollte ich dann nicht lieber gehen?«

»Nein!«

Reflexartig wirble ich halb zu ihm herum, um ihn davon abzuhalten, durch diese Tür zu gehen. Jeder Schritt, jede noch so kleine Entfernung würde es mir nur schwerer machen. Mit aufgerissenen Augen erkenne ich, dass er sich ebenfalls umgedreht hat, und fester als nötig presse ich meine Arme gegen meinen Oberkörper, um mich zu bedecken.

Mit leicht geöffnetem Mund schaut er mich an, sodass ich schnell den Blick senke und mich wieder umdrehe. Meine Wangen brennen vor Scham und Verlegenheit, Gefühle, die mir eigentlich völlig fremd sind. Ich bin über einhundert Jahre alt. Er ist bei Weitem nicht der erste Mann, der mich nackt gesehen hat, und doch besteht zwischen uns eine Spannung, die ich nicht in Worte fassen kann. Sie knistert zwischen uns, wann immer wir uns in der Nähe des anderen befinden, und lässt mich Dinge denken und sagen, für die ich mir unter normalen Umständen selbst eine Ohrfeige verpassen würde.

Warum habe ich ihn dazu ermutigt, hierzubleiben? Aber ihm zu sagen, dass er gehen soll, schaffe ich nicht. Ich will, dass er hier ist, und es ist nicht so, dass seine Blicke mir unangenehm sind. Vielmehr sind es die Gefühle, die seine Nähe auslöst. Zu ungewohnt, zu ungewollt, und doch so stark, dass ich mich nicht dagegen wehren kann. Ist es nur, weil ich Angst vor den Schmerzen haben, die in meiner Brust toben werden, sobald er außerhalb meiner Reichweite ist? Oder ist es wegen der Verbindung, die wir beide haben, und die ich nicht akzeptieren will? Egal, auf was es hinausläuft, es wird mit Qualen für mich enden.

Ich zittere, was rein gar nichts mit der Kälte oder der bevorstehenden Verwandlung zu tun hat.

Als ich Schritte hinter mir höre, versteife ich mich noch mehr. Mein Herz klopft mir bis zum Hals und meine Atmung ist so flach, dass ich jederzeit damit rechne, einfach umzufallen. Wäre da nicht

das Flattern von aufgebrachten Schmetterlingen in meinem Bauch, könnte ich meinen, dass ich eine Panikattacke erleide.

Etwas legt sich um meine Schultern, und als ich endlich meine Hände davon überzeugen kann, danach zu greifen, merke ich, dass es weicher Stoff ist.

»Ihr friert«, murmelt er hinter mir, so nah, dass ich erneut seinen warmen Atem auf meiner Haut spüre.

Meine Hände klammern sich an den Stoff, der sich als eine der Decken von meinem Bett entpuppt, und ich schlinge diese so eng um mich wie nur möglich.

»Danke«, wispere ich.

Will die verdammte Sonne denn nicht bald mal hinter dem Horizont verschwinden? Noch nie habe ich so sehnlichst auf meine Verwandlung gewartet wie heute Abend, und das liegt nicht nur an der aufgeladenen Stimmung, die hier im Raum herrscht. Gestern habe ich mich gegen Ayruns Nähe gewehrt, habe mich gegen das gewehrt, was er womöglich ist, und als Folge hatte ich mit einer der schwersten Wandlungen meines Lebens zu kämpfen. Heute wehre ich mich zwar immer noch gegen das, was er vielleicht ist, aber ich akzeptiere seine Nähe. Ich habe ihn aus – mehr oder weniger – freien Stücken gebeten, bei mir zu bleiben, und ich habe beschlossen, mich ihm ein Stück weit zu öffnen, um zu sehen, was passiert. Wird die heutige Wandlung ebenso schmerzhaft werden? Oder wird es mir leichterfallen, meine menschliche Hülle abzustreifen, wenn ich mich nicht gegen ihn wehre?

Dass er hier ist, ist ein Experiment, dessen Ausgang ich nicht vorhersagen kann.

Als das letzte Sonnenlicht erlischt, jagt eine Schmerzwelle durch mich hindurch.

»Geht ein Stück zurück«, keuche ich. »Ich will Euch nicht versehentlich verletzen.«

Er tut wie geheißen, und stellt sich auf die andere Seite des Bettes, wie ich es im Augenwinkel bemerke. Nachdem ich weiß, dass er außerhalb meiner Reichweite ist, höre ich auf, mich gegen das Unvermeidliche zu wehren, und entspanne mich, so weit es mir möglich ist. Gleichmäßiges Atmen und der Gedanke an etwas Angenehmes sind

die Geheimmittel, zu denen uns Mutter geraten hat, als mein Bruder und ich unsere ersten Wandlungen durchlebten. Mich traf es einige Jahre vor Vaan, sodass ich bei ihm sein und ihm helfen konnte. Und nun fühlt es sich so an, als könnte Ayrun *mir* helfen.

Während ich mich auf meine Atmung konzentriere, spüre ich zwar, wie meine Knochen brechen und sich verschieben, um sich neu anzuordnen, aber der Schmerz, der mich gestern beinahe hat wahnsinnig werden lassen, bleibt aus. Es tut weh, doch es ist auszuhalten und nicht schlimmer als all die Jahre zuvor auch.

Als die Wandlung abgeschlossen ist, schüttle ich die Decke ab, die noch auf meinem Rücken liegt, und drehe mich um. Wie immer brauche ich einen Moment, um mich an meine geschärften Sinne zu gewöhnen: Ich versuche, mich nicht durch die aufgewirbelten Staubflocken oder die nächtlichen Geräusche, die aus dem Garten unter meinem Fenster heraufdringen, ablenken zu lassen. Stattdessen fokussiere ich meine Aufmerksamkeit auf den Waldelfen mir gegenüber. Ich nehme den raschen Pulsschlag an seinem Hals wahr, sehe seine leicht geblähten Nasenflügel und seine gerunzelte Stirn. Ich setze mich hin und lege den Kopf schief.

Ein Lächeln zupft an seinen Mundwinkeln, als er meine Geste bemerkt. »Geht es Euch gut?« Als ich nicke, sagt er: »Das sah ganz anders aus als gestern. Weniger … schmerzhaft.«

Wieder nicke ich und würde gern ebenfalls lächeln, so erleichtert bin ich darüber, dass mich nicht die gleichen Qualen wie gestern Nacht heimgesucht haben. Ich weiß nicht, ob ich sie noch mal durchgestanden hätte.

Da ich nicht weiß, was ich sonst machen soll, beginne ich, auf und ab zu gehen. Es ist seltsam, ihn hier in meinem Zimmer zu haben.

»Was macht Ihr normalerweise nachts, wenn Ihr das Schloss nicht verlasst?«, fragt er, nachdem er mich eine Weile beobachtet hat. »Bleibt Ihr einfach hier? Ich kann Euch die Tür öffnen, wenn Ihr wollt.«

Ich schüttle den Kopf, springe aufs Bett, drehe mich ein paar Mal im Kreis und rolle mich dann zusammen.

»Ihr … schlaft?«

Seine Stimme klingt ungläubig, und ich kann es ihm nicht verdenken. Aber tatsächlich bin ich so müde wie schon lange nicht mehr.

Fast hätte ich die Augen geschlossen, als ein lautes Geräusch die Stille zerreißt: das Knurren meines Magens.

Ayrun blinzelt, bevor er schallend lacht, während ich beschämt die Ohren anlege. Immer noch glucksend, geht er zur Tür und schiebt den Riegel zurück. »Ich bin gleich wieder da«, sagt er über die Schulter und verlässt das Zimmer, ehe ich ihn irgendwie aufhalten kann.

Um diese Zeit als Fremder durch die Korridore zu wandern, kann für ihn gefährlich werden. Seit mein Bruder und die Halbelfe ein Kind haben, hat Vaan die Wachen verdoppelt, sodass Ayrun zwangsweise einer von ihnen über den Weg laufen muss. Da er jedoch die Tür hinter sich geschlossen hat, ist es mir unmöglich, ihm zu folgen, wenn ich nicht vorher die Tür zerstören will. Dadurch würde ich die Wachen erst recht auf ihn aufmerksam machen, also bleibt mir nichts anderes übrig, als aus dem Bett zu springen und unruhig im Zimmer umherzulaufen.

Gebannt lausche ich auf jedes Geräusch, das ich aufschnappen kann, und erst als ich seine mir bereits vertraute Schrittfolge höre, entspanne ich mich wieder. Umständlich schiebt er sich ins Zimmer, die Arme beladen mit allerlei Platten und Tellern.

»Eure Köchin ist wirklich sehr nett«, erzählt er, während er das Essen auf den Tisch stellt. »Sie hat mir mehr mitgegeben, weil Ihr das Abendessen verpasst habt.« Kurz mustert er mit gerunzelter Stirn die Speiseauswahl. »Ich dachte eigentlich, dass Ihr in dieser Gestalt rohes Fleisch essen würdet, aber die Köchin hat mich ausgelacht, als ich danach gefragt habe.«

Ein Glück ist Agnes, die gute Seele, bereits seit vielen Jahren unsere Köchin und kennt unsere Vorlieben. Rohes Fleisch war mir seit jeher zuwider, selbst wenn ich im Körper eines Tieres stecke. Ich spähe auf den Tisch und stupse mit der Schnauze einen Teller mit in Scheiben geschnittenen Braten an, den Ayrun mir kurz darauf auf den Boden stellt. Hungrig verschlinge ich den Inhalt, ohne genau zu schmecken, um welches Fleisch es sich handelt. Es kümmert mich nicht, Hauptsache, es schmeckt und füllt meinen Magen.

Lächelnd sieht der Waldelf mir dabei zu, wie ich einen Teller nach dem anderen leere, während er sich nur ein paar Scheiben Brot nimmt. Erst als ich meine platzen zu müssen, wenn ich noch

ein Stückchen esse, springe ich zurück aufs Bett und rolle mich ein. Ohne das nagende Hungergefühl spüre ich jetzt umso deutlicher die Müdigkeit, und wie von selbst fallen meine Augen zu, als ich den Kopf auf den Pfoten bette.

Dann fällt mir Ayrun wieder ein und ich öffne die Augen. Unschlüssig steht er neben dem Tisch und beobachtet mich. Ich weiß zwar, dass ich es bereuen werde, aber dennoch klopfe ich mit dem Schwanz auf die freie Seite neben mir. Es braucht zwei Anläufe und eine Kopfbewegung von mir, bis er versteht, was ich von ihm will. Er öffnet den Mund, um etwas zu sagen, schließt ihn jedoch wieder und beginnt, seine Stiefel auszuziehen. Aus halb geöffneten Augen beobachte ich, wie geschickt seine Finger dabei sind, die Schnüre zu öffnen, und wie von selbst stelle ich mir vor, wie es wäre, diese geschickten Finger auf mir zu spüren. Als er sein Wams abstreift und den Gürtel ablegt und mit nichts weiter als einem Hemd und einer Hose bekleidet ist, muss ich mehrmals gegen einen Kloß in meinem Hals schlucken.

Vor zwei Tagen habe ich alles Mögliche getan, um ihn von mir fernzuhalten, und jetzt steht er leicht bekleidet vor mir, während ich seinen Körper betrachte und er drauf und dran ist, im selben Bett zu schlafen wie ich. Die Tatsache, dass ich gerade im Körper einer Löwin stecke, ist dabei unerheblich. Was ist nur los mit mir? Warum lasse ich das zu? Und viel wichtiger ist die Frage: Warum gefällt mir das? Der bloße Gedanke, dass er gleich neben mir liegen wird, lässt mein Herz ins Stolpern geraten. Die Schmetterlinge, die ich am liebsten allesamt in einen Käfig sperren würde, sind wieder da und hindern mich daran, einen klaren Gedanken zu fassen. Ich kann ihm nur dabei zusehen, wie er langsam auf mich zukommt, höre das Tapsen seiner nackten Füße auf dem Steinboden und spüre seinen Blick auf mir. Mir entgeht nicht, wie viel Zeit er sich für die kurze Strecke lässt, um mir die Möglichkeit zu geben, meine Entscheidung zu überdenken, und genau das lässt mich meine Bedenken vergessen.

Dank meines sensiblen Gehörs entgeht mir nicht, wie schnell sein Herz schlägt, ebenso wie meines, als er sich auf die Bettkante setzt, die unter seinem Gewicht ein Stück nachgibt. Als er sich ausstreckt, stößt er ein leises Seufzen aus. Obwohl zwischen uns bequem eine weitere

Person Platz hätte und wir uns nicht berühren, spüre ich seine Nähe und kann ihn riechen. Nichts weiter brauche ich, um in den beruhigendsten Schlaf abzudriften, den ich seit langer, langer Zeit habe.

KAPITEL 6

Der nächste Morgen kommt zu schnell und zu plötzlich. Ein lautes Klopfen reißt mich aus einem Traum, an den ich mich nicht mehr erinnern kann. Grummelnd vergrabe ich mein Gesicht tiefer ins Kissen und ziehe mir die Decke halb über den Kopf, aber das nervende Geräusch lässt sich nicht ausblenden. Wer ist denn da am frühen Morgen schon so ausdauernd?

»Giselle, bist du wach?«, kommt es zwischen zwei Klopfattacken gedämpft von draußen. Mein noch schlafendes Gehirn braucht eine Weile, um die Stimme meinem Bruder zuzuordnen. »Der Hauptmann sucht nach dir. Er murmelte etwas von einem Training, das du beaufsichtigen solltest.«

Training? Von was redet er da? Ach ja, ich habe den Rekruten gestern den Hintern aufgerissen, und der Hauptmann hat mich anschließend gebeten, ihn beim Training zu unterstützen. Aber niemand hat etwas davon gesagt, dass es so früh stattfinden muss …

Schlaftrunken lasse ich meine Hand auf der Suche nach meiner Kleidung über das Bett wandern. Hier irgendwo muss ich meine Sachen doch hingelegt haben, bevor ich mich gestern Abend verwandelt habe … Als ich gegen warme Haut stoße, erstarre ich. Finger legen sich um mein Handgelenk, während ich noch versuche, das, was sich gerade abspielt, zu verarbeiten. Ich reiße die Augen auf und begegne direkt Ayruns Blick, der genauso verwirrt dreinschaut wie ich. Seine Haare sind zerzaust, sein Hemd zerknittert und verrutscht, sodass seine halbe Brust entblößt ist. Aber immerhin hat er noch mehr an als ich … Erst jetzt merke ich, dass ich die Nacht über näher an ihn herangerutscht sein muss – oder er an mich: Unsere Beine sind ineinander verschlungen und sein anderer Arm liegt unter meinem Rücken. Blut schießt mir in die Wangen, doch ich schaffe es nicht, mich zu bewegen, bin wie gelähmt angesichts dieser seltsamen Situation, die mich überfordert. So war das nicht geplant …

»Kann ich reinkommen?«, ruft Vaan von draußen, und ohne meine Antwort abzuwarten, drückt er die Klinke herunter und betritt das Zimmer.

»Verdammt!«, ist das Einzige, was ich sagen kann, während ich hastig die Decke unter meine Achseln stopfe, um meinen nackten Körper notdürftig zu bedecken, und so weit wie möglich von Ayrun abrücke. Er versucht, aus dem Bett zu kommen, verfängt sich mit den Beinen jedoch in seiner Decke.

»Die Sonne ist bereits aufgegangen und ich dachte, dass du ... *oh*.«

Wie angewurzelt bleibt Vaan stehen, starrt erst zu mir, dann zu Ayrun, und anschließend wandert sein Blick wieder zurück zu mir. Schnell fahre ich mir mit den Fingern durch die Haare, um sie etwas zu entwirren. Zwecklos, ich weiß, aber irgendwas muss ich tun, damit meine Finger aufhören zu zittern.

»Ich will kein Wort hören, Vaan«, zische ich. »Kein. Einziges. Wort. Raus aus meinem Zimmer!«

Mein Bruder hat sichtlich Mühe, sich ein Grinsen zu verkneifen, bevor er sich umdreht und die Tür hinter sich schließt. Resigniert lasse ich den Kopf auf die angewinkelten Knie sinken und stoße hörbar den Atem aus. Das lief überhaupt nicht wie geplant. Aber was hatte ich eigentlich geplant? Schon als ich gestern Abend Ayrun dazu aufforderte, bei mir zu schlafen, wusste ich, dass es eine blöde Idee war. Trotzdem habe ich es getan, weil ich mir sicher war, dass die Schmerzen der Rückverwandlung mich rechtzeitig wecken würden, um ihn ungesehen aus der Burg zu schmuggeln. Stattdessen wache ich in meiner menschlichen Gestalt neben ihm auf, ohne zu wissen, wann ich mich zurückverwandelt habe. Und ausgerechnet an diesem Morgen muss es Vaan sein, der durch meine Tür kommt. Natürlich muss er es sein, wer denn auch sonst? Ich konnte genau sehen, welche Gedanken ihm durch den Kopf geschossen sind, als er Ayrun und mich bemerkt hat. *Jeder* würde das denken, aber ...

Aber so ist es nicht, verdammt noch mal!

Während ich noch damit beschäftigt bin, meine wirren Gedanken zu ordnen, ist Ayrun bereits vollständig angezogen und auf dem Weg zur Tür.

»Es tut mir leid, wenn ich Euch in Schwierigkeiten gebracht habe«, murmelt er sichtlich betreten, ohne mich dabei anzusehen. Allgemein vermeidet er es, in die Richtung meines Bettes zu schauen. »Ich werde die ganze Schuld auf mich nehmen, wenn es sein muss.«

»Wovon redet Ihr da?«

»Ich hätte nicht über Nacht allein bei Euch bleiben dürfen. Das ... gehört sich nicht.«

Überrascht schießen meine Augenbrauen in die Höhe. Meint er das ernst? Glaubt er wirklich, dass mir durch seine bloße Anwesenheit irgendein gesellschaftlicher Schaden entstanden sein könnte?

»Ayrun«, sage ich so ruhig wie möglich und warte, bis er mich ansieht. Immer wieder fliegt sein Blick in eine andere Richtung oder verweilt an einer Stelle hinter mir. »Ich bin über einhundert Jahre alt. Was glaubt Ihr, wie hoch stehen die Chancen, dass in dieser langen Zeit noch nie ein Mann mein Bett geteilt hat?« Ich lasse meine Worte einen Moment wirken, ehe ich sage: »Es gibt nichts, was Ihr Euch vorzuwerfen hättet. Ich werde meinem Bruder erklären, dass nichts vorgefallen ist, wenn Ihr das wünscht.«

»Und was wollt Ihr ihm genau sagen?«

Ich zucke mit den Schultern und halte dabei die Decke fest. »Die Wahrheit. Dass Ihr mir gestern Abend etwas zu essen gebracht habt und dass es anschließend zu spät war, um Euch aus der Burg zu schicken.«

»Aber ich hätte nicht ...«

Schnell hebe ich die Hand, um ihn am Weitersprechen zu hindern. »Ich will kein Wort mehr davon hören. Wenn Ihr nun so freundlich wärt, mich allein zu lassen, damit ich mich anziehen kann ...«

»Natürlich«, murmelt er und öffnet die Tür. Ich erhasche einen Blick auf Vaan, der mit verschränkten Armen an der gegenüberliegenden Wand des Flurs lehnt und Ayrun mit einem schelmischen Grinsen begrüßt. Meine Hand schießt zum Kissen neben mir, und hätte Ayrun die Tür nicht so schnell wieder geschlossen, hätte ich das Kissen Vaan entgegengeschleudert. Sein dämliches Grinsen kann er sich sonst wohin stecken! Ich hasse es, wenn er mich ansieht, als wüsste er genau, was in mir vorgeht. Nichts weiß er, *gar nichts!*

Als ich endlich allein bin, werfe ich die Decke von mir und klaube die wild verstreuten Kleidungsstücke vom Boden auf. Schnell schlüpfe ich die Trainingskleidung vom Vortag, wasche mir das Gesicht und kämme mein Haar, ehe ich es erneut zu einem Zopf flechte. Ich brauche drei Anläufe, bis ich meine Finger so weit unter Kontrolle habe,

66

dass sie die richtigen Bewegungen ausführen. Nachdem ich meine Stiefel angezogen habe, atme ich tief ein und wappne mich darauf, die Tür zu öffnen. Ich muss nicht allwissend sein, um zu erahnen, dass Vaan noch immer dort steht und auf mich wartet, begierig darauf, mir sämtliche Details zu entlocken, oder mich mit ungewollten Ratschlägen zu überhäufen.

Und tatsächlich: Er erwartet mich in derselben Pose, die er bereits vorhin eingenommen hatte.

»Was willst du?«, frage ich, ohne stehen zu bleiben. Ich haste durch die Flure, um zum Training zu kommen, doch leider hält Vaan mühelos mit mir Schritt.

»Ist das nicht offensichtlich? Seit wann geht das schon so?«

»Ich habe keine Ahnung, wovon du redest.«

»Oh doch, Giselle, das weißt du ganz genau!« Er packt meinen Oberarm und wirbelt mich zu sich herum. »Warum redest du nicht mit mir? Du musst da nicht alleine durch. Ich weiß genau, was du ...«

»Nein!« Ich befreie meinen Arm mit einem Ruck und mache schnell einen Schritt nach hinten, damit er mich nicht gleich wieder packen kann. »Ich weiß, dass du mir nicht glauben wirst, wenn ich dir sage, dass es nicht so ist, wie es aussieht. Es ist *nichts* passiert. Ich wollte sehen, ob es an ihm liegt, dass meine Verwandlungen so schmerzhaft sind, also ist er bei mir geblieben.«

Vaans Augen verengen sich zu Schlitzen. »Du lässt niemanden in deine Nähe, wenn du dich verwandelst, seit ... seit *damals*. Du sagst, es sei dir peinlich, wenn dich jemand dabei sieht.«

Bei der Art, wie er ›damals‹ betont, knirsche ich mit den Zähnen, ansonsten hätte ich frustriert aufgeschrien. Ich weiß, auf was er anspielt, aber diese Nacht, die er meint, würde ich nur zu gerne aus meinem Gedächtnis verbannen. Die Nacht, als ich ihn zum ersten Mal gebissen habe. Die Nacht, als ich dachte, wir würden zusammengehören. Als es noch keine Gefährtin oder ein Königreich gab, über das er herrschen musste. Damals, als es noch hieß ›Wir zwei gegen der Rest der Welt‹. Wie falsch ich doch lag ...

»Das ist auch immer noch so. Es ist mir peinlich«, entgegne ich so gleichgültig wie möglich. »Deshalb war es auch ein Versuch, den ich nicht wiederholen werde.«

Vaan verschränkt die Arme vor der Brust. »Genauso, wie du eine Begegnung mit Ayrun nicht wiederholen wolltest?«

Ich schlucke eine spitze Erwiderung hinunter und drehe mich um. »Denk doch, was du willst. Aber ich habe es dir schon einmal gesagt: Es ist nicht das, wonach es aussieht.«

»Ich habe dich schon mit vielen Männern gesehen, Giselle. Doch bei keinem von ihnen warst du so ... zerstreut und darauf bedacht, dass niemand etwas Falsches denkt. Es war dir egal, wenn die anderen über dich redeten. Du hast dir die Männer genommen, die du haben wolltest, und innerhalb kürzester Zeit hast du sie wieder fallen lassen, ohne dich zu rechtfertigen oder fadenscheinige Erklärungen abzuliefern. Aber bei Ayrun ist es anders. *Du* bist anders, wenn es um ihn geht. Wie lange willst du es noch leugnen?«

»Es gibt nichts, das ich leugnen müsste«, sage ich. »Kümmere dich um deinen eigenen Kram und lass mich in Ruhe!«

»Du bist meine Schwester, und ich kann nicht einfach danebenstehen, wenn du selbst blind durch dein Leben läufst.« Vaan hebt beschwichtigend die Hände und macht einen vorsichtigen Schritt auf mich zu. »Ayrun ist nicht nur irgendein Waldelf. Er ist der gewählte Sprecher und Stellvertreter seines Volkes. Er ist angesehen und nicht auf den Kopf gefallen. Seine Leute schauen zu ihm auf und vertrauen seinem Urteil.«

»Was wird das? Versuchst du gerade, ihn mir schmackhaft zu machen? Du hast es doch eben selbst gesagt: Du weißt genau, wie ich mit Männern verfahre. Er wird da keine Ausnahme bilden.«

»Doch, ich denke, das wird er. Aber lass uns deswegen nicht streiten. Der Grund, warum ich dich eigentlich aufgesucht habe, ist der, dass ich dich bitten wollte, dich morgen tagsüber zu verwandeln, damit du abends am Ball teilnehmen kannst.«

Ich verdrehe die Augen. »Ihr gebt schon wieder einen Ball? Etwa schon wieder wegen deines Kindes?«

»Nein, aber wo du es gerade erwähnst: Aeric würde sich sehr freuen, endlich mal seine Tante kennenzulernen. Glaubst du, uns ist nicht aufgefallen, wie du ihn meidest?«

»Ihr habt ihn ernsthaft nach unserem Vater benannt?«, frage ich ungläubig. »Hältst du das, angesichts der Ereignisse, nicht für ein bisschen fehl am Platze?«

Vaan mustert mich mit zusammengezogenen Augenbrauen. »Mein Sohn wurde nach seinen beiden Großvätern benannt, wie es der Brauch ist.«

»Ja, klar«, spotte ich. »Vor allem, weil deine Halbelfe ihren Vater auch kannte.«

»Vorsicht, Giselle.« Mir entgeht nicht das Knurren, das sich in seiner Brust zusammenbraut, und für einen kurzen Moment blitzt blanke Wut in seinen goldenen Augen auf. »Auch meine Geduld hat Grenzen. Ich bin nachsichtig mit dir, aber wenn du dich gegen meinen Sohn oder meine Gefährtin stellst, werde ich nicht mehr für dich Partei ergreifen. Hast du das verstanden?«

»Ist ja gut«, murre ich. »Ich komme morgen zu deinem Ball. Als Gegenleistung hörst du auf, dich in meine Angelegenheiten einzumischen.«

»He, ich bin nur *zufällig* immer der, der über euch beide stolpert. Glaub mir, ich bin nicht wild darauf, dich und Ayrun halb nackt im Bett vorzufinden.«

Ich beiße fest die Zähne zusammen und schlucke meinen Ärger über seine Bemerkung hinunter. Nach meinem Kommentar zum Namen seines Sohnes – den ich bis zu diesem Zeitpunkt gar nicht wusste, denn er hat mich nie interessiert –, war Vaan schon wütend genug. Ich will mich nicht mit ihm streiten. Eigentlich will ich nichts weiter, als endlich zum Training zu gehen und meinen Frust an ein paar Außenstehenden auszulassen, bis ich abends kraftlos zurück in mein Zimmer krieche. Ich will mich so verausgaben, dass mir keine Zeit bleibt, auch nur einen Gedanken an den Waldelfen oder meinen Bruder zu verschwenden. Also sage ich zu, morgen zu dem Ball zu erscheinen. Vielleicht tut es mir ganz gut, ein paar alte Bekannte zu treffen, die mich ablenken.

»Ich werde morgen Abend da sein«, sage ich daher und wende mich ab.

»Zieh dir was Nettes an«, ruft Vaan mir grinsend hinterher.

Ich strecke ihm über die Schulter die Zunge raus.

Schon an meinem ersten Tag als Trainerin erscheine ich zu spät. Wäre es ein Rekrut gewesen, der zu spät einen Fuß aufs Gelände gesetzt hätte, hätte ich kurzen Prozess mit ihm gemacht. So bleibt mir nichts anderes übrig, als mich neben den Hauptmann zu stellen und das Training zu beobachten, bis es an der Zeit ist, die Partner zu wechseln.

Nach einem wirklich miesen Start ist das der Höhepunkt meines Tages. Ganz egal, wer der arme Kerl ist, der mir zugeteilt wird – ich werde ihn unangespitzt in den Boden rammen. Wenn ich mit ihm fertig bin, wird er nicht mehr auf den eigenen Beinen den Platz verlassen können. In mir tobt eine aufgestaute Wut auf meinen Bruder, auf mich selbst, auf die Halbelfe und den Waldelfen und die ganze verdammte Welt, dass ich dringend ein Ventil brauche, um endlich wieder atmen zu können.

Der Junge, der mir gegenübersteht und mich aus großen Augen anstarrt, hat Mühe, sein Schwert zu halten. Auf seinen Wangen sehe ich einen weichen Bartflaum, der ihn noch kindlicher wirken lässt. Fast habe ich Mitleid mit ihm. Aber eben nur fast. In meiner Rechten halte ich die aufgerollte Peitsche und fahre mit dem Daumen am Leder entlang.

Als der Hauptmann uns auffordert, mit dem Training anzufangen, zieht mein Partner den Kopf zwischen die Schultern, als wolle er sich so klein wie möglich machen. Es ist nicht zu übersehen, dass er am liebsten nicht hier wäre. Er fragt sich sicher, was er verbrochen hat, dass ausgerechnet er mir zugeteilt wird. Bereits gestern habe ich an einem seiner Kameraden ein Exempel statuiert, aber das bedeutet nicht, dass ich das heute nicht wiederholen würde. Nachdem ich einen der schlimmsten Morgen meines Lebens hinter mir habe, ist es mir egal, wer vor mir steht oder warum. Der Junge muss mir keinen Grund liefern, um mein Können zu zeigen.

Mit einem Kopfnicken bedeute ich ihm, dass er mich angreifen soll. Er zögert, stürmt dann aber doch nach vorne und schlägt mit dem Schwert nach mir. Er verfehlt mich um Armesbreite. Während ich ausweiche, strecke ich ein Bein aus, über das er stolpert und schreiend im Schlamm landet. Die Umstehenden stellen ihr Training ein und lachen ihren Kumpanen aus.

Ich brauche nur einen Blick, um sie alle zum Schweigen zu bringen. Anscheinend sieht man mir heute Morgen meine schlechte Laune an.

»Steh auf!«, rufe ich dem Jungen im Schlamm zu.

»Sähe es sehr unehrenhaft aus, wenn ich mich hier und jetzt ergeben würde?«, keucht er, das Gesicht immer noch halb im Dreck vergraben.

Seine Worte stacheln meine Wut nur noch mehr an. Wie soll ich diese Truppe auf Vordermann bringen, wenn sie das Training mit mir verweigern und es stattdessen vorziehen, aufzugeben? Ich hätte nicht wenig Lust, an dem Jungen vor mir im Schlamm zu demonstrieren, was ich von Feiglingen halte.

»Giselle«, sagt eine ruhige Stimme hinter mir, »lass ihn in Ruhe. Er hat genug für heute.«

Ich knirsche mit den Zähnen. Meine Finger krallen sich so fest um meine Waffe, dass sie schmerzen. Ohne bewusst den Entschluss zu fassen, wirbele ich herum, rolle die Peitsche aus und lasse sie durch die Luft knallen. Doch mein jetziger Gegner ist sehr viel geübter als der Junge, der bis eben im Schlamm lag und jetzt schnellstmöglich vom Platz flüchtet.

»Halt dich da raus, Vaan!«, zische ich. »Das hier geht dich nichts an.«

Was macht er überhaupt hier? Seit er selbst nicht mehr trainieren muss, ist er dem Trainingsplatz ferngeblieben. Zu viele schlechte Erinnerungen sind mit diesem Ort verwachsen, sagte mein Bruder einmal zu mir. Und es stimmt: Auch wenn Vaan im Gegensatz zu den Rekruten um mich herum ein Meister im Schwertkampf ist, so ist er dennoch längst nicht so gut wie ich. Es gibt nur einen Grund, warum er trotzdem gewinnt: Anders als ich, verlässt er sich auf seine andere Gestalt.

Die anderen Männer um uns herum flüchten ebenfalls, als Vaan und ich beginnen, uns zu umkreisen. Jeder einzelne Muskel in meinem Körper ist angespannt und jederzeit bereit zuzuschlagen. Nur ein kleiner Funke ist nötig, um das Feuer, das in mir brodelt, gänzlich zu entfesseln.

»Wenn du deine schlechte Laune an jemandem auslassen musst, dann suche dir wenigstens jemanden, der sich wehren kann«, sagt

Vaan, und ich hasse ihn in diesem Augenblick noch ein bisschen mehr für seinen ruhigen, beinahe gönnerhaften Tonfall. Für seine Lässigkeit, die er an den Tag legt, während ich nichts lieber täte, als ihm die Augen auszukratzen. Ich weiß selbst nicht, warum es heute so schlimm ist, doch die unterschwellige Wut tobt schon seit Monaten in mir. Seit dem Zeitpunkt, als der Zauber der Halbelfe gebrochen wurde. Seit ich jeden Tag sehen muss, was ich niemals haben kann.

Und seit dieser vermaledeite Waldelf in mein Leben getreten ist.

Ich spüre das Ziehen in meiner Brust, doch es wird von der gleißenden Wut, die sich gegen meinen Bruder richtet, überlagert. Es ist mir egal, ob Ayrun noch immer in der Nähe ist, obwohl er heute Morgen beinahe aus meinem Zimmer geflüchtet ist. Es ist alles Vaans Schuld!

Und ich werde ihn dafür büßen lassen.

»Wie großzügig von dir, dich selbst als Gegner anzubieten, Bruder. So können die Jungs vielleicht noch etwas lernen.«

Obwohl er mehrere Meter von mir entfernt steht, höre ich, wie Vaan den Atem ausstößt. »Willst du das wirklich auf diese Weise klären, Giselle? Vor anderen?«

Anstatt ihm zu antworten, lasse ich die Peitsche vorschnellen, die sich sogleich um sein unteres Bein wickelt. Ehe er reagieren kann, reiße ich die Waffe zurück, wodurch er das Gleichgewicht verliert, sich aber im letzten Moment fangen kann und nur unfreiwillig auf die Knie sinkt. Ihn dort im Schlamm vor mir knien zu sehen, lässt ein breites Grinsen in meinem Gesicht erscheinen.

Seufzend befreit er sich von meiner Waffe und kommt auf die Füße. Als er mir den Rücken zudreht, verliere ich vollends die Nerven. »Wage es ja nicht, einfach zu gehen! Und wehre dich gefälligst!«

Vaan bleibt stehen, noch immer mit dem Rücken zu mir, und beginnt, sich Wams und Hemd von den Schultern zu streifen. Mit trockenem Mund starre ich auf das Muskelspiel, das sich mir bietet.

»Fye bringt mich um, wenn ich morgen zum Ball mit Blessuren auftauche«, murmelt er, als er sich die Stiefel auszieht. Nur in Hose bekleidet, dreht er sich wieder zu mir um.

Ich weiß, was er vorhat. »Du spielst nicht fair«, fauche ich, umfasse aber meine Waffe fester.

Mein Bruder zuckt nur mit den Schultern, bevor sein Körper erschaudert, als würde er von Krämpfen geschüttelt werden. Im Gegensatz zu mir, vollzieht er seine Wandlung in atemberaubender Geschwindigkeit: Dort, wo eben noch ein Mann stand, steht nun ein Wolf mit rabenschwarzem Fell, den Blick aus blitzenden goldenen Augen auf mich gerichtet und das Nackenfell gesträubt. Ich höre erstauntes Gemurmel um mich herum. Es ist schon eine Weile her, seit Vaan in seine andere Gestalt geschlüpft ist, und auch jetzt macht er es nur, damit die Wunden, die ich ihm in meinem Zorn unweigerlich zufügen werde, in Windeseile verheilen.

Gegen seinen Wolf habe ich nicht den Hauch einer Chance; genau wie jeder andere, der nicht über Götterkraft verfügt, würde ich verlieren, wenn ich als Mensch gegen ihn kämpfe. Mir bleiben also zwei Möglichkeiten: Mich ebenfalls zu verwandeln und meine Löwin ihre Krallen in seinen Pelz schlagen zu lassen, oder meine Peitsche in den Schlamm zu werfen und aufzugeben.

Die gleißende Raserei, die den ganzen Tag schon anstelle von Blut durch meine Adern fließt, schreit mir zu, dass Aufgeben gar nicht erst infrage kommt. Mein Blick huscht nach links und rechts zu den Soldaten, die den Trainingsplatz säumen und darauf warten, dass wir ihnen etwas zu sehen bieten. Sie alle wissen, dass wir uns Kraft unseres Fluchs verwandeln können, und sie haben uns schon einige Male gesehen, aber normalerweise ziehen wir es vor, nicht am helllichten Tag vor Publikum unserem menschlichen Aussehen zu entschlüpfen. Mein Bruder und ich sind Nachtwandler – unsere Gestalt bei Dunkelheit zu ändern, fällt uns viel leichter als zu anderen Zeiten. Das heißt jedoch nicht, dass es uns unmöglich ist, uns zu wandeln, wann wir es wünschen. Für Vaan ist es sowieso einfacher geworden, seit er seine Gefährtin gefunden hat. Für mich ist es mit einem erheblichen Kraftakt verbunden, und ich weiß, dass die Verwandlung, wenn ich sie jetzt herbeirufe, genauso schmerzhaft werden wird wie vor zwei Nächten. Hinzu kommt, dass ich meine Klamotten ruinieren werde, denn anders als Vaan werde ich mich nicht vorher ausziehen!

Aber ... wenn ich mich jetzt weigere, gegen ihn zu kämpfen, werde ich den Respekt – oder die entgegengebrachte Angst – der Rekruten

verlieren. Sie werden mich für einen Feigling halten, und bei allem, was recht ist – ich bin *kein* Feigling!

Aufgebracht schleudere ich meine Waffe von mir, während ich tief in mir nach dem Zerren suche, das mich jede Nacht heimsucht. Ich finde es verschlossen und befriedigt hinter meinem Herzen, jage es jedoch hoch und durch meinen Körper.

»Dafür schuldest du mir neue Kleidung«, knurre ich, bevor ich keuchend auf die Knie sinke.

Ich hasse es, mich tagsüber zu verwandeln. Abgesehen von den Gaffern, sind die Schmerzen bei einer willentlich herbeigeführten Wandlung nahezu unerträglich. Das Reißen, das nach Sonnenuntergang meinen Körper verändert, ist jetzt bei Tageslicht zu schwach, sodass es eine gefühlte Ewigkeit dauert, bis meine Umrisse sich verschieben und ich meine menschliche Gestalt abstreife. Meine geliebte Trainingskleidung fällt in Fetzen neben mir in den Dreck, als sich Arme und Beine zu stämmigen, mit schwarzem Fell übersäten Läufen verändern.

Einzig und allein der Gedanke, meine Zähne in Vaan zu schlagen und mir dadurch etwas Luft zu machen, hält mich davon ab zu schreien. Das, und die über dreißig Schaulustigen, die mittlerweile Wetten auf eines der schwarzen Tiere abschließen, die sich auf dem Platz gegenüberstehen.

Ich zittere, als die Verwandlung endlich abgeschlossen ist, und fühle mich, als wäre mir sämtliche Kraft entzogen worden. Doch das lasse ich mir nicht anmerken. Ich schüttele die letzten Reste meiner Kleidung ab und stürme auf den Wolf vor mir zu. Im Sprung fahre ich die Krallen aus, verfehle mein Ziel jedoch um Haaresbreite. Im Schlamm finde ich nach meiner Landung kaum Halt und schlittere durch den Dreck, bis ich mit der Schulter gegen den Zaun krache, der den Platz abgrenzt. Der Schmerz, der durch meinen sowieso schon geschundenen Körper rauscht, lässt mich für einen Moment Sterne sehen, ehe ich mich wieder aufrappeln kann.

Anstatt mich anzugreifen, während ich außer Gefecht gesetzt bin, bleibt Vaan in der Mitte des Platzes stehen und wartet darauf, dass ich mich erholt habe. Er gibt mir die Zeit, die ich brauche, um wieder zu Sinnen zu kommen.

Und das macht mich nur noch wütender.

Die Gleichgültigkeit, mit der er diesen Kampf betrachtet, der für mich so wichtig ist – so herablassend, als wäre ich nichts als ein trotziges Kind, das in seine Schranken gewiesen werden muss. Wahrscheinlich bin ich das in seinen Augen auch. Er nimmt weder mich noch meine Wut ernst. Meine Probleme sind ihm völlig egal, ebenso wie ich mich jeden Tag, den ich in Eisenfels verbringen muss, fühle. Nichts davon kümmert ihn. Und selbst jetzt, als ich endlich die Möglichkeit habe, einen Teil meines aufgestauten Frusts loszuwerden, steht er einfach nur da und lässt es über sich ergehen. Versteht er nicht, dass ich *will*, dass er sich verteidigt und mir die Stirn bietet? Das, was wir hier machen, hat denselben Effekt, als würde ich in meinem Zimmer auf meine Kissen einschlagen.

Das Einzige, was ich tun kann, ist, ihn dazu zu zwingen, dass er die Sache ernst nimmt. Und wenn das bedeutet, dass ich ihn dafür ernsthaft verletzen muss, dann werde ich das tun.

Fauchend spurte ich erneut auf ihn zu, rechne diesmal damit, dass er mir wieder ausweichen wird und ziele daher genau in dieselbe Richtung, die er bereits beim letzten Mal gewählt hat. Mein Bruder war schon immer einfach zu durchschauen … Ich erwische ihn mit einer vollen Breitseite und lasse meinen massigen Körper ungebremst gegen ihn krachen. Er gibt ein erschrockenes Japsen von sich, als er unter mir begraben wird. Noch ehe wir wieder im Dreck aufschlagen, habe ich die Krallen meiner Vorderpfoten in ihn vergraben. Sein Jaulen hallt zwischen den Steinmauern wider, die den Burghof umgeben, und klingt wie Musik in meinen Ohren. Knurrend schüttelt er mich ab, betrachtet einen Augenblick die blutenden Wunden an seiner Flanke, ehe er sich zähnefletschend mir wieder zuwendet.

Ich zeige ebenfalls meine Zähne, aber bei mir gleicht es wahrscheinlich eher einem schaurigen Grinsen. Endlich habe ich ihn so weit, dass er unseren Kampf ernst nimmt! Nichts anderes wollte ich damit bezwecken. Ihn wirklich zu verletzen, liegt mir fern. Vaan, oder besser der Kampf zwischen uns, dient mir als Ventil für den ganzen angestauten Frust der letzten Monate. Da er einer der Hauptverursacher ist, darf mein Bruder auch ruhig den größten Teil meiner Wut zu spüren bekommen!

Gerade als wir erneut – und diesmal ernsthaft! – aufeinander losgehen wollen, explodiert ein Feuerball zwischen uns und lässt uns ein paar Meter zurückspringen. Die Hitze versengt meine Schnurrhaare und ich reibe ein paar Mal mit meiner Pfote über die Schnauze, um die winzigen Funken zu vertreiben. Mein Blick huscht zum Eingang des Trainingsplatzes und kreuzt sich mit dem der Königin.

Natürlich muss *sie* es sein, die uns unterbricht.

Fye mustert uns aus zusammengekniffenen Augen, und mir entgeht nicht ihr trotzig vorgerecktes Kinn, als ich sie anfauche. Über ihrer rechten Hand tanzt ein weiterer Feuerball, jederzeit bereit, erneut auf uns losgelassen zu werden. Der Drang, auf sie loszugehen, muss mir deutlich anzusehen sein, denn noch bevor ich den Gedanken zu Ende gedacht habe, stößt Vaan neben mir ein kehliges Knurren aus. Ebenso wie ich scheint er über die Unterbrechung nicht erfreut zu sein, doch während ich wütend bin, legt er die Ohren an, als er zu seiner Gefährtin aufsieht.

Wenn er gleich noch anfängt zu winseln, bleibt mir nichts anderes übrig, als ihm die Kehle durchzubeißen.

Durch eine Bewegung hinter Fye werde ich erst jetzt auf die weitere Person, die hinter ihr steht, aufmerksam. Mein Herz macht einen seltsamen Satz und für einen Moment verraucht der Zorn, der mich die letzten Stunden angetrieben hat. Zumindest solange, bis ich begreife, warum Ayrun dort steht. Ich hatte schon die ganze Zeit über das Gefühl, dass er in der Nähe sei. Sicherlich ist er sofort zu seiner Königin gerannt, als er gesehen hat, wie Vaan und ich unseren Kampf begonnen haben. Ich weiß nicht warum, aber das bittere Gefühl von Verrat nistet sich in meiner Brust ein.

Grollend wende ich mich ab und stapfe vom Platz. Meine Pfoten versinken im Schlamm, und die Soldaten gehen mir eilig aus dem Weg. Kurz denke ich darüber nach, in den Wald zu rennen, verwerfe das Vorhaben jedoch wieder. Ich habe keine Kleidung, und da ich nicht nackt die Stadt durchqueren will, sobald die Verwandlung abgeklungen ist, werde ich wohl oder übel zurück auf mein Zimmer müssen. Aber der Weg dorthin führt vorbei an Fye und Ayrun …

Ich würde fluchen, wenn ich es in dieser Gestalt könnte. Stattdessen konzentriere ich mich darauf, den Rücken gerade und den Kopf

oben zu halten. Um nichts in der Welt will ich so aussehen wie Vaan, der mich eher an einen geprügelten Hund erinnert. Ich habe nichts falsch gemacht und werde mich vor niemandem rechtfertigen.

Fye lässt mich nicht aus den Augen, als ich an ihr vorbeilaufe. Ich hasse diesen stechenden Blick, den sie mir immer wieder zuwirft, der mir deutlich macht, dass sie mir nur so weit traut, wie sie mich in dieser Gestalt werfen könnte. Nun, das beruht auf Gegenseitigkeit. Ich bedauere es, dass sie die Gefährtin meines Bruders ist. Wäre es anders, wäre sie nicht mehr am Leben.

Als ich an ihr vorbeigelaufen bin, schaffe ich es wieder zu atmen. Mir ist gar nicht aufgefallen, dass ich die ganze Zeit über die Luft angehalten habe.

»Prinzessin?«, höre ich Ayruns Stimme hinter mir, doch für ihn habe ich gerade nicht mehr als ein Fauchen übrig, das ihn sofort wieder verstummen lässt. Ich will seine Entschuldigungen oder Rechtfertigungen nicht hören! Er ist mir in den Rücken gefallen, als er Fye geholt hat. Dieser Verrat wiegt schwerer, als ich es für möglich gehalten hätte.

In meinem Zimmer trete ich mit der Hinterpfote die Tür zu, hole zweimal zittrig Luft und beginne dann, meine Löwengestalt abzuwerfen. Wie bereits die Verwandlung, ist auch die Rückwandlung sehr schmerzhaft. Wimmernd bleibe ich eine Weile auf dem kalten Boden liegen, ehe ich genügend Kraft aufbringe, um mich ins Bett zu legen. Vergraben unter mehreren Decken, schließe ich die Augen, um etwas Schlaf nachzuholen, während ich verbissen versuche, die Tränen zurückzuhalten, die in meinen Augen brennen.

KAPITEL 7

Ich bleibe den ganzen Tag und die ganze Nacht in meinem Zimmer und schicke jeden weg, der an meine Tür klopft. Auf den Fluren herrscht geschäftiges Treiben. Mägde und Diener flitzen umher, um die Vorbereitungen für den Ball, der heute Abend stattfinden soll, fertigzustellen.

Da ich Vaan versprochen habe, teilzunehmen, mache ich nochmals eine Wandlung bei Tag durch, aber diesmal ohne mein Zimmer zu verlassen. Die Stunden ziehen sich endlos dahin, während ich nichts anderes tue, als auf meinem Bett zu liegen und die Wand anzustarren. Erst gegen Abend, als ich wieder die Gestalt einer jungen Frau habe, öffne ich meine Tür und rufe nach meiner Zofe, die mir dabei helfen soll, das Kleid für den Ball anzulegen.

Ich mag zwar eine Prinzessin sein, aber ich bin nicht eitel. Normalerweise laufe ich in Hosen oder schlichten Kleidern umher, bei denen es mich nicht stört, wenn sie kaputt oder verloren gehen.

Trotzdem freue ich mich auf jeden Anlass, zu dem ich dieses Kleid, das ich mir für heute Abend ausgesucht habe, tragen kann: mitternachtsblaue Seide in mehreren Lagen, ein enges Oberteil und ein ausladender, bodenlanger Rock, der mit unzähligen kleinen Steinchen besetzt ist, die im Schein des Kerzenlichts funkeln werden.

Meine Zofe steckt meine blonde Mähne hoch, sodass nur einzelne Strähnen wie zufällig im Nacken hinunterfallen und sich über meine nackten Schultern legen. Auf Schmuck verzichte ich weitestgehend, bis auf das kleine Diadem mit blauen Steinen, das einst meiner Mutter gehört hat.

Ich schaffe es sogar, meinem Spiegelbild zuzulächeln, und für einen Moment sind die Wut und Frustration der letzten Tage vergessen. Heute Abend werde ich mir um nichts davon Gedanken machen. Zwar werden Vaan und seine Gefährtin zusammen mit ihrem Spross wieder im Mittelpunkt stehen, aber ich werde mich damit begnügen, den ganzen Abend lang zu tanzen, etwas, das ich schon sehr, sehr lange nicht mehr getan habe.

Nachdem ich die kurzen hellblauen Handschuhe übergezogen habe und in die flachen Schuhe geschlüpft bin, mache ich mich auf den Weg nach unten zum Ballsaal. Ich höre leise Musik und lächle bei ihrem Klang. Zwei Wachen nicken mir zu und öffnen für mich die große Tür zum Saal.

Die meisten Gäste sind bereits da, als ich eintrete. Sofort sind alle Blicke auf mich gerichtet und ich genieße die Aufmerksamkeit, die mir entgegengebracht wird, in vollen Zügen. Beinahe kann ich meine innere Löwin schnurren hören, als ich lächelnd und grüßend an den Gästen vorbeigehe. Vor dem Podest bleibe ich stehen und neige erst vor Vaan, dann vor seiner Gefährtin leicht den Kopf, wie es von mir erwartet wird. Anschließend nehme ich auf meinem Thron, der schräg hinter Vaans steht, Platz.

»Es freut mich, dass du kommen konntest«, wispert Vaan mir zu.

»Warum hätte ich nicht kommen sollen? Ich habe es dir versprochen.«

»Du weißt schon ...«, murmelt er. »Wegen unserer kleinen ... Meinungsverschiedenheit.« Er spricht sehr leise, wohl damit seine Gefährtin ihn nicht hören kann, doch sie ist zu sehr mit ihrem Kind beschäftigt, das sie kurz auf den Armen wiegt, ehe sie es an die wartende Kinderfrau zurückgibt.

Zum ersten Mal erhasche ich einen Blick auf den kleinen Aeric. Bisher habe ich mich gesträubt, dem Balg zu nahe zu kommen. Mittlerweile ist meine Wut auf das Kind jedoch verraucht und ich empfinde nicht mehr so viel Abneigung gegen es wie vorher.

»Du und ich wissen, dass das nichts Ernstes war«, sage ich, während ich weiter das Kind mustere. »Wenn wir gewollt hätten, wäre nur einer von uns lebend vom Trainingsplatz gegangen. Ich war ... Ich hatte wohl einfach einen schlechten Tag und brauchte jemanden, um mich abzureagieren.«

»Ich weiß.« Er dreht sich zu mir um. In seinen goldenen Augen sehe ich Besorgnis, die mir gilt, deshalb zwinge ich mich zu einem noch breiteren Lächeln.

»Lass uns nicht mehr davon reden«, bitte ich ihn. »Wir sind heute hier, um zu feiern, nicht wahr? Ich kenne zwar nicht den Anlass, aber das hält mich nicht davon ab, zu tanzen, bis sich meine Schuhe auflösen.«

Vaan lächelt. Es ist nicht dieses überhebliche, einseitige Grinsen, das er sonst bei jeder Gelegenheit zur Schau stellt, sondern ein ehrliches, herzerwärmendes Lächeln. »Der Anlass ist unser einjähriger Hochzeitstag«, erklärt er mir. »Deshalb wirst du verstehen, dass wir ... auch Parteien der anderen Völker einladen mussten.«

Noch ehe er zu Ende gesprochen hat, flammt das Ziehen in meiner Brust wieder auf, und mein Blick fliegt wie von selbst durch den Saal auf der Suche nach der einen Person, die dieses Gefühl in mir auslöst. »Ihr habt *ihn* eingeladen?«

Vaan nickt. »Er musste sich außerhalb der Burg aufhalten, bis du endlich eingetroffen bist, damit du ihn nicht sofort gespürt und gleich den Rückzug angetreten hättest. Verzeih den kleinen Trick, aber Fye war es sehr wichtig, ihn dabeizuhaben. Und ich glaube, dir ist es auch wichtig. Du wolltest heute Abend tanzen und Spaß haben, nicht wahr?«

Mein Mund ist wie ausgetrocknet, und selbst wenn ich gewollt hätte, wüsste ich nicht, was ich erwidern könnte. Vaans Plan war gut durchdacht: Da ich den ganzen Tag über das Ziehen nicht gespürt habe, bin ich davon ausgegangen, dass Ayrun endlich aufgegeben und Eisenfels verlassen hätte.

Es ging mir gut, doch jetzt ... Mit einem Schlag, einfach so, sind alle Gefühle, die ich sorgsam in meinem Inneren verschlossen habe, wieder präsent und nehmen mir die Luft zum Atmen. Meine Finger krallen sich um die Armlehne meines Throns, und wenn ich könnte, würde ich aufstehen und fliehen. Doch ich bleibe sitzen, angespannt und mit klopfendem Herzen, während ich versuche, die umherwirbelnden Empfindungen in meinem Inneren wieder einzufangen und wegzusperren. Die Tür zum Saal öffnet sich erneut, und ich weiß ohne hinzusehen, wer eintritt. Ich muss mich beherrschen, um nicht aufzustehen und ihm entgegenzugehen.

Dieser dämliche Fluch!

»Ganz ruhig«, flüstert Vaan. »Bitte lass den Thron in einem Stück.«

»Sei still!«

Das Letzte, was ich brauche, sind Vaans Tipps oder Lebensweisheiten. Er hat sich seinerzeit nicht so gegen das Band gewehrt wie ich, sondern ist einfach wie ein treuer Köter der Halbelfe nachgelaufen,

ohne einen Gedanken daran zu verschwenden, was es für seine Stellung und sein Land bedeuten könnte, wenn er sich auf eine Halbelfe einlässt.

Meine Mutter hatte damals ihre Finger mit im Spiel, das weiß ich. Sie konnte sich nie beschweren, immerhin hatte sie es dank ihres Bandes vom Bauernmädchen zur Königin gebracht. Aber auch ihre Geschichte zeigt, dass nicht alle Märchen gut ausgehen müssen ... Und ich habe das Gefühl, dass auch mein Märchen nicht gut ausgehen wird. Jedenfalls behauptet das die kleine Stimme in meinem Kopf, die mir beharrlich zuflüstert, dass Ayrun zu perfekt ist, um wahr zu sein.

Ich versuche mich ganz klein zu machen, aber auch das hat keinen Zweck. Zielstrebig durchquert Ayrun den Ballsaal, ohne lange bei einem der Gäste zu verweilen, und sinkt vor dem Podest auf ein Knie.

»Meine Königin«, sagt er, »König Vaan.«

Dann hebt er den Kopf und sieht mich direkt an. Die Welt um uns herum scheint stillzustehen, und all die wirbelnden Gefühle in mir kommen endlich zur Ruhe. Nur eines strahlt heller als alle anderen und flüstert mir immer wieder zu, dass alles genau so sein muss, wie es ist. Ich habe es schon einmal gespürt ... Das Flüstern ist sogar lauter als die fiese Stimme in meinem Kopf, die mich vor dem Waldelfen warnt.

»Prinzessin Giselle.«

Seine Stimme gleicht einem Raunen, das wohlige Schauer durch meinen Körper schickt. Es fällt mir schwer, still sitzen zu bleiben, weil ich mich am liebsten schnurrend zusammenrollen würde. Ayruns Blick wandert an mir auf und ab, und beinahe meine ich, ihn an mir zu spüren, als würde er mit den Fingern meinen Hals und meine Schultern entlangfahren. Ich beiße mir auf die Zunge, um nicht zu seufzen, und ärgere mich darüber, so zu empfinden.

Die Musik um uns herum setzt wieder ein. Hatte sie etwa aufgehört zu spielen? Ich habe es nicht bemerkt.

Noch ehe ich den Gedanken zu Ende denken kann, streckt mir Ayrun seine Hand entgegen. »Darf ich um diesen Tanz bitten?« Der Blick aus seinen grünen Augen ist dabei auf mich gerichtet, um keine noch so kleine Regung von mir zu verpassen.

Schnell schaue ich zur Seite. Es obliegt dem König und der Königin, den Tanz zu eröffnen, oder zumindest einem von ihnen. Dass Ayrun die Halbelfe übergangen und stattdessen mich gefragt hat, kommt einem Affront gleich.

Vaan reagiert sofort, indem er schnell nach Fyes Hand greift und sie auf die Tanzfläche führt, ohne ein Wort über Ayruns Aufforderung zu verlieren. Ich hingegen brauche einen Moment, um mich von dem Schreck zu erholen. Was habe ich erwartet? Dass Vaan oder Fye eine Szene deswegen machen? Nein, das würden sie beide nicht tun. Nicht wegen so was. Nicht dass ich nicht mit ihm tanzen will, es ist nur ... Er hätte mich nicht fragen dürfen. Nicht sofort, nicht vor allen anderen. Nicht, nachdem mich seine bloße Anwesenheit so aus der Fassung brachte.

Aber seit wann schere ich mich um das, was andere denken könnten?

Ich schüttele meine Überraschung und den Schreck ab und erhebe mich lächelnd. Mit leicht gerafftem Rock steige ich die Stufen des Podests hinunter und bleibe vor dem noch immer knienden Ayrun stehen. Zögernd berühre ich seine ausgestreckte Handfläche mit meinen Fingerspitzen, erst mit einer, dann mit zweien, und zum Schluss lege ich meine Hand auf seine. Er erhebt sich und führt meinen Arm unter seinem hindurch, um mich auf die Tanzfläche zu geleiten, wo Vaan bereits seine Gefährtin zum Takt der Musik herumwirbelt. Einige andere Tanzpaare haben sich ebenfalls eingefunden, trotzdem spüre ich die zahllosen Blicke der Umstehenden in meinem Nacken.

»Tanzt mit mir und tut so, als würde die Welt um uns herum nicht existieren«, bittet er mich wispernd.

Und genau das werde ich tun, obwohl ich weiß, dass es für mich keinen Weg zurück geben wird.

Es schert mich nicht, was andere über mich denken, das ist wahr. Wichtiger ist, was *ich* denke.

Leicht lege ich meine Hand an seine Schulter, während seine an meiner Taille ruht. *Etwas zu tief, um schicklich zu sein*, raunt erneut die Stimme in meinem Kopf. In seiner Nähe fällt es mir leichter, sie zum Schweigen zu bringen, indem ich mich mit anderen Dingen

ablenke. Seine Kleidung zu bewundern zum Beispiel, die perfekt sitzt, als wäre sie für ihn gemacht worden. Festlich, doch gleichzeitig nicht herausstechend, spiegelt sie die Charakterzüge wider, die ich von Ayrun bereits kennengelernt habe. Obwohl er eine hohe Stellung innerhalb seines Volkes innehat, liegt es ihm fern, damit zu prahlen. Perfekte, wenn auch ein wenig angestaubte Umgangsformen runden seine Etikette ab. Nicht zu vergessen seine warme und unkomplizierte Art, die jede Frau dahinschmelzen lassen würde.

Jede Frau bis auf mich, wobei ich nicht leugnen kann, dass er auch auf mich einen gewissen Reiz ausübt. Doch so sehr er mich auch verzaubert, ich kann nicht vergessen, *warum* ich diese Gefühle habe …

Während wir uns zum Klang der Musik bewegen, habe ich das Gefühl, dass unsere Körper eine Einheit bilden. Wir passen uns einander an, ohne ein einziges Wort zu gebrauchen. Selbst als das Stück zu Ende ist und sich die anderen Tänzer einen neuen Partner suchen, schafft es keiner von uns, die Finger vom anderen zu lösen. Ich weiß, dass von mir erwartet wird, mit möglichst vielen der Anwesenden zu tanzen und ein paar nette Worte zu wechseln, aber …

Wie auf einen unsichtbaren Befehl hin, setzen wir uns beim ersten Takt des neuen Liedes wieder in Bewegung und ich vergesse die Gedanken an einen anderen Tanzpartner sofort. In meinem Leben habe ich mit vielen Männern getanzt, aber ich kann mich an keinen erinnern, der so perfekt meine Bewegungen gespiegelt und sich auf die Musik eingelassen hat wie Ayrun. Sich in seiner Gegenwart wohlzufühlen, fällt mir so einfach wie atmen. Jeder andere verblasst im direkten Vergleich mit ihm.

Meine Füße gleiten über den Boden, berühren ihn kaum, als würde ich schweben. Die Drehungen lassen meine Röcken fliegen und ich japse nach Luft. Ich bin außer Atem und kann gleichzeitig nicht aufhören zu lächeln. Wann habe ich mich zuletzt so glücklich und frei gefühlt? Ich weiß es nicht …

Er erwidert mein Lächeln, was Abertausende Schmetterlinge in meinem Bauch in helle Aufregung versetzt. Als ich errötend den Blick niederschlage – aus Angst, dass mir meine Gefühle auf die Stirn geschrieben stehen –, legt er sanft seinen Zeigefinger unter mein Kinn, um meinen Kopf wieder ein Stück anzuheben. Wir haben auf-

gehört, uns zum Klang der Musik zu bewegen, sondern stehen in der Mitte des Saales, während die anderen Paare an uns vorbeischweben.

Er beugt sich ein Stück hinab, sodass unsere Nasenspitzen sich beinahe berühren. Mein Hals ist wie zugeschnürt. Ich sollte jetzt einen Schritt zurückmachen, kokett lächeln und die Situation entschärfen, doch sein warmer Atem, der liebkosend über mein Gesicht streicht, lässt mich zögern.

Zu viele Blicke sind auf uns gerichtet. Dies ist nicht die Abgeschiedenheit meines Zimmers, in der es mich nicht gekümmert hat, dass er die Nacht über neben mir lag. Nicht nur mein Bruder ist hier, sondern auch Adelige und Würdenträger des ganzen Landes, ebenso Vertreter der verschiedenen Elfenvölker. Ich spüre, wie sie uns beobachten.

Und das macht mich noch nervöser.

Hier, außerhalb meines Zimmers, inmitten all dieser Menschen, mit denen ich in meinem Leben weniger als zwei Sätze gewechselt habe, bin ich die Prinzessin und nichts weiter. Ich muss funktionieren. Und mich hier und jetzt von einem Waldelfen küssen zu lassen, ist das genaue Gegenteil von *funktionieren*.

Während mein Blick sich nicht entscheiden kann, was fesselnder ist – seine grünen Augen, die im Schein der Kerzen verheißungsvoll schimmern, oder sein Mund, der meinem so nahe ist –, versuche ich, den Rest meines Körpers davon zu überzeugen, auf Abstand zu gehen.

Die Hand, die unter meinem Kinn liegt, wandert ein Stück nach hinten und umfasst meinen Nacken. Durch meine hochgesteckten Haare spüre ich die Wärme seiner Finger direkt auf meiner Haut. Wohlige Schauer durchströmen, ausgehend von meinem Nacken, meinen Körper.

Ich weiß nicht, wie lange wir so dastehen. Mir kommt es gleichzeitig wie ein Augenblick und eine Ewigkeit vor. Beide warten wir darauf, dass der andere den letzten, erlösenden Schritt macht.

Ungeachtet dessen, was ich zu empfinden glaube, kommt es mir unvorstellbar vor, mein Leben für alle Zeit in seine Hände zu legen, denn nichts anderes würde das Band von mir verlangen. Ich wäre zwar vom Fluch, mich verwandeln zu müssen, erlöst, aber für immer mit Ayrun verbunden. Das ist eine Entscheidung, die ich nicht leichtfer-

tig oder von plötzlichen Gefühlen geblendet treffen kann, auch wenn ich mich nie zuvor in meinem Leben so geborgen gefühlt habe wie in Ayruns Nähe. Er weiß, zu was ich normalerweise werde, wenn die Sonne untergeht. Er hat mich gesehen, als ich mich mit meinem Bruder im Schlamm gebalgt habe. Und er sieht mich jetzt, als die edle Prinzessin, die ich nach außen hin vorgebe zu sein. Ayrun hat in kurzer Zeit all meine Seiten kennengelernt – die guten wie die schlechten –, und nicht einen Moment lang habe ich Abscheu in seinem Blick gesehen. Ganz im Gegenteil; vielmehr ist er stets um mein Wohlergehen bemüht, versucht durch seine Fragen, mehr über mich und mein Befinden zu erfahren, und gibt mir das Gefühl, etwas Besonderes zu sein.

Noch während ich zögere und das Für und Wider dieses Augenblicks abwäge, legt er seine andere Hand an meine Wange und fährt mit dem Daumen federleicht über mein Jochbein. Sanft und gleichzeitig behütet ruht mein Kopf in seinen Händen, und mir bleibt nichts anderes übrig, als seinem Blick zu begegnen. Nicht dass ich irgendwo anders hinschauen könnte …

Mit einem letzten Blick auf seinen Mund schließe ich die Augen und schiebe mein Kinn ein Stück vor. Mein gesamter Körper vibriert in Erwartung seiner Lippen auf meinen. Trotz meiner Bedenken lechze ich nach dem Gefühl, das unser Kuss in mir auslösen wird. Selbst wenn es nur halb so gut ist, wie ich es mir vorstelle, wird es alles in den Schatten stellen, was ich bisher gespürt habe. Kein anderer Mann ging mir je so unter die Haut wie Ayrun, und wenn dies das Werk des Fluchs ist, der auf mir lastet, dann bin ich ein Stück weit dankbar dafür.

Als seine Nasenspitze kurz gegen meine stupst, zucke ich zusammen, doch ich wage es nicht, die Augen zu öffnen. Ich höre und spüre seinen Atem so nah an mir, dass ich zu keinem klaren Gedanken mehr fähig bin.

Gerade als ich denke, dass er mich gleich küssen wird, zerreißt eine mir unbekannte Stimme den Zauber des Augenblicks. Ich öffne die Augen, Ayrun nimmt seine Hände von mir, wodurch sich die Stellen, die er berührt hat, sofort eiskalt anfühlen.

Eine Frau steht neben uns und funkelt Ayrun wütend aus ihren grasgrünen Augen an. Ihre spitzen Ohren, die erst eine Handbreit hinter ihrem Kopf enden, sowie der dezente Grünstich in ihren hüft-

langen Haaren zeichnen sie als Waldelfe aus. Sie ist groß, über einen halben Kopf größer als ich, und als ihr stechender Blick auf mich fällt, zucke ich zusammen. Ich habe keine Ahnung, wer die Waldelfe ist – bisher ist sie mir noch bei keinem Empfang aufgefallen –, aber ich verspüre jetzt schon eine Abneigung gegen sie. Nicht nur, weil sie den Moment ruiniert hat, sondern auch wegen der Art, wie sie ihre Hand besitzergreifend auf Ayruns Arm ablegt.

Am liebsten würde ich ihre Finger gewaltsam von ihm lösen, doch ich kämpfe den Drang, ihr die Hand zu brechen, nieder. Stattdessen straffe ich den Rücken und begegne ihrem Blick ebenso kalt und herablassend – eine Disziplin, die ich schon in jungen Jahren perfektioniert habe.

Nach ein paar Augenblicken wendet sie den Blick ab und sich wieder Ayrun zu, der die Szene zwischen uns bisher stumm verfolgt hat.

»Aysa«, sagt er, während er die andere Waldelfe mit gerunzelter Stirn betrachtet. »Was machst du hier?«

»Auf dich aufpassen, was denn sonst?«, kommt die schnippische Antwort der Frau.

Mit fest zusammengepressten Lippen beobachte ich die beiden und komme nicht umhin, mich fehl am Platze zu fühlen. Als wäre ich unbedeutend. Ich erwäge, mich zurückzuziehen, doch Ayrun greift nach meiner Hand und hält mich zurück. Er bedeutet der Waldelfe, dort stehen zu bleiben, und zieht mich von der Tanzfläche, auf der gerade niemand mehr tanzt. Viel zu sehr sind die Leute damit beschäftigt, uns anzugaffen.

»Lasst mich bitte kurz mit Aysa reden«, flüstert er so leise, dass nur ich ihn hören kann. »Ich wusste nicht, dass sie heute Abend auch kommen würde, werde aber dafür sorgen, dass sie verschwindet. Danach komme ich sofort wieder zu Euch.«

Ich nicke möglichst hoheitsvoll, weil ich meiner Stimme im Moment nicht traue. Wenn ich jetzt den Mund öffnen würde, würden nur höchst peinliche Fragen aus mir herausquellen. Wer ist diese Frau? Was macht sie hier? Warum hat sie uns unterbrochen? *Und warum springt sie so vertrauensvoll mit dir um?*

Der Gedanke, dass da *mehr* zwischen Ayrun und Aysa ist, lässt mich nicht los und setzt sich in mir wie ein Geschwür fest. Ich ringe

die Hände, um das Zittern meiner Finger zu verbergen, während ich auf Ayruns Rücken starre, der sich weiter von mir entfernt. Der Anblick, wie er eine Hand an Aysa Rücken legt, um sie aus dem Saal zu geleiten, versetzt mir einen Stich.

Es kostet mich eine Menge Kraft, mit erhobenem Kopf zu meinem Thron zurückzugehen, doch mein antrainierter Überlebenswille hält mich aufrecht. Es war ein Fehler, meine Gefühle offen zuzulassen, das hätte ich von Anfang an wissen sollen. Meine Welt ist grau und wird es für immer bleiben. So ist es am besten. So kann ich atmen, ohne das Gefühl zu haben, ersticken zu müssen.

Nachdem ich mich gesetzt und einen möglichst teilnahmslosen Gesichtsausdruck aufgesetzt habe – eine Maske, die ich jedes Mal zur Schau stelle, wenn es in mir brodelt –, wenden sich auch die Gäste spannenderen Dingen zu, als mich weiter zu betrachten. Meine Hände, die nun in meinem Schoß liegen, sind ineinander verschlungen, und mein Herz klopft in einem seltsamen Takt – abgehackt und unregelmäßig.

Ich habe mich so auf diesen Abend gefreut, der mich endlich von den Gedanken an Ayrun ablenken sollte, und nun sitze ich hier und bin verwirrter denn je. Wenn ich jetzt darüber nachdenke, war der Wunsch, inmitten all dieser Leute von ihm geküsst zu werden, absurd und meiner nicht würdig. Ich sollte froh darüber sein, dass Aysa uns stoppen konnte, bevor …

Die bloße Vorstellung seiner Lippen auf meiner lässt meinen Mund trocken werden.

Immer wieder fliegt mein Blick zur Tür, die jedoch geschlossen bleibt. Kein Ayrun kommt herein und auf mich zu, aber ich denke nicht daran, allein und vergessen auf meinem Thron zurückzubleiben. Nachdem ich ein paar Mal tief durchgeatmet habe, erhebe ich mich wieder und mische mich unter die Menge.

KAPITEL 8

AYRUN

Aysas Auftauchen hatte die gleiche Wirkung, als hätte jemand einen Kübel eiskaltes Wasser über mir ausgekippt. Ich bin wütend darüber, dass sie sich nicht an unsere Abmachung, dem Ball heute Abend fernzubleiben, gehalten hat.

Im Korridor vor dem Ballsaal angekommen, vergewissere ich mich, dass wir außer Reichweite von ungebetenen Zuhörern sind, ehe ich sie zur Rede stelle.

»Wir hatten eine klare Abmachung, Aysa.«

Sie verschränkt die Arme vor der Brust und reckt angriffslustig das Kinn. »Das ist richtig, aber da dachte ich auch noch, dass du in der Lage wärst, die Sache zu regeln. Du kannst dir meine Überraschung vorstellen, als ich dich zusammen mit der Eisprinzessin auf der Tanzfläche sah. Das war nicht unser Plan, Ayrun, und das weißt du ganz genau!«

Seufzend fahre ich mir mit der Hand durch die Haare. Unser Plan. Irgendwann kannte ich ihn auch, bis mir eine blonde Prinzessin über den Weg lief, die mir gerade einmal bis zur Brust reicht. Klein und zierlich, und doch gleichzeitig strahlend und willensstark.

»Du solltest mir dankbar dafür sein, dass ich dich vor einer riesengroßen Dummheit bewahrt habe«, fährt Aysa fort. »Sie hätte dich fallen lassen, nachdem sie einmal ihre Fänge in dich geschlagen hätte.«

Ich runzle die Stirn und schüttle den Kopf, schaffe es aber nicht, ihr zu widersprechen. Ich würde gerne sagen, dass Prinzessin Giselle nicht die Art von Frau ist, aber das wäre gelogen. Selbst mir sind die Gerüchte über sie zu Ohren gekommen und gestern Morgen hat sie selbst gesagt, dass bereits viele Männer ihr Bett geteilt hätten.

»Wir haben nicht mehr viel Zeit.« Aysa packt mich an den Schultern und zwingt mich so, sie anzusehen. »Das Ultimatum war eindeutig. Du darfst dich nicht ablenken lassen, hörst du mich? Wie weit bist du gekommen? Hast du die Königin überzeugen können?«

Die Königin? »Ich ...« Ich räuspere mich. »Nein. Sie lehnt einen Angriff kategorisch ab und hat vorgeschlagen, nochmals zu verhandeln.«

Aysa seufzt laut und vergräbt das Gesicht in den Händen.

»Wenn ich nur ein bisschen mehr Zeit hätte ...«

»Nein!«, unterbricht sie mich sofort und funkelt mich an. »Du hattest genug Zeit! Und selbst wenn wir dir mehr Zeit geben würden, würdest du sie doch nur mit der Eisprinzessin vergeuden. Was hat sie nur mit dir gemacht?«

»Gar nichts«, erwidere ich lahm.

»Wir können nicht länger warten. Mit jedem Tag, der vergeht, breitet sich die Verderbnis weiter aus. Auf Verhandlungen werden sie sich nicht einlassen. Und wir haben nicht die Mittel, um sie mit Gewalt zu bekämpfen ...«

»Das weiß ich, Aysa, ich ... tue mein Bestes.«

»Ach, tust du das? Das sah mir aber eben nicht danach aus. Du hast nicht einmal versucht, die Königin umzustimmen, sondern warst nur damit beschäftigt, die Prinzessin, die für uns völlig bedeutungslos ist, für dich zu gewinnen.«

»Sie ist nicht bedeutungslos«, widerspreche ich lauter als beabsichtigt. »Sie ... sie ist eine hervorragende Kämpferin und könnte von großem Nutzen sein. Sie ist wie ihr Bruder ein Mondkind, eine Nachfahrin der Götter. Ich habe die beiden gesehen. Sie könnten ...«

Aysa schnalzt mit der Zunge und schüttelt den Kopf. »Auch wenn sie ein Mondkind ist, kann ich mir nicht vorstellen, dass dieses zierliche und ausstaffierte Persönchen, das ich eben im Ballsaal gesehen habe, irgendwas gegen die Übermacht ausrichten könnte, die uns gegenübersteht! Wir brauchen die Königin auf unserer Seite. Sie muss uns erlauben, uns zu verteidigen, und uns die nötigen Mittel zur Verfügung stellen. Andernfalls ...« Sie wartet, bis ich sie ansehe, ehe sie weiterspricht: »Andernfalls müssen wir zu einem anderen Plan greifen.«

Mir wird abwechselnd heiß und kalt. »Was für ein anderer Plan? Davon höre ich zum ersten Mal.« Ich packe sie an den Schultern. »Was haben die Ältesten vor?«

Mit einem Ruck befreit sie sich aus meinem Griff. »Sie haben dich hierher an den Hof geschickt, damit du die Königin davon über-

zeugen kannst, wie wichtig es ist, dass sie uns unterstützt. Das war deine einzige Aufgabe. Ich bin hier, um zu sehen, wie weit du bereits gekommen bist, doch leider scheinst du das eigentliche Ziel aus den Augen verloren zu haben.«

»Das stimmt nicht. Ich …«

»Statt dich für die Belange deines Volkes einzusetzen, bist du damit beschäftigt, der nutzlosen Prinzessin hinterherzulaufen. Sie wird dich unglücklich machen, Ayrun. Ich weiß das, und tief in dir drin weißt du das auch. Sie ist zwar nur ein Mensch, aber sie ist eine Prinzessin. Was will jemand wie sie schon mit einem einfachen Waldelfen wie dir anfangen? Außerdem gibt es viel wichtigere Dinge, um die du dich sorgen solltest. Hör jetzt damit auf, solange es noch nicht so sehr wehtut.«

»Du hast keine Ahnung«, murmele ich mehr zu mir selbst.

Auch wenn sie mich dazu zwingen würden, wäre es für mich unmöglich, Giselles Nähe zu meiden. Es ist, als würde ich von ihr angezogen werden. Bereits bei unserer ersten Begegnung habe ich diese Anziehung gespürt, doch damals habe ich versucht mir einzureden, dass es nur etwas mit ihrem Aussehen zu tun hätte. Giselle ist mit Abstand die schönste Frau, die ich jemals gesehen habe. Anders als die Elfenfrauen, ist sie klein und zierlich, und vielleicht ist es das, was diesen besonderen Reiz auf mich ausübt. Ich könnte den ganzen Tag damit verbringen, sie nur anzusehen, und würde mich keine Sekunde langweilen.

Anfangs dachte ich, dass sie aufgrund ihres Aussehens eingebildet sein könnte. Oder weltfremd, wie ich es schon bei einigen Anführern gesehen habe. Aber nichts davon ist der Fall. Giselles Innerstes mag auf den ersten Blick dunkel und kalt anmuten, aber unter diesem Panzer und der Maske, die sie unablässig zur Schau stellt, ist sie unsicher. Und diese Unsicherheit schlägt bei ihr schnell in Wut um, wie ich gestern sehen konnte. Sie versucht, jeden auf Abstand zu halten, der zu nahe an sie herankommen könnte. Selbst gegenüber ihrem Bruder, der ihr einziger lebender Verwandter ist, legt sie dieses Verhalten an den Tag. Als sie gestern auf dem Trainingsplatz aufeinandergeprallt sind, hatte ich das Gefühl, dass ihre Wut und ihr Frust weit über das hinausgehen, was ich bisher von ihr erfahren habe. Als wäre da etwas Unüberwindbares, das zwischen ihr und ihrem Bruder stünde.

Wie gern würde ich noch mehr über sie erfahren. Wie gern würde ich mehr von der harten Schale, die sie umgibt, entfernen, um den zweifellos liebenswerten Kern zu entdecken, den sie so verzweifelt zu verbergen versucht. Ich weiß, dass er da ist. In seltenen Augenblicken, in denen sie ihren Panzer für einen Moment nicht aufrechterhält, konnte ich einen Blick darauf erhaschen. Flüchtig zwar, aber doch so strahlend, dass er sich nachhaltig in mein Herz gebrannt hat.

Aysa mag vielleicht recht haben, was Giselle betrifft. Die Chancen, dass sie mich nur benutzt wie all die anderen Männer, die sie vorher hatte, stehen hoch. Aber … Selbst wenn die Ältesten es mir befehlen würden, könnte ich mich nicht von Giselle fernhalten. Es ist schlichtweg unmöglich. Und in den letzten Tagen, in denen sie mich endlich in ihre Nähe gelassen hat, hatte ich das Gefühl, dass es ihr ganz genauso ergeht. Sie rief mich zurück, als ich gehen wollte. Sie ließ mich in ihrem Zimmer bleiben und sie schenkte mir die Gunst ihres ersten Tanzes an diesem Abend.

»Ich werde morgen mit der Königin reden«, verspreche ich Aysa. »Ich werde dafür sorgen, dass sie etwas unternimmt.«

»Und wenn nicht? Wenn du scheiterst?«

Ich weiß es nicht, würde ich am liebsten antworten, aber damit würde Aysa mich nicht davonkommen lassen. Aber es wäre zumindest die Wahrheit.

»Dann werde ich die Prinzessin davon überzeugen, uns zu helfen. Mit ihrer Unterstützung könnten wir ihnen einen empfindlichen Schlag versetzen.«

Aysa zieht skeptisch die Augenbrauen zusammen. »Götterkind hin oder her, ich kann mir nicht vorstellen, dass der laufende Meter, auf den du all deine Hoffnungen setzt, wirklich kampferprobt ist.«

Meine Lippen verziehen sich zu einem Grinsen. »Oh doch, glaub mir ruhig.«

Seufzend läuft Aysa ein wenig im Korridor auf und ab, bis sie sagt: »Ich bin nicht dazu befugt, dir einen weiteren Aufschub zu gewähren. Es werden zu viele Stimmen im Rat laut, die nach einer Alternative schreien.«

Ihr Blick ist eiskalt, während sie mir antwortet. Ich rede seit Monaten auf Königin Fye ein, doch sie weist mich immer wieder ab.

Sie versucht mit allen Mitteln, einen Krieg zwischen den Elfenvölkern zu vermeiden. Das finde ich lobenswert, aber es ist mein Volk, das darunter leiden muss.

Seit Jahrhunderten haben uns die Dunkelelfen, deren Territorium an unseres grenzt und die sich als eigenständiges Volk ausgerufen haben, fest im Griff. Sie sind zahlreicher und stärker als wir. Während wir friedlich in unseren Wäldern leben wollen, ist es ihre Lieblingsbeschäftigung, zu kämpfen und zu zerstören. Sie saugen die Lebensgeister aus den Wäldern und den Lebewesen, die uns umgeben, und nehmen uns so unsere Lebensgrundlage. Jahrelang haben wir nach ihrer Pfeife getanzt, haben ihnen alles gegeben, was sie verlangt haben, aber seit die Dunkelelfen eine neue Anführerin haben, wurden ihre Forderungen stets abstruser. Ich weiß bis heute nicht, was sie diesmal verlangt hat, aber ich bin sicher, dass es nichts Gutes sein kann.

Aysa hat recht: Ich müsste als Erstes an unser eigenes Volk denken und meine eigenen Wünsche zurückstellen. Aber das ist leichter gesagt als getan.

Meine größte Hoffnung ist momentan Giselle. Seitdem ich zum ersten Mal ihre verwandelte Gestalt gesehen habe, weiß ich, dass sie die Einzige ist, die uns helfen kann. Auch ihr Bruder wäre hilfreich, denn die Ältesten hätten gegen diese Art von Waffen nichts einzuwenden, immerhin sind es Geschöpfe des Waldes.

Kriege und Kämpfe sind uns zuwider, sodass kaum einer von uns Waldelfen im Umgang mit Waffen geübt ist. Unsere Magie beschränkt sich auf das Heilen und Erschaffen von Leben, was in einem Kampf wenig hilfreich ist. Auf uns allein gestellt, sind wir den Dunkelelfen hoffnungslos unterlegen. Andere Völker haben unser Hilfegesuch abgelehnt, weshalb wir uns an unsere Königin wandten. Wenn sie den anderen Völkern befehlen könnte, uns zu helfen … Aber das tut sie nicht. Sie sieht sich als Vermittlerin, nicht als Henkerin.

Also haben wir niemanden an unserer Seite und müssen selbst sehen, wie wir gegen die dunkle Übermacht ankommen können. Uns bleiben nur zwei Möglichkeiten: Kooperation – was bedeuten würde, den Dunkelelfen alles zu beschaffen, wonach sie verlangen – oder Kampf – den wir ohne Unterstützung verlieren würden.

So oder so werden wir es am Ende sein, die die größten Verluste zu beklagen haben.

»Rede mit den Ältesten«, bitte ich Aysa. »Sag ihnen, dass sie sich nicht auf die Forderungen der Dunkelelfen einlassen dürfen, egal, um was es sich handelt. Sie müssen mir nur noch etwas Zeit geben. Ich … werde es schaffen, die Königin zu überzeugen.«

Meine Schwester schweigt, nickt aber schließlich. Mit einem verkniffenen Ausdruck um ihren Mund verabschiedet Aysa sich von mir und verlässt die Burg.

Ich bleibe noch eine Weile unschlüssig auf dem Korridor stehen und überdenke meine nächsten Schritte. Ich scheitere nun schon seit Monaten daran, die Königin von unserem Vorhaben zu überzeugen, aber vielleicht … Vielleicht habe ich bei der Prinzessin mehr Glück. Es muss mir gelingen, sie auf unsere Seite zu ziehen und davon zu überzeugen, für uns zu kämpfen. Nur so haben wir den Hauch einer Chance. Wir müssen die Dunkelelfen nicht vernichten, sondern ihnen nur einen Dämpfer versetzen, damit sie uns für die nächsten Jahre in Ruhe lassen. Damit sie merken, dass wir nicht die wehrlosen Baumschmuser sind, als die sie uns gerne darstellen.

Ich hole zweimal tief Luft, ehe ich mich auf den Weg zurück in den Ballsaal mache.

GISELLE

Ich bin erleichtert, als ich einen neuen Tanzpartner bekomme. Der letzte hat mir mehrfach auf die Füße getreten, sodass ich schon befürchtete, meine Zehen würden nachhaltigen Schaden nehmen. Doch auch der andere Herr, der mich auf die Tanzfläche führt, beschwört nicht einmal das kleinste Flattern in meiner Magengegend herauf. Nun, das stimmt nicht ganz, denn bei seinem Gestank nach Schweiß und ungewaschenem Mann kommt mir fast das Abendessen wieder hoch. Tapfer erwidere ich sein Lächeln und versuche mich seinen unrhythmischen Bewegungen anzupassen, was mir jedoch nicht gelingt. Er verpatzt

jeden Einsatz und jede Tanzfigur, sodass wir uns nach wenigen Schritten darauf beschränken, uns simpel hin und her zu wiegen.

Wenigstens lenkt es mich von meinen wirren Gedanken ab und ich höre auf, jede Minute zur Tür zu schielen. Ich spüre, dass er noch hier im Schloss ist, aber das ist nur ein schwacher Trost. Er ist nicht hier, sondern bei einer anderen Frau.

Das Lächeln gefriert auf meinen Lippen und mein Tanzpartner mustert mich mit einem Stirnrunzeln.

Vaan wirft mir kritische Blicke zu, wenn wir uns auf der Tanzfläche begegnen. Ihm ist der Zwischenfall nicht entgangen. Wie denn auch? *Jeder* hat gesehen, wie kurz davor Ayrun war, mich zu küssen, und dann mit einer anderen Frau den Saal verlassen hat. Der bloße Gedanke an diesen Moment weckt in mir den Wunsch, auf etwas einzuschlagen. Ich weiß nicht, was schlimmer ist: die peinlich berührten Blicke der anderen oder die bittere Kränkung, die mir die Kehle zuschnürt. Oder doch das Wissen, dass ich mich geirrt habe? Dass selbst etwas so Mächtiges wie das Band gehörig danebenliegen kann?

Ich habe es schon einmal gesagt, aber ich habe gehofft ... So sehr gehofft ... Doch wieder wird mir bewusst, dass es falsch ist, an Märchen zu glauben. Sie werden nicht wahr, auch nicht für Prinzessinnen.

Ich würde mich gerne zurückziehen, aber ich werde mir nicht von ihm den Abend vermiesen lassen! Ich werde Spaß haben, und morgen früh sieht die Welt schon wieder anders aus. Ich werde mein Herz verschließen, wie ich es immer getan habe, und dieses sinnlose Band ein für alle Mal aussperren. So, wie ich es von Anfang an hätte tun sollen.

Als das Lied endet, knickse ich leicht vor meinem Partner und murmele eine Entschuldigung. Doch noch ehe ich einen Schritt auf den Thron zumachen kann, um mich einen Moment auszuruhen, ergreift jemand meine Hand. Ich drehe mich um, eine schroffe Abfuhr auf den Lippen – und erstarre.

So viel zum Thema ›Herz verschließen‹. Kaum steht Ayrun vor mir, werfe ich sämtliche guten Vorsätze wieder über Bord und verliere mich in seinen grünen Augen, sein Blick scheint jeden Zentimeter meines Gesichts abzutasten. Mein Mund öffnet und schließt sich mehrmals, ohne dass ich weiß, was ich sagen soll. Ich will ihn

anschreien, ihn fragen, wer das war, und ihn bitten, mich nicht mehr allein zu lassen – am besten alles gleichzeitig.

»Wir wurden bei unserem letzten Tanz unterbrochen«, sagt er leise, und der bloße Klang seiner Stimme schickt meine Gedanken auf ihre ganz eigene Reise. Voll und wohltuend, und doch genau an den richtigen Stellen rau und männlich. »Ich hoffe, Ihr gebt mir die Möglichkeit eines weiteren Tanzes mit Euch als Wiedergutmachung, Prinzessin.«

Meine Selbstachtung verlangt lautstark danach, ihn einfach stehen zu lassen, wie er es auch mit mir gemacht hat. Ihn wegzuschicken und ihm zu sagen, dass er es nie wieder wagen soll, auch nur in meine Nähe zu kommen.

Aber das raue Timbre in seiner Stimme und das Flehen in seinem Blick lassen mich einknicken. Ich greife nach seiner Hand, verflechte meine Finger mit seinen und lasse mich von ihm zur Mitte der Tanzfläche führen.

Gerade jetzt müssen die Musiker ein langsames Stück spielen ... Eben haben sie die ganze Zeit über schnellere Tanzlieder zum Besten gegeben ...

Ayrun hebt meine Arme an und führt meine Hände zu seinem Nacken. Anschließend umschlingt er mich und zieht mich an sich, sodass ich überrascht nach Luft schnappe. Diese Pose hat nichts Unschuldiges an sich, sondern ist so intim, dass ich stocksteif stehen bleibe. Nicht weil ich mich unwohl fühle, sondern weil er mich überrumpelt. Erst weist er mich zurück und nun zieht er mich an sich? Das ist selbst mir zu verwirrend ...

Ich lasse meine Hände von seinem Nacken gleiten und lege sie auf seine Schultern, während ich einen halben Schritt zurückmache, um den Abstand zwischen uns zu bringen, den ich brauche, um einen klaren Gedanken fassen zu können.

Kurz bildet sich eine Falte zwischen seinen Augenbrauen, als er meinen Rückzug bemerkt, aber er protestiert nicht dagegen.

»Verzeiht mir, dass ich vorhin gehen musste«, murmelt er, als wir endlich beginnen, uns im Takt der Musik zu wiegen. »Ich wollte Euch nicht stehen lassen.«

»Und doch habt Ihr es getan«, entschlüpft es mir, ehe ich es verhindern kann. Meine Selbstachtung befindet sich sowieso schon am

Boden, warum soll ich dann nicht das Offensichtliche aussprechen? Anstatt zu gehen, hätte er die andere Frau wegschicken können. Aber anscheinend war sie ihm wichtiger als ... Sie war wichtiger als ich.

»Das ist richtig. Ich musste etwas Wichtiges mit Aysa klären, aber das ist keine Entschuldigung für mein Verhalten.«

Frag nicht! Wehe, du stellst die Frage!, schreit das letzte bisschen Selbstachtung in mir. »Wer war die Waldelfe?« Ich hab es doch getan ... Warum kann ich nicht einfach den Mund halten? »Verzeiht, das geht mich nichts an«, schiebe ich daher schnell hinterher und hoffe, dass er meine Frage übergeht. Genauso sehr hoffe ich aber auch, dass er mir antwortet. War es seine Frau? Seine Verlobte? Irgendeine eifersüchtige Verflossene? Die Ungewissheit macht mich wahnsinnig.

Er scheint meinen inneren Zwist zu bemerken, denn der Anflug eines Lächelns huscht über sein Gesicht. »Aysa ist meine Schwester. Viele sagen, wir würden uns ähnlich sehen.«

Schnell klappe ich meinen Mund, der für einen Moment offen gestanden hat, zu. »Ja, jetzt, wo Ihr es erwähnt ... Da gab es eine gewisse Ähnlichkeit ...« Natürlich ist mir nichts aufgefallen, aber ich habe auch nicht darauf geachtet. Lässt man die seltene Augenfarbe außer Acht, sehen auch mein Bruder und ich uns nicht im Entferntesten ähnlich. Seine Haare sind kupferfarben wie die unseres Vaters, während ich die blonde Mähne unserer Mutter geerbt habe. Vaan ist in etwa so groß wie Ayrun, also über einen Kopf größer als ich, und kräftig gebaut, wohingegen ich zierlich bin.

Eine Weile sagt keiner von uns etwas. Dann beugt Ayrun sich zu mir hinab und flüstert in mein Ohr: »Am meisten tut es mir leid, dass wir ... unterbrochen wurden.«

Ich ziehe scharf die Luft ein. Eigentlich müsste ich über die Art, wie er es sagt, schockiert sein, doch stattdessen facht sein Geständnis ein ungeahntes Feuer in mir an, das so heiß ist, dass es meine Finger kribbeln lässt. Ich fühle mich in den Moment vor Aysas Auftauchen zurückversetzt, als ich mir gewünscht habe, er möge seinen Kopf noch ein Stück weiter nach unten neigen. Meine Lippen beginnen zu brennen und ich beiße darauf herum, um das Gefühl zu vertreiben.

Ayrun lehnt sich mit dem Oberkörper zurück. Als ich aufschaue, merke ich, dass er auf eine Antwort von mir wartet. »Nicht hier«, wispere ich. »Zu viele Augenpaare.«

Er schaut verstohlen nach links und rechts und dann wieder zu mir. »Können wir von hier verschwinden?«

Ich ziehe die Augenbrauen in die Höhe. »Nicht, ohne dass es Gerede gibt.«

»Stört Euch das?« Das Grinsen in seiner Stimme lässt mein Herz ins Stolpern geraten. Irgendwie hat er es geschafft, dass ich den halben Meter Sicherheitsabstand wieder aufgegeben habe. Mein Körper lehnt gegen seinen und ich spüre seine Wärme an mir.

»Nein«, gebe ich zu. Mehr als ein heiseres Flüstern bringe ich nicht zustande. Ich begegne seinem Blick, in dem genauso viel Verlangen liegt wie in meinem. Mein Herz flattert aufgeregt, während ich mir vorstelle, was geschehen wird, sobald wir diesen verdammten Ballsaal verlassen. Seine Hand wandert an meinem Rücken entlang, streicht über meine Wirbelsäule und ich schließe seufzend die Augen. Wenn mich bereits diese kleine Berührung in andere Sphären schickt, was wird dann erst passieren, wenn ich seine Haut ungehindert auf meiner spüre?

Heilige Göttin! Ich verrenne mich hier in etwas, dessen Ausgang ich nicht absehen kann.

Die Gefühle sind *falsch,* nur vorgegaukelt von einem uralten Fluch. Aber wie kann sich etwas, das falsch ist, so *richtig* anfühlen?

Ich lasse meine Hände an seinen Schultern und anschließend an seinen Armen hinabgleiten, spüre seine Muskeln unter meinen Fingern zucken. Ohne den Blick von dem jeweils anderen zu nehmen, warten wir das Ende des Liedes ab und verlassen Hand in Hand den Ballsaal, ohne zurückzuschauen.

KAPITEL 9

Albern kichernd stolpere ich über meine eigenen Füße, während ich Ayrun hinter mir durch die leeren Korridore ziehe. Ich habe keine Ahnung, wann ich mich zuletzt so gefühlt habe. So frei und unbeschwert und voll kribbelnder Vorfreude.

Nachdem wir mein Zimmer betreten haben, verriegele ich die Tür. Das ist etwas, das ich fast immer mache, vor allem, wenn ich die Nacht hier verbringe. Trotzdem fühlt es sich jetzt ... anders an.

Noch ehe ich mich wieder zu ihm umdrehen kann, hat Ayrun mich an der Hüfte gepackt, herumgewirbelt und presst meinen Rücken gegen das Holz der Tür. Obwohl er seine Arme seitlich an meinem Kopf abstützt, spüre ich doch seinen Körper überall auf mir. Still verfluche ich die voluminösen Röcke meines Kleides, doch das Wissen, dass ich sie nicht mehr allzu lange tragen werde, lässt meinen Ärger verpuffen.

Sein warmer Atem streicht wie eine Liebkosung über mein Gesicht und meinen Hals, während ich meine Hände über seine Brust gleiten lasse. Im spärlichen Licht meines Zimmers wirken seine Augen viel dunkler als sonst, aber im Moment finde ich seinen Mund sowieso interessanter. Ich stelle mich auf die Zehenspitzen und lege den Kopf leicht schräg. Mehrere quälende Herzschläge lang geschieht gar nichts, dann – endlich! – berührt er meine Nasenspitze mit seiner, und das Kribbeln in meinem Bauch lässt mich zittrig einatmen. Ich kann mich nicht daran erinnern, wann ich das letzte Mal vor einem ersten Kuss so aufgeregt war, und während meines langen Lebens hatte ich schon viele erste Küsse.

Meine Zweifel, dass meine Gefühle nichts weiter als Lug und Trug sind, habe ich in dem Moment vergessen, als Ayrun zurück in den Ballsaal kam. Vielleicht ist es naiv, mich auf ihn einzulassen, obwohl ich es eigentlich besser wissen sollte. Vielleicht bin ich es auch nur leid, ihm für den Rest seines Lebens aus dem Weg zu gehen. Vielleicht habe ich aber auch eingesehen, dass das, was ich empfinde, nicht unbedingt schlecht sein muss, nur weil ich nicht die volle Kontrolle darüber habe. Mit Ayrun in meiner Nähe fällt es

mir leicht, die Kontrolle ein Stück weit abzugeben und mich fallen zu lassen.

Als seine Lippen endlich meine berühren, explodiert ein Gefühl in mir, das alles in den Schatten stellt, was ich je empfunden habe. Es ist, als würde die Welt, in der ich bisher gelebt habe, in tausend Splitter zerfallen und sich anschließend wieder zusammensetzen, ganz ohne den Schmerz, die Wut und die Angst, die ich mein Leben lang mit mir herumgetragen habe. All das ist nicht mehr von Bedeutung.

Der Kuss ist vorsichtig, beinahe keusch. Seine Lippen streichen nur flüchtig über meine, zart wie der Flügelschlag eines Schmetterlings, und im nächsten Moment frage ich mich, ob sie mich überhaupt berührt haben. Ich will mehr als das, so viel mehr, aber bereits nach wenigen Augenblicken löst Ayrun sich von mir und macht einen Schritt zurück. Ich sinke zurück auf die Füße und blinzle ihn verwirrt an.

Habe ich etwas falsch gemacht?

Ehe ich etwas sagen kann, ist er wieder bei mir und presst seinen Körper an meinen. Ich japse nach Luft, was jedoch von seinem Mund unterbrochen wird. Fester und hungriger erkunden seine Lippen diesmal meine, und ich seufze erleichtert auf. Seine Arme sind um meine Mitte geschlungen und heben mich ein Stück hoch, sodass ich meine Hände in seinem Nacken verschränken kann.

»Meine Schwester hat mich vor Euch gewarnt«, murmelt er gegen meine Lippen, als er sich kurz von mir löst. Seine Finger wandern hinauf zu meinem Rücken, der dank des tiefen Ausschnitts nahezu frei liegt. Sanft fahren sie den Bogen meiner Wirbelsäule entlang, was mir ein leises Stöhnen entlockt.

»So, hat sie das?«, frage ich abgelenkt. Es interessiert mich nicht im Geringsten, was seine Schwester, die ich noch nie zuvor in meinem Leben gesehen habe, über mich zu sagen hatte. Ich vergrabe meine Hände in seinem Haar und lasse einzelne Strähnen durch meine Finger gleiten, während ich den grünlichen Schimmer, den sie zeigen, wenn das Licht aus dem richtigen Winkel kommt, bewundere.

»Ja.« Kurz streicht seine Zunge über meine Unterlippe, doch genauso schnell, wie sie da war, ist sie auch wieder verschwunden. »Sie sagte, Ihr würdet mich unglücklich machen, und ich würde es bereuen, wenn ich mich auf Euch einlasse.«

Dieses Miststück!, hätte ich beinahe gezischt. Wie kommt sie darauf, sich eine Meinung über mich bilden zu dürfen, obwohl sie mich gar nicht kennt?

Ich schlucke meinen Ärger hinunter und zeichne stattdessen mit dem Finger die Kontur von Ayruns spitzem Ohr nach. Etwas, das ich schon bei unserer ersten Begegnung unbedingt machen wollte. Ich schmunzle, als er genüsslich die Augen verdreht.

»Und was denkt Ihr darüber?«, wispere ich. »Glaubt Ihr, dass ich Euch unglücklich machen werde?«

Seine rechte Hand wandert über meine Taille nach oben und legt sich an mein Gesicht. Sein Daumen streicht über meine Wange, während er mir tief in die Augen schaut, als könne er dort alle Antworten, die er braucht, erkennen.

»Ich weiß es nicht«, gibt er zu. »Seit ich Euch in den Wald gefolgt bin, weiß ich gar nichts mehr. Weder über Euch noch über mich selbst. Ich weiß nicht, warum ich jeden Tag hier bin, obwohl es so viel anderes zu klären gäbe. Ich weiß nicht, warum ich es nicht schaffe, Euch aus dem Weg zu gehen. Selbst als Ihr mich weggeschickt habt, konnte ich es nicht. Ich müsste mich um wichtige Angelegenheiten meines Volkes kümmern, stattdessen versuche ich den ganzen Tag nichts anderes, als Euch zu begegnen.«

Seine Worte zaubern mir ein Lächeln ins Gesicht. Es erleichtert mich, dass er von derselben Unsicherheit geplagt wird, die auch mich heimsucht. Dadurch fühle ich mich nicht ganz so allein.

»Ich weiß nichts über Euch«, fährt er fort. »Zwar seht Ihr aus wie ein Mensch, doch Ihr sagt, dass Ihr über einhundert Jahre alt seid. Noch dazu könnt Ihr Euch in ein Tier verwandeln. Ich habe viel über die Mondkinder gelesen und gehört, aber eines mit eigenen Augen zu sehen, ist etwas völlig anderes. Ich würde gerne mehr über Euch erfahren, aber ...«

»... Aber Ihr wisst nicht, ob Ihr das, was Ihr über mich erfahrt, wirklich wissen wollt. Nicht wahr?«, beende ich den Satz für ihn.

Er zögert kurz, doch schließlich nickt er. Schlagartig verschwindet das Kribbeln aus meinem Bauch. Ich weiß nicht, mit was seine Schwester ihn so verunsichert hat, aber er scheint wirklich verstört zu sein.

Genau wie ich.

Mein Leben, vor allem meine Vergangenheit, ist zu verkorkst, als dass ich es vor ihm ausbreiten will. Zu viele dunkle Ereignisse, zu viele dumme Entscheidungen, die einzig dem Wunsch, endlich normal zu sein, geschuldet waren. Und nun, wo ich die Chance auf ein Leben ohne mein anderes Ich direkt vor der Nase habe, zögere ich, danach zu greifen. Auf einmal steht mein eigenes Wohl nicht mehr im Vordergrund, sondern ich mache mir ernsthaft Gedanken darüber, wie es Ayrun ergehen könnte, wenn er wirklich *alles* über mich erfährt. Die meisten Gerüchte kenne ich – und viele entsprechen der Wahrheit. Ich bin kein unbeschriebenes Blatt, das war ich noch nie, und vielleicht werde ich es nie sein.

Ich weiß nicht, ob Ayrun die Dunkelheit, die trotz allem in mir wohnt, verkraften kann. Ich bin nicht die schöne und zarte Prinzessin, für die mich all diejenigen, die nur einen flüchtigen Blick auf mich werfen, halten. Ich bin nicht sittsam. Ich bin nicht liebevoll. Und ich bin niemand, der sich in einen Käfig sperren lässt.

Ich lege meine Hände gegen seine Brust und schiebe ihn ein Stück von mir weg. Anschließend entriegele ich die Tür und öffne sie einen Spaltbreit.

»Ich will Euch nicht unglücklich machen, Ayrun. Deshalb ist es besser, wenn Ihr jetzt geht und für eine Weile nicht mehr nach Eisenfels kommt.«

Die Spannung zwischen uns ist beinahe mit den Händen greifbar und ich muss mich dazu zwingen, seinem stechenden Blick nicht auszuweichen. Meine Entscheidung, ihn jetzt wegzuschicken, ist richtig, das weiß ich. Aber warum fühlt es sich so falsch an?

»Meine Schwester hatte also recht«, murmelt er, während er mich mustert. »Bin ich nur eine weitere Kerbe in einer langen Liste?«

Ich schlucke bei seinem Vorwurf angestrengt, doch es fällt mir keine passende Erwiderung ein. Stattdessen schiebe ich die Tür noch ein Stück weiter auf.

Ein verkniffener Ausdruck erscheint um seine Mundwinkel, ehe er kopfschüttelnd an mir vorbei nach draußen geht. Schnell schließe ich die Tür hinter ihm, bevor ich auf die Idee komme, ihn zurückzurufen. Ich hole ein paar Mal keuchend Luft, bis sich meine Atmung wieder

normalisiert hat. Das stechende Gefühl in meiner Brust bleibt jedoch. Zusammen mit dem Ziehen des Bandes treibt es mir die Tränen in die Augen, und ich muss fest die Zähne zusammenbeißen, um nicht zu schreien. Stattdessen zerre ich mir das Diadem vom Kopf – nicht ohne mir ein paar Haarsträhnen dabei rauszureißen – und schleudere es gegen die Wand. Anschließend schäle ich mich aus dem Kleid, verstaue es im hintersten Winkel meines Schrankes und streife mir einfache Kleidung über, ehe ich in die Nacht hinausrenne.

Ich hätte es vielleicht noch bis morgen Abend ohne Verwandlung geschafft, aber nach der letzten halben Stunde muss ich dringend an die frische Luft.

Kaum bin ich am Waldrand angekommen, entledige ich mich meiner Kleidung und suche nach meinem anderen Ich, das in mir schlummert und gar nicht damit rechnet, schon wieder hervorgeholt zu werden. Entsprechend schmerzhaft ist die Verwandlung, die dann folgt.

Doch es ist nichts im Vergleich zu den Schmerzen in meiner Brust.

Seit er gegangen ist, spielt das Band verrückt, so als wüsste es, dass ich Mist gebaut habe. Dass ich ihn – und mich selbst – schon fast so weit hatte und dann den Schwanz eingekniffen habe. Ich weiß selbst nicht, warum ich so weit ging, ihn wegzuschicken. Vergeblich versuche ich mir einzureden, dass es so am besten war, aber stimmt das wirklich? Oder war ich nur zu feige, etwas zu versuchen, was ich noch nie versucht habe?

In der Vergangenheit habe ich mir nie Gedanken über Männer gemacht. Sie kamen und gingen, wurden von neuen ersetzt, bis auch diese mein Leben wieder verließen. An keinen von ihnen habe ich einen zweiten Gedanken verschwendet – meinen Bruder und Gylbert ausgenommen. Der Rest war mir egal und diente nur als Mittel zum Zweck.

Keuchend schüttele ich meinen anderen Körper, um den Rest der Schmerzen abzustreifen, der nach einer Verwandlung an mir hängt. Die massigen Muskeln, über die ich nun verfüge, zucken vor

Anspannung, warten darauf, dass ich ihnen endlich den Befehl zum Losrennen gebe. Aber mir ist heute Nacht nicht nach Streifzügen. Stattdessen klettere ich auf einen niedrigen Baum, dessen dicke Äste so aussehen, als würden sie mein Gewicht tragen können, lege dann den Kopf auf die Vorderpfoten und lasse eine Hinterpfote in der Luft baumeln.

Vielleicht schaffe ich es hier draußen in der Stille der Nacht endlich, meine Gedanken zu ordnen.

»Giselle? Ich weiß, dass du hier bist!«

So viel dazu ... Innerlich seufzend ziehe ich das baumelnde Bein ein und halte die Luft an, in der Hoffnung, dass Vaan mich nicht sieht.

»Wenn du nicht augenblicklich rauskommst, werde ich dich als Wolf aufstöbern. Ich hab keine Lust auf Versteckspielchen!«

Oh, oh. Er klingt gereizt. Noch etwas, das ich heute Nacht *nicht* gebrauchen kann. Ich habe schon genug mit meinen eigenen Problemen zu tun, da brauche ich nicht noch die Vorhaltungen meines Bruders.

Ich weiß nicht warum, aber genau in dem Moment, in dem er unter dem Baum entlangläuft, schaut er nach oben. Mit einem Grummeln verschränkt er die Arme vor der Brust.

»Dachtest du wirklich, ich würde dich nicht finden?«

Ich zucke mit den Schultern. Keine Ahnung, ob er es bei der Dunkelheit sieht, aber antworten kann ich ihm sowieso nicht. Was soll das also?

»Komm runter. Ich bekomme sonst einen steifen Nacken, wenn ich die ganze Zeit nach oben schauen muss. Wir müssen reden.«

Demonstrativ lege ich den Kopf zurück auf meine Pfoten. Soll er doch mit sich selbst reden! Ich für meinen Teil kann auf alles, was er mir zu sagen hat, dankend verzichten. Selbst sein Knurren ignoriere ich geflissentlich.

»Hast du das mit Ayrun auch so gemacht? Hast du ihn auch ignoriert?«

Als Vaan den Namen des Waldelfen ausspricht, verkrampfen sich einige Muskeln in meinem Rücken.

»Er ist gegangen, weißt du? Er hat sich vorhin nur kurz von Fye verabschiedet und ist dann buchstäblich aus der Burg geflohen. Du

hast da nicht zufällig deine Finger im Spiel? Bitte sag mir, dass du nichts getan hast, das ihn zu dieser Flucht gezwungen hat ...«

Ich stoße ein Fauchen aus und springe auf die Füße.

»Die anderen Waldelfen, die heute Abend zu unserem Ball geladen waren, sind sehr bestürzt darüber, dass ihr Botschafter das Weite gesucht hat. Ich dachte, es lief gut zwischen euch beiden. Vorhin, auf der Tanzfläche, da ...«

Ich springe vom Baum und lande direkt vor ihm. Mit peitschendem Schweif und gebleckten Zähnen funkele ich ihn an. Ich will kein einziges Wort mehr von ihm hören! Ich will nicht an den Ball erinnert werden.

Vaan runzelt die Stirn, während er mich schweigend mustert. Er hat keine Angst vor mir, aber wenigstens hält er jetzt den Mund. Ich seufze, lege die Ohren an und drehe ihm den Rücken zu. Wie kommt er überhaupt auf die Idee, dass ich etwas damit zu tun haben könnte?

»Es tut mir leid«, murmelt er hinter mir. »Ich weiß zwar nicht, was genau vorgefallen ist, aber die Tatsache, dass du freiwillig hier draußen bist, spricht für sich. Unter normalen Umständen hättest du dich nie verwandelt, wenn es nicht hätte sein müssen. Ich weiß, was du durchmachst. Ich wurde auch von meiner Gefährtin verstoßen. Das kommt vor, aber ich bin sicher, dass sich das auch bei euch wieder einrenkt.«

Grollend schüttele ich erneut den Kopf. Und schon sind wir wieder beim Thema ›ungewollte Lebensweisheiten‹. Um nicht noch mehr davon zu hören, stehe ich auf und stapfe tiefer in den Wald hinein.

»Ich warte zu Hause auf dich«, ruft mir mein Bruder hinterher.

KAPITEL 10

Kurz vor Sonnenaufgang komme ich an den Ort zurück, wo meine Kleider liegen. Irgendwie habe ich es die Nacht über geschafft, die wirbelnden Gedanken in meinem Kopf zum Schweigen zu bringen, weshalb die Rückverwandlung beinahe schmerzlos verläuft. Nachdem ich mich angezogen und meine Haare mit den Fingern gekämmt habe, mache ich mich auf den Weg zurück zur Burg.

Noch bevor ich durch das Tor gehe, spüre ich, dass etwas nicht stimmt. Die Wachen sind nicht auf ihrem Posten. Auch der Burghof ist gänzlich verwaist. Ich sehe keine Mägde, nicht einmal die Stallburschen kann ich entdecken. Eine gespenstische Stille liegt über dem Anwesen, und ich bekomme eine Gänsehaut. Ein ungutes Gefühl beschleicht mich und beschleunigt meine Schritte. Mit beiden Händen stoße ich die große Doppeltür auf, die ins Burginnere führt.

»Hallo?«, rufe ich, als ich auch innerhalb der Burg niemanden entdecken kann.

Ich streife durch die Korridore, schaue in die verschiedenen Zimmer, doch alle sind leer. Als ich vor dem großen Saal, in dem gestern Abend der Ball stattfand, stehe, höre ich von innen leise Schluchzer. Vorsichtig öffne ich die Tür und spähe hinein.

Überrascht schaue ich auf den gesamten Hofstaat, der sich hier versammelt hat und mit betretenen Mienen zum Podest schaut. Einige Mägde wischen sich mit ihren Schürzen über die feuchten Augen, während die Stallburschen ihnen tröstend auf die Schultern klopfen. Ein paar Wachen wirbeln zu mir herum, nachdem ich den Raum betreten habe, als wäre ich ein Eindringling, entspannen sich jedoch wieder, als sie mich erkennen.

Vorsichtig bahne ich mir einen Weg zwischen den Menschen hindurch, bis ich vor dem Podest stehe. Mein Herz setzt für einen Schlag aus, als mein Blick auf meinen Bruder und seine Gefährtin fällt. Vaan sitzt auf seinem Thron, den Kopf auf eine Hand gestützt. Sein Gesicht ist bleich; die dunklen Ringe unter seinen Augen leuchten regelrecht heraus. An seiner Seite kniet Fye auf dem Boden, den Kopf auf Vaans Schoß gelegt, und schluchzt jämmerlich, während er mit der anderen Hand über ihren Rücken streicht. Ich habe sie schon oft weinen sehen, aber diesmal ist es anders. Ihre Klagelaute sind so herzzerreißend, dass sie selbst mir an die Nieren gehen – und ich habe rein gar nichts für sie übrig. Meinen Bruder habe ich noch nie in so einer Verfassung gesehen ... Selbst als es mit dem Gesundheitszustand unseres Vaters immer schlimmer wurde oder als Mutter starb, hat er sich nie so gehen lassen.

Ich gehe auf ihn zu und bleibe direkt vor ihm stehen. Langsam, als würde es ihn ungeheure Anstrengung kosten, hebt er den Kopf und sieht mich an. Seine Augen sind rot, und in seinem Blick liegt so viel Schmerz, dass ich nach Luft schnappe.

»Was ist passiert?«, frage ich, nachdem ich mich wieder halbwegs unter Kontrolle habe.

Kurz glaube ich, dass er mir nicht antworten wird, doch dann öffnet er den Mund. »Sie haben ihn mitgenommen.«

»Ich verstehe nicht ... Wer hat wen mitgenommen?«

»Aeric ... Sie haben unseren Sohn mitgenommen.«

Noch während er es ausspricht, werden Fyes Schluchzer lauter, als würde das Gesagte ihr Leid noch zusätzlich verschlimmern. Ich bin versucht, meinen Bruder zu fragen, ob wir draußen reden können, weitab von Fyes Wehklagen, doch ich lasse es sein.

»Wer hat Aeric mitgenommen? Und vor allem, warum?«

»Wir wissen nicht, was sie mit ihm vorhaben ... Er ist doch noch so klein ...«

»Er ist ein Mondkind«, sage ich. »Gab es nicht schon zu Vaters Zeiten den Irrglauben, dass das Blut der Mondkinder alle Krankheiten heilen kann?«

Verwirrt runzelt Vaan die Stirn und schüttelt den Kopf. »Giselle, mein Sohn ist kein Mondkind.«

»Was? Aber ...« Jetzt fällt es mir wieder ein. Gestern Abend, als ich mehr oder weniger zum ersten Mal Vaans Kind gesehen habe, kam mir in seinem Gesicht gleich etwas komisch vor, aber ich konnte es nicht benennen. Doch jetzt ... Der Junge hatte keine goldenen Augen, wie jedes Mondkind sie hat. Seine waren grün wie Fyes. Ich bin von Anfang an davon ausgegangen, dass Vaans Sohn ein Mondkind ist, schließlich hat unsere Mutter auch nur Mondkinder bekom-

men. Für mich war es nur logisch, dass die Nachfahren von Mondkindern ebenfalls Mondkinder sind.«

»Macht Euch keine Sorgen, Majestät«, sagt einer der Ritter neben mir und steht stramm. »Wir werden den Prinzen finden, darauf gebe ich Euch mein Wort. Es wurden bereits mehrere Truppen ausgesandt.«

Ich schaue wieder zu Vaan und lese in seiner Mimik dieselben Zweifel, die auch ich hege. Wenn jemand so gerissen war, den bewachten Prinzen aus dem Schloss zu entführen, wird dieser Jemand klug genug sein, den Jungen vor uns zu verbergen.

»Mit wem haben wir es zu tun?«, wiederhole ich die Frage an meinen Bruder erneut. »Wer hat ihn entführt?«

»Wir wissen es nicht mit Sicherheit«, sagt er ausweichend, »aber die, die gestern Abend bis zuletzt anwesend waren, sind die Waldelfen.«

Ich schlucke hörbar, während mein Blick zu Fye huscht. Alles, was mit den Elfen zu tun hat, ist ihre Sache, aber in ihrem derzeitigen Zustand ist sie keine Hilfe. Ich kann mir außerdem nicht erklären, warum die Waldelfen so etwas tun sollten. Sie sind mit Abstand das friedliebendste der Elfenvölker. Warum sollten sie ein solches Risiko eingehen? Ihnen müsste doch klar sein, dass wir uns die Entführung des Prinzen nicht ohne Gegenschlag bieten lassen würden ... Und wer wäre zu so etwas fähig? Doch nicht Ayrun, oder?«

»Ayrun ist gegangen, bevor Aeric entführt wurde«, sagt Vaan, als könne er meine Gedanken lesen. »Er war es nicht. Aber diese andere Gruppe von Waldelfen, die gestern Abend da war ... Ich habe sie vorher noch nie gesehen. Unsere Einladung galt den Vertretern der einzelnen Völker oder Provinzen. Einige haben Gefolge mitgebracht, aber Ayrun habe ich noch nie in Begleitung anderer Waldelfen gesehen.«

»Eine von ihnen war seine Schwester Aysa. Aber selbst wenn es die Waldelfen waren, erklärt das noch immer nicht, was sie vorhaben. Was wollen sie mit dem Kind?«

Fye schnieft laut und reibt sich mit der Hand übers Gesicht, ehe sie murmelt: »Die Waldelfen liegen mit den Dunkelelfen seit Langem im Streit. Ayrun hat mich mehrmals gebeten einzuschreiten, aber ich habe seine Bitte jedes Mal abgelehnt. Er forderte militärische Unter-

stützung, die ich ihm nicht geben wollte. Irgendwann hörte er auf, mich danach zu fragen, als das mit euch ... ernster wurde.«

»Lass mich da raus«, warne ich sie. »Ich habe damit nichts zu tun.«

»Das habe ich auch nicht behauptet. Ayrun war sehr aufgebracht, als er noch gestern Nacht Eisenfels verlassen hat. Er kann es nicht gewesen sein, denn kurz darauf habe ich noch nachgesehen, ob Aeric schläft.«

»Wir wissen auch nicht, ob die Waldelfen überhaupt etwas damit zu tun haben, doch es ist die einzige Spur, die wir bisher haben«, fährt Vaan für sie fort. »Es ist der einzige Strohhalm, an den wir uns klammern, und Ayrun könnte vielleicht wissen, wer dafür verantwortlich ist.«

»Warum fragt ihr ihn dann nicht und sitzt stattdessen untätig hier rum?« Meine Worte sind härter, als ich es beabsichtigt habe, doch sie spiegeln das wider, was ich gerade denke.

»Wir können ihn nicht finden«, gesteht Fye. »Sämtliche Kommunikation mit den Waldelfen ist seit gestern abgebrochen. Wenn ein Waldelf nicht gefunden werden will, kann man ihn auch nicht finden. Sie ...«

»... können mit ihrer Umgebung verschmelzen, ich weiß«, unterbreche ich sie. »Was ist mit ihren Dörfern und Siedlungen? Hat da schon jemand nachgesehen?«

»Wir können keinen einzigen Waldelfen finden, Giselle«, erklärt Vaan. »Es ist, als wären sie alle vom Erdboden verschluckt worden. Gleich nachdem wir Aerics Verschwinden bemerkt haben, habe ich Vögel mit Botschaften zu all unseren Außenposten geschickt und vorsichtshalber darum gebeten, bei den Waldelfen nachzusehen. Ihre Siedlungen sind verwaist, und in den angrenzenden Wäldern haben selbst unsere besten Fährtenleser keinerlei Hinweise gefunden.«

Vaan und Fye schauen mich mit einem flehentlichen Blick an, und als ich merke, worauf das hinausläuft, verschränke ich die Arme vor der Brust. »Und jetzt soll ich ihn aufspüren, nicht wahr? Ihr könnt Ayrun nicht finden, also braucht ihr mich.«

»Wir wollen nur mit ihm reden«, sagt Vaan. »Es wird ihm nichts geschehen, das verspreche ich dir. Aber ich muss ihn fragen, ob er davon wusste.«

»Nein«, lautet meine Antwort.

Wäre die Situation nicht so ernst, wären Vaans und Fyes Gesichtsausdrücke zum Totlachen.

»Wie?« Vaan beugt sich auf seinem Thron ein Stück vor. »Was meinst du mit *nein*?«

»Nein«, beharre ich.

»Das kann nicht dein Ernst sein! Du bist unsere einzige Hoffnung!«

»Er ist gegangen, erinnerst du dich? Unsere letzte Begegnung war nicht ... erfreulich. Und ich würde es vorziehen, ihn so schnell nicht wiederzusehen.«

»Giselle, es geht hier um meinen Sohn, verdammt noch mal!« Vaans Hände krallen sich in die Armlehne. »Deine verletzten Gefühle sind mir im Moment herzlich egal!«

»Das ist ja nichts Neues«, murmele ich und wende mich zum Gehen.

»Bleib hier!«, donnert mein Bruder hinter mir. »Finde Ayrun, bitte! Niemand außer dir kann ihn aufspüren. Tu es für mich, wenn du es schon nicht für meine Gefährtin oder meinen Sohn tun kannst.«

Alle Blicke sind auf mich gerichtet. Ich weiß, was sie sehen: Eine störrische Prinzessin, der ihr eigenes Wohl über das aller anderen geht. Und sie haben recht. Aber sie sehen nicht, wie es in mir drin aussieht. Als ich Ayrun gestern Abend weggeschickt habe, ist etwas in mir zerbrochen. Wenn ich jetzt das Band benutze, um ihn zu finden, weiß ich nicht, was dann mit mir geschieht. Heute Morgen konnte ich zum ersten Mal seit Wochen atmen, ohne das Ziehen des Bandes in meiner Brust zu spüren. Ich habe mich endlich wieder wie ich selbst gefühlt.

Und kaum habe ich es geschafft, zu mir zu finden, muss ich es wieder aufgeben. Weil mein Bruder nicht imstande ist, seinen Sohn ordentlich zu schützen. Wie haben es die Waldelfen – sofern sie es waren – überhaupt geschafft, das Kind mitzunehmen? Gibt es vor dem Kinderzimmer etwa keine Wachen? Warum muss ich diejenige sein, die dieses Versagen ausbaden muss?

Ein weiterer Grund hält mich zurück, nach Ayrun zu suchen, der sogar noch schwerwiegender ist als mein Wunsch, ich selbst sein zu

können. Ich weiß nicht, was ich tun würde, sollte Ayrun daran beteiligt sein. Wenn er es war oder dabei geholfen hat, das Kind zu entführen, wird der Zorn des Königspaares fürchterlich sein. Sie werden ihn töten, ungeachtet dessen, was mein Bruder mir gerade versprochen hat, und keine Rücksicht auf mich nehmen.

Aber ich kann Vaan seine Bitte nicht abschlagen. Sosehr ich mich auch dagegen sträube, Ayrun schon wieder unter die Augen zu treten, sehe ich doch ein, dass er unsere beste Chance ist, den kleinen Aeric zu finden. Ich bin keine Spezialistin in solchen Dingen, aber ein Kleinkind kann sicher nicht ewig ohne seine Mutter – oder eine sonstige Bezugsperson – bleiben. Wenn er überhaupt noch lebt ... Aber ich hüte mich davor, das laut auszusprechen.

»Na schön«, murre ich. »Ich werde ihn finden. Aber ich will danach nie wieder von dir um so etwas gebeten werden. Danach will ich Ayrun nicht wiedersehen, und ich verbiete dir und deiner Gefährtin, etwas dagegen zu unternehmen.«

Erneut strömen Tränen aus Fyes Augen, doch sie nickt.

»Du glaubst gar nicht, wie dankbar wir dir sind«, sagt Vaan, bevor er den Atem ausstößt, den er die ganze Zeit über angehalten haben muss.

Schnaubend stapfe ich aus dem Saal. Ich weiß, dass ich das Richtige tue. Natürlich lasse ich meinen Bruder nicht im Stich, aber ich hätte es vorgezogen, wenn ich nicht diejenige wäre, von der nun alles abhängt.

Wenn ich Ayrun finde, gibt es nur zwei Möglichkeiten: Entweder er weiß etwas über die Entführung des Prinzen – dann werden Vaan und Fye ihn an Ort und Stelle in ein Häufchen Asche verwandeln –, oder er weiß nichts darüber – dann habe ich nur meine neu gewonnene Freiheit verloren und wir stehen wieder am Anfang.

So ungern ich es mir auch eingestehe, aber das Band macht süchtig. Ich fühle mich nur gut, solange Ayrun weit von mir entfernt ist. Ist er in der Nähe, sodass ich ihn durch das Band spüren kann, werde ich mich immer zu ihm hingezogen fühlen und erst zufrieden sein, wenn ich ihn um mich habe.

Ich wünschte, er würde auf ewig am anderen Ende der Welt bleiben ... Doch nun bin ich es, die ihm nachläuft. Auch wenn ich mir

einrede, dass ich das nur meinem Bruder zuliebe tue, ist es doch nur die halbe Wahrheit.

In meinem Zimmer angekommen, tausche ich das einfache Kleid, das ich trage, gegen Hosen und ein Hemd, das so lang ist, dass es mir bis zur Mitte der Oberschenkel reicht. In der Taille halte ich es mit einem breiten Ledergürtel zusammen, an dem ich einen Geldbeutel und meine Dolchscheide befestige. Anschließend flechte ich meine Haare zu einem dicken Zopf und schlüpfe in bequeme Stiefel.

Vaan erwartet mich bereits auf dem Korridor. Als ich die Tür öffne, stößt er sich von der Wand, an der er bis eben gelehnt hat, ab und läuft neben mir her.

»Was brauchst du?«, fragt er.

»Proviant und ein Pferd. Ayrun hat über einen Tag Vorsprung und ich kann ihn nicht spüren. Er muss bereits weit weg sein. Ich weiß nicht, wie lange ich unterwegs sein werde. Und ob er mir überhaupt zuhören wird …«

»Das wird er, da bin ich mir sicher. Soll ich dich begleiten?«

Kurz denke ich darüber nach, schüttele dann aber den Kopf. »Bleib für den Fall hier, dass diejenigen, die Aeric entführt haben, zurückkommen oder irgendwelche Forderungen stellen. Fye kam mir nicht so vor, als könnte sie im Moment einen klaren Gedanken fassen. Sie braucht dich jetzt.«

Vaan bleibt stehen, packt mich am Handgelenk und zieht mich in eine feste Umarmung. »Ich danke dir«, murmelt er in mein Haar. »Du weißt gar nicht, wie sehr ich dir danke.«

Ich gönne mir einen Augenblick, in dem ich seinen Duft nach Lavendel einatme, ehe ich mich von ihm löse. »Danke mir erst, wenn ich ihn gefunden und zurückgebracht habe. Ich glaube nämlich immer noch nicht, dass er mir zuhören wird.«

»Was ist gestern Abend passiert? Er war fuchsteufelswild, als er sich von Fye verabschiedet hat.«

Ich seufze. »Seine Schwester Aysa ist passiert. Sie hat ihm erzählt, was ich normalerweise mit Männern mache, und war davon überzeugt, dass ich schlecht für ihren Bruder bin. Ayrun hat ihr geglaubt, deshalb habe ich ihn weggeschickt.«

»*Du* hast ihn gehen lassen? Das klingt gar nicht nach dir.«

Ich zucke möglichst unbeteiligt mit den Schultern. »Es gibt für alles ein erstes Mal.«

Vaan runzelt nachdenklich die Stirn. »Dir muss wirklich was an ihm liegen.«

»Nein, tut es nicht. Du kennst mich, Vaan. Ich glaube nicht an Märchen. Und auch nicht an das Band. Ich lasse mich nicht von falschen Gefühlen blenden.«

Gut so, denke ich. *Vielleicht glaube ich auch selbst daran, wenn ich es nur oft genug wiederhole ...*

»Ich habe auch nicht daran geglaubt«, erzählt Vaan, während wir auf dem Weg in die Küche sind, um mir Proviant einpacken zu lassen. »Als meine Ritter eine Halbelfe gefangen hatten und ich plötzlich dieses seltsame Gefühl verspürte, wollte ich mit Mutter sprechen. Noch ehe ich ein Wort sagen konnte, wusste sie, was los war. Sie hat es mir angesehen, auch wenn ich es selbst nicht wahrhaben wollte. Und genauso geht es mir bei dir, Giselle. Ich sehe, wie du dich dagegen sträubst, und doch spüre ich, dass du dich verändert hast. Kannst du dir vorstellen, wie es mir ging, als ich bemerkte, dass ich mich an eine Halbelfe gebunden hatte? Ich war am Boden zerstört. Ich habe das Band und die Götter verflucht, und bis zuletzt habe ich versucht, mir einzureden, dass alles nur ein dummes Missverständnis wäre.«

Während er erzählt, kaue ich auf meiner Unterlippe herum. Ich erkenne mich selbst in seinen Worten wieder. Zwar ist Ayrun kein Halbelf und ich bin ihm nicht von Grund auf abgeneigt, aber auch ich verfluche die Götter und das Band.

»Ich wusste, dass Vater mich dafür hassen würde, wenn ich etwas mit einer Halbelfe anfange, auch wenn ich selbst gar nichts dafür konnte.«

»Und was hast du dann gemacht?«, frage ich.

»Ich habe mich dagegen gewehrt«, gibt er zu. »Nachdem ich sie aus dem Kerker befreit hatte, redete ich mir ein, dass meine Schuld der Halbelfe gegenüber erfüllt wäre und dass es keinen Grund für mich gäbe, sie je wiederzusehen. Dreimal darfst du raten, wie lange dieser Vorsatz gehalten hat.« Er grinst mich an. »Noch am selben Tag lief ich ihr nach. Zwischendurch habe ich hin und wieder versucht, mich von ihr fernzuhalten, aber als ich sie dann in Gylberts Armen

sah, war für mich klar, dass es mir unmöglich wäre, weiterhin auf Abstand zu bleiben.«

Gylbert, der rothaarige Elf, der viele Jahre Vaans Schwertmeister und einer unserer engsten Vertrauten war. Aber auch abgesehen vom Schwertkampf besaß Gylbert einiges an ... *Erfahrung*. Ich habe nie etwas für ihn empfunden, doch er war ein netter Zeitvertreib. Und er stand auf meiner Seite, als ich versuchte, die Halbelfe und gleichzeitig meinen Fluch loszuwerden. Leider war beides nicht von Erfolg gekrönt gewesen.

»Ich erkannte den Blick in deinen Augen, nachdem Ayrun dich auf der Tanzfläche stehen ließ«, sagt Vaan, als er in der Küche einen Laib Brot und etwas Käse in ein Tuch schlägt. »Ich glaube, ich habe genauso ausgesehen, als Fye sich von mir ab- und Gylbert zugewandt hat.« Er reicht mir das Tuch. »Das nennt man Eifersucht.«

»Warum sollte ich eifersüchtig sein?«, murre ich.

»Hör auf, mir etwas vormachen zu wollen. Ich kenne dich jetzt schon lange, so ziemlich mein ganzes Leben.« Wieder grinst er, auch wenn es kein herzliches Grinsen ist wie gewöhnlich. »Ich würde das gerne genauer mit dir besprechen, aber zurzeit habe ich andere Sorgen, also fasse ich mich kurz. Er bedeutet dir etwas, und du bedeutest ihm etwas, sonst wäre er gestern Abend nicht so wütend gewesen. Ob das nun durch das Band kommt oder nicht, ist doch völlig egal. Ich habe auch eine Weile gebraucht, um es zu verstehen. Das Band ist keine Belastung, sondern ein Geschenk, um unser Dasein erträglicher zu machen. Wir sind Kinder der Götter – für uns ist Liebe etwas Besonderes. In einem schier endlosen Leben hilft uns das Band dabei, denjenigen zu finden, der für uns bestimmt ist, und gibt ihm die Lebenskraft, damit er so lange wie möglich an unserer Seite ist. Wenn du es zulässt, wirst auch du erkennen, dass es keine vorgespielten Gefühle sind, die du empfindest. Hör auf zu denken und du wirst merken, was ich meine.«

Ich will etwas erwidern, doch mir fällt nichts ein. Krampfhaft versuche ich, irgendeine Lücke in seiner Argumentation zu finden, doch ... da ist nichts. Also schüttele ich nur den Kopf. Nicht, weil ich das, was Vaan gesagt hat, für falsch halte, sondern weil ich zu stolz bin, zuzugeben, dass ich es noch nie von der Seite aus betrachtet habe.

Ohne ein weiteres Wort treten wir hinaus auf den Burghof. Die Sonne steht mittlerweile hoch am Himmel und lässt den Schnee um uns herum glitzern. In der Mitte des Hofes hält einer der Stallburschen ein gesatteltes Pferd am Halfter.

»Warum willst du eigentlich mit einem Pferd reisen?«, fragt Vaan, als wir auf das Tier zugehen. »Anders bist du doch viel schneller.«

Ich nicke. »Ich habe aber keine Ahnung, wo ich hinmuss.« Seufzend lege ich eine Hand auf meinen Brustkorb und spüre das sanfte Schlagen meines Herzens. »Im Moment spüre ich gar nichts. Nicht einmal ein leichtes Zupfen des Bandes, das mir eine ungefähre Richtung vorgibt. Ich muss also auf gut Glück in eine Richtung losreiten. Sobald ich dann weiß, wohin ich mich wenden muss, werde ich auf das Pferd verzichten, vor allem, weil ich denke, dass Ayrun sich im Wald aufhalten wird. Aber bis dahin kostet es mich weniger Kraft, wenn ich mich von einem Pferd tragen lasse.«

»Zwar bin ich es, der dich auf diese Mission schickt, aber es gefällt mir nicht, dass du allein gehst«, murmelt er, nachdem er mir zugestimmt hat. »Wenn du mich schon nicht dabeihaben willst, nimm wenigstens einen der Ritter mit.«

»Damit er mir im Weg steht? Oder hinter mir herstapft wie ein Ochse?« Ich schnaube unfein durch die Nase. »Nein, das würde mich nur aufhalten, spätestens wenn ich in die andere Gestalt wechsle. Ich kann das allein, Vaan. Du weißt, dass ich auf mich aufpassen kann, egal in welcher Form. Außerdem – was soll mir schon passieren? Glaubst du wirklich, dass sich jemand freiwillig mit mir anlegt?«

Er wiegt nachdenklich den Kopf hin und her. »Wir wissen noch nicht, mit wem wir es hier zu tun haben oder warum. Ich will nur nicht, dass du leichtsinnig wirst oder dich überschätzt.«

»Das werde ich nicht.« Ich versuche es zumindest …

»Wir setzen all unsere Hoffnungen auf dich. Bring, falls nötig, mit allen Mitteln in Erfahrung, wer für die Entführung meines Sohnes verantwortlich ist. Und bring mir Ayrun.« Kurz blitzt etwas in seinen Augen auf. »Ich will aus seinem eigenen Mund hören, dass er nichts damit zu tun hat.«

Ich nicke stumm und verkneife mir die Frage, was er mit Ayrun machen wird, sollte wider Erwarten herauskommen, dass der Wald-

elf doch seine Finger bei der Entführung im Spiel hatte. Was würde *ich* dann machen? Ich weiß es nicht ... Die Loyalität meiner Familie gegenüber wiegt schwerer als das, was ich für einen Waldelfen zu empfinden glaube, den ich kaum kenne.

Aber ...

»Ich werde nicht ohne ihn zurückkommen«, verspreche ich und schwinge mich in den Sattel. Das Bündel mit Vorräten befestige ich hinter mir. Das Pferd tänzelt unruhig, aber ich bringe es mit einem Druck meiner Schenkel dazu, nicht zu steigen. »Mir wäre trotzdem wohler, wenn du weiterhin nach den Waldelfen suchen und anderen Hinweisen nachgehen könntest. Nur für alle Fälle.«

Nachdem Vaan mir zugenickt hat, presche ich aus dem Burghof.

Den ersten Tag halte ich mich westwärts, ständig der untergehenden Sonne entgegen. Doch ich spüre immer noch nichts. Also beschließe ich am zweiten Tag, die Richtung zu ändern und reite nach Süden.

Nachts mache ich an Gasthäusern halt, wo ich das Pferd unterstelle und es versorgen lasse, während ich zwar für ein Zimmer bezahle, allerdings durch eines der Fenster nach draußen springe, bevor die Sonne untergeht. Ich halte mich in der Nähe, aber doch so weit entfernt, dass ich die Tiere nicht scheu mache. Auch weiß ich nicht, wie die Menschen hier außerhalb von Eisenfels auf mich reagieren. Sicher ist den meisten von ihnen zu Ohren gekommen, dass es sich beim König und seiner Schwester um Mondkinder handelt, aber ... Etwas *gehört* zu haben und es mit eigenen Augen zu *sehen*, ist etwas völlig Verschiedenes.

Ich bin nicht versessen darauf, von den einheimischen Bauern mit Fackeln und Mistgabeln verfolgt zu werden, also halte ich mich nachts in den Schatten und streife in der Nähe durch die Wälder, in der Hoffnung, irgendwo auf einen Waldelfen zu treffen.

Ich schlafe nur kurz, manchmal nachts, manchmal auch tagsüber im Sattel. Das Pferd ist gut ausgebildet und folgt ohne mein Zutun dem Weg. Auch raste ich während des Tages so selten wie möglich, um eine weite Strecke hinter mich bringen zu können. Vorerst beschränke ich mich darauf, innerhalb unserer Grenzen nach Ayrun zu suchen.

Wenn ich keinen Erfolg habe, werde ich das angrenzende Gebiet der Elfenvölker betreten müssen, und davor graut es mir, wenn ich ehrlich bin, weil ich nicht weiß, wie sie auf mich reagieren werden.

Am vierten Tag ist mit einem Schlag und ohne Vorwarnung das Ziehen des Bandes wieder da. Nach mehr als einer halben Woche ohne dieses Gefühl bin ich im ersten Moment wie vor den Kopf gestoßen. Ich drücke meinem Pferd die Fersen in die Flanken und reite auf den nächsten Ort zu. Dort lasse ich das Tier in der Obhut eines Gastwirts, dem ich meine letzten Münzen in die Hand drücke, bevor ich das mittlerweile fast leere Bündel Proviant nehme und in Richtung Wald aufbreche. Mit jedem Schritt, den ich mich den Bäumen nähere, wird das Ziehen in meiner Brust stärker, bis ich an nichts anderes mehr denken kann, als endlich dort anzukommen, wohin mich meine Füße tragen.

Da es bereits Abend ist, warte ich, bis die Nacht hereinbricht. Ich ziehe mich aus und verstaue meine Sachen im Bündel, das ich anschließend sorgsam zuknote. Nach der Verwandlung nehme ich das Bündel ins Maul und setze meinen Weg fort.

Auf einer Lichtung lässt das Ziehen nach. Das kann nur eines bedeuten: Ayrun muss hier sein. Ich lege das Bündel ab und sehe mich um. Fahl blitzen ein paar Mondstrahlen durch die dichten Zweige, doch auf meine Augen kann ich mich sowieso nicht verlassen. Hier im Wald befinde ich mich auf seinem Territorium, und wenn er hier nicht gefunden werden will, werde ich ihn auch nicht finden.

Aber wer wäre ich, wenn ich jetzt einfach aufgeben würde?

Ich suche mir den Baum mit dem dicksten Stamm und von dem ich denke, dass er am längsten hier steht. Anschließend stelle ich mich auf die Hinterpfoten und versenke meine Krallen mit aller Kraft in die Rinde. Immer tiefere Furchen hinterlassend, mache ich weiter, bis ich auf das weiche und verletzliche Innenleben des Baumes treffe.

Hinter mir höre ich ein Seufzen und das Rascheln von Blättern.

»Ihr wisst, dass ich das hasse«, murmelt Ayrun, und innerlich grinsend lasse ich vom Baum ab und gehe einen Schritt zur Seite.

Ohne mich weiter zu beachten, legt er die Hand auf die malträtierte Rinde und heilt die Schäden, die ich dem Baum zugefügt habe. Innerhalb weniger Augenblicke schließt sich die Rinde, und der Baum sieht aus wie vorher.

»Wie habt Ihr mich gefunden?«, fragt er, schaut mich jedoch dabei nicht an. »Und vor allem: Warum seid Ihr hier? Ihr habt gesagt, dass ich gehen soll. Also bin ich gegangen.«

Selbst wenn ich könnte, würde ich ihm nicht antworten. Er ist wütend und das verstehe ich. Durch das, was seine Schwester zu ihm gesagt hat, sind ihm Zweifel gekommen, die ich nicht ohne Weiteres zerstreuen kann. Ich bin mir nicht einmal sicher, ob ich das überhaupt will. Vielleicht wäre es am besten, nur in Erfahrung zu bringen, ob er etwas mit dem Verschwinden des Prinzen zu tun hat, und ihn dann in Ruhe zu lassen, bis sich die Wogen geglättet haben. Oder bis ich selbst weiß, was ich mit dem Chaos an Gefühlen, das in mir wütet, anfangen will. Kann ich die Bindung so sehen wie Vaan, als etwas Positives und Wundervolles, oder bin ich dazu verdammt, sie als falsch zu betrachten? Und was ist, wenn ich Ayrun nun für alle Zeit vergrault habe? Wenn er sich von mir abwendet, nachdem er erfahren hat, wie ich wirklich bin?

»Muss ich jetzt wirklich bis morgen früh warten, bis Ihr mir antwortet?«

Endlich dreht er sich zu mir um, doch ich suche vergebens das warme Glühen, das ich sonst jedes Mal in seinen Augen gefunden habe. Kalt und hart schaut er zu mir, die Lippen zu einem schmalen Strich zusammengepresst. Ich würde gern die Hand nach ihm ausstrecken und über die steile Falte zwischen seinen Augenbrauen streichen, um sie zu glätten. Doch im Moment kann ich nichts anderes tun, als meine Schultern nach oben zu ziehen; eine Geste, die noch am ehesten einem Schulterzucken gleichkommt.

Seufzend fährt er sich mit den Händen durch die Haare, während sein Blick wild umherhuscht und mich nur flüchtig streift. Ich bleibe sitzen und begnüge mich damit, ihn zu beobachten. Obwohl es nur knapp fünf Tage her ist, seitdem ich ihn zuletzt gesehen habe, kommt es mir wie eine Ewigkeit vor. Die dunklen Schatten unter seinen Augen sind neu, ebenso der verkniffene Ausdruck in seinem Gesicht, den er nicht ablegen kann. Der Gedanke, dass ich dafür verantwortlich bin, versetzt mir einen Stich.

»Ihr habt Glück«, sagt er nach einer Weile. »Ihr habt Glück, dass ich so neugierig bin und wissen will, warum Ihr den weiten Weg hierher auf

Euch genommen habt. Eisenfels ist mehrere Tagesreisen entfernt. Und vor allem will ich wissen, wie Ihr es geschafft habt, mich hier zu finden. Niemand, nicht einmal meine Schwester, weiß, dass ich hier bin.«

Erleichtert atme ich auf. Wenn niemand weiß, dass er sich hier aufhält, kann er unmöglich an der Entführung von Aeric beteiligt sein. Er kann das Kind nicht hier im Nirgendwo haben, und wenn er keinerlei Kontakt zu den anderen Waldelfen hat, kann er ihnen auch nicht geholfen haben, den Jungen mitzunehmen.

»Ich werde mich jetzt wieder schlafen legen, und ich wäre Euch sehr verbunden, wenn Ihr bis morgen früh die Bäume in Frieden lassen könntet. Habt besser ein paar gute Antworten parat, wenn Ihr mir später wieder unter die Augen tretet!«

Trotz seiner harschen Worte muss ich lächeln, auch wenn es in dieser Form etwas grotesk wirken muss. Ich weiß, wie es sich anfühlt, wenn man von denen, die einem am Herzen liegen, vor den Kopf gestoßen wird. Ich kann ihm keinen Vorwurf machen. Zumindest hoffe ich, dass ich ihm genug am Herzen liege und seine Wut deshalb auf mich bezogen ist …

Ich nicke und sehe zu, wie er leichtfüßig einen Baum am Ende der Lichtung erklimmt und zwischen den Ästen verschwindet. Weil ich nicht weiß, ob seine Drohung auch das Hochklettern an Bäumen beinhaltet – denn dazu müsste ich ebenfalls meine Krallen in die Rinde schlagen –, rolle ich mich im Laub zusammen. Morgen früh werden meine Glieder steif vor Kälte sein und schmerzen, aber das ist ein kleiner Preis, den ich gerne zahle. Das Ziehen in meiner Brust ist einem warmen Pulsieren gewichen, das mich voll und ganz ausfüllt und mir eine Zufriedenheit verleiht, an die ich nicht mehr geglaubt, auf die ich nicht mehr gehofft habe.

Vielleicht hat Vaan doch recht und die Bindung ist keine schreckliche Dreingabe des Fluchs, wie ich es immer gesehen habe. Aber was bedeutet das für mich? Ich habe dabei zugesehen, wie meine Mutter an der Liebe zu einem Mann, der am Ende nur noch ein Schatten seiner selbst war, zerbrochen ist. Ich habe zugesehen, wie mein Bruder alles, was er in seinem Leben gelernt hat, vergaß, alles hinter sich ließ, was für einen Prinzen und Thronfolger von Bedeutung ist, um sich einer Halbelfe zuzuwenden.

Beide habe ich dafür gehasst, sowohl meine Mutter als auch meinen Bruder. Ich hasste sie für ihre Verantwortungslosigkeit und dafür, dass sie sich nur noch um sich selbst gekümmert und mich dabei vergessen haben. Vor vielen Jahren habe ich mir geschworen, niemals so zu werden wie meine Mutter. Nicht weil sie uns nicht geliebt oder nicht alles für uns getan hätte, sondern weil sie sich aufgrund des Bandes selbst vergaß und ihr Leben nach einem Mann richtete, der sie zeitweise nicht einmal mehr erkannte. Er erkannte weder seine Frau noch seine eigenen Kinder.

Trotzdem fühlte ich mich meinem Vater eher verbunden als meiner Mutter. Auch wenn er im Kopf nicht immer klar war, so war er doch ein Kämpfer, der nicht vergessen werden wollte. Das, was er tat, war nicht jedes Mal richtig, aber er lehnte sich nicht zurück und verschloss die Augen vor der Welt, wie Mutter es gerne machte.

Er suchte keine Rettung in zu viel Wein, sondern versuchte stets, sich durch die Nebel in seinem Geist zurück ans Licht zu kämpfen.

Weder meine Mutter noch mein Vater waren Vorbilder, nach denen ich mich richten will. Das habe ich nie gemacht und ich werde auch jetzt nicht damit anfangen. Ich wollte mein Leben nicht nach einem Mann richten, sondern selbst darüber bestimmen.

Doch diesen Luxus habe ich als Mondkind nicht. Ich führe seit meinem fünften Lebensjahr, als ich mich das erste Mal verwandelte, kein normales Leben – warum sollte sich das jetzt ändern?

Seufzend bewege ich meinen Kopf, der auf meinen Vorderpfoten ruht, bis ich eine halbwegs bequeme Position gefunden habe.

Ich weiß nicht, wie ich mich morgen früh verhalten soll. Werde ich mich entschuldigen? Aber für was? Schließlich war nicht ich es, die Aysas Anschuldigungen geglaubt hat. Ich habe ihm einen Gefallen getan, indem ich ihn gehen ließ. Solange ich mir nicht darüber im Klaren bin, ob und wie lange ich mich gegen das Band zur Wehr setzen kann, wollte ich ihn nicht um mich haben. Doch die Dinge haben sich geändert. Ich bin hier, er ist hier, aber trotz der Nähe fühlt es sich an, als lägen Welten zwischen uns; eine Kluft, die keiner von uns alleine überbrücken kann.

KAPITEL 11

AYRUN

Ich mache die restliche Nacht kein Auge zu. Wie auch, wenn ich weiß, dass *sie* da unten liegt?

Als ich Eisenfels verlassen habe, dachte ich nicht, sie so bald wiederzusehen. Die Verabschiedung meiner Königin gegenüber fiel kühl und oberflächlich aus, und ich sah ihr an, dass sie genauso verwirrt über meinen überstürzten Aufbruch war wie ich. Auch von meiner Schwester und den anwesenden Waldelfen, die ich zum großen Teil nicht kannte, verabschiedete ich mich nur kurz, ehe ich Hals über Kopf aus der Stadt flüchtete.

Ja, es kam mir vor wie eine Flucht, und ich hielt erst an, als ich sicher war, dass mich hier niemand würde finden können. Irgendwo in einem Wald, den ich noch nie zuvor betreten hatte und von dem ich wusste, dass er von meinem Volk nicht bewohnt wurde. Nah an den Orten der Menschen, von denen wir uns normalerweise fernhielten. Sie rodeten unsere Bäume, um Platz für ihre hässlichen Gebäude zu schaffen oder um Felder anzulegen. Ihr Vieh verwüstete die Wiesen, die uns mit Lebenskraft versorgten, doch am schlimmsten war der Gestank ihrer Feuer, die ohne Unterlass nach Holz verlangten.

Ich weiß gar nicht, wie ich es so lange in Eisenfels ausgehalten habe. Einer Stadt, bestehend aus Stein, kaum Grün und nur gepflasterte Straßen, so weit mein Auge reicht. Vielleicht war ich zu lange abgeschnitten von frischer, klarer Waldluft, anders kann ich es mir nicht erklären, warum ich nicht eher von dort verschwunden bin.

Zumindest ist es das, was ich mir seit vier Tagen einzureden versuche. Mal mit mehr, mal mit weniger Erfolg. Es gab Stunden, in denen ich kurz davor war, zurück nach Eisenfels zu gehen, um Giselle auf Knien zu bitten, mich nicht erneut aus ihrem Leben auszuschließen. Dann gab es wiederum Stunden, in denen ich ihr hübsches Gesicht, ihre zierliche Gestalt und ihren bloßen Namen verflucht habe und

mir schwor, nie wieder auch nur einen einzigen Gedanken an sie zu verschwenden.

Seit meiner Flucht verschanze ich mich hier, einsam und froh darüber, keinem anderen über den Weg zu laufen. Zufrieden damit, allein vor mich hin brüten zu können.

Und dann kommt sie. Ohne Vorwarnung. Unvorhersehbar. *Unwiderstehlich.*

Seufzend raufe ich mir die Haare und lehne meinen Kopf anschließend nach hinten gegen den Stamm. Was mache ich hier? Warum verschwinde ich nicht einfach? Warum tue ich mir das an?

Mein Blick schweift nach unten, wo ich ohne Probleme die kohlschwarze Gestalt ihres anderen Körpers inmitten des bunten und teilweise mit Raureif überzogenen Laubs ausmachen kann. Es sieht beinahe friedlich aus, wie sie dort liegt und im Schlaf gleichmäßig atmet, aber ich weiß, dass es in ihr keinen Frieden gibt. Ich habe es in ihren Augen gesehen, als sie mich weggeschickt hat. Kein Glanz, kein Funkeln – nur eiskaltes Gold, das zu mir emporblickte.

Meine Schwester hat recht, was die Prinzessin anbelangt. In ihren Augen war ich nie etwas anderes als die nächste Eroberung, der nächste Zeitvertreib in einem schier endlosen Leben. Eine flüchtige Bekanntschaft, die nach wenigen Wochen zu einem gesichtslosen Niemand verblasst sein würde.

So jemand will ich nicht sein, nicht einmal für sie – das sage ich mir in den starken Stunden. In den schwachen würde ich alles sein, was sie von mir verlangt, wenn sie mich dafür nur wahrnehmen würde.

Ich verfluche mich selbst für das, was ich denke und fühle. So etwas ist mir noch nie passiert, aber es gab auch noch nie jemanden, zu dem ich mich hingezogen gefühlt habe. Ich hatte meine Schwester und meine Mutter, um die ich mich kümmern musste. Da blieb keine Zeit, mich nach hübschen Waldelfen umzusehen. Als dann die Ältesten beschlossen, mich als Botschafter zur neuen Königin zu senden, hatte ich erst recht andere Dinge im Kopf. Auch wenn ich vergleichsweise jung und unerfahren war, wollte ich doch alles in meiner Macht Stehende tun, um meinem Volk zu alter Größe zu verhelfen, und ich setzte all meine Hoffnungen auf die neue Königin, die so anders als ihre Vorgängerinnen war.

Schon immer lag mein Leben klar vor meinen Füßen ausgebreitet. Als einziger Sohn des besten Handwerkers unseres Volkes würde ich die Arbeit meines Vaters fortführen. Von klein auf lehrte er mich, die komplizierten Bauwerke in den Wipfeln der Bäume zu bauen, ohne die Gewächse dabei zu zerstören. Es ist schwierig und erfordert viel Kraft, doch ich liebte meine Arbeit. Als Vater starb, lag es an mir, mich um Mutter und Aysa zu kümmern. Ich arbeitete härter als alle anderen und wurde immer besser, bis meine Arbeiten so beliebt waren, dass mich am liebsten jeder beauftragen wollte. Trotz der vielen und anstrengenden Arbeit war ich glücklich, und ich fühlte mich geehrt, als die Wahl der Ältesten auf mich fiel. Ich weiß, dass sie mich ausgesucht haben, weil ich einer der jüngsten Waldelfen war und sie keinen alten Mann zu einer jungen Königin schicken wollten. Es kam mir auch zugute, dass ich in der Vergangenheit schon hin und wieder mit Menschen zusammengearbeitet habe, während sich der Rest meines Volkes in den schwindenden Wäldern verkriecht.

Es ist meine Aufgabe, die Königin davon zu überzeugen, unsere Grenzen zu stärken und den Dunkelelfen das unrechtmäßig vereinnahmte Gebiet wieder abzunehmen, das eigentlich uns gehört. Königin Fye jedoch wollte nichts davon hören. Sie verabscheut den Gedanken an Krieg und Kampf innerhalb eines Volkes und versuchte daher stets, zwischen uns zu vermitteln, anstatt für eine Seite Partei zu ergreifen. Aber ich muss gestehen, dass ich meine Aufgabe auch nicht mehr mit vollem Einsatz verfolgt habe, seit ich die Königin eines Tages in ihrer Hütte besuchte.

Das war der Tag, an dem ich sie zum ersten Mal sah.

Ich habe mich ständig über Aysa lustig gemacht, die gefühlt jede Woche für einen anderen jungen Waldelfen schwärmt und beteuert, dass es diesmal garantiert die wahre Liebe wäre. Sie verschenkt ihr Herz sprunghaft und kurz, aber trotzdem leidenschaftlich. Ich hingegen halte meines verschlossen und versteckt hinter einer Mauer aus oberflächlicher Freundlichkeit allen und jedem gegenüber.

Aber an diesem Tag, an diesem sonnigen Morgen auf der Lichtung, fiel die Mauer von einer Sekunde auf die andere in sich zusammen, und ich habe es seitdem nicht geschafft, sie wieder aufzubauen.

Anfangs hielt ich es für ein reines Interesse an ihrem Äußeren. Ich erfreute mich daran, sie einfach anzusehen, wenn sie auf einem der Flure an mir vorbeilief oder wenn sie auf ihrem Thron hinter dem Königspaar saß und gelangweilt den Blick über die Anwesenden schweifen ließ. Es machte mir Spaß, ihr dabei zuzusehen, wie sie sich bewegte, wie sie mit anderen sprach und wie sie immer wieder flüchtig in meine Richtung schaute, als würde sie von etwas Unsichtbarem angezogen werden, das ihr immer sagte, dass ich da war und sie beobachtete.

So ging es weiter, über Wochen, in denen ich immer wieder um eine Audienz bei der Königin bat, meistens wegen unsinniger Ersuchen, nur um hoffentlich zufällig der schönen Menschenprinzessin zu begegnen.

Ich weiß nicht, wann sich mein anfängliches Interesse an ihr geändert hat, aber irgendwann reichte es mir nicht mehr, sie nur anzusehen. Ich wollte mit ihr sprechen, mich davon überzeugen, dass sie mehr war als nur eine hübsche Hülle. Ich wollte ihr nah sein, sie riechen, sie berühren, sie an mir spüren.

Es dauerte lange, bis ich mich dazu überwinden konnte, sie direkt anzusprechen. Mir war von Anfang an aufgefallen, dass Giselle alle Blicke auf sich zog, wenn sie nur den Raum betrat. Gewiss standen die Verehrer für sie Schlange, doch je länger ich sie beobachtete, desto mehr fiel mir auf, dass nie ein männlicher Begleiter in ihrer Nähe war, ausgenommen ihr Bruder, König Vaan. Niemand forderte sie bei Empfängen zu Tänzen auf. Niemand hielt ihr den Arm hin, um sie nach draußen zu begleiten. Niemand erkundigte sich danach, ob sie etwas trinken wolle. Immer saß sie allein auf ihrem Platz, und wenn sie doch ein paar Bekannte begrüßte, hörten sich die Gespräche steif und formell an.

Mir kam zu Ohren, dass viele der Wachen oder Stallburschen eine Schwäche für die Prinzessin hatten, doch keiner von ihnen wagte es, auch nur das Wort an sie zu richten. Sie alle fürchteten sich allein vor ihrem kalten Blick, der das Herz eines Mannes auf der Stelle zu Eis gefrieren und zersplittern lassen konnte.

Im Nachhinein weiß ich nicht mehr, was mich geritten hat, als ich ihr eines Abends in den Wald folgte. Noch bevor ich wusste, wie

mir geschah, trugen mich meine Füße aus der Burg hinaus, durch die Stadt und die Wiese hinauf, die sich direkt vor dem Wald erstreckte. Natürlich wusste ich damals schon, dass Giselle, wie auch ihr Bruder, ein Mondkind war und des Nachts die Gestalt eines Tieres annahm. Eine solche Verwandlung mit eigenen Augen zu sehen, ist jedoch etwas völlig anderes, vor allem, wenn die Verwandlung so qualvoll aussah wie an diesem Abend. Es war schrecklich mit anzusehen, doch ich schaffte es nicht für eine Sekunde, meinen Blick abzuwenden.

Als Waldelf habe ich mein ganzes Leben in der Natur verbracht. Mir wurde von Kindesbeinen an beigebracht, alles Leben – sei es nun Elf, Mensch, Tier oder Pflanze – zu ehren und zu schützen. Ich schlief in Bäumen, unter freiem Himmel, in Höhlen zusammen mit Bären und dankte der Natur für alles, was sie uns zum Überleben gab. Dabei zuzusehen, wie sich die Frau, die ich seit Wochen, wenn nicht gar Monaten verehrte, in ein kraftvolles und wunderschönes Tier mit schimmernd schwarzem Fell verwandelte, ließ mich sämtliche Zurückhaltung vergessen. Davor redete ich mir ein, dass sie ein Mensch war und nicht meiner Rasse angehörte, und ich sie mir deswegen aus dem Kopf schlagen sollte. Als ich sie zum ersten Mal als Raubkatze vor mir sah, wusste ich, dass diese Bedenken Schwachsinn waren.

Wer sollte je besser zu mir passen, wenn nicht diese Frau, die in sich einen Teil der Natur, die ich so liebte, trug?

Tja, nur leider habe ich meine Überlegungen ohne ebendiese Frau gemacht...

Meine Hände ballen sich zu Fäusten, als ich mich an den Blick erinnere, mit dem sie mich bedacht hat, als sie die Tür öffnete und mich hinauswarf. In dem Moment wusste ich, von welchem Blick die Wachen jedes Mal gesprochen hatten, und er war genauso furchtbar, wie sie ihn beschrieben hatten. Eiskalt und so scharf, dass er das Herz eines Mannes in zwei Teile schneiden könnte.

Als die ersten Sonnenstrahlen durch die Zweige blitzen, höre ich, wie sie sich unten auf dem Laub regt. Ich schaue zu, wie sie sich ihr Tierkörper kurz versteift und sich dann Stück für Stück zu dem eines Menschen formt. So bleibt sie liegen, und obwohl sie gleich darauf zu zittern beginnt, wacht sie nicht auf. Die Helligkeit des anbrechen-

den Tages lässt ihre weiße Haut schimmern und ihre blonden Haare liegen wie ein Schleier um sie herum. Der Anblick erinnert mich an den Abend, als sie mir befahl, mich nicht umzudrehen, und ich es doch gemacht habe. Die Kerzen um sie herum haben ihre Haut in fast dasselbe Licht getaucht, wie die aufgehende Wintersonne es gerade macht. Giselle liegt auf der Seite, die Beine dicht an den Körper gezogen, die Hände als Stütze unter dem Gesicht, während einzelne Blätter auf ihrem Körper und in ihren Haaren hängen.

Leise richte ich mich auf, springe vom Baum und lande nahezu geräuschlos im Laub. Als ich neben ihr in die Hocke gehe, lasse ich den Blick kurz über sie schweifen, um ihren Anblick auf ewig in mein Gedächtnis zu brennen. Morgens, nach der Rückverwandlung, umgibt sie eine Verwundbarkeit, die sie sonst sorgsam hinter einer unnahbaren Fassade versteckt. Doch jetzt, in diesem Moment, sehe ich die zierliche, verletzliche Frau, die sie eigentlich ist. Nicht die starke Kämpferin, die den Rekruten auf dem Trainingsplatz das Fürchten lehrt, und auch nicht die weltgewandte Prinzessin, die sich stolz durch die Massen bewegt.

Ich sehe *sie,* ihre Schönheit und ihre getriebene Rastlosigkeit, die ich nicht verstehen kann, aber die ich unbedingt ergründen will.

Ich strecke die Hand aus und streiche ihr mit den Fingern Strähnen ihres Haares aus dem Gesicht, bevor ich meinen Umhang abnehme und ihn über ihr ausbreite. Danach stehe ich auf und bleibe unschlüssig stehen, während ich mich immer wieder frage, was sie hier macht und wie sie mich überhaupt gefunden hat. Ich habe keine Spuren hinterlassen, und niemand hätte mich hier bewusst finden sollen.

Doch trotzdem ist sie hier ...

Ich reibe mir mit beiden Händen übers Gesicht. Meine Gedanken drehen sich im Kreis und ich weiß auf keine der Fragen in meinem Kopf eine Antwort. Sie hat mich weggeschickt, und ich war davon überzeugt, dass ich sie mit etwas Abstand leichter vergessen könnte.

Aber als ich sie gestern Nacht sah, wusste ich, dass das ein Irrtum war. Die Tage ohne sie haben nichts geändert. Gar nichts. Ich will noch immer mit den Fingern durch ihre Haare fahren, während sich ihr Körper fest an meinen presst. Ich will sie küssen, sie halten und ihr all die Fragen stellen, die ich an sie habe, seit ich sie das erste Mal

gesehen habe. Ich will die Frau hinter der Fassade kennenlernen, will verstehen, wie es ist, sich zu verwandeln, will für sie da sein, wenn es wieder schmerzhaft wird.

Das ist verrückt. Vollkommen verrückt. Ich könnte mich selbst dafür ohrfeigen, dass ich all diese Dinge will, obwohl ich weiß, dass sie nicht so empfindet. Ich mache mich ihr gegenüber zum Trottel, aber es kümmert mich nicht.

Erneut raschelt es, als Giselle sich aufrichtet und sich verschlafen mit einer Hand über die Augen reibt. Der Umhang rutscht dabei von ihren Schultern und ich drehe ihr taktvoll den Rücken zu. Nicht dass es da etwas gäbe, das ich nicht schon gesehen hätte, aber schließlich ist sie eine Prinzessin und unsere ›Beziehung‹ zueinander steht zurzeit auf wackeligen Füßen. Da möchte ich nicht auch noch beim Starren erwischt werden, auch wenn die Aussichten wirklich vorzüglich sind.

»Habt Ihr Kleidung dabei?«, frage ich, nachdem ich meine Stimme wiedergefunden habe.

»Ja. Gib mir einen Moment.«

Sofort fällt mir die vertrauliche Anrede auf, doch ich wage nicht, daraus Hoffnung zu schöpfen. Starr halte ich den Blick auf die Rinde des Baumes mir gegenüber gerichtet, auch wenn mir unaufhörlich eine Stimme zuflüstert, dass ich mich umdrehen soll.

»Ich bin so weit«, sagt sie nach einer Weile.

Als ich mich zu ihr wende, hat sie mir noch den Rücken zugedreht und nestelt an den Schnüren ihres Hemdes, das so weit ist, dass es nur locker ihren Körper umspielt. Seufzend trete ich hinter sie und ziehe ihr die Blätter aus dem Haar, bevor ich es notdürftig mit den Händen kämme und zu einem Zopf flechte. Ich liebe ihre Haare, liebe das weiche Gefühl, wenn die Strähnen durch meine Finger gleiten, und liebe das goldene Schimmern, wenn die Sonne direkt darauf scheint.

Zu dem weißen Hemd trägt sie wieder so enge Hosen, dass ich Schwierigkeiten habe, meinen Blick von ihren Beinen und ihrem Po abzuwenden. Diese Frau hat es eindeutig darauf angelegt, mich zu foltern!

»Danke«, murmelt sie, nachdem ich den Zopf nach vorne über ihre Schulter gelegt habe, damit sie ihn mit einer Schleife befestigen kann.

Ich will sie so vieles fragen, doch als sie sich zu mir umdreht und zu mir aufschaut, ist mein Kopf wie leer gefegt. Ich verliere mich im Blick ihrer goldenen Augen, in denen ein fragender Ausdruck und so viel Verheißung liegt, dass ich an nichts anderes mehr denken kann, als sie endlich wieder zu berühren. Wie von selbst hebt sich meine Hand und legt sich an ihre Wange – vorsichtig und fragend, jederzeit bereit, sich wieder zurückzuziehen –, doch als sie sich dagegenschmiegt, vergesse ich jede Vorsicht, jedes Zögern. Ich lege die freie Hand an die andere Seite und ziehe sie zu mir, beuge mich zu ihr hinab und presse meine Lippen auf ihre. Sie stellt sich auf die Zehenspitzen, drängt sich mir entgegen und krallt ihre kleinen Hände in mein Wams. Sie schmeckt so himmlisch süß, dass ich gar nicht genug von ihr bekommen kann. Als ich mit der Zunge über ihre Unterlippe fahre, öffnet sie mit einem kleinen Seufzer, der mich entfernt an ein Schnurren erinnert, ihren Mund.

Das muss ein Traum sein ... Anders kann ich es mir nicht erklären. Nachdem ich Eisenfels verlassen hatte, hätte ich mir nicht vorstellen können, sie je wieder berühren, geschweige denn küssen zu können. Ich dachte, ich hätte sie verloren. Was mich wieder zurück zur Frage bringt, wie sie mich gefunden hat und was sie hier macht ...

»Hör auf damit«, wispert sie gegen meine Lippen. »Ich kann deine Gedanken bis zu mir hören.«

»Ich habe Fragen«, flüstere ich ebenso leise zurück, ohne mich von ihr zu lösen.

»Ich weiß.«

Meine Hände gleiten an ihren Seiten hinab und legen sich auf ihre Hüfte. Mit meinen Fingerspitzen kann ich die Rundungen ihres Pos spüren, und das bringt mich um den Verstand. Alles an ihr bringt meinen Kopf dazu, sich auszuschalten. Selbst ihre Kratzbürstigkeit oder die kühle Fassade, die auch ich hin und wieder zu spüren bekomme, finde ich liebenswert. Jede Ecke, jede Kante, auch wenn sie so widersprüchlich ist wie Feuer und Eis.

Aber ... Nichtsdestotrotz lässt mich das, was meine Schwester zu mir gesagt hat, nicht los. Dass ich für Giselle nichts weiter wäre als eine weitere Eroberung, ein weiterer Kerl, den sie fallen lässt, sobald sie seiner überdrüssig wird.

Es fällt mir schwer – unendlich schwer –, mich von ihr zu lösen, doch ich schiebe sie auf Armeslänge von mir. Verwirrt schaut sie zu mir auf, während ihre Zunge über ihre geschwollenen Lippen fährt. Es fehlt nicht viel, und ich hätte sie wieder an mich gezogen, um selbst noch einmal ihren süßen Geschmack zu kosten. Stattdessen konzentriere ich mich darauf, welche Frage für mich jetzt wichtiger ist: wie sie mich gefunden hat oder warum sie hier ist. Ich beschließe, die erste Frage zu nehmen, denn die Antwort auf die zweite könnte mich auf der Stelle zerstören.

»Ich habe niemandem gesagt, wohin ich gehe. Ich habe … darauf geachtet, dass mir niemand folgt«, sage ich, bemüht um einen ruhigen Tonfall, auch wenn es in mir ganz anders aussieht. »Ich wollte allein sein. Wie konntet Ihr … mich hier aufspüren?«

Sie seufzt, windet sich aus meinem Griff und nestelt mit beiden Fingern am Verschluss ihres Hemdes. »Ich habe gehofft, dass du zuerst die Frage von gestern Nacht stellst«, antwortet sie, ohne mich dabei anzusehen. »Die andere Frage, warum ich hier bin, hätte ich dir leichter beantworten können, außerdem ist es wichtiger. Wir dürfen keine Zeit verlieren.«

»Ich verstehe kein Wort«, unterbreche ich sie schnell, ehe sie weiterreden kann. »Ich … verstehe gar nichts mehr.«

Sie dreht sich zu mir um, streckt die Hand aus und legt sie an meine Wange. »Dann geht es dir wie mir. Ich verspreche, dass ich es dir erklären werde, aber wir haben jetzt keine Zeit dazu. Wir dürfen uns nicht ablenken lassen, sonst …«

»Sonst was?«

Sie stößt den Atem aus und lässt ihre Hand sinken. »Der Prinz … Das Kind deiner Königin wurde entführt.«

Im ersten Moment kann ich nichts anderes tun, als sie mit offenem Mund anzustarren.

»In der Nacht des Balls ist es jemandem gelungen, den Prinzen zu stehlen, ohne dass die Wachen oder die Amme etwas bemerkt hätten. Ein Mensch kommt für die Tat nicht infrage – er hätte Spuren hinterlassen. Aber …« Der Blick aus ihren goldenen Augen hat jegliche Wärme verloren, als sie ihn auf mich richtet, und sofort stellen sich meine Nackenhaare auf. »Der Kontakt zu den Waldelfen ist seitdem

komplett abgebrochen. Ihre Siedlungen sind verlassen. Und Fye ist sich sicher, dass die Delegation der Waldelfen bis zuletzt am Ballabend anwesend war, ehe sie plötzlich verschwunden ist.«

»Ihr wollt mir ernsthaft sagen, dass mein Volk den Prinzen entführt haben soll?«

»Ist es denn so?« Ihre Stimme ist schneidend und kühl, ihre Haltung abweisend.

Wütend beiße ich die Zähne zusammen. »Woher soll ich das wissen?«

Ich bin wie vor den Kopf gestoßen und habe Mühe, alles zu verarbeiten. Der Königssohn soll entführt worden sein und Giselle wirft mir vor, dass ich daran beteiligt war. Sie hat wirklich kein Vertrauen zu mir, wenn sie es auch nur in Erwägung zieht. Und das macht mich rasend. Doch ich erinnere mich an das, was Aysa sagte. Dass wir keine Zeit mehr hätten, um die Forderungen der Dunkelelfen zu erfüllen. Haben sie ... etwa eigenmächtig gehandelt?

»Die Waldelfen sind verschwunden«, fährt Giselle gnadenlos fort und unterbricht dadurch meine Gedanken. »Es ist fast so, als hätten sie nie existiert. Durch dich weiß ich, dass sie sich im Wald verbergen können, ohne von einem unserer Ritter wahrgenommen zu werden, wenn sie es darauf anlegen. Aber warum sollten sie das tun, wenn sie nichts zu verbergen hätten? Das sind zu viele Zufälle. Die verschwundenen Waldelfen und der entführte Prinz *müssen* irgendwie zusammenhängen. Wir haben zwar keine direkten Beweise, aber ... Irgendwo müssen wir mit der Suche beginnen.«

»Und was soll ich damit zu tun haben?«, bricht es aus mir hervor. »Ich bin viel früher gegangen, wie Ihr Euch vielleicht erinnert.« Der Gedanke an den Moment, als sie mich wegschickte, kühlt mein Innerstes schlagartig ab. An den Kuss von eben denke ich schon gar nicht mehr. Er kommt mir viel zu weit entfernt vor, als hätte er nie stattgefunden. In mir herrscht nur noch Argwohn und Wut über das entgegengebrachte Misstrauen.

»Ich habe nie behauptet, dass du direkt etwas damit zu tun hast«, rechtfertigt sie sich, aber es klingt barsch und alles andere als versöhnlich. Solch einen Charakterzug kenne ich nicht von den Frauen meines Volkes. Sie sind friedliebend und nicht so aggressiv wie Giselle. Eine

Waldelfe hätte sich an dieser Stelle bei mir entschuldigt und nochmals betont, dass es nie ihre Absicht gewesen wäre, mich zu verdächtigen. Im Grunde hat Giselle dasselbe gesagt, aber auf eine Art, die mich innerlich kochen lässt.

Ich verschränke die Arme, um die Wut in mir einzusperren. »Aber irgendwas werft Ihr mir vor, nicht wahr? Ansonsten wärt Ihr nicht hier.«

Bitte sag, dass du trotzdem hier wärst. Bitte lass mich glauben, dass du meinetwegen hier bist und nicht ausschließlich wegen des verschwundenen Prinzen!

Sie mustert mich aus zu Schlitzen verengten Augen von Kopf bis Fuß, registriert meine abweisende Haltung, bevor sie sich wieder abwendet und den Kopf schüttelt. »Ich muss verrückt gewesen sein, mich darauf einzulassen.« Sie wirbelt wieder zu mir herum. In ihren Augen blitzt es gefährlich, und allein dieser Blick veranlasst mich beinahe dazu, zwei Schritte zurückzumachen. »Du willst wissen, warum ich hier bin?«

So, wie sie sich aufführt, wird mir die Antwort ganz und gar nicht gefallen, trotzdem nicke ich.

»Niemand kann einen Vertreter deines Volkes finden, weil sie wie vom Erdboden verschluckt sind. Keiner schafft es, einen Waldelfen gegen seinen Willen aufzuspüren. Keiner ... Bis auf mich.«

Ich runzle die Stirn. »Was meint Ihr damit?«

Sie stößt geräuschvoll den Atem aus, ehe sie sich mit beiden Händen übers Gesicht reibt und den Kopf schüttelt. »Dafür haben wir jetzt keine Zeit«, wiegelt sie meine Frage ab. »Keiner glaubt, dass du etwas mit dem Verschwinden von Aeric zu tun hast, aber nachdem du der einzige Waldelf bist, der irgendwie greifbar war, schickten Vaan und Fye mich auf die Suche nach dir. Ich soll dich mit zurück nach Eisenfels bringen.«

Schnell presse ich die Lippen zu einem schmalen Strich zusammen, damit ich keinen Laut von mir gebe. Das ist er also ... Der Grund, warum sie hier ist. Ein Befehl ihres Bruders und meiner Königin. Eine Notlösung, weil kein anderer Waldelf greifbar war. Sie ist nicht meinetwegen hier. Ich bin ihr vollkommen egal. Sie will nur das Verschwinden des Prinzen aufklären, sonst nichts.

Eigentlich sollten sich meine Gedanken mit dem Verschwinden des Prinzen beschäftigen. Das ungute Gefühl, dass mein Volk darin verwickelt ist, müsste meine anderen Empfindungen überdecken. Doch das ist nicht der Fall. Ich sehe einzig und allein die junge Frau vor mir stehen, deren Anschuldigungen mich so hart treffen, dass ich an nichts anderes mehr denken kann als an das verlorene Vertrauen.

Ich habe zwar damit gerechnet, dass nicht ich der Grund ihres Erscheinens bin, aber es aus ihrem eigenen Mund zu hören, zerschmettert mit einem Schlag sämtliche Hoffnung in mir. Über den Rest, den sie von sich gegeben hat – dass sie mich spüren kann, was auch immer das bedeutet –, wage ich gar nicht nachzudenken. Meine Gedanken kreisen einzig und allein über der Erkenntnis, dass nicht ich es bin, den sie gesucht hat. Sie ist zwar hier, aber nicht, weil sie mich wiedersehen wollte, sondern auf Befehl.

Bei den Göttern, ich bin so ein Idiot! Wie konnte ich so dumm sein und nach dem Fiasko am Ballabend noch Hoffnung schöpfen? Ich hätte es besser wissen müssen ... Ich hätte ...

»Du bist so still«, murmelt sie, was mir ein Schnauben entlockt. Ich wüsste auch nicht, was ich darauf antworten soll. »Rede mit mir.«

Doch ich schüttele nur den Kopf, drehe mich um und gehe rastlos ein paar Schritte auf und ab. Warum? Das ist die einzige Frage, die durch mich hindurchfegt. Was habe ich falsch gemacht? Habe ich ihr irgendeinen Grund gegeben, mich von sich zu stoßen? Warum hat sie sich vorhin von mir küssen lassen und den Kuss erwidert, obwohl sie augenscheinlich überhaupt nicht hier sein will? Warum habe ich es zugelassen, ihr noch einmal mein Herz zu öffnen?

Es war ein großer Fehler, erneut meine Hoffnungen in sie zu setzen. Ein Fehler, den ich nicht noch einmal wiederholen werde.

»Weißt du, wo die anderen Waldelfen abgeblieben sind?«, wechselt sie wenig taktvoll das Thema.

»Nein«, antworte ich. »Aber ich habe eine Ahnung, wer hinter der Entführung steckt. Ich werde Euch nach Eisenfels begleiten, weil meine Königin es befiehlt. Und ich werde mein Möglichstes tun, um dabei zu helfen, dass der Prinz gefunden wird.«

»Und ... dann? Was wirst du dann tun?«

Die stumme Bitte in ihrer Stimme lässt mich beinahe weich werden. Fast sage ich ihr, dass ich es nicht weiß, mir aber durchaus vorstellen könnte, wieder in ihrer Nähe zu sein, wenn sie es zulässt. Ich beiße mir auf die Zunge, bis ich Blut schmecke, um die Worte daran zu hindern, meinen Mund zu verlassen. »Dann werde ich wieder gehen und das tun, was ich vorher getan habe.«

»Und ... was ist das?«

»Ich war Baumeister, bis die Ältesten entschieden haben, mich als Gesandten nach Eisenfels zu schicken, nachdem eine neue Königin gekrönt wurde.«

Kurz entgleiten ihr die Gesichtszüge. »B-Baumeister?«, krächzt sie, und ich sehe ihr deutlich an, dass sie damit nicht gerechnet hat. Sie hielt mich garantiert für einen Adeligen oder zumindest Hochgeborenen, aber nicht für einen einfachen Handwerker. »Ich ... Du ... Du machtest nie den Anschein, als wärst du ...«

»Ihr tut gerade so, als sei es etwas Schlechtes«, knurre ich, weil mich ihre Zurückweisung erneut trifft.

»Nein«, sagt sie schnell. »Das wollte ich damit nicht sagen. Aber deine Ausdrucksweise und deine Umgangsformen ... So perfekt, als hättest du dich dein ganzes Leben lang in gehobenen Kreisen bewegt. Ich bin deswegen davon ausgegangen, dass du ...« Sie zuckt mit den Schultern. »Keine Ahnung, wie das bei euch heißt. Bei uns sind es Herzöge oder Grafen oder so was in der Richtung.«

»Da muss ich Euch enttäuschen. Ich bin nichts dergleichen, nur ein einfacher Elf, der seinen Lebensunterhalt mit ehrlicher Arbeit verdient.«

Sie schluckt krampfhaft, als sie die Spitze in meinen Worten bemerkt.

»Lasst uns gehen.« Ich wende mich ab. »Der Weg nach Eisenfels ist weit, und wir werden mehrere Tage brauchen, bis wir dort sind. Zeit, die die Entführer nutzen können, um eine noch größere Distanz zwischen uns zu bringen.« Ich werfe einen Blick über die Schulter und schaue sie an. »Ich bin gespannt, wie Ihr mithalten wollt.«

Ohne auf eine Reaktion zu warten, schlage ich einen schnellen Schritt Richtung Eisenfels ein. Dank unserer Fähigkeit, uns geschwind zu bewegen, sind wir Elfen nicht auf Pferde oder ähn-

liche Fortbewegungsmittel angewiesen. Wir rennen einfach, aber Giselle hat keine Möglichkeit, als Mensch mit meiner Geschwindigkeit mitzuhalten. Sei's drum. Es ist mir ohnehin lieber, wenn ich alleine reise.

Als ich zwischen den Bäumen hindurchrenne und meine Umgebung um mich herum verschwimmt, drehen sich meine Gedanken immer noch um sie. Sosehr ich es auch versuche, sie aus meinem Kopf – und vor allem meinem Herzen – zu verbannen, so wenig Erfolg habe ich damit. Die erneute Zurückweisung hat sich wie ein Stachel in mir festgesetzt, an den ich nicht herankomme, dessen verursachte Schmerzen aber mein Denken und Handeln so sehr beeinflussen, dass ich mich selbst kaum wiedererkenne. Vielleicht liegt es daran, dass ich noch nie verliebt war, ja, mich noch nicht einmal je zu einer Frau hingezogen gefühlt habe. Aber Giselle ... Sie muss ich nur ansehen, damit alles in mir verrücktspielt. Sie lässt mich eine Bandbreite von Empfindungen spüren, von deren Existenz ich nicht einmal etwas geahnt habe. Gefühle, die mich vergessen lassen, was wichtig ist.

Obwohl sie mir zweimal deutlich zu verstehen gegeben hat, dass sie nicht dasselbe für mich empfindet wie ich für sie, schaffe ich es nicht, sie zu vergessen. Auch wenn ich jetzt denke, dass sie mir gestohlen bleiben kann, werde ich doch in dem Moment wieder einknicken, in dem ich auch nur den Hauch einer Chance habe, ihr nahe zu sein. Das macht mich wütend, genau wie vorhin, als sie mir sagte, dass sie nicht allein meinetwegen hier ist.

Wut ist für mich ein Gefühl, das ich so gut wie nicht kenne. Ich war oft frustriert, wenn ein Bauwerk nicht so gelang, wie ich es mir vorgestellt hatte, aber ich war nie wütend. Weder auf mich noch auf andere. Auf Giselle bin ich jedoch wütend, und auf mich ebenfalls, weil ich dumm genug war, auf etwas Aussichtsloses zu hoffen. Ich weiß nicht, wie sie es fertigbringt, aber sie schafft es, dass ich ihr mit Freuden mein eben erst wieder repariertes Herz erneut darbieten würde, selbst auf die Gefahr hin, dass sie es wieder mit einem Fingerschnippen zerschmettert.

Als ich ein Rascheln hinter mir höre, bleibe ich stehen. Ein schwarzes Tier bricht aus dem Unterholz hervor und bleibt mit peitschen-

dem Schwanz neben mir stehen, den Kopf herausfordernd gereckt. Im Maul trägt es ein verknotetes Bündel.

Gegen meinen Willen stiehlt sich ein Lächeln auf meine Lippen, das ich jedoch gleich hinter meiner Hand verberge.

»So wollt Ihr also mithalten?«, frage ich.

Statt einer Antwort, spannt das schwarze Raubtier die Muskeln an und prescht geradeaus durch die Büsche.

Grinsend folge ich der Prinzessin, der mein Herz auf Gedeih und Verderben ausgeliefert ist.

KAPITEL 12

GISELLE

Der Rückweg nach Eisenfels dauert zwei Tage und zwei Nächte. Die ganze Zeit über verbleibe ich in meiner anderen Gestalt, und auch Ayrun fragt nie, ob ich mich zurückverwandeln kann. Schweigend rennen wir durch Wälder, über Straßen und vorbei an kleineren Siedlungen, ohne jedoch auf Menschen zu treffen.

Bei Sonnenaufgang des dritten Tages durchqueren wir das Stadttor.

Dort grüßen mich die Wachen, was ich mit einem Nicken erwidere, und auch auf dem Weg durch die Stadt knicksen oder verbeugen sich die Menschen, wenn sie mich sehen.

»Finden es die Menschen nicht seltsam, dass eine von ihnen als wildes Tier durch die Straßen läuft?«, fragt Ayrun.

Ich weiß, dass seine Frage mir gilt, auch wenn er mich nicht direkt anschaut. Es ist das Erste, was er seit unserer Unterhaltung auf der Lichtung zu mir gesagt hat, und ich bedaure, dass ich ihm nicht antworten kann. Stattdessen schüttele ich nur den Kopf und setze meinen Weg zur Burg fort.

Die Menschen hier wissen schon immer von unserem Fluch. Sie kannten und liebten meine Mutter, die sich in einen schwarzen Falken verwandelte, und sahen auch meinen Bruder und mich oft bei Nacht durch die Stadt und die angrenzenden Wälder streifen. Sie haben von uns nichts zu befürchten und betrachten uns als eine Art Schutzgeister.

Den Rest des Weges schweigt Ayrun und lässt den Blick durch die Straßen schweifen. Im Burghof entdecke ich Vaan, der unruhig auf und ab läuft, während er auf eine Pergamentrolle in seinen Händen starrt. Als er uns bemerkt, kommt er sofort auf mich zugestürmt.

»Du bist zurück!«, ruft er atemlos, und ich nicke. Vaan schaut nach rechts, wo Ayrun eine Verbeugung andeutet. »Und du hast ihn gefunden.« Er klingt tatsächlich, als hätte er Zweifel daran gehabt.

Ich schnaube. »Verzeiht mir, unter normalen Umständen würde ich euch beiden ein warmes Bad und etwas zu essen anbieten, aber die Umstände sind leider nicht normal. Fye ist krank vor Sorge und war sich sicher, dass du deine Aufgabe nicht erfüllen würdest.«

Diese dumme Kuh! Ich umrunde Vaan und husche in die Burg, um mich in meinem Zimmer zurückzuverwandeln. Nach zwei kompletten Tagen in meinem anderen Körper fällt es mir leicht, meine menschliche Gestalt anzunehmen. Ich schlüpfe in ein einfaches Kleid und binde die Haare zu einem lockeren Zopf, bevor ich die Zimmertür öffne ...

... und direkt gegen Ayruns Brust pralle.

Verwirrt blinzle ich zu ihm auf. »Was machst du hier?«, frage ich, während ich mir über die schmerzende Nase reibe. Bei den Göttern, aus was besteht seine Brust? Stein? »Ich dachte, du wärst schon längst bei Fye.«

»Meine Königin wartet seit zwei Tagen auf meine Ankunft. Da kann sie auch weitere zehn Minuten warten.«

»Aber ... der Prinz ...«

Er packt mich am Arm, schiebt mich zurück in mein Zimmer und stößt mit dem Fuß die Tür zu. Das Krachen lässt mich zusammenzucken. Ob seines Verhaltens schaue ich ihn erstaunt an, während seine Finger noch immer um mein Handgelenk geschlossen sind. Seine Haut brennt auf meiner und schickt heiße Wellen durch mich hindurch. Wenn ich es darauf anlegen würde, könnte ich mich spielend leicht von ihm losreißen. Selbst wenn ich das nicht schaffen würde, müsste ich nur laut genug um Hilfe rufen. Seit der Prinz verschwunden ist, wimmelt es in der Burg geradezu von Wachen und Soldaten, und es würde nicht mit rechten Dingen zugehen, wenn meinen Schrei keiner von ihnen hören würde. Aber mein Mund ist wie ausgetrocknet und meine Zunge klebt mir am Gaumen.

Ich sehe schrecklich aus, schießt es mir durch den Kopf. Nach fast einer Woche auf der Straße bin ich schmutzig und stinke garantiert zum Himmel. Weder mit meiner Kleidung noch mit meiner Frisur habe ich mir Mühe gegeben, sondern wollte nur schnell zu Vaan, um zu fragen, ob ich noch etwas tun kann. Ein entspannendes Bad und die wohltuenden Hände meiner Zofe, die mir die Haare wäscht, habe

ich erst für später eingeplant. Dass ich Ayrun vorher noch mal über den Weg laufe, habe ich allerdings nicht bedacht.

Ich bin alles andere als eitel und verbringe den Tag lieber schwitzend mit anderen Rittern auf dem Trainingsplatz, als ausstaffiert in einem Kleid herumzusitzen. Aber im Moment wünsche ich, dass ich mir etwas anderes angezogen und zumindest mein Gesicht gewaschen hätte ...

Er erwidert meinen Blick ohne die kleinste Regung. Sein Gesicht ist eine erstarrte Maske. Ich kann nicht erkennen, ob er wütend, frustriert oder glücklich ist, was meine Nervosität noch weiter steigert. Mit seinem Körper drängt er mich so weit zurück, bis ich mit dem Rücken an der Tür stehe. Dann platziert er seine Hände neben meinem Gesicht und lehnt sich vor. Ich schnappe nach Luft, als mir bewusst wird, dass ich ihm nicht entkommen kann, und presse die Hände flach gegen das Holz, um mich davon abzuhalten, nach ihm zu greifen. Ayrun beugt sich vor, bis ich spüre, wie sein warmer Atem über mein Gesicht streicht. Sein Blick tastet mich Stück für Stück ab – erst meine Augen, dann wandert er weiter nach unten. Als er eine Spur zu lange auf meinem Mund verweilt, schlucke ich trocken, doch der Kloß, der sich in meinem Hals gebildet hat, will einfach nicht verschwinden.

Nur ein Stück ... Nur ein winziges Stück müsste er sich weiter vorbeugen, damit seine Nasenspitze meine berührt. Zittrig atme ich aus, als mir bewusst wird, wie sehr ich mir das wünsche. Aber ich bin zu feige, an seiner statt diesen Schritt zu tun.

Als sein Blick wieder nach oben zu meinen Augen wandert, fragt er: »Wie habt Ihr es geschafft? Wie habt Ihr mich gefunden?«

Ich ziehe scharf die Luft ein und verkrampfe mich. So sehr habe ich gehofft, dass er mir die Frage nicht stellen würde. Dass er mittlerweile vergessen hätte, dass wir darüber auf der Lichtung gesprochen haben. Dass andere Dinge erst einmal wichtiger wären als das einzige Thema, über das ich nicht mit ihm reden will, weil ich mir es selbst nicht eingestehen kann.

»Ich ...« Meine Stimme versagt und ich räuspere mich. »Das ist jetzt nicht wichtig. Mein Bruder und seine Frau warten bestimmt schon auf dich. Wir sollten keine Zeit verlieren.«

Seine Augen verengen sich zu Schlitzen. »Nein, diesmal kommt Ihr mir nicht so leicht davon«, raunt er dann, was mir eine Gänsehaut beschert. Ich liebe es, wenn seine Stimme leicht kratzig klingt. »Ihr habt mir Antworten versprochen, und ich bin Euch hierher gefolgt, obwohl ich mir geschworen habe, Eisenfels nie wieder zu betreten. Verdammt, ich bin Euch sogar in Euer Zimmer gefolgt, obwohl ich nie wieder einen Fuß hier reinsetzen wollte, nachdem Ihr mich verstoßen habt.«

»Ich habe dich nicht ...«

»Und ob Ihr das habt!« Schnell verzieht er den Mund, als wäre es ihm unangenehm, die Stimme gegen mich erhoben zu haben. »Ihr habt mich weggeschickt, und ich bin gegangen, wie Ihr es wolltet. Ich schwor mir, nie wieder auch nur in Eure Nähe zu kommen, nachdem Ihr ... meine Gefühle mit Füßen getreten habt. Und wagt es nicht, das zu leugnen!«

Erneut schlucke ich hart und habe dabei das Gefühl zu ersticken. »Ich wollte dir nicht wehtun. Deswegen ließ ich dich gehen.«

»Weil es mich verletzt hätte zu bleiben?« Er lacht freudlos. »Weil meine Schwester recht hatte, was Euch angeht? War ich wirklich nichts weiter als der Nächste auf Eurer endlosen Liste?«

Ich schließe gequält die Augen und drehe den Kopf ein Stück zur Seite.

»Antwortet mir!«

»Nein«, wispere ich. »Deine Schwester hatte weder recht noch führe ich irgendeine Liste. Und selbst wenn, hättest du nicht darauf gestanden.« Ich schaue wieder zu ihm. Unverständnis spiegelt sich in seinen schönen Augen.

»Warum dann? Warum konnte ich nicht bleiben?«

Ich kaue auf meiner Unterlippe, während ich versuche, das, was ich sagen will, in die richtigen Worte zu packen. »Weil ich mir selbst nicht trauen kann, wenn du in der Nähe bist. Du bringst mich völlig durcheinander, und ich erkenne mich selbst nicht wieder.«

»Und das ... ist etwas Schlechtes?«

»Ja!«, erwidere ich hitzig. »Ich habe nur mich. Ich bin die Einzige, auf die ich mich verlassen kann.«

»Ihr habt Euren Bruder«, wirft er ein, doch ich verdrehe die Augen.

»Vaan hat genug mit sich selbst zu tun. Vor allem, seit er Vater ist. Meistens fühle ich mich, als wäre ich eine Belastung für ihn. Seit er sich nicht mehr verwandeln muss, fühle ich mich ihm nicht mehr so verbunden wie früher.«

Kurz zuckt ein Muskel unter Ayruns rechtem Auge. »Euer Bruder ist auch ein Mondkind wie Ihr. Warum muss er sich nicht verwandeln?«

Oh Mist! Ich weiche Ayruns Blick aus und versuche krampfhaft, eine glaubwürdige Erklärung zu finden, in der nicht die Worte Bindung, Gefährte oder Fluchaufhebung vorkommen. Nur dummerweise fällt mir nichts ein, wie schon die ganze Zeit über. Jedes Mal wenn Ayrun mir so nah ist, verabschiedet sich meine Gabe, logisch zu denken. Ich rede mich um Kopf und Kragen, dabei will ich doch gar nicht, dass er es erfährt ... Ich will nicht, dass er davon erfährt, denn dann ... Dann hätte ich keinen Grund mehr, weiter davonzulaufen.

»Ich kann ihn auch selbst fragen, wenn Ihr mir nicht antworten wollt«, sagt er in lässigem Tonfall. »Er ist garantiert anwesend, wenn ich gleich mit Königin Fye spreche, und ich bin gespannt, was er mir zu erzählen hat.«

Ich presse die Lippen zusammen, bis sie schmerzen. In meinem Kopf überschlagen sich meine Gedanken. Vaan wird ihm davon erzählen, wenn Ayrun ihn direkt fragt, und wie ich meinen Bruder kenne, wird er dem Waldelfen auch sofort auf die Nase binden, dass er mein möglicher Gefährte ist. Ayrun wird es also so oder so erfahren. Es sei denn, ich kann ihn davon überzeugen, dass es einen anderen Grund dafür gab, dass ich ihn gefunden habe ...

»Warum sich mein Bruder nicht mehr verwandeln muss, ist unerheblich«, sage ich. »Du wolltest wissen, wie ich dich finden konnte. Nun, wie es scheint, hast du deine Spuren nicht so gut verwischt, wie du annimmst.«

Ayruns Blick verfinstert sich. »Blödsinn.«

»Na schön, ein bisschen Glück war auch dabei, ich gebe es ja zu. Ich war zufällig in der Gegend und ...«

»Hört auf, mich anzulügen!«, donnert er, und ich schließe sofort den Mund. »Ihr wollt es mir nicht verraten? Schön. Aber erzählt mir keine Lügenmärchen!«

Seinen gequälten Gesichtsausdruck direkt vor mir zu sehen, versetzt meinem Herzen einen Stich. Ich löse die Hände von der Tür, hebe sie langsam an und streiche über seine Wangen, bis die Falte zwischen seinen Augenbrauen verschwindet. Ich weiß nicht, warum ich das tue oder warum es mir so wichtig ist, ihm seinen Schmerz zu nehmen, aber sobald er sich etwas entspannt, verschwindet auch meine Unruhe.

Sein Kopf sackt nach vorne, und mit einem Seufzen lehnt er seine Stirn an meine.

»Vertraut Ihr mir nicht?«, murmelt er. »Wenn es sich um ein Geheimnis handelt, kann ich Euch versichern, dass ich niemals etwas ...«

»Das ist es nicht.« Gedankenverloren lasse ich meine Finger mit Strähnen seines Haares spielen. »Es ist auch kein Geheimnis. Na ja, zumindest kein richtiges. Die Folgen des Ganzen sind aber so weitreichend, dass ich mir selbst noch nicht darüber im Klaren bin, ob ich das will. Es würde mein Leben verändern, und ich hasse Veränderungen.«

Für einen Moment wandern seine Mundwinkel nach oben. »Das ist eine schlechte Einstellung, wenn man ein langes Leben vor sich hat. Früher oder später wird sich immer etwas verändern.«

»Das weiß ich selbst, du Besserwisser.« Ich versetze ihm mit meiner Nase einen Stups. »Aber wir reden hier nicht von einer kleinen Veränderung, sondern von etwas wirklich Großem.«

»Würdet Ihr Euch dann nicht mehr verwandeln?«

»Ich müsste es nicht mehr, nein.«

»Das wäre schade. Ich mag Eure andere Gestalt.«

Ich schnappe hörbar nach Luft und starre ihn an. Bisher hat mir noch niemand – wirklich niemand, nicht einmal meine Mutter oder mein Bruder – gesagt, dass er meiner anderen Gestalt etwas abgewinnen kann. Sie gehört seit meinem fünften Lebensjahr zu mir, aber dennoch ist sie eine Belastung und etwas, das mich nicht normal erscheinen lässt.

Jetzt von Ayrun – gerade von ihm! – zu hören, dass er auch mein anderes Ich mag, treibt mir fast die Tränen in die Augen. Ich weine nicht, zumindest nicht, wenn mich jemand sehen kann, aber im Moment bin ich wirklich kurz davor. Seine Worte gepaart mit dem

Blick, mit dem er mich bedenkt, lassen mich fast weich werden und bringen mich beinahe dazu, dass ich ihm alles erzählen will.

Aber was, wenn ich mich irre? Seitdem ich ihm das erste Mal begegnet bin, redet Vaan mir ein, dass Ayrun mein Gefährte ist. Vielleicht bin ich durch sein ständiges Einreden so verblendet, dass ich Dinge sehe und spüre, die gar nicht da sind.

Aber vielleicht suche ich auch nur weiter nach Ausreden, um nichts ändern zu müssen. Einen Gefährten zu erwählen, bedeutet nicht nur, dass wir vom Fluch, uns zu verwandeln, befreit werden. Es bringt auch einige Einschränkungen mit sich. Die gemeinsame Lebensspanne zum Beispiel. Sobald einer der beiden Gefährten stirbt, stirbt auch unweigerlich der andere. Die Verbindung der beiden ist so stark, dass sie auch Gefühle wie Angst, Trauer oder Wut überträgt. Ich könnte mir nie mehr sicher sind, dass es wirklich nur meine Gefühle sind, die ich spüre.

Ich habe es bei meiner Mutter gesehen und auch bei meinem Bruder. Beide haben ihr neues Leben nach ihren Gefährten ausgerichtet. Die tiefe Verbindung geht über einfache Liebe hinaus und umfasst so viele Facetten, dass es mir panische Angst macht. Ich will nicht vergessen, wer ich bin. Ich will mein Leben nicht von einem anderen bestimmen lassen. Letzteres ist auch der Grund, warum ich in all meinen Lebensjahren nie in Erwägung gezogen habe, zu heiraten.

Ich ordne mich nicht unter.

Seit über einem Jahrhundert lebe ich nun mit meiner anderen Gestalt. Die Verwandlungen sind lästig, aber zu ertragen, und ich bin sicher, dass ich auch noch weitere hundert Jahre überstehe, ohne daran zu zerbrechen. Selbst ohne Gefährten.

»Ich … sollte jetzt gehen«, murmelt Ayrun, ohne sich dabei von mir zu lösen. »Sagt mir, dass ich gehen soll.«

Ich grinse und fahre mit dem Zeigefinger die Kontur seines rechten Ohres nach, was ihn zufrieden aufseufzen lässt. »Ich habe dir schon einmal gesagt, dass du gehen sollst. Trotzdem bist du hier.«

»Weil Ihr mich gefunden habt.« Die darauffolgende Stille lastet schwer auf mir, und ich bin versucht, meine Hände zurückzuziehen. Doch dann sagt er: »Werdet Ihr mir irgendwann erzählen, wie Ihr es geschafft habt, mich aufzuspüren?«

»Irgendwann, ja«, verspreche ich. »Aber jetzt solltest du dich um wichtigere Dinge kümmern.«

Er nickt, was sich an meiner Stirn komisch anfühlt. »Die Königin wartet bereits.«

Ich hoffe, dass Ayrun den Prinzen finden kann oder dass er zumindest weiß, wer das Kind entführt hat. Daran, dass Ayrun womöglich davon wusste oder gar darin verwickelt ist, will ich lieber nicht denken. Ich wüsste nicht, was ich dann machen sollte. Bis ich die Gewissheit habe, dass er unschuldig ist, werde ich ihm nichts von der Bindung erzählen und versuchen, ihn nicht mehr als nötig zu sehen.

Keiner von uns beiden bewegt sich. Er nimmt die Hände nicht von der Tür, und auch ich mache keine Anstalten, beiseite zu gehen, um ihn durchzulassen. Dabei wäre es wichtig, dass er sich endlich mit Fye trifft, damit sie Aeric so schnell wie möglich wiederfinden. Aber ich fühle mich, als wären wir in unserer eigenen Welt gefangen, in der es weder meinen Bruder noch seine Gefährtin und ihr gemeinsames Kind gibt. In meiner Welt gibt es nur Ayrun und mich und die kribbelnde Energie, die zwischen uns herrscht und uns lockt.

Ich neige den Kopf und recke mich ein Stück, bis meine Lippen federleicht über seine streifen. Selbst diese kleine Berührung reicht aus, um einen Schauer nach dem anderen durch meinen Körper zu jagen. Ich höre, wie er zittrig ausatmet, ziehe mich jedoch zurück und lecke mir über die Lippen, ehe ich unter seinen Armen hindurchtauche und zur Seite gehe.

»Fye und mein Bruder erwarten dich.« Er schaut mich mit gerunzelter Stirn an, doch ich schüttele lächelnd den Kopf. »Geh schon. Wenn ich dich jetzt so küsse wie auf der Lichtung, schaffst du es nicht mehr aus diesem Zimmer, bis Vaan seine Wachen nach dir schickt, um dich nach unten zu schleifen.«

Er grinst, und zum ersten Mal, seit wir hier sind, erreicht das Lächeln auch seine Augen. Mein Herz flattert aufgeregt bei diesem Anblick, und das Flattern verstärkt sich noch weiter, als Ayrun nach meiner Hand greift und seine Finger mit meinen verflechtet.

»Kommt mit mir und steht an meiner Seite, Prinzessin«, bittet er und zieht mich dabei wieder ein Stück zu sich heran. »Allein Eure

Anwesenheit wird mir die Stärke verleihen, die ich brauche, um meiner Königin gegenüberzutreten.«

Ich gerate bei seinen Worten ins Stocken. Was meint er damit? Was kann so schlimm sein, dass er meine seelische Unterstützung bräuchte?

»Königin Fye wird außer sich vor Kummer sein, und ich habe Angst, dass sie ihre Wut an dem erstbesten Waldelfen auslässt, der ihr über den Weg läuft«, erklärt er, als er mein Zögern bemerkt.

Damit könnte er recht haben, also nicke ich. Er zieht an meiner Hand, sodass ich gegen ihn stolpere und gegen seine Brust sinke. Ehe ich weiß, wie mir geschieht, liegt sein Mund auf meinem. Nicht leicht wie eben, sondern fordernd und nehmend. Hitze schießt meine Wirbelsäule hinunter und sammelt sich in meinem Schoß, doch ich schaffe es irgendwie, mich von ihm zu lösen und ihn eine halbe Armlänge von mir wegzuschieben.

»Lasst uns das Treffen endlich hinter uns bringen, damit wir genau hier weitermachen können«, raunt er, was erneut einen Schauer bei mir auslöst.

»Ich bitte darum«, erwidere ich, während ich mich bemühe, wieder normal zu atmen. In Gedanken bin ich mit ihm bereits wieder hier, ohne nervende Verpflichtungen oder die Aussicht, dass uns jederzeit jemand stören könnte. Sobald ich die Tür zu meinem Gemach das nächste Mal hinter ihm schließe, werde ich den Riegel vorschieben und die Tür erst wieder öffnen, wenn er mich darum bittet.

KAPITEL 13

Vaan und Fye erwarten uns bereits ungeduldig im großen Saal. Ich sehe meinem Bruder an, dass er uns Vorhaltungen machen will, wo wir uns seit unserer Ankunft vor einer guten halben Stunde herumgetrieben haben, aber er verstummt, als sein Blick auf unsere verschränkten Hände fällt. Ich kann mir ein kurzes Grinsen nicht verkneifen.

Fye trägt eine eng anliegende Lederrüstung, und im ersten Moment erkenne ich sie gar nicht. Die letzten Monate habe ich sie nur in Kleidern gesehen, aber ich erinnere mich an die Rüstung. Sie trug sie an dem Tag, als meine und auch Fyes Mutter starben. Fyes ruhiges Gemüt und ihre Art, sich meist im Hintergrund zu halten, lassen mich oft vergessen, dass auch sie eine Kämpferin ist; wenn auch keine so gute wie ich, schließlich konnte ich sie mehrmals in die Knie zwingen. Dass sie jetzt ihre Rüstung trägt, lässt für mich nur den Schluss zu, dass sie mit einer Konfrontation oder einem baldigen Aufbruch rechnet. Außerdem strahlt ihr Äußeres einen Kampfeswillen aus, den ich allerdings nicht mit ihrem nervösen Händeringen in Einklang bringen kann.

Die Tatsache, dass außer uns vier niemand sonst im Saal ist, lässt mich jedoch nichts Gutes ahnen.

Ayrun lässt meine Hand los und kniet vor seiner Königin nieder. Ich verschränke nur die Arme und lehne mich an eine der Säulen. Vaan kommt zu mir und stupst mich mit der Schulter an, wie er es immer tut. Da es gerade Wichtigeres gibt, um das wir uns kümmern müssen, werde ich von seinen indiskreten Nachfragen zu Ayrun und mir verschont, aber ich weiß, dass er mich später noch damit belästigen wird.

»Ayrun«, begrüßt Fye den Waldelfen kühl und kommt die drei Stufen vom Podest herunter. »Ihr wisst sicher, warum ich Euch habe rufen lassen.«

»Ja, meine Königin. Bitte lasst mich Euch versichern, wie leid es mir tut, dass Ihr das durchmachen müsst.«

»Spart Euch das!«, faucht sie, und Ayrun senkt den Kopf noch ein Stück weiter. »Euer Mitleid bringt mir meinen Sohn nicht zurück. Ich will von Euch nur wissen, ob Ihr etwas damit zu tun hattet.«

»Ich war nicht an der Entführung Eures Sohnes beteiligt, Eure Majestät.«

Vaan neben mir gibt ein Brummen von sich, und auch ich trete nervös von einem Fuß auf den anderen. Etwas an Ayruns Erwiderung lässt mich stutzig werden, und die Vermutung, dass er etwas davon wusste, liegt schwer wie Blei in meinem Magen.

»War ich nicht von Anfang an gütig zu Euch, Ayrun?« Fye umkreist den knienden Waldelfen. Ihre Mimik ist zu einer eisigen Maske erstarrt, während sie Ayruns Hinterkopf mustert. »Habe ich Euch nicht hier willkommen geheißen und Eure Nachstellungen meiner Schwägerin gegenüber gebilligt?«

Ich will einschreiten, doch Vaan packt mich am Arm und hält mich zurück. Ich beiße die Zähne aufeinander und balle die Hände zu Fäusten. Am liebsten würde ich mir die Ohren zuhalten. Fyes Befragung geht in eine falsche Richtung und unbewusst frage ich mich, was sie in der Zeit meiner Abwesenheit erfahren haben, dass sie sich dermaßen gehen lässt.

Ich schaue zu Vaan, der mir mit einem grimmigen Blick zunickt.

»Das habt Ihr, Majestät.«

»Habe ich nicht Eure lächerlichen Ersuche über mich ergehen lassen, obwohl ich genau wusste, dass Ihr nur ihretwegen hier wart?« Sie deutet mit dem Finger auf mich und Ayrun nickt, ohne aufzublicken.

»Ich habe Euch unter meinem Dach geduldet und Euch immer wieder Möglichkeiten aufgezeigt, ihr zu begegnen, wie zuletzt am Abend des Balls.« Sie steht nun wieder direkt vor Ayrun und reckt das Kinn. »Und wie dankt Ihr es mir?« Ihre Stimme hallt von den hohen Wänden des Saals wider, und sogar Vaan zieht scharf die Luft ein, während er seine Frau beobachtet.

»Erinnere mich daran, sie niemals zu verärgern«, wispert er mir leise zu.

»Ich war an der Entführung nicht beteiligt, meine Königin«, wiederholt Ayrun. Mir entgeht nicht, wie seine Stimme zittert.

»Aber Ihr wusstet davon.« Die Luft um Fye herum knistert, als würden unzählige Blitze um sie zirkulieren, und ihre Hände sind so verkrampft, dass sie mich an Krallen erinnern. »Ist es nicht so?«

Ich höre bis zu mir, wie Ayrun schluckt, und Übelkeit steigt in mir auf. *Sag was!*, beschwöre ich ihn stumm. *Sag ihr, dass sie sich irrt!*
»Antwortet!«, donnert Fye. »Wart Ihr hier, um mich und meine Familie auszuspionieren? Um den besten Weg zu finden, an den Prinzen zu gelangen?«

Das ist eine einfache Frage, denke ich. *Die muss er doch verneinen können! Er war hier wegen mir. Warum sagt er nichts?* Immer panischer huscht mein Blick zwischen dem knienden Ayrun und der wütenden Elfenkönigin hin und her.

»Ich …« Ayruns Stimme bricht und er räuspert sich.

Fye hebt die rechte Hand, über der zuckende Blitze tanzen, die sich nach und nach verdichten, bis sie zu einer schwebenden Kugel werden. »Ich glaube Euch, dass Ihr nicht direkt an der Entführung beteiligt wart, denn Ihr hattet zu dem Zeitpunkt Eisenfels bereits verlassen. Aber Ihr habt geholfen, sie vorzubereiten. Ist es nicht so?«

Die Stille dehnt sich aus, und die herrschende Anspannung ist beinahe mit den Händen greifbar.

»Wir haben eine Nachricht erhalten«, fährt Fye fort. »Von einer Außenstehenden, wie sie sich selbst nannte. Es sollte eine Warnung an Vaan und mich sein, aber sie schrieb auch, dass sie wüsste, wer unser Kind entführt hat.«

»Und warum sind wir dann noch hier?«, frage ich verwirrt. »Wenn ihr schon wisst, wer den Jungen hat, warum seid ihr dann nicht schon längst unterwegs, um ihn zurückzuholen?«

»Weil wir nicht wissen, wo wir suchen sollen«, gesteht Vaan. »In den Tagen, als du fort warst, habe ich selbst die nahe gelegenen Wälder durchsucht und meine Truppen ausgeschickt, erneut die bekannten Siedlungen der Waldelfen aufzusuchen. Sie konnten nichts finden außer verheerender Zerstörung.«

»Also waren es wirklich die Waldelfen?«, frage ich.

»Es deutet alles darauf hin. Ihr Verschwinden, die Nachricht, die abgebrochenen Siedlungen. Warum sollten sie ihre Heimstätten verlassen und sich verbergen, wenn sie nicht etwas zu verheimlichen hätten?«

Vaan reicht mir das Pergament, das in seinem Gürtel steckt, und ich überfliege die anscheinend hastig geschriebene Nachricht. Wie

Vaan bereits sagte, wird eine deutliche Warnung ausgesprochen, dass der König und die Königin unter keinen Umständen selbst nach dem verschwundenen Kind suchen sollen. Während des Lesens gebe ich ein Schnauben von mir. Als ob Vaan und Fye sich davon beeindrucken lassen würden! Im weiteren Verlauf wird von den Waldelfen berichtet, die über einen längeren Zeitraum hinweg geplant hätten, den jungen Prinzen zu entführen. Einen Grund dafür suche ich in dem Schreiben vergeblich, doch mein Blick bleibt an dem Namen hängen, der ebenfalls genannt wird.

Ayrun.

Mein Atem geht abgehackt und flach, doch ich zwinge mich dazu, weiterzulesen, auch wenn meine Hände, die den Brief halten, so sehr zittern, dass die krakeligen Buchstaben vor meinen Augen verschwimmen.

Es wird zwar nicht näher auf die Rolle des Botschafters der Waldelfen eingegangen, aber allein die Tatsache, dass Ayruns Name in diesem Schreiben erwähnt wird, zieht mir den Boden unter den Füßen weg. Habe ich mich so in ihm geirrt?

Ich mache einen Schritt nach vorne. »Ayrun ... Sag ihr, dass sie sich irrt und dass dieser ... dieser Zettel rein gar nichts beweist. Du hast damit nichts zu tun!« Ich werfe Fye einen finsteren Blick zu, doch sie erwidert ihn ungerührt. »Sag es ihr!«

Doch Ayrun schafft es nicht, mich anzusehen, und starrt stattdessen den Marmorboden vor sich an, als könne er dort alle Antworten finden. Meine Kehle ist wie zugeschnürt und meine zu Fäusten geballten Hände zittern unkontrolliert.

»Bring sie hinaus«, weist Fye meinen Bruder an.

»Was? Nein!«, protestiere ich, und auch Vaan hebt begütigend die Hände.

»Hältst du das für eine gute Idee, Liebste? Er könnte noch immer wissen, wo Aeric festgehalten wird. Triff bitte keine vorschnellen Entscheidungen.«

Fyes Blick ist so stechend, dass ich ihm nicht standhalten kann. Unverhohlener Hass und ein endloser Zorn blitzt darin auf, dass ich tatsächlich für einen Moment darüber nachdenke, den Saal zu verlassen, um nicht in ihre Schusslinie zu geraten. Doch dann schaue

ich wieder auf Ayrun, der zusammengesunken auf dem Boden kniet und nichts tut, um sich zu verteidigen. Er könnte lügen. Er könnte beteuern, dass sie sich irrt. Aber er schweigt, und das stachelt Fyes Wut noch mehr an.

Ich gehe zu Ayrun und lege ihm eine Hand auf die Schulter. Er zuckt unter der Berührung zusammen, als hätte ich ihn geschlagen.

»Ich werde nicht gehen«, verkünde ich. »Und ich werde nicht zulassen, dass du ihm etwas antust.«

Fye schüttelt den Kopf. »Sei nicht dumm, Giselle. Siehst du es nicht? Er hat zwar vorgegeben, wegen dir hier zu sein, und vielleicht hat er wirklich einen Hauch Interesse an dir, aber ihm ging es nur darum, die Entführung meines Sohnes vorzubereiten. Hättet ihr euch an dem Abend nicht gestritten, würde er«, sie zeigt mit der freien Hand auf Ayrun, »zweifelsohne genauso daran beteiligt gewesen sein wie die anderen Waldelfen, die hier waren. Es war reiner Zufall, der seine Haut an diesem Abend gerettet hat, da bin ich mir sicher.« Die blitzende Kugel über ihrer Hand wird größer und schwebt zuckend auf und ab. »Es gibt einfach keine andere Erklärung.«

Ich bekomme keine Luft mehr und mein ganzer Körper wird von Krämpfen geschüttelt. Langsam ziehe ich meine Hand zurück und schaue auf Ayrun hinab, der noch immer meinem Blick ausweicht. In diesem Moment zerbricht etwas in mir. Ich weiß nicht was, aber das Knirschen ist so ohrenbetäubend, dass ich sicher bin, dass die anderen es auch hören müssen.

»Ich weiß, dass ihr beide glaubt, er wäre Giselles Gefährte«, redet Fye weiter und schaut dabei abwechselnd Vaan und mich an, »aber das spielt keine Rolle. Nicht nach dem, woran er beteiligt war. Was er getan hat, war Hochverrat. Er hat dich nur benutzt, Giselle. Es tut mir leid, aber ich kann ihn nicht davonkommen lassen. Nicht, nachdem er geholfen hat, meinen Sohn zu entführen. Vielleicht ist Aeric gar nicht mehr am Leben …« Ihr Stimme bricht und Tränen schimmern in ihren Augen.

»Sag so was nicht«, sagt Vaan, stürmt an mir vorbei und schließt seine Gefährtin ungeachtet des Zaubers, den sie noch immer über ihrer Hand kanalisiert, in die Arme. Bei ihrem Anblick spüre ich Galle in meinem Hals aufsteigen. Schluchzend klammert Fye sich an meinen Bruder, und der Blitzzauber verpufft, als wäre er nie da gewesen. »Sie haben ihn nicht entführt, um ihn zu töten. Das hätten sie bereits hier machen können. Doch sie sind das Risiko eingegangen, ihn aus Eisenfels zu schmuggeln. Unser Sohn lebt, und ich will nie wieder hören, dass du etwas anderes sagst!«

Fye nickt schniefend und wischt sich mit der Hand über die nassen Wangen. »Verzeih. Ich bin verzweifelt.«

»Und übermüdet. Und eine Mutter.« Vaan küsst sie auf die Stirn. »Ich mache dir keinen Vorwurf, aber bitte triff in deinem Zustand keine folgenschweren Entscheidungen. Wir werden unseren Sohn finden, das verspreche ich dir.« Er dreht sich zu Ayrun und mir um und bedenkt den Waldelfen mit einem grimmigen Blick, der selbst mir das Blut in den Ader gefrieren lässt. »Und er wird uns dabei helfen, wenn er der Strafe für Hochverrat entgehen will.«

KAPITEL 14

Ich weiß nicht, wie ich hierhergekommen bin. Vor mir steht ein Humpen, der halb voll mit abgestandenem Bier gefüllt ist. Die Kaschemme, in der ich hin und wieder einen Moment der Klarheit habe, ist schummrig und stinkt.

Der perfekte Ort, um einen wirklich schrecklichen Tag zu vergessen. Vor allem, wenn die Gesellschaft annehmbar ist.

Ich schnappe mir den Humpen und stürze die schale Plörre in einem Zug hinunter, ehe ich ihn in die Luft hebe, um Nachschlag zu bekommen. Derweil wandern unaufhörlich Hände an meiner Taille auf und ab. Ich habe keine Ahnung, wer der Kerl ist, auf dessen Schoß ich schon den halben Abend sitze, und es interessiert mich auch nicht. Ich glaube, ganz zu Beginn hat er mir seinen Namen gesagt, aber ich habe ihn im selben Moment bereits wieder vergessen. Mich interessiert nur, dass er meine düsteren Gedanken verjagt, genauso wie der Alkohol, der meinen Geist vernebelt.

Wie versteinert habe ich zugesehen, wie Vaan Ayrun aus dem Saal schleifen und in den Kerker sperren ließ. Ich habe nicht eingegriffen, habe nur dagestanden und versucht zu begreifen, was da gerade passierte. Es ging zu schnell. Wenige Minuten vorher hat er mich geküsst und mich angesehen, als würde ich ihm wirklich etwas bedeuten, und dann erfahre ich, dass alles nichts weiter als eine Lüge war. Dass ich nichts weiter als ein Vorwand war, um möglichst nah an seine verdammte Königin und ihr Balg zu kommen.

Ich nippe an dem neuen Bier, das genauso widerlich schmeckt wie das davor. Ich weiß, dass es falsch ist, Fye oder dem kleinen Aeric die Schuld zuschieben zu wollen. Wenn ich jemandem Vorwürfe machen sollte, dann mir. Ich war so verblendet von Ayrun und von dem dämlichen Band, dass ich aufgehört habe, auf meinen Verstand zu hören. Ich habe mich verhalten wie ein liebestolles Gör, obwohl ich es nach so vielen Lebensjahren besser wissen sollte.

Die Tür zu dem kleinen Wirtshaus wird aufgestoßen und ein eisiger Lufthauch zieht herein. Die wenigen Kerzen, die den Innenraum erhellen, flackern. Ich werfe einen kurzen Blick zum Eingang und

wende mich dann augenrollend wieder ab. Es war nur eine Frage der Zeit, bis er mich finden würde, aber ich habe gehofft, dass ich dann bereits in einem Zustand wäre, in dem ich nichts mehr mitkriegen würde.

Mit langen Schritten und wehendem Umhang durchquert Vaan den Gastraum, darauf bedacht, niemanden direkt zu berühren. Neben mir bleibt er stehen, mustert mich und den Kerl hinter mir und den Humpen Bier vor mir mit gerunzelter Stirn.

»Was ist?«, fauche ich und stürze einen weiteren Schluck hinunter.

Vaan räuspert sich. »Fye und ich haben uns Sorgen gemacht. Du warst plötzlich verschwunden, und nach dem, was passiert ist, ... Ich wollte einfach sehen, ob es dir gut geht.«

»Es geht mir prächtig, das siehst du doch.« Ich leere den Humpen und wedele mit der Hand, um die Aufmerksamkeit des Wirtes auf mich zu lenken.

»Giselle, bitte, komm mit nach Hause.« Er bedenkt den Namenlosen hinter mir mit einem finsteren Blick. »Mach dich nicht unglücklich.«

Sein flehender Tonfall gepaart mit dem wirklich miesen Tag und der Menge an Alkohol lässt mich überreagieren. Ich bewege mein Becken und presse meinen Hintern an die Erektion des Kerls hinter mir. Sofort lässt der ein Zischen entweichen.

»Sehe ich aus, als wäre ich unglücklich?«, frage ich grimmig und lasse erneut die Hüften kreisen.

Seufzend reibt sich Vaan mit der Hand übers Gesicht und kramt einige Goldmünzen aus der Börse an seinem Gürtel. Geräuschvoll lässt er sie auf den Tresen fallen, bevor er mich am Arm packt und zu sich zerrt. Ich stolpere und pralle gegen seine Brust. Der ganze Raum dreht sich um mich herum.

»Wir gehen jetzt«, sagt er bestimmt, schiebt einen Arm unter meine Achsel und stützt mich so, während ich aus der Kaschemme torkele. Meine Beine gehorchen mir nicht und mein Magen randaliert in dem Moment, als kalte Nachtluft auf mein Gesicht trifft. Schnell wende ich mich ab und würge. Vaan hält mich die ganze Zeit über fest und streicht mir die Haare aus dem Gesicht.

»Du bist wirklich unmöglich, Giselle.«

»Erspare mir deine Vorhaltungen!«, presse ich hervor, ehe mich eine erneute Übelkeitswelle erfasst.
»Du darfst dich nicht so gehen lassen ...«
»Ich hab dir gesagt, du sollst den Mund halten!« Gerade so schaffe ich es, mich wieder vornüberzubeugen, bevor ein weiterer Schwall sauer schmeckendes Bier rückwärts meinen Hals hochkriecht.
Eine Weile schafft Vaan es tatsächlich, den Mund zu halten, doch dann macht er alles nur noch schlimmer. »Er hat nach dir gefragt.«
Ich wische mir mit einer Hand über den Mund und stütze mich mit der anderen keuchend an einer Hauswand ab. Meine Knie zittern so sehr, dass ich jeden Moment damit rechne, zusammenzubrechen. Der widerliche Geschmack in meinem Mund lässt mich fast erneut würgen, doch ich schlucke mehrmals hintereinander, bis ich mir sicher bin, den Inhalt meines Magens unter Kontrolle zu haben.
»Lass mich dich nach Hause bringen, Giselle. Leg dich ins Bett. Wenn du aufwachst, wirst du dich furchtbar fühlen.«
»Das weiß ich selbst. Ich bin älter als du und hab das alles schon hinter mir.«
»Du wirst dich auch bald wieder verwandeln müssen. Weil du tagelang in deiner Tiergestalt warst, als du Ayrun gesucht hast, konntest du die heutige Nacht als Mensch verbringen, aber das wird sich bald wieder ändern.«
»Bist du neuerdings mein Lehrer?« Hinter meiner Stirn beginnt es zu pochen. Gleichmäßig und schmerzhaft. »Ich weiß das alles selbst. Trotzdem hätte ich es besser gefunden, wenn du nicht aufgekreuzt wärst.«
»Wer war der Kerl, auf dem du dich geräkelt hast?«
»Woher soll ich das wissen? Sehe ich aus, als ob mich das interessiert hätte? Er war halt irgendein Kerl.«
»Giselle ... Ich habe so gehofft, dass du das hinter dir hättest.«
Ich richte mich auf, schwanke zwar ein bisschen, bleibe aber alleine stehen, ohne mich irgendwo abstützen zu müssen. Zwar kann ich Vaans Konturen dank des Alkohols nur unscharf erkennen, sehe aber seine missbilligende Miene trotzdem.
»Du hast keine Ahnung, was gerade in mir vorgeht«, zische ich.
»Also hör auf, den besorgten Bruder zu spielen. Ich habe dir den

Waldelfen ausgeliefert. Ich habe meine Schuldigkeit getan. Und jetzt will ich damit nichts mehr zu tun haben.«

»Du machst einen Fehler, Giselle. Rede mit ihm. Vielleicht siehst du die Dinge dann etwas anders. Ich kann dich zu ihm bringen, sobald du wieder nüchtern bist.«

»Es interessiert mich einen Dreck, was er zu sagen hat!« Meine Stimme überschlägt sich und ich zwinge mich dazu, leiser zu reden, da selbst meine eigene Stimme das Pochen in meinem Kopf noch verstärkt. »Es interessiert mich auch nicht, dass er mich nur benutzt hat. Es ist mir egal!« Ich zucke möglichst gleichgültig mit den Schultern.

»Wem versuchst du hier was vorzumachen?« Vaan verschränkt die Arme vor der Brust und baut sich vor mir auf. »Ich weiß ganz genau, wie du dich fühlst. Ich kenne den Schmerz, der dich wahnsinnig macht. Genau dasselbe habe ich empfunden, als ich Fye zusammen mit Gylbert erwischt habe.«

Ich sehe, wie seine Kiefermuskeln arbeiten, als er mit den Zähnen knirscht.

»Es fühlt sich an, als würde dir dein Herz herausgerissen und vor deinen eigenen Augen zerquetscht werden.«

»Wo hast du denn so einen Blödsinn aufgeschnappt?«, spotte ich. »Ich wusste gar nicht, dass du so … poetisch sein kannst.«

Er grinst mich von oben herab an. »Du hast dich schon immer über andere lustig gemacht, wenn sie einen wunden Punkt bei dir getroffen haben.«

Ich verstumme und wende den Blick ab.

»Ich will dir doch nichts Böses. Als du verschwunden bist und der Kriegsrat mit den Soldaten vorbei war, hatte ich nur genug Gelegenheit, um mich mit Ayrun zu unterhalten, und ich verstehe jetzt besser, was vorgefallen ist. Du weißt, dass weder Fye noch ich ihm etwas tun würden, weil er …«

»Hör endlich auf damit! Er ist *nicht* mein Gefährte! Und selbst wenn, würde ich nach dem, was er getan hat, nicht auch nur eine Sekunde in Erwägung ziehen, mich an ihn zu binden. Er hat dabei geholfen, ein Kind zu entführen. Er hat sich nur in meiner Nähe aufgehalten, um möglichst nah an euch heranzukommen. Macht mit ihm, was ihr wollt. Es kümmert mich nicht.«

Eine Weile starren wir uns nur an. Keiner wagt es, den Blick als Erster zu senken.

»Es gibt keinen anderen für dich. Das weißt du, Giselle. Und du weißt auch, was mit dir geschehen wird, wenn Ayrun stirbt. Es wird dich nicht töten, denn ihr seid nicht aneinander gebunden, aber es wird dich zerstören. Du hast genauso wie ich Mutters Chroniken gelesen, in denen von den anderen Mondkindern berichtet wurde. Ich erwarte nicht, dass du ihm verzeihst, aber hör dir doch wenigstens an, was er zu sagen hat. Und jetzt komm.« Er hakt sich bei mir unter und führt mich die Gasse entlang. »Morgen früh sieht die Welt schon wieder anders aus.«

Wenn es doch nur so einfach wäre ...

Vaans Vorhersagen treffen wieder einmal ins Schwarze. Noch bevor ich richtig zu mir komme, glaube ich, an Kopfschmerzen sterben zu müssen. Der pelzige Geschmack in meinem fast völlig ausgetrockneten Mund zwingt mich dazu, mich aufzusetzen und nach dem Glas Wasser zu greifen, das neben meinem Bett steht. Doch selbst nachdem ich es zur Hälfte geleert habe, will der ekelige Geschmack nicht verschwinden.

Ich weise meine Zofe mit knappen Wortfetzen an, die Vorhänge geschlossen zu halten, und scheuche sie dann wieder aus dem Zimmer. Auch Vaans Klopfen ignoriere ich und rolle mich stattdessen zu einem Ball zusammen.

Ich weiß nicht, wie viele Stunden ich mich so verkrieche, aber irgendwann halte ich es nicht mehr aus, mich in Selbstmitleid zu suhlen. Ich stehe auf, schlüpfe in Hose und Hemd und flechte mir die Haare. Das Gesicht, das mir aus dem Spiegel entgegenblickt, könnte ebenso gut von einer Toten stammen. Meine Haut ist bleich, fast durchscheinend, und unter den Augen habe ich dunkle Ringe. Meine Augen, die sonst golden glänzen, sind stumpf und blicken leidenschaftslos umher. Schnell spritze ich mir etwas Wasser ins Gesicht und wende mich ab.

Ich gehe auf direktem Weg in die Küche, wo mir Agnes, unsere Köchin, sofort einen dampfenden Teller Suppe vorsetzt und dabei

feststellt, dass ich krank aussehen würde. Dankbar löffle ich die warme Brühe, ohne ein Wort zu sagen oder ihre Sorgen zu zerstreuen. Sie weiß, dass ich nie krank werde, schließlich bin ich ein Mondkind, und ich bin mir sicher, dass sie die Wahrheit kennt. Ich bin ihr dankbar dafür, dass sie mich nicht darauf anspricht. Bestimmt hat sie dem Gefangenen eine Mahlzeit gebracht und wird ihn erkannt haben, immerhin lungerte der Waldelf lang genug in der Burg herum.

Vaan findet mich, als ich gerade den leeren Teller von mir schiebe. Er lehnt mit verschränkten Armen am Durchgang zur Küche und beobachtet mich schweigend.

»Du siehst furchtbar aus«, sagt er nach einer Weile.

»Ich wünsche dir auch einen guten Morgen«, murre ich und versuche an ihm vorbeizukommen, doch er versperrt mir den Weg.

»Wir brechen in ein paar Stunden auf. Eigentlich wollte ich dich fragen, ob du mitkommen willst, aber …« Er mustert mich von Kopf bis Fuß, wobei sein Blick zu lange auf meinem Gesicht verweilt. »Ich weiß nicht, ob du dazu in der Lage bist.«

»Aufbrechen? Wo wollt ihr denn hin?« Ich übergehe seinen taktlosen Kommentar zu meinem Aussehen.

»Das solltest du Ayrun fragen. Und falls du es wissen willst: Er kommt auch mit.«

»Dann bin ich ganz sicher nicht dabei. Es ist mir egal, was ihr vorhabt – wenn er dabei ist, werde ich hierbleiben. Warum lässt du ihn überhaupt aus dem Kerker? Das, was er getan hat, war Hochverrat, und es wundert mich, dass deine Gefährtin ihn noch nicht mit einem ihrer Feuerzauber in ein Häufchen Asche verwandelt hat.«

Vaan zuckt mit den Schultern. »Fye weiß eben, dass er uns noch von Nutzen ist. Er wird uns zu Aeric bringen.«

»Tja, wenn du meinst … Ich glaube eher, dass er euch in einen Hinterhalt locken wird. Er ist gut darin, andere zu täuschen.« … Wie ich bereits am eigenen Leib erfahren musste.

»Deine Bissigkeit geht mir allmählich auf den Geist«, murmelt Vaan und verdreht die Augen. »Ich würde dich wirklich gern dabeihaben, weil ich dein Können und deine Kraft schätze. Ich fühle mich sicherer, wenn ich weiß, dass du mir den Rücken deckst, so wie früher.«

Ich schnaube durch die Nase, um mir nicht anmerken zu lassen, wie nah mir sein Geständnis geht. Vermisst er die alten Zeiten, in denen wir uns gemeinsam dem Rest der Welt gestellt haben, genauso wie ich? Nein, bestimmt nicht genauso, denn er hat nun jemanden, der immer an seiner Seite ist …

»Die Zauberkraft deiner Gefährtin wird ausreichen, um alle Anwesenden zu verteidigen.« Fye ist zwar keine begnadete Zauberin wie ihre Mutter, eine Hochelfe, eine war, aber es reicht dennoch, um ihren Feinden das Fürchten zu lehren.

Vaan schüttelt zu meiner Überraschung den Kopf. »Sie muss sich im Hintergrund halten, und das passt ihr gar nicht.«

»Warum?« Was hält Fye davon ab, sofort loszurennen und jeden zu pulverisieren, der an der Entführung ihres Kindes beteiligt war? Warum ist sie noch hier in Eisenfels? Gegen meinen Willen hat Vaan mit seinen Andeutungen doch mein Interesse geweckt.

Und dummerweise weiß er das genau, wie mir das einseitige Grinsen verrät, das er zur Schau stellt. »Das solltest du Ayrun fragen. Ich bringe dich zu ihm.«

Trotzig recke ich das Kinn. »Nein.« Meine Unterlippe bebt jedoch, weil ich am liebsten Ja sagen würde. Ich hasse es, wenn eine Antwort direkt vor meiner Nase ist, ich aber nicht danach greifen kann, da sie immer durch meine Finger schlüpft.

»Sei nicht so stur! Er fragt unaufhörlich nach dir.« Er streckt die Hand aus und drückt sanft meine Schulter. »Hör ihm zu, und wenn du deine Meinung danach nicht geändert hast, brauchst du nicht mitzukommen.«

Ich ringe kurz mit mir. Mir würden Hunderte Dinge einfallen, die ich lieber täte, als Ayrun wieder unter die Augen zu treten, aber Vaan hat recht: Ich muss das klären. Den Waldelfen ein letztes Mal zu sehen, wird mir helfen, mit ihm abzuschließen, denn es ist ausgeschlossen, dass ich ihm seinen Verrat vergeben kann.

Egal, was er für mich ist oder nicht ist.

Also nicke ich schließlich und folge Vaan in den Kerker.

KAPITEL 15

Ich weiß nicht, wann ich das letzte Mal hier unten war. Es muss Jahrzehnte her sein ...

Fröstelnd reibe ich mir über die Arme, um die Gänsehaut zu vertreiben, die mich jedes Mal überkommt, wenn ich mich in zu engen Räumen aufhalte. Sie erinnern mich an den Käfig, in den die Elfen mich gesperrt hatten, als ich ihre Kriegsgefangene war. Die Festung der Elfen am Mondberg galt als uneinnehmbar und es dauerte mehrere Wochen, bis ich aus dem Gefängnis befreit wurde.

Die Gänge sind mit vielen Fackeln erhellt, trotzdem ist es eisig kalt und von den Decken tropft es. An einigen Stellen ist das Wasser auf dem Boden gefroren und ich rutsche beinahe aus.

Vor der letzten Zwischentür bleibt Vaan stehen, dreht sich zu mir um und reicht mir einen klimpernden Schlüsselbund.

»Was soll ich damit?«, frage ich, während ich das glänzende Ding mustere, aber nicht danach greife.

»Lass ihn raus, sobald ihr geredet habt«, sagt Vaan.

Stirnrunzelnd schaue ich zu ihm auf. »Er ist dein Gefangener. Ich werfe ihm das Ding höchstens gegen den Kopf.« Ich versuche mich an ihm vorbeizudrängen, doch er versperrt mir den Weg.

»Wenn es dich beruhigt, wenn du ihn verprügelst, dann mach es von mir aus. Das ist mir auf jeden Fall lieber, als wenn ich dich wieder auf dem Schoß von irgendeinem Kerl erwische und dich betrunken nach Hause bringen muss.«

Sein Blick ist eisig und das Lächeln auf seinen Lippen wirkt aufgesetzt. Er meint das, was er zu mir gesagt hat, ernst. Und das bringt mich schließlich zum Einlenken. Zögerlich greife ich nach dem Schlüsselbund und befestige ihn an meinem Gürtel.

»Was macht dich so sicher, dass ich ihm nicht sofort die Kehle herausreiße?«, frage ich, als ich mich halb an ihm vorbeigeschoben habe. »Warum lässt du mich nach all dem allein in seine Nähe, wenn er doch so wichtig für euch ist?«

Vaan überlegt kurz, dann sagt er: »Du bist impulsiv, das warst du schon immer. Für eine Frau bist du zu aggressiv, aber auch das warst

du schon immer. Doch du würdest dir niemals schaden. Und auch mir nicht, sonst hättest du meiner Gefährtin schon längst etwas angetan. Nun schau nicht so verdattert, schließlich bin ich nicht dumm. Du bist meine Schwester, und du weißt, dass ich dich liebe. Vielleicht nicht so, wie du es gerne hättest, aber trotzdem liebe ich dich und würde alles für dich tun. Ich will, dass auch du endlich dein Glück findest und aus der Dunkelheit herauskommst, die dich seit vielen Jahren gefangen hält.« Er zeigt mit dem Finger den Gang entlang. »Und ich weiß, dass der Waldelf, der dort in der Zelle sitzt, der Schlüssel für dich ist. Durchbreche deine Muster aus Zorn und Frust und lass zu, dass auch du glücklich werden kannst. Hör dir an, was er zu sagen hat, ohne ihn sofort zu verurteilen. Jeder macht Fehler. Du, ich, Fye, sogar unsere Köchin Agnes. Erinnerst du dich daran, wie sie die Nachspeise mit Salz anstatt Zucker gewürzt hat?«

Gegen meinen Willen muss ich lächeln.

»Sie ist schon so viele Jahre in unseren Diensten, trotzdem passieren ihr solche Patzer. Auch wenn du und ich Mondkinder sind, macht uns das nicht fehlerfrei. Aber jeder – du, ich, Fye, Agnes und auch Ayrun – hat die Chance verdient, seinen begangenen Fehler wiedergutzumachen. Wie trostlos wäre doch ein so langes Leben wie das unsere, wenn wir nur die Fehler und Schwächen der anderen sehen, anstatt uns über die kleinen Wunder zu freuen.«

Ich presse die Lippen zu einem schmalen Strich zusammen.

»Versprich mir, dass du wenigstens versuchst, dich in ihn hineinzuversetzen, um zu verstehen, warum er so gehandelt hat.«

»Und wenn ich das nicht schaffe?« Meine Stimme ist ein heiseres Krächzen. »Wenn ich ihn nicht verstehen und ihm nicht vergeben kann? Wenn ich ihm nie wieder vertrauen kann?«

Vaans Blick ist mitleidig und ich schließe schnell die Augen, um ihn nicht mehr sehen zu müssen.

»Ayrun hat Fehler begangen, daran besteht kein Zweifel. Es liegt nicht an mir, zu entscheiden, ob die Fehler dir gegenüber so schwer waren, dass du dich für alle Zeit von ihm abwenden musst. Ich für meinen Teil bin mir noch nicht sicher, ob ich ihm je wieder den Rücken zukehren kann. Ich schätze, das kommt ganz darauf an, wie schnell wir Aeric wiederfinden. Aber du darfst nicht vergessen, dass

er auch vieles richtig gemacht hat. Ich habe euch beide über Wochen beobachtet und ich bin zu einem klaren Schluss gekommen: Ich habe dich seit einer Ewigkeit nicht so glücklich erlebt wie in seiner Gegenwart. Du hast gelächelt, du hast gestrahlt und warst nicht ständig von den Schatten umgeben, die dir sonst auf Schritt und Tritt folgen. Seit vielen Jahren hast du zum ersten Mal *gelebt*.«

»Das glaubst auch nur du«, murmle ich und mache mich schnell auf den Weg zu den Zellen.

Bloß weg, um Vaans Gerede nicht mehr hören zu müssen. Die blöden Tränen, die in meinen Augen brennen, und der dicke Kloß im Hals, der mich kaum atmen lässt, geben mir genug Gelegenheit, wieder und wieder über das nachzudenken, was mein Bruder gesagt hat. Ich finde es erstaunlich und gleichzeitig beängstigend, wie zielsicher er mit jedem Wort mitten ins Schwarze getroffen hat. Anscheinend bin ich ein einziger wunder Punkt, seit Ayrun in mein Leben getreten ist. Früher war es mir egal, was andere über mich gesagt oder gedacht haben, und ich schlug ihre Ratschläge regelmäßig in den Wind, ohne auch nur einen einzigen Gedanken daran zu verschwenden. Ich ließ das gute Zureden an mir abperlen, weil es nie den Kern traf. Niemand konnte verstehen, was ich durchmachte und wie ich mich fühlte. Meine Mutter war zu sehr mit sich selbst beschäftigt, nachdem Vaters Anfälle immer häufiger wurden, und mein Bruder wandte sich von mir ab, als er erfuhr, wie es wirklich um meine Gefühle bestellt war.

Dabei vergaß ich, dass Vaan der Einzige war, der mich verstehen konnte. Ich dachte, ich hätte ihn vollständig verloren, als er seine Gefährtin fand, aber langsam erkenne ich, dass er immer für mich da war, obwohl ich es nicht sehen wollte.

Unschlüssig bleibe ich vor dem Zellentrakt stehen und wische mir mit dem Handrücken über die Augen. Ich fühle mich miserabel und würde am liebsten einen Rückzieher machen, in mein Zimmer rennen und mich für den Rest des Tages dort verkriechen, bis die Verwandlung mich wieder einholt.

Ehe ich meinen Plan in die Tat umsetzen kann, öffne ich die äußere Tür und betrete den Trakt. Das Licht hier drin ist schummrig, doch auch ohne mich auf das Ziehen in meiner Brust zu konzent-

rieren, weiß ich genau, in welcher Zelle Ayrun ist. Mein Bruder hat keine anderen Gefangenen. Ich schleppe mich die paar Meter bis zu den Gitterstäben und blicke auf die in Decken gehüllte Gestalt hinab. Ayrun hat den Kopf auf die angewinkelten Knie gebettet und mehrere Decken um sich geschlungen, um der Kälte halbwegs Widerstand zu leisten. Er ist nicht gefesselt und ich bin mir sicher, dass er spielend leicht hier ausbrechen könnte, wenn er es darauf anlegen würde. Stattdessen erträgt er seine Strafe stumm und ohne Widerstand. Ich weiß nicht, ob ich ihn dafür bewundern oder ihn wegen seiner Dummheit anschreien soll.

Ich räuspere mich und fast augenblicklich hebt Ayrun den Kopf. Seine Augen sind glasig und rot gerändert. Sogar hier im schlechten Licht kann ich sehen, dass er mitgenommen aussieht. Sieht so jemand aus, der aus Überzeugung etwas Schlechtes getan hat?

»Prinzessin«, murmelt er, als er mühsam auf die Füße kommt. Er schwankt und lehnt sich mit dem Rücken gegen die Wand hinter sich. Obwohl er kaum sicher stehen kann, deutet er eine Verbeugung an. »Ich hatte die Hoffnung schon fast aufgegeben, Euch wiederzusehen.«

Ich gebe ein Brummen von mir und verschränke die Arme vor der Brust, als könnte ich so die Worte in mir gefangen halten, die aus mir heraussprudeln wollen.

»Ich … Es bedeutet mir viel, dass Ihr hier seid. Auch wenn ich weiß, dass Ihr mich wohl nicht mehr sehen wollt.«

Er wirkt so zerbrechlich, so fragil, wie er dort gegen die Wand gelehnt steht und meinem Blick ausweicht. So groß und kräftig er ist, so winzig wirkt er im Moment, und sein bloßer Anblick versetzt mir einen Stich. Meine Finger kribbeln vor Verlangen, sich nach ihm auszustrecken, ihn zu berühren, ihn zu halten und ihm dabei zu helfen, sich wieder aufzurichten. Schnell balle ich meine Hände zu Fäusten.

»Warum?« Meine Stimme klingt hart und emotionslos, und ich bin froh darüber, dass ich die Gefühle, die in mir toben, so gut in mir verschließen kann.

Er lässt den Kopf hängen und atmet geräuschvoll aus. »Ich steckte da schon so lange mit drin, schon lange, bevor ich Euch zum ersten Mal sah. Seit mein Vater gestorben ist, habe ich mich um meine Mutter und meine Schwester gekümmert, doch es wurde immer

schwerer, unsere Grenzen und Gebiete zu verteidigen. Seit Jahrzehnten versuchen die Dunkelelfen, uns aus den Wäldern zu verdrängen. Bisher konnten wir unsere Streitigkeiten friedlich lösen – nun, zumindest ohne Blutvergießen. Ich war im Widerstand und damit beauftragt, unsere Grenzen zu verteidigen, wenn ich nicht an einem neuen Bauwerk arbeitete. Ich musste noch nie kämpfen oder eine Waffe gebrauchen, trotzdem fühlte ich mich wie ein Krieger und war stolz darauf, meinem Volk eine Stütze sein zu können. Doch als ...« Sein Blick huscht für einen Moment gehetzt umher, bis er sich wieder fängt. »Als unsere tot geglaubte Königin zurückkehrte und mit ihrer Tochter, von der nie ein Elf gehört hatte, gegen die Menschen ins Feld zog, hielten wir Waldelfen uns aus den Streitigkeiten heraus. Wir sind keine Kämpfer und beharrten darauf, neutral bleiben zu dürfen.«

»Und was hat das mit dem Kind meines Bruders zu tun?«, unterbreche ich ihn.

»Dazu komme ich gleich.« Kurz heben sich seine Mundwinkel zu einem schwachen Lächeln, ehe sie wieder nach unten sacken, als er erneut in seinen Erinnerungen versinkt. »Wir verstanden den sinnlosen Krieg nicht und ergriffen keine Partei. Eigentlich dachten wir, dass wir Waldelfen das einzige Volk seien, die so handeln würden, doch das war ein Irrtum. Unsere Erzfeinde, die Dunkelelfen, beteiligten sich ebenfalls nicht an dem Gemetzel, aber aus einem anderen Grund als wir. Unter ihnen gab es eine Frau, die ihre Herrscherin war, und sie kannte als Einzige die Halbelfe, die Königin Jocelyn als ihre Tochter präsentierte.«

Ich runzle die Stirn. »Eine Dunkelelfe soll Fye gekannt haben? Woher?« Soweit ich weiß, hat Fye ihr ganzes Leben in einer Hütte im Wald verbracht und ging sowohl Menschen als auch Elfen aus dem Weg, weil sie von beiden als Halbelfe verfolgt und gefürchtet wurde.

»Die Herrin der Dunkelelfen – ihr Volk nennt sie die ›dunkle Herrin‹ – kannte Fye nicht persönlich, machte sie aber für den Tod ihres Sohnes verantwortlich.«

»Ich ... verstehe nicht.«

»Die Dunkelelfen sind ein kriegerisches Volk, und wir leben seit vielen Jahren in Angst. Als der Krieg nach kurzer Zeit endete und Fye auch zur Königin der Menschen wurde, dachten wir, endlich in

friedlichen Zeiten zu leben. Doch wir haben uns geirrt. Die Dunkelelfen begannen, unsere Siedlungen zu überfallen, unsere Ernten zu zerstören und Bäume zu fällen, die älter waren als unsere Anführer. So viel unserer Kraft, die wir aus den schwindenden Bäumen zogen, ging durch ihre Handlungen verloren, aber wir konnten uns nicht wehren. Wir versuchten es, aber wir sind nun einmal keine Kämpfer.«

»Das sagtest du bereits.«

Er nickt. »Im Kampf waren wir den Dunkelelfen unterlegen, also versuchten wir es mit Verhandlungen. Ich war dabei, als die Abgesandten von uns auf die dunkle Herrin trafen.« Er reibt sich über die Arme. »Ich habe sie nie direkt zu Gesicht bekommen, denn sie verbarg ihre Gestalt in den Schatten, aber … Diese Frau umgab eine so dunkle und Furcht einflößende Aura, wie ich sie noch nie zuvor gesehen habe. Trotzdem wollten wir mit ihnen verhandeln. Wir wussten einfach nicht, was wir sonst hätten tun können. Die Dunkelelfen wollten unser Land, unsere Gebiete, und wären auch so weit gegangen, alles, was uns lieb und teuer war, dem Erdboden gleichzumachen, solange sie uns nur von dort vertreiben könnten. Ich weiß noch, wie sie mit einem Grinsen versprach, dass ihr Volk die Überfälle auf unsere Siedlungen umgehend einstellen würde, wenn … wenn wir ihre Forderungen erfüllen würden.«

»Und was für Forderungen waren das?«

Ayrun zuckt mit den Schultern. »Ich weiß es nicht, das müsst Ihr mir glauben. Für mich war die Versammlung an diesem Punkt beendet, denn ich sagte klar und deutlich, dass wir nicht zu den Marionetten der Dunkelelfen werden würden. Einige Vertreter der Waldelfen folgten mir, aber … nicht alle. Das passierte vor fast einem Jahr, und da seitdem nichts Schreckliches passierte, dachte ich, dass alles ausgestanden wäre. Doch dann begannen erneut die Überfälle auf unsere Siedlungen. Die einzige Hoffnung, die ich sah, war, die Unterstützung der Königin zu erlangen. Doch ich scheiterte.«

»Ich verstehe es nicht«, sage ich. »Warum die Entführung des Prinzen? Was hat das mit den Überfällen auf eure Siedlungen zu tun?«

Er hebt den Blick; seine Stirn ist gefurcht, als er mich mustert. »Ich kenne nicht die Details, denn ich war nicht dabei, aber … ich habe Gerüchte aufgeschnappt. Nicht mehr als ein Flüstern, das sofort

verstummte, wenn ich in der Nähe war. Es hieß, dass die Dunkelelfen ihre Überfälle einstellen würden, wenn wir uns auf ihre Forderungen einließen.«

Für einen Moment glaube ich, den Boden unter den Füßen zu verlieren. »Und du hast zugestimmt.«

»Ich nicht.« Ayrun schüttelt vehement den Kopf. »Ich war von Anfang an dagegen, den Dunkelelfen überhaupt zuzuhören, und flehte mein Volk an, nichts zu unternehmen und stattdessen unsere Königin zurate zu ziehen. Sie schickten mich zu ihr, damit ich ihr unsere Bitte um Unterstützung vortragen konnte, doch die Königin wies mich immer wieder ab. Sie meinte, sie müsse sich neutral verhalten und erst beide Seiten anhören, bevor sie eine Entscheidung treffen könne. Doch ich gab nicht auf. Immer wieder bat ich sie, mir zuzuhören. Manchmal tat sie es, manchmal schickte sie mich weg, ohne dass ich ein Wort sagen konnte. Was ich nicht wusste, war, dass die Ältesten hinter meinem Rücken anscheinend einen Plan schmiedeten, das Kind der Königin zu stehlen, um es der dunklen Herrin zu überbringen. Ihr müsst mir glauben, dass ich davon nichts wusste! Als am Abend des Balls plötzlich meine Schwester im Schloss war, zusammen mit einigen Elfen, die ich vorher noch nie gesehen hatte, wurde ich misstrauisch, aber ich ...« Er fährt sich mit einer Hand übers Gesicht und seufzt. »Ich hatte zu dem Zeitpunkt nur Augen für Euch. Ich war blind für das, was sich hinter meinem Rücken abspielte, weil alles, was mich beschäftigte, Ihr wart. Ihr allein.«

Ich beiße die Zähne zusammen und schlucke gegen die Enge in meinem Hals an. »Und die ... die Elfen nahmen Aeric am Abend des Balls mit.« Ayrun nickt und lässt dann wieder den Kopf hängen. »Aber warum? Ich meine, wenn es dieser dunklen Herrin wirklich darum geht, Rache zu üben, wäre es dann nicht viel einfacher gewesen, das Kind an Ort und Stelle zu töten?«

»Ich bin nicht in ihre Pläne eingeweiht. Das war ich nie, und mittlerweile glaube ich, dass sie mich nur als Ablenkung benutzt haben. Über Monate hatte ich freien Zutritt zu den Räumlichkeiten der Burg und es war nicht selten, dass ich die Königin in ihren Gemächern aufsuchte, wo auch ihr Kind in der Wiege lag. Aber ich habe mich nie dafür interessiert. Ich ... hatte damit nichts zu tun! Aber die dunkle

Herrin ... Ich glaube auch nicht, dass es ihr nur darum geht, den Prinzen einfach nur zu töten. Ihr habt recht, das hätte sie schon längst tun können.«

»Was will sie dann?«

Ayrun schaut mich an und ich sehe Schmerz und Angst in seinem Blick. »Rache. Das ist das Einzige, was sie antreibt. Das merkte ich schon die wenigen Male, als ich mit ihr sprach. Sie überließ ihren Sohn guten Gewissens der vorherigen Königin, die ihn in die Dienste der Menschenkönigin stellte.«

»Warte ...« Wieder schlucke ich angestrengt. Mein Herz hämmert wie wild gegen meine Rippen. »W-Was hast du da gesagt? Von welcher Menschenkönigin redest du?«

Der Waldelf blinzelt kurz. Wahrscheinlich wundert er sich über meine heftige Reaktion. Ich mache einen Schritt nach vorne und umklammere mit beiden Händen die Gitterstäbe.

»Eure Mutter ... Königin Miranda. Soweit ich informiert bin, stand der Sohn der dunklen Herrin in ihren Diensten.«

Nein ... Das kann nicht sein! Nicht *er!* Das ist unmöglich!

»Ich glaube, der Name des Sohnes der dunklen Herrin war Gylbert.«

KAPITEL 16

Ich lasse meine Faust auf den Tisch vor mir donnern.
»Du wusstest es!«, zische ich und muss mich daran hindern, auch mit der zweiten Hand auf den Tisch zu schlagen. »Du wusstest, dass *er* da mit drinsteckt, und hast mir nichts gesagt!«

Vaan hebt die Hände, als wolle er mich beruhigen. Doch nichts, was er tut oder sagt, könnte mich beruhigen …

Als ich aus Ayruns Mund den Namen Gylbert gehört habe, schwankte der Boden unter meinen Füßen. Ohne ein weiteres Wort drehte ich mich um und flüchtete aus dem Kerker. Ayruns Rufen und Flehen ignorierte ich. Meine Gedanken überschlugen sich, als ich die Stufen nach oben hastete. Warum er? Warum muss es ausgerechnet um den rothaarigen Elf gehen? Als ob ich damals nicht schon genug unter seinem Verrat leiden musste … Die Zeit als Gefangene der Elfen habe ich weitestgehend aus meinem Gedächtnis verdrängt. Nur manchmal, beispielsweise wenn ich mich zu lange in engen Räumen aufhalte, kommen die alte Ängste wieder hoch.

Und ich bin mir sicher, dass Vaan davon wusste. Ayrun wird ihm dasselbe erzählt haben wie mir, aber mein Bruder hielt es nicht für nötig, mich vorzuwarnen.

»Ich habe es auch erst von Ayrun erfahren«, erklärt Vaan. »Ich hätte es nie für möglich gehalten, dass Gylbert selbst nach seinem Tod noch Unfrieden und Zwietracht zwischen uns sät …«

»Obwohl er einst dein bester Freund und unser Lehrmeister war, habe ich nicht eine Sekunde über seinen Tod getrauert«, sage ich. »Nicht, nachdem er sich gegen uns gestellt und uns eingesperrt hat.«

»Ja«, gibt er zu und steht auf. »Und ich habe es genossen, meine Zähne in seinen Hals zu schlagen.«

Ich nicke, denn sein Geständnis schockiert mich nicht. Hätte Vaan ihn nicht getötet, hätte ich es getan. Und ich hätte es ebenso genossen. Ich kenne die Wahrheit, denn als eine der Ersten habe ich es geschafft, hinter Gylberts Fassade zu sehen. In ihm herrschten Dunkelheit und seltsame Gelüste, die sogar für mich irgendwann zu ausgefallen wurden, weshalb ich ihn nur noch die Drecksarbeit machen

ließ und mich ansonsten von ihm fernhielt. Er war ein fähiger Verbündeter, solange er dabei half, meine Ziele zu verfolgen, doch das änderte sich schnell, als er meinen Bruder und mich dem Feind als Kriegsgefangene auslieferte. »Gylberts Tod war am Ende für keinen von uns ein Verlust. Weder für dich noch für mich oder Königin Jocelyn. Für Fye sowieso nicht. Aber nach allem jetzt wieder seinen Namen zu hören, ist ... seltsam.«

»Er war so lange an unserer Seite, dass ich mich manchmal frage, warum ich nicht bemerkt habe, dass er etwas gegen uns plante. Ich glaubte so viel über ihn zu wissen, doch am Ende wusste ich gar nichts. Ich habe zahllose Stunden des Tages mit ihm verbracht und du ... nun ja.«

Spöttisch ziehe ich eine Augenbraue hoch. »Ich habe ihn so benutzt wie alle anderen – in vielerlei Belangen. Wolltest du das sagen?«

»Ich hätte das Thema gern totgeschwiegen, aber ... Ja, das wollte ich damit sagen.« Er zieht einen Mundwinkel nach oben. »Wie dem auch sei, ich wusste nicht, dass Gylbert noch lebende Verwandte hatte, geschweige denn eine Herrscherin als Mutter. Er sprach nie über sich oder die Zeit, bevor er in Mutters Dienste getreten war.«

Niemand von uns wusste viel über Gylbert. Die Zeit, bevor er nach Eisenfels kam, schien nicht mehr zu existieren, sobald er einen Fuß in den Hof gesetzt hatte. Genauere Nachfragen erstickte er im Keim oder gab nur nichtige Informationen preis, und irgendwann waren wir es leid, nichts aus ihm herauszubekommen. Es spielte auch keine Rolle für uns. Gylbert war so wie wir – gesegnet mit einem langen Leben. Mein Bruder und ich kannten damals weder Angst noch Verlust. Ja, unser Vater war nicht immer er selbst und unsere Mutter übersah uns häufig aus Sorge um ihn, aber wir waren Königskinder. Es mangelte uns an nichts.

Und wir hatten uns. Als die dunkleren Zeiten kamen, war das das Einzige, was mich weitermachen ließ: Dass ich wusste, dass da jemand war, der genau dasselbe empfand wie ich und meine Ängste verstehen konnte.

In einem Leben, das mehrere Generationen andauert, habe ich viele Freundschaften geschlossen. Aber je öfter ich dabei zusehen musste, wie meine Freundinnen heirateten, wegzogen, im Kindbett

starben oder schlicht und ergreifend zu Greisinnen wurden, verschloss ich mich immer weiter. Menschen waren nicht der richtige Umgang für mich. Sie waren zu zerbrechlich, zu vergänglich, und jeder Tod tötete auch mich ein Stück weit, bis ich aufhörte, mich mit Menschen zu umgeben.

Elfen hielten sich damals von uns fern. Die Erinnerungen an den Krieg, den mein Vater gegen sie geführt hatte, waren noch zu tief und schmerzhaft in ihren Gedächtnissen verankert. Nur Gylbert, Layla und Alystair waren ständige Elfengäste am Hof und standen in den Diensten unserer Mutter. Sie wurden zu unserem Gefolge und unseren engsten Vertrauten.

Damals wussten mein Bruder und ich noch nicht, welche hinterlistigen Nattern wir in unserer Mitte willkommen hießen ...

Seufzend lehne ich mich mit der Hüfte gegen den Tisch und verschränke die Arme. »Diese dunkle Herrin ist sauer darüber, dass du ihren Sohn getötet hast, das ist mir klar. Aber warum geht sie das Risiko ein, den Prinzen zu entführen?«

Vaans Miene verdunkelt sich, während er ziellos im Zimmer umherläuft. »Es ist nicht Aeric, den sie will. Sie benutzt ihn, um an Fye und mich heranzukommen.«

Ich lasse das eben Gesagte kurz auf mich wirken. »Euer Sohn ist also der Köder für euch.«

Mein Bruder nickt. »Und wir laufen wissentlich in die Falle, die sie für uns aufgestellt hat.«

Ich grinse ihn an. »Ich habe nichts anderes von euch erwartet. Ihr wart beide noch nie gut darin, euch an Taktiken zu halten.«

»Oh, und du bist besser darin? Wer von uns beiden saß denn als Erste als Gefangene der Elfen in einem Arkan-Käfig?«

Immer noch grinsend rolle ich mit den Augen. »War ja klar, dass du die alten Geschichten wieder rauskramen musst ... Aber im Ernst: Haben wir einen Plan?«

»Nein. Du verstehst sicher, dass Fye und ich jede Sekunde zählen, bis wir unseren Sohn wieder in die Arme schließen können. Wir haben nicht die Zeit, einen ausgeklügelten Angriffsplan zu erstellen und Truppen auszuheben. Wir sind bereit, alles zu tun, um ihn zu retten, und ich würde dich nicht bitten mitzukommen, wenn ich

dir und deinen Kampfkünsten nicht vollkommen vertrauen würde. Ayrun nehmen wir als Wiedergutmachung mit.«

Das überrascht mich. »Du vertraust ihm also? Obwohl er geholfen hat, deinen Sohn zu entführen?«

Er wiegt den Kopf hin und her. »Vertrauen ist wohl zu viel gesagt. Ich glaube nicht, dass er wirklich an der Entführung beteiligt war. Er wusste davon und hätte uns davon berichten müssen, das stimmt, aber er ist zu loyal, um bei der Planung dabei gewesen zu sein. Er verehrt seine Königin. Und er verehrt dich.«

Ich spüre, wie Hitze meine Wangen hinaufkriecht und senke den Blick. Noch immer ist es mir unangenehm, wenn ich direkt auf den Waldelfen angesprochen werde. Nein, unangenehm ist nicht das richtige Wort ... Die Erwähnung seines und meines Namens in einem Satz oder in einem Zusammenhang löst ein seltsames Kribbeln in meiner Magengegend aus, das ich am liebsten ignorieren würde. Aber dieses Unterfangen habe ich schon vor Monaten aufgegeben ... Dass es immer noch auftritt und mich wieder aus dem Konzept bringt, lässt mich für einen Moment lächeln.

»Deshalb gebe ich ihm die Chance, sein Versäumnis wiedergutzumachen.«

Ich schnaube durch die Nase. »Ist deine Gefährtin derselben Ansicht? Als ich sie im Saal gesehen habe, war sie kurz davor, Ayrun zu vernichten. Dieser Blitzzauber sah nicht so aus, als wäre er nur dafür da, Ayrun einzuschüchtern, um Antworten aus ihm herauszubekommen.«

Vaan schüttelt den Kopf. »Fye hat etwas überreagiert, aber ich kann ihr keinen Vorwurf machen. Sie brauchte jemanden, an dem sie ihre Wut auslassen konnte. Dieses Gefühl dürftest du doch kennen, oder?« Ich weiß, dass er auf unseren kleinen Zusammenprall neulich anspricht, als wir den Trainingsplatz beinahe in seine Einzelteile zerlegt hätten. Damals tobte genau diese Wut in mir, und Vaan war da, um sie auf sich zu nehmen, ehe ich einen Außenstehenden ernsthaft verletzen konnte. »Indem sich Ayrun sämtliche Schuld auflud und ihr nicht widersprach, half er Fye dabei, den schlimmsten Zorn herauszulassen, damit sie sich wieder aufs Wesentliche konzentrieren konnte. Glaub mir, schon allein wegen dir hätte sie ihm nie auch nur ein Haar gekrümmt.«

Ich schnalze mit der Zunge und verdrehe die Augen. »Ja, natürlich.«

»Viel wichtiger ist doch die Frage, ob du ihm glaubst und ihm vergeben kannst.« Da ich seinem Blick ausweiche, stellt er sich direkt vor mich, legt seinen Zeigefinger unter mein Kinn und zwingt mich so, meinen Kopf ein Stück zu heben. »Es ist richtig, dass er Fye wieder und wieder ersucht hat, in die Streitigkeiten der Elfenvölker einzugreifen. Sie hat seine Bitten abgelehnt und wollte versuchen, die Zwistigkeiten durch Verhandlungen und nicht durch einen Kampf zu lösen. Ayruns ausgeprägte Loyalität hätte ihn früher oder später wanken lassen. Irgendwann hätte er sich auf die Seite seines Volkes geschlagen und wäre gegenüber den Forderungen der Dunkelelfen eingeknickt. Aber letztendlich tat er es nicht – deinetwegen.«

Mit einem Ruck befreie ich mein Kinn und mache einen Schritt zurück. »Du sagst das, als wäre es etwas Gutes.«

»Das ist es auch. Er hat sich *gegen* sein Volk und *für* dich entschieden. Mach die Augen auf, Giselle! Der Kerl ist über beide Ohren in dich verliebt – und das muss etwas heißen, denn seine Ohren sind *verdammt* lang.«

Ich kann ein Kichern nicht unterdrücken, halte mir aber schnell die Hand vor den Mund, um es zu verbergen. »Ich ... ich weiß nicht.«

»Was weißt du nicht?«

Ich schließe für einen Moment die Augen und genieße den warmen Unterton in Vaans Stimme, der mich vergessen lässt, dass ich die Ältere von uns beiden bin. Ich stelle mir vor, dass er der verständnisvolle große Bruder wäre, dem ich all meine Sorgen und Ängste erzählen könnte und der jedes Mal den richtigen Rat für mich hätte.

Ich reibe mir über die Oberarme und umfasse dann die Ellenbogen, um mir selbst Halt zu geben.

»Es macht mir Angst«, wispere ich und starre dabei in die Leere. »Der Gedanke, dass er tatsächlich mein Gefährte ist und etwas für mich empfinden soll, macht mir Angst. Du kennst mich, Vaan. Ich habe es nicht so mit festen Bindungen ... Ich bin nicht das, was sich andere unter einer Prinzessin vorstellen. Ich brauche meine Freiheit, aber ich bin noch nie einem Mann begegnet, der sie mir länger als ein paar Wochen gewähren konnte. Was, wenn es bei Ayrun genauso

ist? Wenn er versucht, mich einzuengen oder mir Vorschriften zu machen? Das würde ich nicht aushalten ... Aber dann wäre es zu spät. Eine Bindung lässt sich nicht rückgängig machen. Was, wenn ich nach einer Weile erkenne, dass ich mit dem Mann, der angeblich für mich bestimmt worden ist, nicht zusammen sein kann?«

Vaan schweigt, während er mich mit gerunzelter Stirn betrachtet. Als ich schon befürchte, dass er gar nichts zu dem, was ich ihm eben gebeichtet habe, sagen wird, stößt er geräuschvoll die Luft aus.

»Ich verstehe genau, wie du dich fühlst, glaub mir. Und ich will dir nichts vormachen: Auch zwischen Fye und mir gibt es Momente, an denen wir uns am liebsten an die Gurgel gehen würden. Aber dann ...« Er legt eine Hand auf seine Brust. »Dann spüre ich ihre Verzweiflung und ihre Reue über einen dummen Streit und kann gar nicht anders, als ihn zu vergessen. Und ihr geht es genauso. Auch die Gefährten spüren bis zu einem gewissen Grad die Gefühle von uns, auch wenn sie selbst keine Mondkinder sind. Deshalb würde Ayrun dich nie zu etwas zwingen, was du nicht willst. Er würde deine Abneigung spüren, noch bevor du ihm davon erzählen könntest, weil er in dein Innerstes sehen kann. Das hat mir zu Beginn auch Angst gemacht, und ich bin mir sicher, dass es Mutter ebenso erging. Aber schon nach kürzester Zeit wird es für dich das Normalste der Welt sein, die Gefühle und Gedanken deines Gefährten zu spüren, wenn du ihn nur ansiehst. Das ist nichts, wovor du Angst zu haben brauchst, sondern etwas, auf das du dich freuen solltest. Ich glaube, es ist am ehesten mit einer Mutter und ihrem Kleinkind zu vergleichen. Auch die Mutter spürt, wenn ihrem Kind etwas fehlt, ohne dass das Kind ihr etwas sagen kann. Bei uns Mondkindern ist der Gefühlsaustausch nur viel ausgeprägter.«

»Ist es nicht schlimm, nicht mehr ... für sich zu sein? Fühlst du dich nicht die ganze Zeit beobachtet?«

»Nein. Fye ist meine andere Hälfte. Warum sollte meine andere Hälfte nicht wissen, wie ich mich fühle? Nur gemeinsam bilden wir eine Einheit.«

Als es plötzlich an der Tür klopft, zucke ich zusammen.

»Herein!«, ruft Vaan, und kurz darauf tritt ein Wachmann ein.

»Verzeiht bitte die Störung. Alle sind auf dem Hof versammelt.«

Vaan nickt und der Wachmann zieht sich zurück. »Geh dich umziehen«, weist er mich an. »Wir brechen in einer halben Stunde auf.«

Ich nicke, obwohl ich noch gar nicht zugestimmt habe, sie zu begleiten, aber mein Bruder weiß genauso gut wie ich, dass ich ihn nicht allein in die Schlacht ziehen lasse. Auch wenn wir unsere Differenzen hatten und nicht alles so verlief, wie ich es mir gewünscht hätte, würde ich seinen Rücken niemals ungedeckt lassen.

Fye mag zwar seine andere Hälfte sein, aber auch ich bin ein Teil von ihm.

Und egal, was war, das wird sich niemals ändern.

In Windeseile schlüpfe ich in eine enge Hose und ein luftiges Wams, flechte mir die Haare zu einem Zopf und befestige meinen Dolch und meine Peitsche am Gürtel. Ich glaube zwar nicht, dass ich einen Kampf in meiner menschlichen Gestalt bestreiten werde, aber man kann nie wissen. Ich bin lieber vorbereitet, als dass ich hinterher mit leeren Händen dastehe.

Als ich in den Hof trete, sind alle anderen bereits versammelt. Fye beäugt mit verkniffenem Gesicht das Pferd, das ihr zugeteilt wurde, und ich muss schmunzeln. Ich habe davon gehört, dass sie Pferde auf den Tod nicht ausstehen kann und deshalb jede Strecke – egal, wie weit sie ist – zu Fuß zurücklegt. Auch als Halbelfe verfügt sie über eine übermenschliche Geschwindigkeit, weshalb sie nicht auf Pferde angewiesen ist.

Vaan sitzt auf seinem Rappen, der aufgeregt tänzelt und dann mit den Hufen über das Pflaster scharrt, begierig darauf, endlich losrennen zu können.

Ayrun steht etwas abseits und sieht mit der Zuteilung seines Pferdes ebenfalls nicht glücklich aus.

»Wir wären schneller, wenn wir«, ich zeige auf Vaan und mich, »unsere Gestalt ändern und die beiden«, ich deute auf Fye und Ayrun, »laufen. Die Gäule halten uns nur auf.« Ich drehe mich zu Ayrun. »Kannst du überhaupt reiten?«

»Nun, ich ...« Stirnrunzelnd schaut er in Richtung des Pferdes und weicht schnell einen Schritt zurück, als es ihn anschnaubt.

Ich schüttele den Kopf und wende mich an meinen Bruder. »Das endet in einem Fiasko. So viel zu deinem Plan, Brüderchen. Es wäre einfacher, wenn du einen deiner Ritter mit Proviant und Waffen hinter uns herschickst.«

»Der Weg zum Treffpunkt ist weit«, wirft Vaan ein. »Ich will nicht, dass wir ermüdet in einen Hinterhalt geraten.«

»Es bringt uns aber auch nicht weiter, wenn deine Frau und Ayrun unterwegs vom Pferd fallen und sich den Hals brechen.« Ich winke einen der Ritter heran und drücke ihm meine Waffen in die Hand. »Einen Augenblick«, sage ich, schnappe mein Bündel und verschwinde hinter den Ställen. Nachdem ich mich wieder ausgezogen und meine Kleidung im Bündel verstaut habe, suche ich mein anderes Ich. Es dauert nicht lange; ich hätte mich ohnehin bald wandeln müssen. Überraschend schnell und schmerzfrei streife ich meine menschliche Hülle ab, nehme anschließend das Bündel ins Maul und kehre in den Hof zurück.

Vaan schüttelt den Kopf, als er mich betrachtet. »Das ist eine blöde Idee, Giselle ... Die beiden sind schneller als wir, und werden vor uns ankommen. Wenn wir mit ihnen mithalten wollen, werden wir außer Atem sein, bis wir zu ihnen gestoßen sind.«

Betont desinteressiert laufe ich auf den Ritter zu und lasse das Bündel vor seinen Füßen zu Boden fallen. Das Pferd, das für mich gedacht war, macht einen Satz zurück, als ich ihm zu nahe komme, und die drei anderen Gäule tun es ihm gleich. Fluchend gleitet Vaan aus dem Sattel, während ich brav mitten auf dem Hof sitze und alles um herum beobachte. Ich verstehe die Diskussion nicht. Vaan mag zwar ein gutes Argument vorgebracht haben, aber wir verschwenden Zeit. Fye und Ayrun können – im Gegensatz zu Vaan und mir – nicht reiten. Sie wären wund und ungelenk, wenn sie unterwegs nicht vom Pferd fallen würden, und wären somit erst recht nicht zu gebrauchen, wenn es zu einem Kampf kommen würde. Ich weiß, dass wir selbst in unserer anderen Gestalt langsamer sind als der Waldelf und die Halbelfe, aber wir sind trotzdem allemal schneller als zu Pferd.

Fye weist einen der Stallburschen an, die Pferde zurück in den Stall zu bringen, bevor sie bei meinem Anblick durchgehen. Ayrun

wirft mir ein dankbares, aber vorsichtiges Lächeln zu, als wüsste er nicht, wie er sich mir gegenüber verhalten soll. Mir geht es genauso, und ich bin erleichtert darüber, nicht mit ihm reden zu müssen.

Immer noch kopfschüttelnd wendet Vaan sich um und streift Wams und Hemd ab. Nur flüchtig schaue ich auf seinen Rücken, bevor ich mich wieder Ayrun zuwende, der bei Fye steht. Vaans Wandlung geht noch schneller als meine. In einer fließenden Bewegung fällt er nach vorne, doch noch bevor seine Hände den Boden berühren, haben sie sich in Pfoten verwandelt. Innerhalb weniger Sekunden ist aus dem König ein schwarzer Wolf geworden, dessen Fell im Sonnenlicht glänzt.

Als er sich zu mir umdreht, bleckt er kurz die Zähne, um mir zu signalisieren, dass er mit meiner Entscheidung trotz allem nicht einverstanden ist, doch ich tue so, als bemerke ich es nicht. Mit einer Kopfbewegung bedeutet er seiner Gefährtin und Ayrun, dass sie sich auf den Weg machen sollen. Fye streicht Vaan über den Kopf und lächelt, ehe sie in atemberaubender Geschwindigkeit den Hof verlässt. Vaan folgt ihr, ohne zu zögern.

Ayrun kommt zu mir und bleibt unschlüssig vor mir stehen. Ich sehe zu ihm auf, begegne seinem fragenden Blick. Er öffnet mehrmals den Mund, schließt ihn jedoch gleich wieder, als könne er sich nicht entscheiden, was er zu mir sagen soll. Würde ich sprechen können, ginge es mir ähnlich. Seitdem ich ihn im Kerker zurückließ, haben wir uns nicht mehr gesehen, und ich hatte keine Gelegenheit, etwas auf sein Geständnis zu erwidern. Ich kann verstehen, dass er mindestens genauso verwirrt ist wie ich, doch ich nehme mir fest vor, unsere Beziehung zueinander zu klären, sobald Vaans Sohn außer Gefahr ist. Das ist es, auf was ich mich jetzt konzentrieren muss, und das gilt auch für Ayrun. Daher senke ich den Kopf und schiebe ihn unter seine Hand, die lose an seiner Seite herunterhängt. Es dauert einen Moment, bis er sich traut, seine Finger zu bewegen und mich zu kraulen, aber als es so weit ist, schließe ich genüsslich die Augen.

»Wenn ich verspreche, dass ich sie auf jeden Fall einholen kann … Können wir dann noch einen Moment hier stehen bleiben?«, flüstert er mir zu.

Ich schaue zu ihm auf, um ihm mein bestes Löwengrinsen zu zeigen. Dann drehe ich meinen Körper ein Stück, sodass ich mich an seine Seite schmiegen kann.

»Ich werde mein Bestes geben, um meinen Fehler wiedergutzumachen«, sagt er, während seine Finger über meinen Kopf fahren. »Ich hoffe, dass ich Euch dann wieder in die Augen sehen kann.«

Ich deute ein Nicken an, ehe ich mich erhebe. Gemeinsam machen wir uns auf den Weg, bereit, uns dem Hinterhalt zu stellen, den Gylberts Mutter garantiert für uns vorbereitet hat.

KAPITEL 17

AYRUN

Zu Beginn versuche ich, mich ihrer Geschwindigkeit anzupassen, doch sie weiß, dass ich schneller laufen kann. Als sie mich anfaucht, weil ich erneut mein Tempo wegen ihr drossle, gebe ich mich geschlagen und renne voraus. Die Bäume rauschen so schnell an mir vorbei, dass ich sie nur als undeutliche Schemen wahrnehme, aber ich habe keine Angst davor, gegen einen von ihnen zu rennen. Ich spüre sie, noch bevor sie in meinem Sichtfeld auftauchen, spüre ihren Puls und die Kraft, die von ihnen ausgeht. Sie sind der Schlüssel zu meiner Magie, mein Lebensatem.

Die kurze Zeit im Kerker von Burg Eisenfels, umgeben von kaltem Stein und Eisen, hat an meinen Kräften gezehrt, und ich bin weit davon entfernt, mit voller Geschwindigkeit laufen zu können. Ich werde einige Tage brauchen, bis ich wieder genügend Magie aus den Pflanzen um mich herum aufgenommen habe, um vollends zu Kräften zu kommen.

Zum Glück muss ich nicht auf einem Pferd reiten. Es ist zwar ein Geschöpf der Natur, trotzdem fühle ich mich auf einem Pferderücken nicht wohl. Ich habe immer das Gefühl, als würde ich dem Tier meinen Willen aufzwingen, und das richtet sich gegen alles, woran ich glaube.

Es dauert nicht lange, bis ich auch König Vaan überhole, der in seiner Wolfsgestalt durchs Unterholz prescht. Zuvor habe ich Königin Fye und ihrem Gemahl den genauen Weg zu der Siedlung beschrieben, zu der wir jetzt unterwegs sind. Wenn ich meine Schwester auch nur ein bisschen einschätzen kann, dann wird sie dort sein. Die Siedlung liegt direkt an der Grenze unseres Gebietes und war einer der ersten Orte, der von den Dunkelelfen zerstört worden war. Alle Treffen und Verhandlungen fanden bisher dort statt, weshalb ich vermute, dass auch die Dunkelelfen in der Nähe einen Unterschupf haben. Wo genau sie sich aufhalten, weiß niemand von uns.

Als ich klein war, erzählte mir Mutter vor dem Schlafengehen oft Geschichten über die Dunkelelfen. Aus Schatten geboren, von Schatten verschlungen – in den Schauermärchen lauerten sie überall. So wurde uns schon von klein auf beigebracht, nie zu nah an den Grenzen herumzustromern oder gar mit einem Dunkelelfen zu reden. Ich hätte nie geahnt, dass meine Schwester nichts auf die Warnungen unserer Mutter geben würde …

Aysas Verrat sitzt mir noch tief in den Knochen. Ich wusste zwar, dass meine Schwester nach den missglückten Verhandlungen zu radikaleren Mitteln greifen wollte, um unser Volk zu retten, aber ich hätte nie für möglich gehalten, dass sie tatsächlich so weit gehen würde, ein unschuldiges Kind zu entführen … Das hätte ich ihr nicht zugetraut und es fällt mir schwer, mir einzugestehen, dass ich mich so in ihr getäuscht haben soll. Ich kann jetzt nichts anderes mehr tun, als meinen Fehler wiedergutzumachen, wie ich es Giselle versprochen habe. Ich hoffe, dass sie und die Königin mir verzeihen, dass ich ihnen nichts von den möglichen Plänen Einzelner meines Volkes erzählt habe, und dass Giselle sich nicht vollends von mir abwenden wird. Ich werde alles in meiner Macht Stehende tun, dass das nicht passieren wird …

Ohne Pause renne ich bis zum Sonnenuntergang und komme fast zeitgleich mit Königin Fye an der zerstörten Siedlung an. Die Königin ist außer Atem und stützt sich an einem Baumstamm ab, während ich wachsam die Umgebung beobachte. Zwar hämmert auch mein Herz wie verrückt, aber ich hätte noch Stunden weiterlaufen können. Als Halbelfe ist die Königin allerdings nicht im Vollbesitz der Kräfte, die sie als vollwertige Elfe hätte – ganz gleich, ob sie die Tochter einer so begabten Hochelfe wie Jocelyn ist. Schweiß rinnt über ihr Gesicht und einige Strähnen ihres braunen Haares, die sich aus dem Zopf gelöst haben, kleben an ihrer Stirn. Während ich sie betrachte, frage ich mich, ob es für sie nicht doch besser gewesen wäre, zu reiten. So ist sie jedenfalls zu keinem Kampf mehr fähig.

Ich laufe durch die überwucherten Straßen, während mein Blick die eingestürzten Gebäude streift, die ich einst mit meinen Händen errichtet habe. Ich habe hier zwar nicht gelebt, aber ich war zusammen mit meinem Vater am Aufbau der Siedlung beteiligt. Es tut weh,

das Ausmaß der Zerstörung erneut zu sehen ... Aber ich bin gleichzeitig froh, dass sich die Natur das Gebiet zurückerobert hat. Als es mit Schattenmagie verunreinigt wurde, hatte ich befürchtet, dass es hier auf ewig grau und trostlos sein würde, doch das ist nicht der Fall. Ich stehe zwar inmitten von Ruinen, aber um mich herum spüre ich das Pulsieren der Bäume, Sträucher und Gräser, die den schwarzen Schattenboden Stück für Stück bevölkern, sich ausbreiten und so die verdorbene Magie zurückdrängen.

Im Vorbeigehen lasse ich die Finger über die Äste der Bäume gleiten, die sich in meiner Reichweite befinden. Ich fühle ihren Lebensatem und bin froh darüber, dass ich in ihnen keine Verunreinigung spüre.

Als ich die breiteren Straßen abgelaufen und der Überzeugung bin, dass wir in keinen Hinterhalt geraten, will ich wieder zur Königin zurück, als ich hinter mir ein Geräusch höre. Sofort wirbele ich herum, verharre angespannt, den Körper leicht geduckt, und spähe in alle Richtungen. Das Blut rauscht in meinen Ohren, als mir einfällt, dass ich keine Waffe bei mir trage. Aber ich könnte auch mit keiner umgehen ... Verdammt, ich war so sehr davon abgelenkt, dass sich das Land um mich herum erholt hat, dass ich nachlässig geworden bin ...

Eine Gestalt tritt hinter der Ruine rechts von mir hervor. Im fahlen Licht der untergehenden Sonne erkenne ich meine Schwester anhand ihrer vertrauten Bewegungen und entspanne mich etwas.

»Bist du endlich zur Vernunft gekommen?«, ruft sie über mehrere Meter hinweg. »Hat sie dich verlassen, wie ich es dir prophezeit habe?«

Ich beiße die Zähne zusammen und schüttele den Kopf. »Es geht dich zwar nichts an, aber nein, das ist nicht der Grund, warum ich hier bin. Wo ist das Kind, Aysa? Wo ist Prinz Aeric?«

Sie bleibt in einigem Abstand von mir entfernt stehen und verschränkt die Arme, während sie mich prüfend ansieht. »Du bist doch nicht den weiten Weg gekommen, um mich das zu fragen? Das Balg war Teil unserer Vereinbarung, das weißt du genau. Und wir haben unseren Teil erfüllt.«

»Was habt ihr mit meinem Sohn gemacht?«

Ich habe nicht bemerkt, wie die Königin zu uns getreten ist, doch plötzlich steht sie neben mir und funkelt meine Schwester hasser-

füllt an. Eine seltsame Aura wabert um sie herum, umgibt sie wie ein Kokon und versorgt sie mit der nötigen Magie. Ich rücke ein Stück von ihr ab, aus Angst, dass es dieselbe Energie ist, die sie bereits im Thronsaal auf mich loslassen wollte. Zwar weiß ich nicht, was sie als Medium für ihre Zauber benutzt, aber ich will trotzdem nicht in nächster Nähe sein. Um nichts in der Welt würde ich mich zwischen eine wütende Mutter und ihr Kind stellen – vor allem nicht, wenn die Mutter über magische Kräfte verfügt, die meine bei Weitem in den Schatten stellen.

»Ich frage dich noch einmal ...« Königin Fye hebt die Hand und kanalisiert einen Feuerzauber. Ich spüre die Hitze des Feuerballs, der über ihrer Handfläche tanzt, bis zu mir. »Wo. Ist. Mein. Sohn?« Immer mehr Energie schwirrt um sie herum, bis sie sich zu einem Strom aus Magie vereint, der wie ein Windstoß an ihrer Kleidung und ihren Haaren zerrt.

Meine Schwester allerdings bleibt von diesem Schauspiel unbeeindruckt. »Nicht hier«, ruft sie, um das Rauschen der Magieströme zu übertönen. »Aber die Schatten haben uns zugeflüstert, dass Ihr kommen würdet.«

»Uns?«, frage ich.

Der lange Schatten, den Aysas reglose Gestalt aufgrund der tief stehenden Sonne wirft, bewegt sich. Er wabert, verschiebt sich, als bestünde er aus einer Flüssigkeit. Ich weiche einen Schritt zurück, schaffe es aber nicht, den Blick abzuwenden. Langsam erhebt sich ein Umriss aus dem Schatten. Zuerst ist er schwarz und unförmig, doch je weiter er aus dem Schatten emporsteigt, desto mehr Details formen sich, bis ich die Silhouette einer Frau erkenne. Nach und nach blättert die schwarze Farbe des Schattens ab, wie bei einem Bild, das zu lange in der Sonne gestanden hat. Wallende rote Haare kommen darunter zum Vorschein, ebenso wie ein langes dunkelblaues Gewand. Ihre Haut jedoch ist so hell wie der Mond und steht in hartem Kontrast zu den einzelnen schwarzen Schattenpartikeln, die noch an der Frau haften, bevor sie nach und nach zu Boden rieseln.

Um ihre Stirn ist ein Reif aus schwarzen Ästen geschlungen. Als ihr Blick sich auf mich richtet, schnappe ich nach Luft. Ich weiß nicht, was ich erwartet habe. Tiefschwarze Iriden vielleicht, unergründlich

und dunkel wie die Schatten, aus denen sie eben entstiegen ist. Aber der Blick aus ihren strahlend blauen Augen, mit dem sie mich interessiert und gleichzeitig spöttisch mustert, irritiert mich. Ein Grübchen am Kinn verleiht ihr etwas Herbes, doch die vollen Lippen, die fast genauso rot sind wie ihre Haare, gleichen das wieder aus.

Die Königin neben mir zieht ebenfalls scharf die Luft ein und die Magieströme um sie herum versiegen.

»Ihr ... Ihr seid ...«, stammelt sie.

»Es freut mich, dir endlich zu begegnen, Fye.« Die rothaarige Frau macht einen Schritt auf uns zu. Mir gefällt nicht, wie sie den Namen meiner Königin ausspricht: schmeichelnd, als würde sie sie schon ewig kennen. »Mein Sohn hat oft von dir gesprochen, als er in Jocelyns Diensten stand. Während des Krieges gegen die Menschen. Du erinnerst dich sicher an ihn, nicht wahr?«

Mein Blick huscht zu Fye und ich sehe, wie sie krampfhaft schluckt. Aus weit aufgerissenen Augen starrt sie die Fremde an, während sie mehrmals den Mund öffnet, ihn aber wieder schließt, ohne dass ein Ton herauskommt.

Ich stelle mich zwischen die Rothaarige und meine Königin. »Wer seid Ihr?«, frage ich.

Die Frau mustert mich, als wäre ich ein Insekt, das sie jeden Moment zertreten will. Obwohl meine Knie zittern, weiche ich nicht zur Seite. Ich bin kein Kämpfer, aber ich werde nicht danebenstehen und nichts tun, wenn jemand meine Königin bedroht.

Wo bleiben nur König Vaan und Giselle?

»Es überrascht mich, dass du mich nicht kennst, Jüngelchen. Ich dachte, ihr Waldelfen nehmt die Schauergeschichten über uns Dunkelelfen bereits mit der Muttermilch auf.« Sie tritt direkt vor mich. Alles in mir schreit danach, ihr schleunigst aus dem Weg zu gehen, doch ich bleibe stehen und recke das Kinn. Sie lächelt mich träge an und mir läuft ein eiskalter Schauer über den Rücken. »Du hast Mut, das muss ich dir lassen. Aber der wird dich nicht retten.« Obwohl sie gut einen halben Kopf kleiner ist als ich, fühle ich mich, als müsste ich zu ihr aufsehen; als wäre ich klein und unbedeutend und nur so viel wert wie der Dreck unter ihren Schuhen. »Du hattest genügend Zeit, dich für die richtige Seite zu entscheiden, aber du hast dich

für die falsche entschieden. Und nun geh mir aus dem Weg! Mit dir werde ich mich später befassen.«

»Wer seid Ihr?«, wiederhole ich und bin stolz darauf, dass meine Stimme nicht vor Angst zittert.

Kurz verzieht sich ihr Mund, als würde sie etwas Ekliges betrachten, ehe ihre Mimik wieder ausdruckslos wird. »Ich bin die, die ihr die dunkle Herrin nennt. Ich bin Laryssa, die Königin der Schatten.«

Sie ist die Herrin der Dunkelelfen, schießt es mir durch den Kopf. *Deshalb konnte sie dem Schatten entsteigen.* Aber ich hätte es nie für möglich gehalten, dass sie ... so aussieht. Abgesehen von ihrer herablassenden Art, gibt es nichts, was ich an ihr abstoßend fände. Als Kind habe ich mir die Dunkelelfen als schreckliche, ausgemergelte Gestalten vorgestellt, die sich nur in den Schatten verbergen. Die wenigen Male, die ich bei Verhandlungen anwesend war, habe ich mit Männern gesprochen, deren Gesichter ich nie gesehen habe, weil sie sich immer bedeckt hielten und ihre Körper in weite Umhänge hüllten. Dadurch ist mein Misstrauen gegen dieses Volk nur weiter gewachsen. Was war so schrecklich, dass man es nicht zeigen konnte? Waren die Dunkelelfen entstellt, weil sie kein natürliches, lebendes Medium für ihre Zauber nutzten?

In meinen Augen ist es einfach *falsch*, etwas Lebloses wie Schatten als Medium zu nutzen ... Für uns Waldelfen, die Kraft aus allem Leben ziehen können, ist ein Leben wie das der Dunkelelfen unvorstellbar.

Und noch weniger verstehe ich, warum meine Schwester sich mit den Dunkelelfen einlassen kann. Mein Blick huscht zu ihr, während sie noch immer zwischen den Ruinen steht und uns stumm beobachtet. Der Drang, zu ihr zu gehen und sie zu schütteln, ist beinahe übermächtig, aber ich bringe es nicht über mich, meine Königin schutzlos zurückzulassen.

»Nun, nachdem wir uns alle miteinander bekannt gemacht haben, rate ich dir noch einmal, mir aus dem Weg zu gehen«, sagt Laryssa und fixiert mich dabei. Ihre Stimme erinnert mich an das Schnurren einer Katze, die kurz davor ist, hinterrücks ihre Krallen in meine Wade zu schlagen. Als ich mich nicht rühre, lächelt sie mich an. Das Aufblitzen ihrer weißen Zähne bereitet mir eine

Gänsehaut. »Du stehst mir im Weg, Bursche. Ich warne dich zum letzten Mal.«

»Ayrun!«, ruft Aysa und macht einen zögerlichen Schritt auf mich zu, bleibt jedoch sofort wieder stehen. »Bitte tu, was sie sagt! Gib ihr keinen Grund, dich zu verletzen.«

»Dein Volk hat mir gute Dienste geleistet, kleiner Waldelf«, säuselt die dunkle Herrin. »Ich bin mir sicher, dass du mir ebenfalls von Nutzen sein könntest. Wenn du brav zur Seite gehst, werde ich großmütig über deine Verfehlung hinwegsehen.«

Ich will ihr aus dem Weg gehen. Ich will es wirklich, denn diese Frau vor mir flößt mir mit ihrer bloßen Nähe so viel Angst ein, dass ich einfach nur verschwinden will. Aber ich habe es Giselle versprochen … Ich habe ihr versprochen, dass ich meinen Fehler wiedergutmachen werde. Wenn ich jetzt zögere … Wenn ich jetzt fliehe, war alles umsonst und ich könnte ihr nie wieder unter die Augen treten.

Deshalb nehme ich all meinen Mut zusammen und straffe die Schultern. »Wir sind hier, um zu verhandeln«, sage ich.

»Ihr wollt verhandeln?«, spöttelt Laryssa. »Ich wüsste nicht, dass ihr etwas hättet, das mich interessieren würde.« Sie breitet die Arme aus. »Ich habe das Volk der Waldelfen unterjocht. Ich habe den Prinzen entführt. Und nun ist auch noch die Frau, wegen der ich all das getan habe, in greifbarer Nähe – schutzlos ohne ihren Gefährten. Du siehst, ich bin wunschlos glücklich.«

Sie hebt ihre rechte Hand höher, macht eine ruckartige Bewegung – und im nächsten Moment werde ich mit voller Wucht zur Seite geschleudert und lande auf der Schulter. Ein stechender Schmerz schießt durch meinen Körper. Dunkle Nebelschwaden wabern um mich herum und versickern kurz darauf im Boden. Benommen stütze ich mich auf die Unterarme und ignoriere das Pochen in meiner Schulter. Ich strecke den Arm aus, um eine Wurzel in der Nähe zu berühren, damit ich die Schmerzen einigermaßen lindern kann.

Alles ging so schnell. Ich habe nicht einmal gemerkt, dass sie Magie kanalisiert hat.

Stiefel tauchen in meinem Sichtfeld auf. »Bleib einfach liegen«, flüstert meine Schwester. »Sei still und rühre dich nicht. Vielleicht lässt sie dich dann am Leben.«

Ich beiße die Zähne zusammen und unterdrücke ein Fluchen. »Was soll das, Aysa?«, knurre ich. »Wann bist du zu so einem Feigling geworden?« Mühsam stemme ich mich auf die Füße.

Aysa versperrt mir den Weg. »Bitte, hör dieses eine Mal auf mich! Lass ihr ihre Rache, dann wird sie uns in Ruhe lassen.«

»Und dafür willst du das Leben deiner Königin und deines Prinzen aufs Spiel setzen?«, zische ich. »Verdammt noch mal, Aysa, was ist bloß los mit dir? Selbst wenn du nichts für unsere Königin und ihre Familie übrig hast, verstehe ich immer noch nicht, wie du dich mit einer von denen«, ich mache eine Handbewegung in Richtung der dunklen Herrin, »einlassen kannst. Sie sind unsere Erzfeinde! Du hast dich mit unseren Feinden verbündet!«

»Ich tue das doch nur, um uns zu retten!«, schnappt sie. »Ich versuche, unser Volk vor einer Katastrophe zu bewahren. Oder willst du, dass es bald überall so aussieht wie hier?«

Gerade als ich zu einer passenden Erwiderung ansetzen will, höre ich Fyes Schrei. Sie geht zu Boden und bleibt gekrümmt liegen. Ich stoße Aysa beiseite und haste auf die beiden Frauen zu.

»Ayrun, nicht!«, schreit meine Schwester hinter mir, doch ich ignoriere sie. Das Einzige, was mich vorwärtstreibt, ist der Wunsch, meiner Königin zu helfen und das Richtige zu tun.

Noch ehe ich die dunkle Herrin erreiche, prescht ein schwarzer Schatten aus dem Unterholz und fällt Laryssa an. Sie kreischt erschrocken auf und versucht, das Wesen, das ihren Unterarm zu fassen bekommen hat, abzuschütteln, doch der schwarze Wolf hat sich knurrend in seine Beute verbissen. Egal, wie sehr Laryssa schüttelt, schreit oder zerrt – Vaan lässt nicht los. Erst als auch ihn ein Schattenzauber trifft, öffnet er sein Maul und taumelt ein paar Schritte zur Seite.

Ich nutze die Verwirrung, renne auf Laryssa zu und ramme ihr meine unverletzte Schulter in den Rücken. Schreiend geht sie zu Boden, kann sich aber mit den Händen abfangen. Vaan sieht ebenfalls seine Chance, wirbelt wieder zu ihr herum und versenkt seine Zähne in ihr. Alles passiert so schnell … Ich glaube, er zielt auf ihre Kehle, doch die dunkle Herrin schafft es, ihren Oberkörper ein Stück zur Seite zu bewegen, sodass Vaan nur ihre Halsbeuge zu fassen bekommt.

Ihr markerschütterndes Kreischen gellt in meinen Ohren.

Ich rapple mich auf und laufe zu Fye, die noch immer auf dem Boden kauert und die Szene mit weit aufgerissenen Augen verfolgt, den Mund zu einem stummen Schrei geöffnet.

»Seid Ihr verletzt?«, frage ich, als ich sie an den Schultern packe und so drehe, dass sie mich ansehen muss.

Ihr Blick huscht unstet umher, und ich habe die Vermutung, dass sie mich gar nicht wahrnimmt. Deshalb schüttele ich sie – zwar vorsichtig, aber doch stark genug, dass sie es merkt.

Das Knurren des Wolfes und Laryssas Schreie lenken meine Aufmerksamkeit auf die beiden Kontrahenten. Vaan hat mittlerweile von ihr abgelassen, umkreist sie aber weiterhin, während er auf eine erneute Möglichkeit zum Angriff wartet. Laryssa presst unterdessen eine Hand auf die Wunde. Blut quillt zwischen ihren Fingern hervor und fließt den Arm hinab, bis es schließlich zu Boden tropft und dort eine Lache bildet.

Neben mir erwacht Königin Fye aus ihrer Starre, springt auf die Füße und kanalisiert über ihrer Hand einen Feuerzauber, den sie kurz darauf auf Laryssa niedergehen lässt. Erschrocken über diesen plötzlichen Sinneswandel, kann ich nur zuschauen. Das Gewand der dunklen Herrin fängt Feuer, und innerhalb kürzester Zeit züngeln die Flammen bis zu den Ärmeln hinauf.

Laryssa wirft einen letzten hasserfüllten Blick auf Fye – ehe sie sich auflöst. Sie explodiert in winzige dunkle Partikel, die über den Boden direkt auf Aysa zuhuschen und in ihrem Schatten verschwinden.

»Aysa ...« Vorsichtig mache ich einen Schritt auf meine Schwester zu, als könnte ich sie mit einer zu raschen Bewegung erschrecken. Hinter mir höre ich Vaan knurren und stelle mich schnell zwischen sie. »Bitte, Aysa ... Warum hilfst du ihr? Warum gewährst du ihr Zuflucht?«

Ohne eine Miene zu verziehen, starrt Aysa uns an. Eiskalt und berechnend. Sie steht dort, die fast vollständig versunkene Sonne im Rücken, und sieht uns an, als hätte sie uns noch nie zuvor gesehen. Der Blick, mit dem sie uns bedenkt, verursacht mir eine Gänsehaut. Er passt überhaupt nicht zu meiner Schwester.

Ehe ich es verhindern kann, bewegt sie ihre linke Hand und webt einen Zauber. Sie ruft die Ranken der Bäume herbei, die sich um

Fyes und Vaans Arme und Beine schlingen. Ich höre, wie sie hinter mir überrascht nach Luft schnappen, aber ich schaffe es nicht, den Blick von Aysa abzuwenden. Fassungslos beobachte ich, wie sie mit der rechten Hand nach dem Dolch an ihrem Gürtel greift.

Erst als ich zur Seite gestoßen werde und so hart aufkomme, dass mir sämtliche Luft aus den Lungen gepresst wird, komme ich wieder zu mir. Ein wütendes Fauchen lässt mich nach oben schauen. Über mir steht Giselle, den Kopf gesenkt, ohne Aysa aus den Augen zu lassen. Unablässig gibt sie ein Grollen von sich, während ihr Schwanz hin und her peitscht und ich die Muskeln unter ihrem schwarzen Fell zittern sehe.

»Tu ihr nicht weh«, presse ich hervor. Meine sowieso schon lädierte Schulter scheint jetzt ernsthaft verletzt zu sein. Jede noch so kleine Bewegung lässt mich keuchen. »Sie weiß nicht, was sie tut.«

Giselle gibt ein Schnauben von sich, als würde sie meine Worte anzweifeln. Aysa hält noch immer den Dolch fest umklammert, während sie abwechselnd zu mir und Giselle schaut, unsicher, wen von uns sie zuerst angreifen soll. Ich werfe einen Blick zur Seite, wo Fye und Vaan noch immer gefesselt sind, doch Vaan hat bereits begonnen, die Wurzeln um seine Vorderpfoten zu zerkauen. Aber dafür wird er noch eine Weile brauchen ... Ich habe keinen Zweifel, dass Giselle es mit meiner Schwester aufnehmen kann. Nein, ganz im Gegenteil – ich sorge mich um Aysa, denn ich weiß nicht, ob Giselle sich bremsen kann.

Noch ehe ich den Gedanken zu Ende gedacht habe, macht meine Schwester einen Satz nach vorne. Giselle reagiert zeitgleich mit ihr und stürmt auf sie zu, aber Aysa taucht geschickt unter der Pranke und den ausgefahrenen Krallen hindurch und schlittert ein Stück über die Erde, bis sie wieder Halt unter den Füßen findet. In Giselles Attacke lag so viel Kraft und Schwung, dass sie kurz schwankt.

Aysa nutzt diesen Moment der Unachtsamkeit und geht auf mich los. Ich schaffe es nicht rechtzeitig, die Arme zu heben und ihren Angriff abzuwehren. Sie reißt die Hand mit dem Dolch hoch in die Luft und lässt sie dann auf mich niedergehen.

Ich spüre keinen Schmerz, höre nur das erschrockene Keuchen meiner Königin und die Laute der beiden Mondkinder.

Aysa ist direkt über mir, ihr Gesicht ist nur eine Handbreit von meinem entfernt, und ich erschrecke über den leeren Ausdruck in ihren Augen.

Kurz darauf verzieht sich ihr Gesicht vor Schmerzen. Sie reißt den Mund zu einem Schrei auf – und im nächsten Augenblick ist sie verschwunden, als wäre sie nie da gewesen. Giselle erscheint in meinem Blickfeld und ich wundere mich über ihre weit aufgerissenen Augen.

»Was ...«

Doch weiter komme ich nicht. Als dieses kurze Wort meinen Mund verlässt, schießt ein unvergleichlicher Schmerz, ausgehend von meinem Bauch, durch meinen Körper. Ich schaue an mir hinunter – direkt auf den Griff des Dolches, der aus meinem Bauch ragt. Die Klinge ist bis zum Heft in meinem Fleisch verschwunden. Um den Dolch herum ist mein Wams bereits dunkel und feucht.

Ich keuche. Eisige Kälte kribbelt in meinen Beinen und meinen Fingern, wandert dann meine Arme hinauf, die sich schwer anfühlen, und meine Sicht verschwimmt. Hände legen sich neben den Dolch und pressen auf meinen Bauch. Ich spüre den Druck nicht einmal und brauche einen Moment, bis ich realisiere, dass die Hände zu Giselle gehören, die sich zurückverwandelt hat. Ihr schönes Gesicht ist verzerrt. Ich kann den Blick nicht deuten, mit dem sie mich bedenkt. So gern würde ich die Hand heben und sie an ihre Wange legen, will spüren, wie sie sich an sie schmiegt, doch mein Körper gehorcht mir nicht.

Nur schemenhaft nehme ich wahr, wie auch Fye und Vaan neben mich treten und auf mich hinabblicken. Das Einzige, was ich noch klar sehe, ist Giselles Gesicht direkt über mir und ihre Augen, die weit aufgerissen und voller Schmerz sind. Ich will sie fragen, was los ist, doch dann wird alles um mich herum schwarz.

KAPITEL 18

GISELLE

Egal, wie fest ich meine Hände auf die Wunde drücke, unablässig quillt dickes rotes Blut zwischen meinen Fingern hervor. Ich traue mich nicht, den Dolch herauszuziehen, aber ... er kann doch nicht in ihm stecken bleiben!

»Macht doch was!«, schreie ich meinen Bruder und seine Gefährtin an, die nur wie erstarrt neben mir stehen.

Vaan gibt nur ein Fiepen von sich und tänzelt unruhig auf der Stelle.

»Ich beherrsche keine Heilzauber ...«, stammelt Fye, die deutlich blass um die Nase geworden ist.

Unnütz, alle beide! Ich will sie anschreien, dass sie sich verdammt noch mal etwas einfallen lassen sollen, aber ich weiß, dass es nur meine eigene Panik ist, die aus mir spricht. Ich hätte diese Irre sofort unschädlich machen sollen, wie ich es vorgehabt hatte, stattdessen ... Trotz allem ist sie seine Schwester, und wer wüsste besser als ich, wie tief die Bande zwischen Geschwister sein können? Ich habe mich blenden lassen und wurde unvorsichtig.

Ayruns Augen schließen sich und sein Kopf rutscht ein Stück zur Seite, während sein warmes Blut noch immer zwischen meinen Fingern hervorquillt.

»Nein!«, schreie ich, während mein Herz für einen Schlag aussetzt. »Wag es ja nicht!«

Es muss doch etwas geben, das ich tun kann!

»Nimm den Dolch«, sagt Fye neben mir.

»Bist du verrückt?« Meine Stimme überschlägt sich. »Wenn ich die Klinge rausziehe, könnte ich noch mehr Schaden anrichten!«

»Nutze den Dolch, um dich zu schneiden«, erklärt sie und sieht mich dabei eindringlich an. »Es ist Ayruns einzige Chance.«

Meine Finger beginnen zu zittern, als mir schlagartig klar wird, was sie damit meint.

»Nein, ich ...« Ich räuspere mich. Mein Mund fühlt sich auf einmal staubtrocken an. »Ich kann das nicht ... Ich ...«

»Dann wird er sterben.« Fyes Stimme ist emotionslos, beinahe kalt. »Du weißt genau, was auf dem Spiel steht; nicht nur für ihn, auch für dich. Entscheide dich. Ihm bleibt nicht mehr viel Zeit.«

Vaan stupst mich mit seiner Nase an, als wolle er mich ebenfalls dazu drängen, den Dolch zu nehmen. Aber ... kann ich das wirklich tun? Die Folgen sind nicht abzusehen und könnten auch für mich verheerend sein. Wenn unsere Bindung Erfolg hat, Ayrun aber trotzdem stirbt, wird das auch unweigerlich meinen Tod nach sich ziehen. Aber Fye hat recht: Ich habe keine Zeit, um das Für und Wider abzuwägen. Ich muss mich jetzt entscheiden, ob ich dabei zusehe, wie er vor meinen Augen stirbt, oder ob ich nach der letzten Möglichkeit greife, um sein Leben zu retten.

Ohne noch weiter zu zögern, legen sich meine Finger um den Dolchgriff. Meine Hände sind feucht und glitschig, sodass ich zwei Anläufe brauche, bis ich ihn aus Ayruns Körper gezogen habe. Als die Klinge aus seinem Bauch gleitet, folgt ein weiterer Schwall Blut. Ich verstärke meinen Griff um die Waffe und ziehe ihn über die Handfläche meiner anderen Hand, sodass sofort Blut aus der geraden Wunde fließt. Für die Dauer von drei Herzschlägen, die unnatürlich laut in meinen Ohren widerhallen, starre ich auf die rote Linie in meiner Hand, ehe ich sie umdrehe und auf Ayruns Bauch drücke.

Ich weiß nicht, was ich erwartet habe. Vielleicht, dass sich der Himmel auftut und ein gleißendes Licht auf uns hinabscheint. Irgendwas ... Magisches. Stattdessen geht ein Kribbeln durch meinen Körper, als würde mein Blut mit einem Mal in die andere Richtung fließen. Dann fühle ich mich, als würde eine Last von mir genommen werden, die mich mein ganzes Leben daran hinderte, frei zu atmen.

Ich mache den Fehler und hole tief Luft. Gleißender Schmerz schießt mir durch den Bauch. Der Dolch gleitet aus meinen Fingern und ich presse instinktiv beide Hände gegen die Stelle, die am schlimmsten wehtut. Ich taste nach einer Wunde, finde aber nichts. Zwar bin ich von oben bis unten mit Blut besudelt, aber der Großteil davon ist nicht meines.

Überwältigt von der Pein, die plötzlich in meinem Körper wütet, beuge ich mich keuchend nach vorne, rolle mich zusammen und drücke weiterhin beide Hände gegen meinen Bauch, während mir kalter Schweiß ausbricht. Das Kribbeln, das eben durch mich hindurchgeflossen ist, kehrt zurück und zwingt mich in meine andere Gestalt. Ich weiß, dass es ein Selbstschutz ist: Mein Körper wehrt sich gegen die Verwundung, die nicht real ist. Mein anderes Ich kann Verletzungen innerhalb eines Verwandlungszyklus verheilen lassen. Aber ... ich weiß nicht, ob es auch mit dieser Wunde möglich ist.

Ich spüre die Verwandlung kaum. Bis auf das leichte Ziehen in meinen Gliedmaßen nehme ich nur am Rande wahr, wie mein Körper sich verändert. Zu stark sind die Schmerzen, die sämtliche anderen Empfindungen überlagern. Ich wehre mich nicht dagegen, ebenso wenig wie gegen die Dunkelheit, die mich umfängt, nachdem ich neben Ayrun zu Boden gegangen bin.

KAPITEL 19

Undeutlich dringen Stimmen durch den dichten Nebel, der mich umgibt.
»Wie lange werden sie noch bewusstlos bleiben?« Es ist eindeutig Fye. Sie klingt nicht mehr so kalt wie zuvor, eher besorgt.
»Ich weiß es nicht«, antwortet Vaan. Seine Stimme ist deutlich näher, als würde er neben mir sitzen. »Seine Wunde hat nach der Verbindung sofort aufgehört zu bluten. Und die Wundränder sehen auch schon viel besser aus. Sie scheint zu heilen, sehr viel schneller, als es nach einer solchen Verletzung üblich wäre.« Er seufzt. »Ich fühle mich schrecklich dabei, einfach nur hier zu sitzen und nichts tun zu können … Ich frage mich, ob es wirklich richtig war, was sie getan hat. Vielleicht hätte sie ihn sterben lassen sollen …«
»Sag das nicht. Es war die einzige Möglichkeit, ihn zu retten.«
»Aber … Wenn Giselle stirbt …«
»Sie wäre nicht mehr dieselbe gewesen, wenn er gestorben wäre, das weißt du genau. Auch wenn sie noch keine Gefährten waren, hätte es sie zerstört. Es gab nur diesen einen Weg, um sie beide zu retten.«
»Ich weiß«, presst Vaan hervor. »Ich weiß das. Trotzdem macht es mich fertig, sie so zu sehen. Sie hatte nichts damit zu tun. Ich habe sie gebeten, mitzukommen. Ich könnte es mir nie verzeihen, wenn …«
»Ich war es, die ihr gesagt hat, dass sie den Dolch benutzen soll. Wenn sie jemanden dafür verantwortlich machen will, dann mich. Du kennst Giselle sehr viel besser als ich. Sie wird sich davon nicht unterkriegen lassen. Ich würde gern sagen, dass du ihr mehr Zeit geben sollst, aber …«
»Wir haben keine Zeit«, beendet Vaan ihren Satz. »Aber wir können sie nicht so schutzlos hier liegen lassen. Ich will auch Aysa und der dunklen Herrin hinterher und endlich unseren Sohn wieder in die Arme schließen, doch … ich kann nicht gehen, bis ich nicht weiß, ob sie es schaffen.«
Ich höre Fye leise schluchzen. »Du hast wahrscheinlich recht. Trotzdem werde ich mit jeder verstreichenden Minute unruhiger. Ich versuche mir einzureden, dass Laryssa unseren Sohn als Druckmittel

braucht und ihm deswegen nichts tun wird, aber ... Ich weiß nicht, ob ich daran glauben kann.«

»Ich weiß genau, wie du dich fühlst. Mir geht es nicht anders. Ich fühle mich zerrissen und glaube, dass jede Entscheidung, die ich treffe, falsch ist, obwohl sie eigentlich richtig sein müsste.«

Eine Weile ist es still. Ich schicke einen Befehl an meine Hände, sich zu bewegen, und bin froh darüber, dass sie mir gehorchen. Ich spüre Gras und Erde unter meinen Fingern, und nach und nach nehmen auch meine anderen Sinne die Umgebung wahr.

»Ich glaube, sie wacht auf!«, ruft Vaan.

Er legt beide Hände an meine Schultern und hilft mir, mich ein Stück aufzurichten. Mit zittrigen Fingern fahre ich mir über die schweißnasse Stirn und schaue an mir hinab. Ich bin wieder in meinem menschlichen Körper und stecke in einem einfachen Unterkleid, während ein Umhang über mir ausgebreitet ist. Licht strahlt zwischen den Zweigen über mir hindurch und sticht in meinen Augen. War es nicht ... Abend, als wir gegen Aysa gekämpft haben?

Ein Becher Wasser erscheint vor mir und Vaan führt ihn an meine Lippen, weil meine Hände viel zu stark zittern, um ihn halten zu können. Ich schlucke gierig, obwohl die kalte Flüssigkeit in meinem Hals brennt. Selbst das Trinken strengt mich so sehr an, dass ich kraftlos zusammengesackt wäre, wenn Vaan mich nicht mit einem Arm gestützt hätte. Mein Atem geht rasselnd und ich bin am ganzen Körper verschwitzt, obwohl ich friere.

Ich erinnere mich daran, wie ich Aysas Rücken zerfetzt habe, als sie Ayrun mit dem Dolch attackierte. Die Erinnerungen an das, was danach folgte, sind irgendwie undeutlich. Ich versuche, die Bilder zu fassen zu bekommen, doch sie entschlüpfen mir, wann immer ich meine Hände danach ausstrecke.

»Was ... ist passiert?«, frage ich. Ich muss meine Zunge dazu zwingen, sich zu bewegen.

Vaan erscheint vor meinem Blickfeld. »Wie fühlst du dich?«

Kurz ärgere ich mich darüber, dass er meine Frage einfach übergeht, doch dann seufze ich und mache eine Bestandsaufnahme. Mein Körper fühlt sich schwach und ausgezehrt an. Meine Glieder schmerzen wie nach einer Verwandlung der schlimmsten Sorte und auch

mit meinem Bauch stimmt etwas nicht. Ein dumpfes Pochen breitet sich von dort durch meinen ganzen Körper aus. Ich schaue an mir hinab, kann aber weder einen Verband noch eine Wunde finden, die die Schmerzen erklären könnten.

Abgesehen davon fühle ich mich gut – und gleichzeitig auch seltsam. Irgendwas hat sich verändert, aber ich kann nicht benennen, was es ist. Ich fühle mich fremd in meinem Körper, doch zur selben Zeit auch so, als hätte ich nach langer Zeit alle Ketten, die mich hielten, gesprengt.

Versuchsweise hebe ich eine Hand und will sie zur Faust ballen, als mir ein roter Striemen auffällt, der quer über die ganze Handfläche verläuft. Der Schnitt war anscheinend nicht tief und ist bereits verheilt. Nur noch ein dunklerer Streifen verrät mir, dass ich an der Stelle überhaupt verletzt war.

Jemand regt sich neben mir und ich schaue zur Seite. Ayrun liegt dort. Sein Gesicht ist bleich und auf seiner Stirn stehen Schweißperlen.

Ich weiß, dass er verletzt ist, auch ohne die Wunde zu sehen.

Ich weiß es, weil ich den Schmerz am eigenen Leib spüre.

Als mein Blick auf den Dolch fällt, der neben ihm liegt, schnappe ich nach Luft, während meine fehlenden Erinnerungen auf mich einstürmen. Es ist seltsam: Ich durchlebe die Momente noch einmal, als würde ich von außen zusehen. Ich sehe mich als Löwin, wie ich ins Straucheln gerate, weil ich zu viel Schwung in meinen Angriff gelegt habe. Ich sehe Aysa, wie sie sich unter mir wegduckt und auf Ayrun losgeht. Ich sehe die Klinge des Dolches, die kurz im letzten Licht der Abendsonne aufblitzt, ehe sie in Ayruns Bauch verschwindet. Ich spüre erneut, wie sich meine Krallen in Aysas Rücken graben, bevor sie feige den Rückzug antritt. Ich fühle die Panik, die in mir aufsteigt, als ich vergeblich versuche, die Blutung zu stoppen. Erneut schmerzen meine Finger, weil sie sich verkrampfen, da ich fester und fester drücke, im verzweifelten Versuch, keinen weiteren Blutstropfen durchzulassen. Und dann sehe ich meine Hand, wie sie mit einem Ruck den Dolch aus Ayruns Leib zieht und die Klinge über die freie Handfläche führt.

Als sich mein Blut mit seinem vermischte, spürte ich es: Eine uralte Kraft, die durch mich hindurchfloss und mir eine Macht

aufzeigte, von der ich nicht einmal zu träumen gewagt hatte. Die volle Kontrolle über meine andere Gestalt, schnellere Reflexe und eine nie dagewesene Einheit zwischen Körper und Geist, die meine Zweifel und Ängste wegspülte. Für einen Moment kam mir all das, vor dem ich mich in der Vergangenheit gefürchtet habe, klein und unbedeutend vor.

Und dann kamen die Schmerzen. Sie waren so stark, so alles verzehrend, dass sie mich von einem Augenblick auf den nächsten zurück in meine Löwengestalt pressten, da ich sonst nicht imstande gewesen wäre, sie auszuhalten. Ich hatte keine Verletzung, keine offene Wunde so wie Ayrun, aber ich hatte seine Schmerzen. Ich fühlte, was er fühlte, und instinktiv versuchte mein Körper, uns beide zu schützen.

Ich hatte Angst und wusste, was von meiner Entscheidung abhing. Mir war klar, dass sich mein ganzes Leben dadurch verändern würde, aber mir war nicht klar, wie sehr. Ich wusste nur, dass ich es nicht ertragen könnte, ihn zu verlieren. Also ging ich das Risiko ein, ebenfalls zu sterben, in der Hoffnung, ihn irgendwie retten zu können.

Und anscheinend hat es funktioniert, wie mir das gleichmäßige Heben und Senken seiner Brust beweist. Und auch ich atme noch, bin am Leben, aber ich weiß nicht, ob ich darüber glücklich sein soll.

Ich lebe, doch gleichzeitig ist mein Leben, wie ich es bisher kannte, vorbei. Ich werde nie mehr selbst über mich bestimmen können, werde nie mehr sicher sein, ob das, was ich empfinde, wirklich meine Gefühle sind oder die des anderen. Selbst die Schmerzen, die ich gerade spüre, sind nicht meine eigenen. Meine größte Angst ist es, dass ich früher oder später so enden werde wie meine Mutter, nichts weiter als ein Schatten meiner selbst, jeglicher Empfindungen und eigener Entscheidungen beraubt. Bei der bloßen Vorstellung breitet sich Gänsehaut auf meinen Armen aus.

»Giselle?« Vaan legt seine Hände an mein Gesicht und zwingt mich so, ihn anzusehen. Zwischen seinen Augenbrauen hat sich eine steile Falte gebildet, während er mich besorgt mustert. »Denk nicht darüber nach! Ich sehe dir an, dass du schon wieder grübelst. Du hast das Richtige getan.«

Er hat leicht reden ... Seine Bindung war beiderseits freiwillig.

Ich winde mich aus Vaans Griff, stemme mich hoch und komme auf die Beine. Es grenzt an ein Wunder, dass ich stehen bleibe. Fye, die bisher geschwiegen hat, stellt sich mir in den Weg.

»Du solltest hierbleiben, bis du vollständig geheilt bist«, sagt sie.

Ich verziehe den Mund. Wie gern würde ich ihr sagen, dass sie mir verdammt noch mal aus dem Weg gehen und sich um ihren eigenen Kram kümmern soll. Ich hasse es, wenn sie mir Vorschriften macht. Das beginnt auch schon mit ihren Ratschlägen. Ich will überhaupt nicht, dass sie mit mir spricht.

»Du ...«, stoße ich zwischen zusammengebissenen Zähnen hervor. »Es ist alles deine Schuld!«

Vaan ist bei mir, bevor ich noch einen weiteren Schritt auf seine Gefährtin zumachen kann. Seine Hand schließt sich so fest um meinen Oberarm, dass ich einen Schrei unterdrücken muss. Die Warnung, die er mir unterschwellig damit übermittelt, ist deutlich, aber ich ignoriere sie.

»Du hast mir gesagt, dass ich den Dolch nehmen soll!«, schreie ich die Halbelfe vor mir an. »Du hast ihn zu diesem dämlichen Ball eingeladen und dafür gesorgt, dass er mit mir tanzt! Verdammt, es ist sogar deine Schuld, dass ich ihm überhaupt begegnet bin! Wärst du nicht die Elfenkönigin, hätte ich ihn nie zu Gesicht bekommen. Mein Leben ist vorbei und du bist dafür verantwortlich!«

Fye zuckt nicht einmal mit der Wimper, während sie sich mein Geschrei anhört. Reglos starrt sie mich nieder. »Bist du fertig?«, fragt sie, nachdem ich schon dachte, dass sie gar nichts darauf antworten würde.

»Fye, nicht ...«, murmelt Vaan, doch Fye bringt ihn mit einer Handbewegung zum Schweigen.

»Es ehrt dich, dass du sie immer wieder in Schutz nimmst, aber dieses Mal bitte ich darum, dass du dich nicht einmischst. Ich will dich nicht vor eine Wahl stellen, die du nicht treffen willst, also tue uns allen einen Gefallen und halte dieses eine Mal den Mund.«

Ich bin fast ein wenig schockiert darüber, wie sie mit meinem Bruder spricht. Das habe ich bisher noch nie erlebt. Sonst war Fye immer zurückhaltend, stand hinter Vaans Rücken und sprach nur, wenn es sich nicht vermeiden ließ. Nun zu hören, wie sie ihm über

den Mund fährt, lässt mich erstaunt zurück. Beinahe noch schlimmer finde ich aber, dass er sich ihrem Willen beugt: Seine Hand verschwindet von meinem Arm und er macht einen Schritt zurück.

Fye verschränkt die Arme vor der Brust und strafft die Schultern. »Gibt es sonst noch etwas, das du mir sagen willst?«

So viel Herablassung liegt in ihrer Stimme, dass ich sie am liebsten angefaucht hätte. Wäre ich gesundheitlich auf der Höhe, hätte ich es vermutlich auch getan, aber im Moment bin ich froh, wenn ich alleine stehen und in ganzen Sätzen sprechen kann.

»Ich …« Schnell schließe ich den Mund wieder, als mir auffällt, dass ich schon alles gesagt habe, was ich sagen wollte. Es gäbe da noch eine Sache, aber darüber spreche ich nicht. Nicht mehr und erst recht nicht, wenn Vaan hinter mir steht. Fye weiß auch so, dass sie für mich die Verkörperung allen Unheils ist, das mir in letzter Zeit widerfahren ist.

»Fein, dann bin ich jetzt wohl dran.«

Sie tritt direkt vor mich, sodass wir nur eine Handbreit voneinander entfernt sind. Es ärgert mich, dass ich den Kopf etwas in den Nacken legen muss, um weiterhin mit ihr Blickkontakt halten zu können. Nicht zum ersten Mal verfluche ich meine zierliche Figur, die ich von meiner Mutter geerbt habe.

»Du bist mir nie mit Freundlichkeit begegnet, Giselle, obwohl ich dir nie in meinem Leben ein Leid zugefügt habe.«

Ich bin drauf und dran, ihr zu widersprechen, aber sie kommt mir zuvor.

»Du hast mich gejagt, gefoltert, verhöhnt und verletzt. Du wolltest mich sogar töten – mehrmals. Und trotzdem habe ich über all das hinweggesehen, habe dir die Möglichkeit eines neuen Lebens geboten, indem ich den Memoria-Zauber auf dich legte. Habe dich verschont, als ich dich hätte töten können. Und nicht nur das. Ich war damit einverstanden, dich zu uns auf die Burg zu holen, obwohl ich dir nicht traute und es sicherer gewesen wäre, dich auf ein weit entferntes Gut fernab von Eisenfels abzuschieben. Ich habe dich stets freundlich behandelt, obwohl ich weiß, dass du mich hasst und dich freuen würdest, wenn ich morgen nicht mehr aufwache – zumindest, wenn das nicht bedeuten würde, dass auch dein über alles geliebter Bruder ebenfalls stirbt.«

Die Lautstärke ihrer Stimme ändert sich nicht, doch ich sehe, wie sie am ganzen Körper zittert, als würde es sie alle Kraft kosten, nicht die Beherrschung zu verlieren.

»Ich habe all das ertragen, habe auch darüber hinweggesehen, dass du dich nie für deinen Neffen interessiert hast und sogar seiner ersten Feier ferngeblieben bist. Ich habe mich bemüht, mit dir nebeneinanderher zu leben, obwohl ich weiß, dass die Menschen lieber dich um Rat fragen als mich. Das kümmert mich nicht, weil ich weiß, dass du deine Pflichten als Prinzessin ernst nimmst.«

Sie schließt kurz die Augen und atmet tief ein und aus.

»Und nun zu Ayrun. Es stimmt: Du bist ihm nur begegnet, weil er zu mir gesandt wurde. Aber das bedeutet nicht, dass ich für alles Weitere die Schuld trage. Ich habe weder dich noch ihn gezwungen, euch heimlich zu treffen – und ja, ich weiß davon. Ich mag euch beiden mit Vaans Hilfe einen Schubs in die richtige Richtung gegeben haben, aber alles andere blieb an euch hängen. Du wolltest dich nie binden, wolltest nie einen Gefährten, aber manchmal kommt es anders, als man denkt. Ich habe auch nicht darum gebeten, aus meinem Einsiedlerleben herausgerissen zu werden und mich als Königin zweier Völker wiederzufinden – trotzdem ist es geschehen und ich versuche jeden Tag, das Beste daraus zu machen.«

Fye hebt die Hand und legt sie sanft auf meine Schulter.

»Deine Mutter kannte einen wunderschönen Spruch, an den ich mich gerne erinnere, wenn ich einmal nicht weiterweiß und mit meinem Schicksal hadere. ›Seelen, die dazu bestimmt sind, sich zu treffen, werden das tun. Augenscheinlich durch Zufall, aber doch immer genau zum richtigen Zeitpunkt.‹ Das trifft auch auf dich und Ayrun zu. Euer Zeitpunkt ist *jetzt*. Ihr beide seid euch begegnet, als ihr am dringendsten eine Stütze gebraucht habt. Hilf ihm, seinen Platz zu finden, und er wird dasselbe bei dir tun. Ich weiß, wovon ich rede.«

Ihr Blick schweift ab und heftet sich an Vaan, der noch immer hinter mir steht.

»Ich mache gerade eine sehr schwere Zeit durch. Mein Sohn wurde mir genommen und wieder einmal trachtet mir jemand nach dem Leben. Ohne deinen Bruder ... Ohne meinen Gefährten hätte

ich schon lange den Verstand verloren. Er ist es, der sofort bemerkt, wenn mich etwas beschäftigt, und er schafft es immer wieder, mir den richtigen Weg zu weisen.«

Mit einer Kopfbewegung deutet sie hinter mich, wo Ayrun liegt, und ich wende mich ebenfalls um. Ein warmes Gefühl breitet sich in meiner Brust aus, während ich ihn beim Schlafen beobachte, und ein Lächeln stiehlt sich auf meine Lippen.

»Ich habe das Gefühl, dass Ayrun dir sehr guttut, wenn du es nur endlich zulassen würdest«, fährt Fye fort. »Das geht nicht von heute auf morgen, das weiß ich, aber gib ihm und auch dir selbst die Chance, eure Wunden, die ihr äußerlich und innerlich davongetragen habt, zu heilen. Ihr braucht das, und nur er ist dazu in der Lage, dir dabei zu helfen.«

Ich kaue auf meiner Unterlippe, während ich zugeben muss, dass die Halbelfe recht hat. Ayruns ruhige Art, seine Beharrlichkeit und Bodenständigkeit tun mir gut, denn sie erden mein sprunghaftes Gemüt ein Stück weit. Warum ist mir das nicht schon viel früher aufgefallen? War ich wirklich so verblendet durch mein Selbstmitleid und meinen Hass auf alle um mich herum, dass ich es nicht wahrhaben wollte? Ayrun musste erst beinahe sterben und ich musste es von der Halbelfe hören, um es zu begreifen. Ich schäme mich dafür, aber noch bin ich nicht so weit, es vor Vaan oder Fye zugeben zu können. Es ist, wie sie es eben sagte: Solche Veränderungen brauchen Zeit und geschehen nicht von heute auf morgen.

Doch eines wird mir schlagartig bewusst: Wenn es jemanden gibt, der mich so lieben kann, wie ich bin, ohne mich verbiegen zu müssen, dann ist es Ayrun. Ich habe es schon länger gespürt. Seit der Nacht, als er mir in den Wald gefolgt ist, hat sich zwischen uns etwas verändert, das tiefgreifender war, als ich es mir je vorzustellen vermochte.

»Ich werde mich nicht dafür entschuldigen, dass ich dich dazu gedrängt habe, den Dolch zu ergreifen und dich an ihn zu binden«, sagt Fye, während ich noch immer den bewusstlosen Ayrun anschaue. »Ich brauche ihn und werde nicht zulassen, dass ihm etwas zustößt. Er ist das einzige Bindeglied zwischen den Waldelfen und meinem Sohn. Es mag rücksichtslos auf dich wirken, aber ich würde wieder genauso handeln, wenn ich in derselben Situation wäre. Meine

Gedanken kreisen um mein Kind, das mir genommen wurde, und ich werde nicht eher ruhen, bis ich Aeric zurückhabe. Um alles Weitere kümmere ich mich, wenn ich wieder klar denken kann. Von mir aus kannst du mich dann anschreien und verfluchen und mir das Leben noch schwerer machen als bisher, aber ich bitte dich … Bitte tue bis dahin alles, um mir … nein … um *uns* zu helfen. Du hast unsere Soldaten gesehen … Gegen Laryssa und andere Dunkelelfen hätten sie nicht den Hauch einer Chance.«

»Aber selbst wenn Ayrun und ich wieder genesen, unsere Wunden verheilt sind und wir wieder kämpfen können, sind wir nur zu viert«, werfe ich ein. »Wie sollen wir vier etwas gegen ein ganzes gegnerisches Volk unternehmen können?«

»Wir müssen uns die Unterstützung der Waldelfen sichern«, sagt Vaan. »Wenn sie sich von den Dunkelelfen abwenden und auf unserer Seite stehen, wären wir ihnen zahlenmäßig überlegen.«

Ich schüttele den Kopf. »Ich habe Ayrun nicht als Baumschmuser bezeichnet, um ihn zu ärgern. Das ist, was er ist. Sein Volk bringt keine Kämpfer hervor. Sie sind nicht so wie wir. Das Einzige, womit sie umgehen können, sind Hammer und Säge. Sie sind Baumeister, Überlebenskünstler in der Natur – aber keine Krieger.«

Fye fährt sich mit der Hand über den Mund, als sie nachdenkt. Ihr Blick huscht unstet umher, ohne irgendwo länger hängen zu bleiben, während sie nachdenkt.

»Wir kennen die restlichen Dunkelelfen nicht, denn sie sind unseren Einladungen an den Hof bisher nie gefolgt«, gibt Vaan zu bedenken. »Vielleicht war Laryssa die Mächtigste von ihnen und der Rest ist kämpferisch unbegabt. Ich kann mir nicht vorstellen, dass alle von ihnen dieses … Schatten-Verschwinde-Dings beherrschen.«

»Und was, wenn doch?«, frage ich. »Was, wenn sie alle das können und schon im Schatten des nächsten Baumes lauern?«

»Nein, ich glaube nicht, dass das so funktioniert«, sagt Fye. »Bisher hatte ich selbst noch nicht viel mit den Dunkelelfen zu tun. Sie bleiben lieber unter sich und regeln ihre Angelegenheiten selbst. Deshalb kann ich nur darüber spekulieren, wie ihre Magie funktioniert und welches Medium sie nutzen müssen. Ich glaube, sie brauchen eine mächtigere Lebensform, in deren Schatten sie sich

verbergen können. Laryssa wird Aysa nicht grundlos als ihre Trägerin ausgewählt haben.«

»Was meinst du damit?« Mir gefällt nicht, wie sie die Stirn runzelt.

»Waldelfen mögen zwar keine geborenen Kämpfer sein, aber das bedeutet nicht, dass sie schwach sind«, erklärt Fye. »Durch ihre Nähe zur Natur sind sie ständig umgeben von mehr als genügend Mana, um mächtige Zauber zu wirken. Sie sind übervoll davon sozusagen. Was wäre, wenn die Dunkelelfen einen Weg gefunden haben, um sich diesen Magieüberschuss zunutze machen zu können?«

»Die Dunkelelfen bedienen sich der Magie der Waldelfen«, murmelt Vaan.

Fye nickt. »Dunkelelfen sind am mächtigsten bei Nacht oder an dunklen Orten, wie beispielsweise Höhlen. Bei Tageslicht oder abseits von dunklen Gebieten sind sie fast magielos und können nur schwache, niedere Zauber wirken.«

»Aber sie hat gezaubert … Laryssa hat Magie angewandt, als wir auf sie trafen. Die Sonne ging zwar unter, aber sie strahlte noch hell«, sage ich. »Wenn das, was Fye sagt, stimmt, hätte Laryssa aber nicht zaubern können.«

»Nein, das hätte sie nicht«, stimmt mir Fye zu. »Aber sie hatte Ayruns Schwester bei sich. Laryssa wird ihre Magie von Aysa bezogen haben.«

»Wir haben also beide Völker gegen uns, aber nur eines davon kann uns gefährlich werden.« Vaan schaut von mir zu seiner Gefährtin. »Wir müssen die Waldelfen irgendwie davon überzeugen, nicht mehr mit den Dunkelelfen zu paktieren. Auch wenn es mir schwerfällt nach dem, was sie womöglich getan haben. Wenn es wirklich die Wald- und nicht die Dunkelelfen waren, die Aeric entführt haben, weiß ich nicht, ob ich je einem von ihnen den Rücken zuwenden könnte. Abgesehen von dem, was ich ihnen antun will. Ich kann noch immer nicht verstehen, wie ein solch friedliebendes Völkchen plötzlich zu solchen Taten fähig sein kann.«

»Was die Waldelfen wollen, ist der Schutz ihrer Grenzen«, erkläre ich und rufe mir das Gespräch mit Ayrun wieder ins Gedächtnis. »Sie fürchten sich vor den nächtlichen Übergriffen der Dunkelelfen, die ihre Siedlungen zerstören, um ihr eigenes Gebiet zu erweitern.«

»Ich weiß«, murmelt Fye. »Ayrun hat oft genug mit mir darüber gesprochen, doch ich habe seine Bitten abgelehnt. Einerseits, weil ich nicht Partei ergreifen wollte, ohne mir vorher die andere Seite angehört zu haben. Andererseits, weil ich nicht wusste, wie ich die Grenzsicherung eines ganzen Gebietes sicherstellen sollte. Das übersteigt meine Möglichkeiten bei Weitem. Selbst wenn ich den Dunkelelfen bei Strafe untersagt hätte, weiterhin die Grenzen zu überschreiten, hätten sie es trotzdem getan, und es hätte nichts gegeben, das ich hätte dagegen tun können.« Sie zuckt hilflos mit den Schultern. »Ich habe bisher noch nie mit der Herrin der Dunkelelfen gesprochen. Deshalb war ich gestern auch so ... schockiert, als ich sie zum ersten Mal sah.«

»Sie sieht wirklich fast genauso aus wie ihr Sohn«, murmle ich. »Sogar das Grübchen am Kinn stimmt.«

Fye schlingt die Arme um sich. »Es war, als würde *er* wieder vor mir stehen. Ich war ... starr vor Angst, und für einen Moment war ich wieder die kleine Halbelfe, die auf dem Weg ins Dorf gefangen genommen wurde, und nicht die Königin, die ich eigentlich sein sollte.«

»Nicht nur die Ähnlichkeit ist verblüffend, sondern auch ihre Geschwindigkeit.« Vaan ballt die Hände zu Fäusten. »Ich hatte sie ... Ich habe sie erwischt, aber sie konnte mir entkommen.« Er gibt einen Laut von sich, der sowohl einem Lachen als auch einem Knurren gleicht. »Ich weiß genau, was du meinst. Für einen Moment habe ich mich auch gefühlt wie während der unzähligen Male, als ich vor Gylbert im Dreck des Trainingsplatzes lag und zu ihm aufsah. Laryssa ist genauso rücksichtslos wie ihr Sohn.« Er bleckt die Zähne und für die Dauer eines Wimpernschlags verändern sich seine Pupillen. »Das ändert aber nichts daran, dass ich genauso mit ihr verfahren werde wie mit Gylbert, wenn sie uns oder unserem Sohn etwas antut.«

»Also, wie sieht der Plan aus?«, frage ich.

Fye stößt geräuschvoll den Atem aus. »Am liebsten würde ich mich an ihre Fersen heften und sie so lange schütteln, bis sie mir endlich sagt, wo Aeric ist. Aber wir haben keinen Anhaltspunkt, wo sie sich aufhält. Wenn der Großteil der Dunkelelfen einen Waldelfen als Träger hat, wird es für uns nahezu unmöglich sein, sie ausfindig zu machen.«

»Wir brauchen also einen Waldelfen, der uns dabei hilft, andere Angehörige seines Volkes zu finden«, schließe ich und schaue wieder zu Ayrun. Ohne dass ich mich bewusst auf ihn konzentrieren muss, spüre ich seinen gleichmäßigen Herzschlag, als würde sein Herz neben meinem in meiner Brust schlagen. Wie von selbst passe ich meine Atmung seiner an, die ich ebenfalls tief in mir fühle. Dass er ruhig schläft und keine Schmerzen hat, beruhigt mich.

Vaan tritt neben mich und schaut ebenfalls zu Ayrun. »Wie geht es ihm?«

»Er schläft«, antworte ich. »Ich glaube, dass er keine Schmerzen hat. Zumindest keine schlimmeren als ich.«

»Wird er bald aufwachen?«

Ich beiße kurz die Zähne zusammen und mahne mich zur Ruhe. »Ich weiß, dass für euch jede Minute kostbar ist, aber ich will ihn nicht wecken. Er mag zwar jetzt mein Gefährte sein, aber er ist kein Mondkind. Er ist nicht wie wir, Vaan. Seine Wunden verheilen nicht so schnell. Indem ich seine Verletzung geteilt habe, konnte ich ihn zwar vor dem Tod bewahren, aber er wird trotzdem eine Weile brauchen, bis er wieder ganz gesund ist.«

Vaan murmelt etwas Unverständliches, ehe er fragt: »Und wie geht es dir?«

Ich zucke mit den Schultern. »Mein Körper schmerzt, als wäre ich unter eine Kutsche geraten. Mein Schädel dröhnt und gegen ein heißes Bad hätte ich auch nichts einzuwenden, bevor ich mich hinlege und viele Stunden schlafe. Abgesehen davon … ganz gut, eigentlich. Besser, als ich erwartet hätte. Aber noch schläft er. Ich weiß nicht, wie es ist, wenn er wach ist und ich seine Emotionen in vollem Umfang spüren kann.«

Er legt mir einen Arm um die Schulter. »Du wirst sehen, es ist nichts, wovor du dich fürchten musst. Du wirst dich nicht verlieren.«

Ich schnaube und winde mich aus seiner halben Umarmung. »Wir werden sehen«, murmele ich.

Wir werden von zwei Soldaten unterbrochen, die auf Pferden auf uns zukommen. Kurz zucke ich zusammen, aber dann erkenne ich, dass es unsere Leute sind. Sie springen von den Pferden und fallen vor Fye und Vaan auf die Knie.

»Vergebt uns, Hoheit, aber wir konnten keinen einzigen Waldelfen finden«, berichtet der eine von ihnen.

Fye sinkt in sich zusammen, als wäre sie ihrer letzten Stütze beraubt worden, die sie bisher aufrecht hielt. Auch Vaan schließt gequält die Augen, ehe er sich wieder fängt.

»Ich danke euch. Ihr habt eure Aufgabe gut erfüllt. Wartet auf der Lichtung auf weitere Befehle.«

Die Soldaten werfen sich einen ratlosen Blick zu, bevor sie der Aufforderung ihres Königs nachkommen und wieder auf die Pferde steigen.

»Ich habe es befürchtet«, sagt Vaan. »Die beiden kamen gestern Nacht mit unserer Verpflegung, den Decken und der Kleidung an. Nachdem du und Ayrun so gut es ging versorgt waren, habe ich sie als Kundschafter losgeschickt.«

»Aber du hast nicht daran geglaubt, dass sie etwas finden«, schließe ich. »Wie auch? Sie sind Menschen. Wenn nicht einmal wir oder eine Halbelfe die Waldelfen aufspüren können – wie sollen sie es dann schaffen?«

»Wir sind auf uns gestellt.«

Ich schnaube belustigt. »Das ist nicht das erste Mal, dass wir niemanden haben, der hinter uns steht. Und es wird auch nicht das letzte Mal sein. Ich bin mir sicher, dass wir Aeric finden, sobald es Ayrun besser geht.«

»Ich hoffe, dass du recht behältst.« Vaan reibt sich mit der Hand über die Stirn und seufzt. »Verzeih, ich bin sonst nicht so pessimistisch. Aber die letzten Tage waren wohl zu viel für mich. Manchmal glaube ich, von dem Gewicht, das auf meinen Schultern lastet, zu Boden gedrückt zu werden.«

Nun ist es an mir, ihm aufmunternd die Hand auf den Rücken zu legen. »Wir sind Mondkinder, kleiner Bruder. Wir brauchen keine leichtere Last, nur stärkere Schultern.«

Vaan schenkt mir ein Lächeln, das vor Kurzem noch ein Kribbeln in meinem Bauch ausgelöst hätte. Jetzt spüre ich nichts – außer Zufriedenheit darüber, meinem Bruder eine Stütze sein zu können. Ich weiß nicht, ob ich mich darüber freuen oder weinen soll.

»Sollen wir Ayrun zurück ins Schloss bringen, damit er sich dort erholt?«

Die Idee ist mir auch schon gekommen, doch ich schüttele den Kopf. »Nein, wir lassen ihn hier. Wenn er irgendwo schneller wieder zu Kräften kommt, dann hier im Wald. Aber du und Fye, ihr könnt zurückgehen und dort auf eine Nachricht der dunklen Herrin warten. Vielleicht wird sie mit euch in Kontakt treten. Die Waldelfen allerdings werden vorerst nicht mit ihrer Königin reden wollen, dafür ist die Kluft zwischen ihnen bereits zu tief. Und wer weiß, inwiefern sie von den Dunkelelfen vereinnahmt wurden. Es ist eher hinderlich, wenn ihr hierbleibt. Außerdem könnt ihr in Eisenfels ein paar fähige Kämpfer zusammentrommeln, damit wir nicht gänzlich ungeschützt in die Schlacht ziehen. Sobald wir zu euch stoßen, werden wir handeln.«

»Mir ist nicht wohl bei dem Gedanken, dass ich dich allein hier draußen lassen soll ... Du bist noch nicht im Vollbesitz deiner Kräfte.«

»Ich komme schon zurecht. Das komme ich immer, wie du weißt.« Ich grinse ihn an, aber ich bin mir sicher, dass das Lächeln nicht meine Augen erreicht. »Beruhige deine Frau und kümmere dich darum, dass alles bereit ist, sobald wir einen Hinweis auf den Aufenthalt der Waldelfen haben. Und gib Ayrun und mir die Möglichkeit, mit uns selbst ins Reine zu kommen, bevor wir uns in einem echten Kampf aufeinander verlassen müssen.«

Vaan ringt mit sich, doch schließlich stößt er geräuschvoll die Luft aus. »Ich lasse dir Proviant und alles schicken, was du brauchst, sobald ich wieder in Eisenfels bin.«

Ich nicke dankbar. In meinem Zustand würde ich ungern auf die Jagd gehen müssen und vielleicht noch in einen Hinterhalt geraten. »Ich will mir gleich noch die Ruinen genauer ansehen, um vielleicht einen möglichst überdachten Schlafplatz für uns zu finden. Einen Ort, der geschützt und wenig einsehbar ist. Wenn du mir noch helfen könntest, Ayrun dort hinzubringen ...«

»Natürlich«, sagt Vaan sofort. »Ich lasse euch auch unsere Umhänge da. Ihr werdet sie dringender brauchen als wir. Aber wie willst du uns kontaktieren, sobald es Ayrun besser geht?«

Ich zucke mit den Schultern. »Bestimmt kennt er eine Methode, euch eine Nachricht zukommen zu lassen. Als Waldelf kann er vielleicht die Blätter dazu überreden, euch den Weg zu uns zu zeigen

oder so«, scherze ich. »Wir werden eine Lösung finden, da bin ich mir sicher. Nur ...«

»Darüber willst du dir jetzt keine Gedanken machen, nicht wahr?«

Ich bleibe ihm eine Antwort schuldig, aber er weiß auch so, dass er damit richtigliegt. Es gibt so vieles, das meine Gedanken beherrscht. So vieles, worauf ich keinen Einfluss habe. Zumindest jetzt nicht mehr. Ich werde eine Weile brauchen, um mich wieder an mich selbst zu gewöhnen, zusammen mit dem fremden Herzschlag, den ich nun neben meinem eigenen spüre. Von einem Tag auf den anderen wurde meine Welt erneut aus ihren Angeln gehoben und ich muss nun sehen, wie ich zurechtkomme. Ich weiß zwar, dass ich auf Vaan zählen kann, aber er kann mir nicht dabei helfen, das Gefühlschaos in mir zu bändigen. Das kann nur ich alleine schaffen. Und dazu brauche ich vor allem Zeit.

Zwar ist in Bezug auf Aeric gerade *Zeit* ein schwieriger Punkt, aber abgesehen davon haben Ayrun und ich viel Zeit vor uns. Als Elf ist ihm ein langes Leben gewiss.

Ein langes Leben, das er mit mir verbringen muss – ober er nun will oder nicht.

Gemeinsam mit Vaan laufe ich die Ruinen ab, bis wir eine finden, die halbwegs erhalten und zur Hälfte überdacht ist und die genügend Platz für Ayrun und mich bietet. Da es nur einen Eingang gibt und wir an den Seiten durch meterhohe Wände geschützt sind, fühle ich mich etwas sicherer als unter freiem Himmel, wo ich jederzeit mit einem Angriff rechne.

Mit vereinten Kräften, aber so vorsichtig wie möglich, schaffen wir Ayrun zur Ruine, nachdem ich eine provisorische Bettstatt aus einer Decke und zwei Umhängen errichtet habe. Er stöhnt kurz, als wir ihn aufrichten, wacht aber nicht auf. Ich spüre seine Schmerzen nicht mehr am eigenen Leib, aber tief in mir drin weiß ich, dass er leidet. Und das ist fast noch schlimmer, als tatsächlich selbst Schmerzen zu haben.

Ich knie mich neben ihn und lege meine Hand auf seine Stirn. Verschwitzt, aber kühl – kein Fieber, zum Glück! Ich hätte nicht gewusst, was ich dagegen hätte unternehmen sollen ... Nachdem ich die Wunde unter dem Verband überprüft und Ayrun anschließend wieder zugedeckt habe, folge ich Vaan zurück auf die Lichtung, wo Fye wartet. Sie läuft unruhig auf und ab und ich sehe ihr an, dass sie am liebsten sofort lospreschen würde – wenn sie nur wüsste, wohin. Solange wir keinen Anhaltspunkt über den Aufenthaltsort der Waldelfen haben, sind ihr, Vaan und mir die Hände gebunden.

Ihr Blick, mit dem sie mich mustert, ist unergründlich. Sie sieht mich an, als würde sie auf etwas warten. Darauf, dass ich die Beherrschung verliere und sie anschreie, vermutlich. Ich würde es tun, wenn ich dadurch etwas ändern könnte. Aber die Wahrheit ist, dass ich jetzt, wo die Bindung vollzogen ist, sehr viel ruhiger bin als zuvor. Ich bin ausgeglichener und bedachter. Keine Ahnung, ob das schon die ersten Auswirkungen sind, doch ich muss zugeben, dass ich mich selbst wohler fühle. Vor noch einem Tag war mein Innerstes getrieben, ich fühlte mich von allen hintergangen und sah mich als Außenseiterin. Doch plötzlich scheine ich über all diesen Dingen zu stehen, kann sie gelassen von oben herab betrachten und muss beinahe über mein damaliges Verhalten lachen.

Ich weiß nicht, ob die Bindung mich zu einem anderen Menschen macht. Ich weiß nur, dass ich mich jetzt als Ganzes fühle – als wäre ich endlich komplett und müsste nicht mehr dem fehlenden Teil meiner Seele nachjagen, ohne es je zu fassen zu kriegen.

Ich verabschiede mich von Vaan und Fye. Mein Bruder drückt mir noch sein Wams in die Hand, damit ich es Ayrun geben kann, dessen Kleidung durch den Angriff zerfetzt wurde. Nachdem er sich in einen Wolf verwandelt hat, verschwindet er mit seiner Gefährtin im Unterholz und ich bleibe allein zurück.

Unschlüssig bleibe ich einen Moment auf der Lichtung stehen, ehe ich mich umwende und zurück zur Ruine gehe. Erneut überprüfe ich Ayruns Zustand. Anschließend lege ich Vaans Wams gefaltet neben den Waldelfen, schnappe mir einen der Umhänge und lehne mich an die gegenüberliegende Wand. Eine Weile beobachte ich Ayruns gleichmäßige Atemzüge und es dauert nicht lange, bis mich die Erschöpfung übermannt und mir die Augen zufallen.

KAPITEL 20

Ich erwache mitten in der Nacht, ohne zu wissen warum. Augenblicklich spannen sich meine Muskeln an, während ich nach allen Seiten spähe und auf meine Umgebung lausche. Doch außer den ganz gewöhnlichen Geräuschen der Nacht bemerke ich nichts, das mich beunruhigen müsste. Trotzdem schaffe ich es nicht mehr, die Augen zu schließen. Seufzend erhebe ich mich und strecke meine steifen Glieder. Anschließend gehe ich leise zu Ayrun hinüber und lege ihm die Hand auf die Stirn. Glücklicherweise zeigt er noch immer keine Anzeichen einer Entzündung. Zwar kann ich in der Dunkelheit seine Verletzung nicht begutachten, aber sein stetiger Atem verrät mir, dass er ruhig schläft.

Um ihn durch meine Unruhe nicht zu wecken, verlasse ich die Ruine und gehe zur Lichtung hinüber. Als ich hinauf zum Mond und den Sternen schaue, fällt mir auf, wie ungewohnt es ist, als Mensch hier zu stehen und nicht die geringste Spannung in mir zu spüren. Ich konnte in der Vergangenheit meine Verwandlung ein Stück weit kontrollieren und so auch einige Nächte in meiner menschlichen Gestalt verbringen, aber ich spürte unterschwellig stets den Drang der Wandlung in mir. Dieser Drang ist komplett verschwunden. Wenn ich mich konzentriere, fühle ich die Kraft meines anderen Ichs in mir, das nur darauf wartet, wieder freigelassen zu werden, aber es ist nicht übermächtig oder drängt sich Nacht für Nacht in den Vordergrund.

Ich müsste … mich gar nicht mehr verwandeln, wenn ich es nicht will.

Aber ich weiß, dass meine andere Gestalt für alle Zeit ein Teil von mir bleiben wird – genau wie bei meinem Bruder. Wir leben schon viel zu lange damit, als dass wir sie einfach hinter uns lassen zu könnten.

Mein Magen knurrt und erinnert mich daran, dass ich seit einem Tag nichts mehr gegessen habe. Ich bin noch immer geschwächt, weshalb ich es nicht riskieren will, die zerstörte Siedlung zu verlassen. Eine Wandlung kostet mich ebenfalls Kraft – und wer weiß, für was ich sie noch benötige. Ich kann nur hoffen, dass Vaan Wort hält und

bald die versprochene Verpflegung eintrifft, ehe Ayrun und ich verhungert sind ...

Das Knacken von Zweigen hinter mir lässt mich herumfahren.

»Wer ist da?«, frage ich ins Dunkel. Automatisch fährt meine Hand an meine Hüfte – und greift ins Leere. Ich habe versäumt, meine Waffen wieder anzulegen, wodurch ich mich plötzlich nackt und wehrlos fühle. »Zeig dich!«

»Du bist sehr unvorsichtig, Prinzessin«, sagt eine Stimme aus dem Dickicht. »Ich hätte dich schon vor Minuten überwältigen können, ohne dass du auch nur etwas von meiner Anwesenheit geahnt hättest.«

Ich kauere mich zusammen und spüre das altbekannte Kribbeln in Fingern und Zehen, das sich kurz darauf auf meine Arme und Beine ausbreitet. Ich mag zwar keine Waffen bei mir tragen, aber ich bin alles andere als wehrlos.

»Das ist nicht nötig«, sagt die Stimme. »Ich bin nicht hier, um dir zu schaden. Ich überbringe lediglich eine Warnung.«

»Wer bist du? Komm ins Licht, damit ich dich sehen kann, wenn du mit mir sprichst.«

Eine Weile passiert nichts und ich habe schon die Vermutung, dass die Stimme wieder verschwunden ist, doch dann tritt eine Gestalt auf die Lichtung. Ihre Umrisse sind verschwommen und ihr Körper ist in einen langen Umhang gehüllt. Dennoch erkenne ich sofort, dass es sich um eine Waldelfe handeln muss. Diesen Ich-verschmelze-mit-dem-Wald-um-mich-herum-Trick beherrscht nur diese Elfenart, und meine Augen beginnen zu schmerzen, je mehr ich mich darauf konzentriere, ihre Umrisse auszumachen.

»Du hast Ayrun gerettet. Dafür stehe ich in deiner Schuld, Prinzessin.« Die Gestalt neigt leicht den Kopf, aber ich erhasche keinen Blick auf ihr Gesicht, das im Schatten der tief heruntergezogenen Kapuze verborgen ist.

»Ich wiederhole mich nicht gerne«, knurre ich. »Wer bist du?«

»Jemand, der Ayrun sehr nahesteht. Und ich heiße das, was Aysa getan hat, nicht gut, auch wenn sie von unserem Volk dafür wie eine Heldin gefeiert wird.«

»Was?« Meine Stimme überschlägt sich beinahe vor Wut. »Sie wird dafür gefeiert, dass sie ihren Bruder fast erstochen hätte?«

»Die meisten Waldelfen glauben, dass Ayrun tot ist. Sie wissen nichts davon, dass du so selbstlos warst und dich für ihn geopfert hast. Für mein Volk ist Ayrun ein Verräter, weil er auf der Seite der Königin steht. Weil er auf *deiner* Seite steht, anstatt auf der seines Volkes. Sie haben große Hoffnungen in ihn gesetzt, waren davon überzeugt, dass er mit seinem netten Antlitz und seiner schmeichelnden Art die Königin für uns gewinnen könnte. Doch das hat er nicht geschafft. Er konnte sie nicht von unserem Vorhaben überzeugen, sondern ist gescheitert.«

»Was hat das damit zu tun, dass Aysa ihn angegriffen hat?«

Die Waldelfe macht einen zögerlichen Schritt auf mich zu und ich verspanne mich noch mehr. Auch wenn sie bisher keinen Versuch unternommen hat, mich anzugreifen, schaffe ich es nicht, mich in ihrer Gegenwart zu beruhigen.

»Mein Volk hat den einfachen Weg gewählt. ›Wenn du einen Feind nicht besiegen kannst, dann verbünde dich mit ihm.‹ Allerdings ... ist ein Bündnis mit den Dunkelelfen alles andere als leicht. Sie forderten nicht nur, dass wir jegliche Gegenwehr einstellen, sondern wollten auch gleich unsere Körper.« Sie presst beide Hände an ihre Brust. »Sie haben uns dazu gezwungen, einen Dunkelelfen in unserem eigenen Schatten aufzunehmen. Ich weiß nicht, wie sie es machen, aber ... wir tragen nun unseren schlimmsten Feind mit uns herum. Sie sind immer da, flüstern aus den Schatten zu uns, und nicht selten beeinflussen sie sogar unser Tun. So wie bei Aysa. Die dunkle Herrin ist mit Abstand die mächtigste Dunkelelfe und sie schafft es, Aysa ihren Willen aufzuzwingen. Ich bin fest davon überzeugt, dass Aysa ihrem Bruder niemals schaden wollen würde, aber ...«

»... aber die dunkle Herrin hat sie dazu gezwungen.« Ich schnaube. »Irgendwie glaube ich das nicht. Ich war dabei. Ich habe gegen Aysa gekämpft, während sich mein Bruder Laryssa vorgenommen hat. Beide sahen für mich aus, als wüssten sie genau, was sie tun.«

»Ich kenne Aysa«, schnappt die Waldelfe, und kurz bin ich über ihren barschen Tonfall erstaunt. »Ich *weiß*, dass sie niemals dazu imstande wäre! Aber es ist unwichtig, ob du mir glaubst oder nicht. Es zählt nur, was Ayrun glaubt, sobald er aufwacht.«

Ich verschränke die Arme. »Auch er war dabei, als Aysa ihn angegriffen hat.«

Die Waldelfe schüttelt den Kopf und seufzt. »Vergiss, dass ich damit angefangen habe. Deswegen bin ich nicht hier.«

»Du sagtest, du willst eine Warnung überbringen.«

Ich höre, wie sie laut ausatmet. »Das stimmt. Ich bin eine der wenigen Waldelfen, deren Schatten nicht von einem Dunkelelfen vereinnahmt wurde. Ich bin zu unbedeutend, trage kaum Magie in mir. Es kostet mich meine ganze Kraft, halbwegs mit dem Wald um mich herum zu verschmelzen. Aber ... Ayrun und Aysa bedeuten mir sehr viel. Ich war ... sicher, dass Aysa ihren Bruder getötet hat. Sie erzählte es mit so viel Inbrunst, dass ich ... Ich konnte förmlich vor mir sehen, wie sie ihren Dolch erhob und ihn in Ayruns Bauch rammte. Allein durch ihre Schilderungen sah ich ihn sterben. Ich ...« Sie verstummt und räuspert sich. »Ich bin hergekommen, um mich um ... seinen Leichnam zu kümmern. Ich wollte ihn bestatten, ihn wieder der Erde übereignen, wie es sich gehört, damit er wieder eins mit der Natur werden kann.«

Ich nicke. »Aber dann hast du gesehen, dass er gar nicht tot ist.«

Sie beginnt, unruhig auf und ab zu gehen. »Als ich ankam, waren die Königin und ihr Gemahl noch hier und ich hörte, dass ihr darüber geredet habt, wie es möglich war, Ayrun zu retten. Ich weiß, dass du keine Zeit hattest, deine Entscheidung zu überdenken, aber ich bin trotzdem froh, dass du sie getroffen hast. Nur so konnte Ayrun überleben. Und dafür stehe ich in deiner Schuld. Die Warnung, die ich dir überbringe, betrifft Königin Fye, ihren Gemahl und auch dich, Prinzessin.«

»Ich höre.«

»Und zu einem gewissen Grad betrifft sie nun auch Ayrun. Du weißt sicher, dass die dunkle Herrin es auf deinen Bruder und die Königin abgesehen hat?«

»Ja«, antworte ich. »Deswegen hat sie ihren Sohn entführen lassen. Das stand in einer Nachricht, die wir kurz nach der Entführung erhalten haben.«

»Diese Nachricht war von mir«, sagt sie. »Ich habe gehofft, dass ihr sie beherzigen würdet. Aber wie dem auch sei ... Ich stehe nicht hoch in ihrer Gunst und kenne Laryssas Pläne nur zum Teil. Aber das, was ich weiß, erzähle ich dir. Die dunkle Herrin will all jene leiden lassen,

die für den Tod ihres Sohnes verantwortlich sind. Und auch du zählst dazu, Prinzessin.«

»Ich weiß.«

»Aber das ist noch nicht alles. Das Problem ist, dass es selbst für eine so mächtige Dunkelelfe wie Laryssa nicht einfach ist, die Königin auszuschalten. Noch dazu wird sie ständig von ihrem Gemahl, einem Mondkind, bewacht. Aber die Gefährten haben allesamt eine Schwachstelle: Sie sind miteinander verbunden.«

Mir gefällt ganz und gar nicht, in welche Richtung sich unser Gespräch entwickelt.

»Sie kann vielleicht die Königin und ihren Gemahl nicht besiegen, solange sie gemeinsam kämpfen, aber wenn sie sich den schwächsten der Gefährten vornimmt …«

»… hat sie auch den stärkeren in der Hand«, schlussfolgere ich. Ein eisiger Schauer läuft mir über den Rücken, als ich die Tragweite ihrer Worte begreife. »Durch die Entführung von Aeric will sie Fye und Vaan aufscheuchen, sie verwirren und verwundbar machen, bis sie den Fehler begehen und nicht gemeinsam kämpfen.«

»Richtig. Sollte einer der beiden den Fehler machen, allein in eine Schlacht zu ziehen, wird Laryssa auf ihn warten. Und sie bevorzugt dafür deinen Bruder, da er das leichtere Ziel ist. Wobei ›leichter‹ nicht viel bedeutet, wenn ich an die Wunden an ihrem Hals und ihrer Schulter denke.«

»Mein Bruder ist nicht so dumm, alleine zu kämpfen. Er weicht seiner Gefährtin nicht von der Seite. Und er ist alles andere als ein leichter Gegner.«

»Dein Wort in der Götter Ohr«, murmelt sie. »Ich bitte dich außerdem, dafür zu sorgen, dass Ayrun seiner Schwester nicht mehr über den Weg läuft. Es darf nicht bekannt werden, dass er noch lebt. Noch nicht. Solange sie ihn für tot halten, hat er nichts zu befürchten.«

Ich nicke. »Es wird sowieso eine Weile dauern, bis er wieder gesund ist. Die Wunde war tief und hätte ihn beinahe getötet. Sie verheilt zwar schneller als gewöhnlich, aber er wird die Folgen noch lange spüren. Er war nur hier, weil wir dachten, dass er herausfinden kann, wo die Waldelfen das Kind gefangen halten.«

»Ich kann dir sagen, wo der Prinz sich aufhält, aber es ist kein Ort, den ihr einfach erreichen könnt.«

»Du weißt, wo er ist?«, frage ich.

»Natürlich. Die Dunkelelfen haben eine alte Basis wiederbevölkert. Ein Ort, den du kennen dürftest.« Sie wendet sich wieder mir zu. »Sie halten den Prinzen im Mondberg gefangen.«

Mit einem Kopf voller Fragen, aber nur wenigen Antworten, gehe ich zurück zur Ruine, nachdem die Waldelfe wieder verschwunden ist. Ich habe vergessen, sie nach ihrem Namen zu fragen, doch sie schien Ayrun und seine Schwester gut zu kennen. Ob sie im selben Dorf gelebt hat wie die beiden? Die Frage, ob ich ihr vertrauen kann, stelle ich mir gar nicht. Das meiste von dem, was sie zu mir sagte, wusste ich schon durch die Nachricht. Außerdem ist es nur logisch, dass sich die Elfen – mal wieder – am Mondberg verschanzt haben, war dieser Berg doch schon während zwei Kriegen ihr Stützpunkt, von dem aus sie das weitere Vorgehen lenkten.

Ayrun bewegt sich unruhig, als ich einen Fuß in unsere Unterkunft setze. Er wirft den Kopf hin und her und verzieht den Mund, als hätte er Schmerzen. Ich kann jedoch nichts spüren, lege ihm aber trotzdem die Hand auf die Stirn. Sie ist kühl, und Ayrun seufzt leise, als er meine Berührung spürt. Fast sofort wird er ruhiger und auch seine Gesichtszüge entspannen sich.

»Was soll ich bloß machen?«, flüstere ich. »Ich weiß, wo sie sich aufhalten, aber ...« Ich lehne mich an den Wand und schlinge die Arme um die angewinkelten Knie. »Die Festung ... Der Berg ist uneinnehmbar. Wir haben es noch nie geschafft, und mir ist es nur mit Fyes und Vaans Hilfe gelungen, von dort zu entkommen. Sie werden Aeric nicht grundlos gerade dort hingebracht haben. Ich muss es meinem Bruder sagen, aber ... ich habe Angst, dass die dunkle Herrin genau das will. Dass wir in einen Hinterhalt geraten.«

Ohne meine Berührung verzieht sich Ayruns Gesicht wieder, also lege ich eine Hand zurück auf seine Stirn und fahre mit den Fingern durch sein verschwitztes Haar.

»Wir brauchen einen Plan. Und eine Armee, die es mit den Dunkelelfen aufnehmen kann. Aber diese Armee gibt es nicht.«

Schnell presse ich die Lippen zusammen. Auch wenn ich mit mir selbst rede, weiß ich nicht, wie viel von dem, was ich sage, Ayrun verstehen kann. Ich sollte ihn so lange wie möglich ruhen und erholen lassen, damit wir schnell zurück nach Eisenfels können. Solange seine Verletzung nicht besser verheilt ist, will ich ihm den weiten Rückweg nicht zumuten. Ich kann nur hoffen, dass die Bindung seine Heilung baldmöglichst abschließt und er wieder zu Bewusstsein kommt. Sicherlich schafft er es mithilfe der Natur, ebenfalls etwas zu seiner Genesung beizutragen.

Bis dahin kann ich nichts weiter tun als abzuwarten.

Ich rutsche nach vorne und lege mich auf das provisorische Bett neben ihn, ehe ich den Umhang über uns ausbreite. Mein Magen knurrt zwar immer noch, aber ich bin zu erschöpft, um erneut nach draußen zu gehen. Die Siedlung will ich sowieso nicht verlassen. Wer weiß, wie viele Waldelfen sich hier noch herumtreiben, die ich noch gar nicht bemerkt habe. Ich brauche ein paar Stunden Schlaf, um meine Sinne wieder zu schärfen. Sobald die Sonne aufgeht, werde ich die Umgebung erkunden und etwas zu essen finden. Vielleicht kommt bei Tagesanbruch auch schon ein Teil von Vaans versprochenem Proviant, obwohl ich so früh noch nicht damit rechne.

Ich schmiege mich näher an Ayrun, um möglichst viel seiner Körperwärme zu nutzen, und lege eine Hand auf seine Brust. Das stetige Heben und Senken seines Brustkorbes sowie der gleichmäßige Herzschlag unter meinen Fingern beruhigt meine wirren und ängstlichen Gedanken, bis ich endlich einschlafe.

KAPITEL 21

Ich träume wirr. Von Gestein, das im Mondlicht weiß glitzert. Von Käfigen, gesichert durch arkane Magie. Von Elfen, die mich abschätzig anstarren und hinter vorgehaltener Hand tuscheln. Von Blicken, die sich in mich bohren, wenn die Nacht hereinbricht und ich meine Gestalt ändere. Ich fühle mich wehrlos und entblößt, verletzlich und verachtet. Gefühle, die ich in meinem langen Leben noch nie haben musste. Zum ersten Mal spüre ich Angst und die Ungewissheit, ob ich den nächsten Tag noch erleben werde. Die Schmerzen, wenn sie mich mit ihren Waffen traktieren, bis ich so weit zurückweiche, dass ich gegen die Arkanstäbe stoße, deren Magie meine Haut oder mein Fell versengt.

Ich schrecke hoch und zittere am ganzen Körper. Ein Traum ... Nein. Es ist geschehen. Vor etwas über einem Jahr war ich tatsächlich eine Gefangene der Elfen. Sie hielten mich in ihrer Basis am Mondberg gefangen, und als es mir mit Vaans und Fyes Hilfe endlich gelungen war zu fliehen, habe ich mir geschworen, nie wieder auch nur einen Fuß in die Nähe des verdammten Berges zu setzen.

Als ich mich aufsetzen will, spüre ich eine Bewegung neben mir und drehe den Kopf. Ayruns tiefgrüne Augen blicken mir entgegen.

Erschrocken schnappe ich nach Luft. »Du bist wach!«

Er blinzelt ein paar Mal und verzieht kurz den Mund. »Ich ... Was ist passiert? Ich fühle mich, als wäre ich von einer Klippe gesprungen und anschließend unter einem riesigen Felsen zerquetscht worden. Aber ... wach geworden bin ich durch einen seltsamen Traum, verbunden mit einer Angst, die mich nicht mehr atmen ließ. Was ... Ich glaube, dass ich einen Berg gesehen habe, aber ich kann mich nicht erinnern, jemals dort gewesen zu sein.«

Es geht los, schießt es mir durch den Kopf. *Er fühlt, was ich fühle, und träumt, was ich träume.*

Ich rutsche näher an ihn heran, lege ihm die Hand auf die Stirn und ignoriere so gut es geht seinen verdutzten Blick. »Wie geht es dir sonst? Hast du Schmerzen?« Als ich meine Hand nach unten zu seinem Bauch gleiten lassen will, um mir die Wunde bei Tageslicht anzusehen, packt er mich am Handgelenk und hält mich auf.

Zwischen seinen Augenbrauen bildet sich eine steile Falte. Ich sehe förmlich, wie es hinter seiner Stirn arbeitet, wie er sich die letzten Augenblicke bei Bewusstsein zurück ins Gedächtnis ruft und sich fragt, warum er verdammt noch mal am Leben ist.

»Ich … Ich müsste Schmerzen haben, nicht wahr?«, sagt er dann, ohne auch nur eine Sekunde den Blick von mir zu nehmen. Langsam richtet er sich auf und stützt sich auf die Unterarme. »Nein, eigentlich müsste ich tot sein. Der Dolch … Ich habe nicht gespürt, wie er in mich eingedrungen ist, aber … als ich es dann gesehen habe … das ganze Blut … da wusste ich, dass …«

Entschlossen drücke ich ihn zurück, bis er wieder flach auf dem Boden liegt. »Ich will mir deine Verletzung ansehen, also halt still.«

Diesmal unternimmt er keinen Versuch, mich aufzuhalten, aber er zieht scharf die Luft ein, als ich die nackte Haut seiner Brust berühre. Dass ich den Verband zur Seite schiebe, scheint er hingegen nicht zu bemerken.

»Warum seid Ihr hier?«, fragt er, ohne mich aus den Augen zu lassen, als könnte ich mich jederzeit in Luft auflösen. »Wo ist Euer Bruder? Wo ist die Königin?«

»Sie sind nach Eisenfels zurückgekehrt, um auf eine Nachricht der dunklen Herrin zu warten«, antworte ich, während ich vorsichtig mit dem Zeigefinger über die Wundränder fahre. Die Verletzung hat sich fast komplett geschlossen. Nur in der Mitte ist noch ein Schorf zu sehen und die Ränder sind dunkler als der Rest der umliegenden Haut. Ich atme erleichtert auf.

»Warum haben sie Euch hiergelassen? Hier ist es gefährlich! Ihr könntet …«

»Ich kann gut auf mich selbst aufpassen«, unterbreche ich ihn. »Besser als du, so viel steht fest. Aber du hast Glück: Die Wunde ist schon fast verheilt und in ein paar Tagen solltest du sie gar nicht mehr spüren.«

»Das kann nicht sein. Ich … Ich müsste mich vor Schmerzen krümmen. Nein, ich müsste *tot* sein. Was ist hier los? Als ich zum letzten Mal hingeschaut habe, steckte ein verdammter Dolch in meinem Bauch!«

Ich habe ihn noch nie so fluchen gehört und muss beinahe schmunzeln. Hätte ich ihm gar nicht zugetraut, aber wahrscheinlich

würde jeder in einer solchen Situation anders reagieren. Allerdings bin ich noch nicht bereit, ihm die Wahrheit zu erzählen.

»Du hattest Glück. Fye beherrscht Heilmagie, damit konnte sie dich ...«

»Das ist eine Lüge!«, knurrt er. »Die Königin beherrscht nur Angriffszauber. Und ich habe den verzweifelten Ausdruck in Eurem Blick gesehen, als Ihr die Hände auf meinen Bauch gepresst habt. Ihr wusstet, dass es für mich keine Rettung gibt. Ich selbst habe es gewusst. Wie kann ich also hier liegen, fast völlig schmerzfrei, und mit Euch sprechen?«

Mehrere Herzschläge lang sitze ich einfach nur neben ihm und schaue ihn an, unschlüssig darüber, was ich sagen soll. Die Wahrheit habe ich seit gestern erfolgreich aus meinem Kopf verdrängt. Ohne jemanden, mit dem ich sprechen konnte, musste ich mich nicht rechtfertigen oder weiter darüber nachdenken, was nun mit mir geschieht. Meine einzige Sorge galt Ayruns Genesung, die ich ständig kontrolliert habe.

Als ich mich nicht rege, richtet er sich langsam in eine sitzende Position auf. Ich sehe, wie er die Zähne zusammenbeißt, und kurz flammt auch in meinem Bauch ein stechender Schmerz auf, doch er verschwindet, als Ayrun aufhört, sich zu bewegen. Mit dem Finger fahre ich über die linke Handfläche, spüre den leichten Wulst der geraden Narbe, die niemals ganz verheilen wird.

Ayruns Blick folgt meiner Bewegung. »Ich dachte, Wunden verheilen bei Euch sofort, nachdem Ihr Euch verwandelt habt«, murmelt er, als er auf den roten Striemen schaut.

Ich schlucke gegen die Enge in meinem Hals an und balle schnell die Hand zur Faust. »Nicht diese Wunde.« Um meine Unsicherheit zu überspielen, frage ich: »Hast du Hunger? Der versprochene Proviant ist zwar noch nicht da, aber ich bin sicher, dass ich ...«

Schneller, als ich reagieren kann, beugt sich Ayrun nach vorne, umfasst mein Gesicht mit beiden Händen und zieht meinen Kopf zu sich. Ich verliere fast das Gleichgewicht und muss mich an seiner Schulter abstützen. Sein vertrauter Duft nach Wald und Moos umfängt mich, noch bevor ich seine Lippen auf meinen spüre. Obwohl ich ihn schon zuvor geküsst habe, fühlt es sich anders an.

Das Kribbeln, das durch meinen Körper schießt, blendet alles andere aus: sämtliche Gedanken, die ganze Umgebung, alle Ängste. Ich habe das Gefühl zu schweben.

Wie konnte ich auch nur eine Sekunde denken, dass es falsch wäre, ihn als meinen Gefährten anzunehmen?

Ich erwidere den Kuss ohne Hemmungen, ohne Zurückhaltung, ohne darüber nachzudenken, was als Nächstes geschehen wird. Seine Finger fahren durch mein Haar, ehe sich eine Hand an meinen Hinterkopf legt und die andere zu meiner Wange wandert. Sanft streicht sein Daumen über meine Haut.

Als ich meine Hände ebenfalls nach oben wandern lasse und mit den Fingerspitzen die Kontur seiner Ohren entlangfahre, entfährt Ayrun ein Stöhnen.

»Ich liebe es, wenn du das machst«, murmelt er an meinen Lippen und ich grinse. Nicht nur, weil er mich endlich duzt, sondern weil es mir ebenfalls gefällt, seine Ohren zu berühren.

Es fühlt sich natürlich an, Ayrun nahe zu sein. Vor unserer Bindung war es anders. Zwar gefiel es mir schon damals, ihn zu küssen und zu berühren, aber mir war bewusst, dass er ein Fremder war. Ich redete mir ein, dass er nur ein weiterer Mann war, den ich im Laufe meines langen Lebens an mich heranließ, um mich dann wieder von ihm abzuwenden, sobald ich das Gefühl hatte, dass er mir zu nahe kam. Mit Nähe kam ich nicht zurecht. Ich wollte nicht, dass die Männer mich verstehen oder erobern oder in mir mehr sehen, als was ich ihnen zu geben bereit war. Letzteres war meistens nicht viel: ein Kuss, eine Berührung, ein flüchtiges Zusammensein, ehe sie begannen, mich zu langweilen.

In ihnen allen suchte ich den einen Mann, den ich schon ewig liebte und nie haben konnte, doch keiner wurde ihm auch nur ansatzweise gerecht.

Bis auf Ayrun.

Als ich hinter mir das Trampeln von Hufen höre, löse ich mich von ihm und stehe auf. Nachdem ich mich mit einem Blick aus der Ruine vergewissert habe, dass es lediglich Soldaten aus Eisenfels sind, die auf die Lichtung geritten kommen, richte ich meine Kleidung und fahre mir mit den Fingern durch die Haare. Meine Wangen sind erhitzt

und mein Atem geht stoßweise. Trotzdem straffe ich den Rücken und gehe auf die drei Männer zu.

Sie berichten, dass Vaan und seine Gefährtin sicher in Eisenfels angekommen sind, sie aber noch nichts von Laryssa gehört haben. Ich nicke und danke ihnen für die Bündel voller Essen, Kleidung und Decken, die sie zwischen den Ruinen abladen.

Ich gebe ihnen als Nachricht die wenigen Informationen mit, die ich gestern Nacht von der Waldelfe erhalten habe. Vaan wird wissen, was zu tun ist, und ich bin mir sicher, dass er alles vorbereitet haben wird, bis wir zurück nach Eisenfels können.

Anschließend steigen sie wieder auf ihre Pferde und verlassen die Lichtung. Sie fragen nicht nach Ayrun oder was ich hier draußen mache. Ich sehe ihnen nach, bis sie zwischen den Bäumen verschwunden sind. Sie zu bitten, uns jetzt mit zurückzunehmen, kommt mir nicht in den Sinn. Mit seiner Bauchwunde wäre das stundenlange und ungewohnte Sitzen auf einem Pferderücken zu viel für Ayrun, und die Angst, dass sich die Wunde wider Erwarten doch noch öffnen könnte, hält mich zurück. Während der Bindung hatten wir Glück, dass wir beide überlebt haben. Dieses Glück möchte ich durch übertriebene Hast nicht erneut auf die Probe stellen.

Seufzend mache ich mich daran, die Bündel einzeln zur Ruine zu tragen und dann zu sichten, was wir am dringendsten brauchen. Ich vermisse die Annehmlichkeiten von Burg Eisenfels, vermisse mein weiches Bett und das leckere Essen von Agnes.

Als ich mit dem ersten Bündel zur Ruine zurückkomme, lehnt Ayrun noch immer mit dem Rücken an der Wand und beobachtet mich.

»Warum bist du traurig?«, fragt er aus dem Nichts heraus.

»Ich bin nicht traurig«, entgegne ich lächelnd und schnüre das Bündel auf.

»Doch, das bist du.« Er fährt sich mit der Hand über die Brust. »Ich fühle es und es macht mich auch traurig.«

Ich beiße die Zähne zusammen und höre auf, mich durch den Inhalt des Bündels – Stoffe und Kleidung, alles nicht essbar, also im Moment unwichtig – zu wühlen. »Das bildest du dir ein. Mir geht es gut.«

»Ich dachte, wir wären darüber hinweg, dass du mich anlügst«, murmelt er.

Er hat recht und ich weiß das. Es ist unmöglich, ihm weiterhin etwas vormachen zu wollen.

»Ich habe nur gerade daran gedacht, wie schön wir es jetzt in Eisenfels hätten«, sage ich. »Wir könnten uns bekochen lassen, hätten einen bequemen Schlafplatz und ich könnte endlich mal wieder ein Bad nehmen.«

»Ich fühle mich hier wohl«, antwortet Ayrun. »Aber ich verstehe, dass es dir nicht so geht ... glaube ich.«

Ich nicke und will die Ruine verlassen, um das nächste Bündel zu holen, doch Ayrun hält mich zurück.

»Warum bin ich nicht tot?«, fragt er leise, fast flüsternd. »Warum kann ich hier sitzen und dich ansehen? Und warum habe ich das Gefühl, genau zu wissen, wie es dir geht?«

Mit Daumen und Zeigefinger kneife ich mir in die Nasenwurzel, ohne mich Ayrun zuzuwenden.

»Wie konntest du mich retten?«

In mir brodelt es. Zu viele Gefühle wirbeln durcheinander, lassen mich kaum zu Atem kommen, während ich mit mir hadere, ob ich Ayrun die ganze Wahrheit erzählen kann. Bin ich wirklich bereit dazu?

»Du wirst nicht lockerlassen, nicht wahr?«, frage ich. »Kannst du dich nicht einfach freuen, dass du noch lebst, und es dabei belassen?«

»Wenn du mir keine Antworten geben willst, hättest du dafür sorgen sollen, dass jemand anderes hier bei mir bleibt«, entgegnet er. »Du hättest zurück nach Eisenfels gehen können.«

»Nein, das hätte ich nicht gekonnt.« Seufzend drehe ich mich zu ihm um und schaue auf ihn hinab. Das Blut rauscht in meinen Ohren und Panik schnürt mir die Kehle zu, sodass ich befürchte, nur ein Krächzen zustande zu bringen, wenn ich jetzt den Mund aufmache. Stattdessen strecke ich meine linke Hand aus, damit er den roten Striemen auf der Handfläche sehen kann. »Um dich vor dem sicheren Tod zu retten, musste ich ein großes Risiko eingehen«, sage ich. »Ich nahm deine Schmerzen auf mich und teilte im Gegenzug meine Lebenskraft mit dir. Wir überlebten beide, aber wir hätten auch beide sterben können.«

Ayrun blinzelt verwirrt und kann den Blick nicht von meiner Handfläche nehmen. »Ich verstehe nicht ...«

»Wie glaubst du, gelang es mir, dich in diesem Wald an der Grenze aufzuspüren? Niemand wusste, dass du dort warst, nicht wahr?«

Er nickt. »Ich habe es nicht einmal meiner Schwester oder meiner Mutter gesagt. Ich wollte allein sein.«

»Ich könnte es auf die schärferen Sinne meiner anderen Gestalt schieben, dass es mir gelang, dich zu finden, aber das wäre nicht die Wahrheit.« Ich hole tief Luft und lege eine Hand auf meinen Brustkorb. »Ich kann dich fühlen, Ayrun, konnte es schon von Anfang an. Ich wusste jedes Mal, wann du im Schloss warst, wann du mir zu nahe kamst, sodass ich dir ausweichen musste. Und durch dieses Gefühl – dieses Ziehen, das mir stets die Richtung zu dir weist – war es mir möglich, dich zu finden.«

Eine Weile ist es still. Ich sehe, wie er versucht, das, was ich ihm eben erzählt habe, zu begreifen, doch für jemanden, der nicht die ganze Geschichte von uns Nachkommen der Götter kennt, ist es schwer, alles zu verstehen. Selbst für uns Mondkinder, die nichts anderes kennen, ist es oft schwierig, hinter unsere eigenen Gedanken und Entscheidungen sehen zu können. Wir ticken anders, nehmen unsere Umgebung anders wahr als andere Lebewesen und treffen in den Augen der anderen Entscheidungen, die sie nur schwer nachvollziehen können, vor allem, wenn es um unsere Gefährten geht.

Ich weiß das und deshalb fällt es mir alles andere als leicht, darüber zu reden.

»Du kannst mich spüren? Ist das ... normal bei euch Mondkindern?«

Ich schlucke hektisch und verfluche ihn insgeheim dafür, immer die richtigen – und doch zugleich falschen – Fragen zu stellen. »Nein, normal ist es nicht. Es ist einzigartig für jeden von uns. Es geschieht nur einmal in unserem Leben, dass wir das Ziehen spüren. Meine Mutter spüre es bei meinem Vater und mein Bruder bei Fye.«

»Aber ... König Vaan ist der Gefährte der Königin. Sie ...« Ayrun klappt den Mund wieder zu, als es ihm endlich dämmert.

Ich ringe die Hände und weiche seinem Blick aus, suche krampfhaft nach etwas, um meine Finger und meine Gedanken

zu beschäftigen – um dieser Situation zu entfliehen, in die ich nie in meinem Leben kommen wollte. Ich bin mir sicher, dass er das Chaos an Gefühlen, das in mir tobt, ebenso spüren kann, wie ich seine Verwirrung fühle.

»Seit wann weißt du es?«, fragt er.

Ich zucke mit den Schultern. »Von Anfang an. Seit ich dich zum ersten Mal bei Fyes Hütte sah. Das ist nichts, was sich langsam nach und nach aufbaut oder entwickelt. Es ist da – oder eben nicht. Entschuldige, ich kann es nicht besser erklären. Ich …« Mein Blick huscht zum Ausgang und die Muskeln in meinen Beinen zucken vor Verlangen, nach draußen zu flüchten. Weg, bloß weg aus dieser Situation, die mein Innerstes nach außen stülpt.

»Nein.« Er streckt die Hand nach mir aus. »Bleib hier.«

»Du musst dich ausruhen«, sage ich ausweichend. »Und ich muss noch die Vorräte sichten, bevor ich vor Hunger umkippe. Uns beide zu heilen und am Leben zu halten, hat meine Kräfte fast vollständig aufgezehrt.«

»Ich habe noch so viele Fragen …«

… und keine einzige davon will ich dir beantworten, denke ich.

Ohne auf einen weiteren Einwand von ihm zu warten, flüchte ich aus der Ruine und laufe zurück zur Lichtung, wo die restlichen Bündel auf mich warten. Ich suche mir gezielt die Vorräte heraus, deren bloßer Anblick mir das Wasser im Mund zusammenlaufen lässt, und will sie zu unserem Unterschlupf tragen, als ich vor Schmerzen zusammenzucke. Ich beiße die Zähne zusammen und wende mich Ayrun zu, der am Eingang steht. Sein Gesicht ist schmerzverzerrt und er presst sich eine Hand gegen den Bauch.

»Leg dich sofort wieder hin!«, rufe ich. »Du bist zu schwach, um …«

»Es geht mir gut«, erwidert er. »Ich kann dir helfen.«

Seufzend warte ich, bis das Stechen in meinem Bauch abgeklungen ist, schultere dann die Vorräte und gehe zurück zur Ruine, wo ich Ayrun wieder hineinschiebe. »Du wirst erst aufstehen, wenn ich es dir erlaube. Ich weiß, wie schlimm deine Verletzungen waren, und ich kann nicht riskieren, dass sie wieder aufgehen oder sich entzünden. Die Bindung ist zu frisch und ich bin zu geschwächt, um erneut ein solches Wunder zu vollbringen.«

Ich sehe dabei zu, wie er zurück zur Bettstatt geht, ehe ich mich hinhocke, um das mitgebrachte Bündel zu durchsuchen. Mit einem leisen Ächzen lehnt er sich gegen die Mauer hinter ihm und schaut mir eine Weile zu, während ich vergeblich versuche, nicht in seine Richtung zu blicken.

»Warum hast du es getan?«, fragt er. Als ich ihn verwirrt ansehe, fügt er hinzu: »Warum hast du mich gerettet?«

»Du wärst gestorben, wenn ich es nicht getan hätte«, sage ich und bemühe mich, jedwede Emotion aus meiner Stimme zu verbannen. »Hätte ich länger gezögert, wärst du verblutet.«

»Das ist nicht der einzige Grund. Du hast recht, ich habe keinen Schimmer von den Mondkindern oder dem, was sie können. Aber jemanden vor dem sicheren Tod zu retten, bedarf selbst bei euren Kräften einer Gegenleistung, nicht wahr? Du hast mich gerettet, aber du hast auch von einem Risiko gesprochen, das du eingehen musstest. Und ich bin mir sicher, dass das noch nicht alles ist. Du hast Königin Fye und ihren Gefährten nicht umsonst erwähnt.«

Ein Muskel zuckt unter meinem rechten Auge und ich schaffe es nicht, mich auf den Laib Brot in meiner Hand zu konzentrieren, obwohl mein Magen ein lautes Knurren von sich gibt.

»Ich bin letzte Nacht ein paar Mal zu mir gekommen und du lagst als Mensch neben mir«, fügt er hinzu. »Dein Bruder muss sich auch nicht mehr wandeln. Hat das etwas damit zu tun?«

Ich gebe ein unwirsches Knurren von mir und werfe ihm einen vernichtenden Blick zu, doch Ayrun zeigt sich nicht im Mindesten beeindruckt. All seine Fragen zielen genau auf die Antworten ab, die ich ihm nicht geben will, weil ich sie nicht aussprechen kann. Ein Teil von mir klammert sich verbissen an meinem alten Ich fest und warnt mich davor, meine Fassade fallen zu lassen. Ich habe gesehen, was mit den Gefährten passiert. Meine Mutter, mein Bruder – beide waren nur noch ein Schatten ihrer selbst, als sie von ihren Gefährten getrennt waren oder als die gemeinsame Ewigkeit nicht so verlief wie erhofft.

Ich will nicht so werden. Ich bin nicht bereit dazu.

Aber ändert es sich, nur weil ich es nicht ausspreche?

Ich muss an die frische Luft ... Ich lege den Laib Brot zurück in den Beutel und fahre mir mit beiden Händen übers Gesicht. Hier

drin habe ich das Gefühl, als würden die Wände auf mich zukommen, bis ich nicht mehr atmen kann. Abrupt stehe ich auf und stürze auf den Ausgang zu.

»Ich liebe dich.«

Ayruns Stimme lässt mich erstarren. Meine Finger verkrampfen sich um den halb verfallenen Türrahmen und auch mein Herz zieht sich schmerzhaft zusammen, während mein Mund wie ausgedörrt ist. Selbst wenn ich es gewollt hätte, würde kein einziges Wort herauskommen können.

Was sollte ich auch sagen? Dass ich ebenso fühle? Dass ich mir fast mein ganzes Leben lang wünsche, dass ein Mann, für den ich dasselbe empfinde, diese Worte zu mir sagt? Nichts davon wäre eine Lüge, trotzdem schaffe ich es nicht, meine Stimme wiederzufinden.

»Ich weiß, dass du eine Prinzessin bist und dass du andere Männer als mich bekommen könntest. Sie alle liegen dir zu Füßen und wünschen sich nichts sehnlicher als einen einzigen Blick von dir. So geht es mir auch. Wenn du mich ansiehst – und sei es nur für einen flüchtigen Augenblick –, fängt mein Herzschlag an zu stolpern. Ich bin nichts weiter als ein einfacher Mann, ein Baumeister, der dir nie das bieten könnte, was du gewohnt bist. Ich weiß das alles, trotzdem habe ich es nicht geschafft, mich von dir fernzuhalten, selbst als du mir deutlich gemacht hast, dass du nicht in meiner Nähe sein wolltest.«

Ich spüre, wie meine krampfhaft aufrechterhaltene Fassade beginnt zu bröckeln. »Es hatte nichts mit dir zu tun, dass ich dir aus dem Weg gegangen bin«, sage ich, ohne mich umzudrehen. »Es war das Ziehen, das mich in Panik gerieten ließ – ein Gefühl, das ich niemals zuvor spürte und auch niemals spüren wollte. Ich dachte, wenn ich dir nur weiterhin aus dem Weg gehen würde, würdest du früher oder später das Interesse verlieren.«

Ich höre ein unterdrücktes Lachen. »Hat das denn bei den anderen Männern funktioniert?«

Meine Lippen verziehen sich ebenfalls zu einem Grinsen. »Nein. Denen habe ich ins Gesicht gesagt, dass sie sich verdammt noch mal von mir fernhalten sollen. Sie brauchten nur einen kurzen Blick auf meine wahre Persönlichkeit zu erhaschen, um das Interesse an mir zu verlieren. Wie du vielleicht weißt, bin ich meilenweit von den Vorstellungen

einer sittsamen Prinzessin entfernt. Ich gehöre nicht zu den Püppchen, die sich nett ausstaffiert auf eine weit entfernte Burg abschieben lassen und brav jedes Jahr ein Kind nach dem anderen ausbrüten.« Ich drehe meinen Oberkörper und den Kopf ein Stück, sodass er meine Augen sehen kann, und lasse kurz mein anderes Ich in ihnen aufflammen. »Und wenn das nicht gereicht hat, habe ich ihnen meine Gestalt bei Nacht gezeigt. Das hat bisher alle in die Flucht geschlagen.«

»Bis auf mich«, stellt er klar. »In dem Moment, als ich zum ersten Mal im Wald bei Eisenfels deine Löwin gesehen habe, hast du mir mein Herz gestohlen. Anstatt mich zu vergraulen, hatte ich umso mehr das Gefühl, dass du wie für mich geschaffen bist, als ich dich bei Nacht sah. Und daran hat sich nichts geändert.«

Ich ringe einen Moment mit mir, ehe ich mich komplett zu ihm umdrehe. Das Herz klopft mir bis zum Hals. Seine Worte sind Balsam für meine einsame Seele, aber es gibt noch immer etwas, das wie ein Stein auf mir lastet. »Du bist gegangen.«

»Und du bist gekommen, um mich zurückzuholen«, entgegnet er. »Es war ein Fehler, mehr auf meine Schwester als auf meine Gefühle zu hören, das weiß ich jetzt. Ein Fehler, den ich nie wiederholen werde. Und selbst wenn du nicht gekommen wärst, hätte ich vielleicht noch ein paar Tage in der Einsamkeit vor mich hin geschmollt, ehe ich zurück nach Eisenfels gekommen wäre.«

Er wäre zurückgekommen? Von sich aus? Rückblickend betrachtet musste ich nicht viel Überzeugungsarbeit leisten, um ihn zum Mitkommen zu bewegen, obwohl er wusste, was in Eisenfels auf ihn wartete. An seiner Stelle wäre ich vermutlich nicht zurückgegangen und wäre auch nicht für die Verfehlungen meines Volkes eingestanden.

»Abgesehen von meiner Familie gab es nie jemanden, der jede Seite von mir akzeptieren konnte. Und selbst meine Familie hatte damit ihre Schwierigkeiten«, sage ich.

»Ich akzeptiere sie nicht nur – ich liebe jede Seite von dir. Wenn andere Männer das nicht konnten, ist das ihr Verlust und mein Gewinn.« Er zögert einen Moment und wartet, bis ich ihm direkt in die Augen sehe. »Wenn du mir verzeihen kannst.«

Ich schlage den Blick nieder. »Das habe ich längst.« Als ich es ausspreche, weiß ich, dass es die Wahrheit ist, auch wenn ich zuvor

noch daran gezweifelt habe. »Ich habe mich dagegen gewehrt, habe gedacht, dass es nur etwas mit der Bindung zu tun hat, aber als ich dich blutend vor mir liegen sah und wusste, dass du sterben wirst, habe ich eine Entscheidung getroffen. Eine Entscheidung, die den Rest meines Lebens verändern wird, aber ich bereue sie nicht. Nicht mehr. Ich bin nur ... Es ist viel auf einmal, mit dem ich zurechtkommen muss.«

»Ich bin hier, um dir dabei zu helfen, sofern du mich lässt. Ich werde nicht weglaufen, egal, welche Seite von dir du mir noch zeigst. Und ich bitte dich, dass auch du nicht wegläufst. Ich habe so viele Fragen, weil ich dich und das, was zwischen uns ist, verstehen will. Weil ich dich besser kennenlernen und alles über dich wissen will. Weil ich will, dass du ein Teil von mir wirst.«

Ich schaue ihn an und versuche, meine Gefühle in Worte zu verpacken. »Du bist bereits ein Teil von mir. Ich spüre deinen Herzschlag neben meinem eigenen, spüre deine Nähe, auch wenn ich dich nicht sehen kann. Mein Blut hat sich mit deinem vermischt und es gibt nichts, was das je ändern könnte. Wir sind verbunden durch eine höhere und ältere Macht als Magie.« Die Worte meiner Mutter kommen mir in den Sinn und lächelnd füge ich hinzu: »Unsere Seelen haben sich scheinbar durch Zufall, doch genau zur richtigen Zeit getroffen.«

Wieder streckt er die Hand nach mir aus und diesmal gehe ich auf ihn zu. Nicht zögernd, sondern mit großen Schritten, bevor ich selbst die Hand ausstrecke und meine Finger mit seinen verflechte. Ich knie mich neben ihn und lege die freie Hand auf den Verband über seiner Stichwunde.

»Es gab Tage, da habe ich mich mit Händen und Füßen gegen den Gedanken gewehrt, dass du mein Gefährte sein könntest«, erzähle ich. »Nicht weil ich dich abstoßend fand, ganz im Gegenteil. Das Wissen, dass ich dann nicht mehr in der Lage sein würde, ich selbst zu sein, ließ mich vor Angst erstarren. Ich wollte niemanden so nah an mich heranlassen, wollte nicht, dass sich mein Leben änderte. Dass ich mich änderte. Doch du warst so beharrlich ... Egal, wie oft ich dich abwies, du kamst trotzdem wieder zurück. Egal, in welchen Situationen du mich gesehen hast – während einer Verwandlung oder

als ich mich mit meinem Bruder im Schlamm geprügelt habe –, nie habe ich Abscheu oder Geringschätzung in deinem Blick gesehen. Du hast nicht die Nase gerümpft, als du mich in Lederrüstung anstatt in einem Kleid gesehen hast.«

»Oh nein, mit der Nase habe ich da sicher nicht gerümpft«, murmelt er grinsend. »Ich dachte eher, dass du mich umbringen willst.«

Ich blinze verwirrt. »Warum? Sehe ich damit so furchterregend aus?«

»Du reichst mir gerade bis zum Kinn. Solange du keine Waffen in der Hand hast, siehst du alles andere als furchterregend aus«, sagt er.

»Aber hast du deine Beine und deinen Po mal im Spiegel angesehen, wenn du diese Lederhose trägst?«

Sein anzügliches Grinsen lässt mich lauthals loslachen, bis mir Tränen in die Augen treten. »Nein«, japse ich, während ich Luft hole. »An so was denke ich nicht, sondern nur daran, dass ich mich nicht in einem der zahllosen Unterröcke verfange, wenn ich gegen jemanden kämpfe.« Ich beuge mich zu ihm vor. »So, du findest mich also nicht furchterregend?«

Er hebt seine Hand und legt sie an meine Wange. Sofort schmiege ich mich dagegen. »Nein. Ich fühle mich in deiner Gegenwart sicher. Ich weiß, dass du uns beschützen kannst, wenn es darauf ankommt oder wenn wir erneut angegriffen werden.« Plötzlich schweift sein Blick ab. »Meinst du, Aysa wird wiederkommen?«

Ich schüttele den Kopf. »Sie denkt, sie hätte dich getötet. Es gibt keinen Grund für sie, zurückzukommen.«

»Warum hat sie ... Meine eigene Schwester ...«

Nun bin ich es, die seine Wange berührt und wartet, bis er mich wieder ansieht. »Ich will das, was sie getan hat, nicht kleinreden, aber ich glaube, dass sie nicht aus eigenem Antrieb gehandelt hat. In ihrem Schatten lebt Laryssa, die dunkle Herrin und mächtigste Dunkelelfe, und ich halte es nicht für abwegig, dass sie es schafft, deine Schwester in irgendeiner Form zu kontrollieren. Aysa war sehr geschickt und wendig. Sie konnte mir problemlos ausweichen. Ohne Training oder Kampferfahrung ist das unmöglich.«

»Aysa ist wie ich in so etwas nicht geübt.«

»Ich weiß«, sage ich. »Deshalb bin ich mir sicher, dass ihre Taten und ihre Bewegungen von der Dunkelelfe gesteuert wurden. Wir

werden einen Weg finden, deiner Schwester und den anderen Waldelfen zu helfen und den Prinzen zu retten. Aber zuerst musst du gesund werden. Solange du schwach bist, bin ich für meinen Bruder keine Hilfe, denn dann bin auch ich geschwächt.«

»Aber du bist nicht verletzt.«

»Nicht körperlich«, erkläre ich. »Als ich mir in die Hand schnitt und die Wunde auf deine Stichverletzung legte, habe ich unsere Leben miteinander verbunden. Deine Schmerzen sind meine Schmerzen und umgekehrt. Sofort als sich unser Blut vermischte, wurde ich in meine andere Gestalt gezwungen, denn nur so konnte ich deine Schmerzen ertragen und die Heilung unserer beider Verletzungen beschleunigen. Anders hätte es für dich keine Chance gegeben.«

»Wird das immer so sein?«

Ich nicke. »Kleinere Verletzungen wird der andere nicht spüren, aber bei solch lebensbedrohlichen Wunden … Ich sagte schon, dass unsere Leben nun miteinander verbunden sind. Und das meine ich wörtlich. Stirbt der eine, stirbt auch unweigerlich der andere. Ein Gefährte kann ohne den anderen nicht existieren. Sie teilen alles: ihre Wunden, ihre Gefühle und bis zu einem gewissen Grad auch ihre Gedanken. Deshalb wusstest du, was ich letzte Nacht geträumt habe.«

»Aber du wolltest das nicht … Du hast das nur getan, um mich zu retten.«

Ich seufze und beiße mir auf die Unterlippe. Jedes Mal aufs Neue finde ich es erschreckend, wie einfach Ayrun mich durchschaut und genau die richtigen Fragen stellt. »Du hast recht. Für mich gab es nie eine schlimmere Vorstellung als alles, was ich fühle, mit jemand anderem zu teilen. Wie kann ich da noch sicher sein, dass die Gefühle, die ich gerade durchlebe, wirklich meine sind? Ich wollte nie von jemandem abhängig sein, sondern mein Leben selbst bestimmen.«

Er senkt den Blick und sieht aus, als hätte ich ihm eine Ohrfeige verpasst. »Es tut mir leid.«

Doch ich schüttele lächelnd den Kopf. »Es ist in Ordnung. Wirklich. Ich habe nicht das Gefühl, dass mein Ich von irgendwas überschattet wird, auf das ich keinen Einfluss habe. Vielmehr fühlt sich alles … richtig an. Als wäre es jetzt endlich so, wie es sein muss. Ich fühle mich … vollständig. Es macht mir nichts aus, dass du fühlst,

was ich fühle, sondern es beruhigt mich zu wissen, was in dir vorgeht. Ob du Schmerzen hast oder dich um etwas sorgst.«

Er schaut mich an und runzelt die Stirn, als müsse er sich konzentrieren. »Du hast Hunger.«

Ich nicke. »Ja, aber das war nicht schwer zu erraten. Sobald wir beide wieder bei Kräften sind, müssen wir zurück nach Eisenfels. Mein Bruder hat uns nur hier allein gelassen, damit wir Zeit haben, uns an unsere neue Situation zu gewöhnen. Mein Neffe ist noch immer verschwunden, aber ich habe eine Ahnung, wo sie ihn gefangen halten.«

»Wenn ich nicht verletzt worden wäre, hättest du deinem Bruder währenddessen helfen können, den Prinzen zu finden. Stattdessen hängst du nun mit mir hier fest. Du bist so viele Risiken eingegangen, um mich zu retten … Warum? Es wäre so viel einfacher gewesen, mich sterben zu lassen. Ich bin keine Hilfe.«

Ich fahre mit den Fingern die Linie seines Kiefers entlang, bis ich bei seinem Mund angelangt bin. Seine Lippen sind leicht geöffnet und die untere zittert ein wenig. Ich spüre seinen Atem auf meinem Gesicht – warm und beruhigend hüllt er mich ein. Flüchtig lasse ich meinen Blick nach oben schnellen, verliere mich einen Herzschlag lang im tiefen Grün seiner Iriden, ehe ich mich nach vorne beuge und meinen Mund auf seinen lege. Nur kurz berühren sich unsere Lippen, doch es reicht aus, ihm einen so sinnlichen Laut zu entlocken, dass mein Körper zu vibrieren beginnt.

»Hätte ich dich sterben lassen, wäre auch unweigerlich ein Teil von mir gestorben«, wispere ich, während sich unsere Nasenspitzen berühren. »Das durfte nicht geschehen. Und ich werde alles in meiner Macht Stehende tun, um dich vor jedwedem Unheil zu beschützen. Ich bedarf keines Schutzes. Vielmehr brauche ich jemanden, der mich so akzeptiert, wie ich bin, und es auch dann mit mir aushält, wenn es nicht einfach ist. Ich brauche jemanden, der die schöne Prinzessin genauso liebt wie das hässliche Monster, zu dem sie werden kann.«

»Du weißt, dass ich das tue«, sagt er.

»Und genau deshalb habe ich dich gerettet. Ich konnte meine Angst besiegen, weil ich dich nicht verlieren wollte. Solange du meine beiden Seiten lieben kannst und mich die Person sein lässt, die ich bin, ohne mich zu verbiegen, kann ich mir kein schöneres Leben vor-

stellen. Auch ich habe mein Herz in jener Nacht im Wald an dich verloren, als du mich festgehalten hattest, während ich dachte, dass der Fluch mich in tausend Stücke reißen würde. In jener Nacht habe ich begonnen, mehr in dir zu sehen als bloß einen liebestollen Waldelfen. Ich habe gespürt, dass auch du mehr fühlst als nur körperliche Anziehung. Du bist nicht weggelaufen, als mein Körper sich zu einer Bestie gewandelt hat; bist nicht geflohen, als ich dich angegriffen habe.«

Ayrun will etwas antworten, doch ich verschließe seine Lippen mit einem Kuss, der schnell von sanft in fordernd umschlägt. Wie ich rittlings auf seinem Schoß gelandet bin, weiß ich nicht mehr. Ich bin viel zu sehr damit beschäftigt, meine Finger durch seine Haare gleiten zu lassen, als mich um solche Nebensächlichkeiten zu kümmern. Genau hier gehöre ich hin – so nah und so wenig Platz zwischen uns wie möglich. Seine Hände fahren an meiner Seite auf und ab, verweilen kurz an meiner Hüfte, ehe sich ihr Griff verstärkt und sie mich nach unten gegen seinen Schritt drücken. Meine Sinne explodieren und für einen Moment sehe ich alles verschwommen. Der Drang, mich weiter zu bewegen, um dieses Gefühl noch einmal zu kosten, ist so übermächtig, dass mein Körper sich wie von selbst vor und zurück wiegt.

Als ich ein Ächzen unter mir höre, halte ich jedoch sofort inne und öffne die Augen. Obwohl er es zu verstecken versucht, sehe ich, wie er die Zähne zusammenbeißt. Augenblicklich verschwindet der Nebel der Lust aus meinem Kopf und ich schärfe meine Sinne wieder für meinen Gefährten. Seine Schmerzen sind nicht stark, aber doch schlimm genug, um aufzuhören. Ich hauche ihm einen Kuss auf die Stirn und streichle ihm über die Wangen, ehe ich von ihm herunterklettere. Kurz lasse ich meine Finger über den Verband gleiten, kann aber keine Nässe oder starke Wärme spüren, was mich erleichtert. Mit einem wehmütigen Seufzen richte ich meine Kleidung und gehe zu dem fast vergessenen Bündel in der Mitte der Ruine.

»Giselle, warte ... Es ist ... Ich ...«

»Schon gut«, sage ich, schnappe mir Brot und Käse und kehre zu ihm zurück. Mit einem Messer, das ebenfalls im Beutel lag, schneide ich von beidem ein paar Scheiben ab und reiche sie ihm. »Du musst essen und wieder zu Kräften kommen.«

Erwartungsvoll sehe ich ihn an. Er erwidert eine Weile meinen Blick, ehe er seufzt und ins Brot beißt. Ich lächele zufrieden und tue es ihm gleich.

»Dass du gesund wirst, ist im Moment das Wichtigste«, sage ich, nachdem wir gegessen haben. »Danach werden wir alles daransetzen, Aeric zu finden und zu befreien. Und wir werden einen Weg finden, dass die Waldelfen nicht noch mehr für ihre Handlungen büßen müssen. Für alles andere haben wir noch sehr lange Zeit.«

Ich lehne mich neben ihm gegen die Mauer und dirigiere seinen Körper so, dass sein Kopf auf meinem Schoß gebettet ist. Anschließend breitet er einen Mantel als Decke über uns aus. Es dauert nicht lang, bis ich an seinen gleichmäßigen Atemzügen höre, dass er eingeschlafen ist. Ich lasse noch eine Weile meine Finger durch seine Haare fahren, den Blick starr auf den Eingang gerichtet, bis auch meine Lider langsam schwer werden. Allerdings weiß ich, dass ich höchstens in einen leichten Schlaf falle, bei dem meine Sinne nicht komplett zur Ruhe kommen werden.

Beim kleinsten Geräusch werde ich hochschrecken, dazu bereit, meinen Gefährten und mich bis zum letzten Atemzug mit Krallen und Zähnen zu verteidigen. Der Gedanke erfüllt mich mit Stolz und einem Gefühl, das so warm und behaglich, aber gleichzeitig auch so neu für mich ist, dass ich es nicht in Worte fassen kann.

KAPITEL 22

Am nächsten Morgen helfe ich Ayrun dabei, Vaans abgelegtes Wams anzuziehen, und stütze ihn auf dem Weg nach draußen. Die Nacht war ruhig, und ich fühle mich nach einem langen, traumlosen Schlaf wie neu geboren.

Mit meiner Hilfe geht Ayrun zu einem riesigen Baum in der Mitte der ehemaligen Siedlung. Der Stamm ist so dick, dass es nicht einmal vier von meiner Sorte schaffen könnten, ihn gemeinsam zu umfassen. Wie viele Jahre er wohl hier schon steht? Da die Waldelfen die Natur über alles verehren, haben sie die Häuser um die Bäume herum gebaut, ohne sie in irgendeiner Weise zu beschädigen oder in ihrem Wachstum zu hindern. Ich bewundere sie für ihre Einstellung. Wir Menschen könnten viel von ihnen lernen, nicht nur in Bezug auf Architektur.

Langsam gleitet Ayrun mit dem Rücken am Stamm hinunter und lehnt den Kopf mit einem leisen Seufzen zurück. Die Finger vergräbt er im Gras neben sich und schließt die Augen, während einzelne Sonnenstrahlen zwischen den Zweigen hindurch auf sein Gesicht scheinen. Ich ziehe den Umhang enger um mich. Auch wenn kein Schnee fällt, ist es kalt, doch Ayrun scheint es nicht zu spüren.

Ich schaue ihm eine Weile dabei zu, wie er scheinbar völlig entspannt am Baumstamm lehnt; ich weiß jedoch, dass er neue Lebenskraft aus den Pflanzen um sich herum zieht. Er hat mir heute Morgen versucht zu erklären, wie genau dieses gegenseitige Nehmen und Geben zwischen den Waldelfen und der Natur funktioniert, aber wirklich verstanden habe ich es nicht. Das muss ich auch nicht. Das Einzige, was ich wissen muss, ist, dass dieser Vorgang seine Heilung unterstützt. Also haben wir uns beim ersten Sonnenstrahl auf den Weg zum ältesten Baum in der Nähe gemacht. Der Weg dorthin betrug zwar nicht mehr als etwa hundert Meter, aber Ayrun kam nur langsam voran. Nach wenigen Schritten standen Schweißperlen auf seiner Stirn, doch er ließ sich von mir nicht zu einer Pause überreden, sondern setzte mit verbissener Miene einen Fuß vor den anderen, bis wir unser Ziel erreicht hatten.

Das Vorhaben, die Umgebung nach ungebetenen Gästen abzusuchen, habe ich schnell wieder verworfen. Wenn Waldelfen in der Nähe sein sollten, würde ich keinen einzigen von ihnen finden, wenn sie es mir nicht gestatten würden. Dasselbe gilt für die Dunkelelfen, die sich – sofern sie sich nicht mit den Waldelfen zusammengetan haben – in nahezu jedem Schatten, der groß genug ist, verbergen können. Die Suche nach möglichen Angreifern aus diesen beiden Völkern ist ein aussichtsloses Unterfangen inmitten von Bäumen und Sträuchern. Zwar sind meine Sinne aufs Äußerste gespannt und ich zucke bei jedem Geräusch zusammen, aber nach und nach beginne auch ich mich zu entspannen.

»Ich bin in der Nähe, falls du etwas brauchst«, sage ich.

Ayrun öffnet kurz die Augen und lächelt mich an, ehe er sich wieder zurücklehnt. Es sieht fast so aus, als würde er schlafen. Seine Miene ist friedlich und schmerzfrei, beinahe entrückt, als wären die Vorkommnisse der letzten Tage nur Einbildung gewesen. Äußerlich scheint er ruhig und gelassen zu sein, aber ich weiß, wie es in seinem Inneren aussieht. Die Angst um sein Volk und besonders um seine Schwester treibt ihn um. Aber noch schlimmer wüten in ihm Unverständnis und Zorn über Aysas Tat.

Wären unsere Rollen vertauscht, erginge es mir ebenso.

Da ich nichts weiter tun kann als abzuwarten, bis Ayrun so weit genesen ist, dass wir den weiten Weg zurück nach Eisenfels schaffen, versuche ich mich abzulenken. Dazu nehme ich mir die Beutel vor, die die Soldaten am Vortag gebracht haben. In einem finde ich meinen Dolch und meine Peitsche, die ich beide an meinem Gürtel befestige. Neben Kleidung zum Wechseln und gefütterten Hemden finde ich noch weitere Umhänge und einen Feuerstein.

Die restlichen beiden Bündel sind voller Proviant, der bei richtiger Einteilung für eine Woche reichen wird. Mehr Zeit möchte ich hier auch nicht verbringen. Aber dahinter steckt noch mehr: Mein Bruder gibt uns eine Woche Galgenfrist, damit wir uns an unser neues Leben gewöhnen können. Ich muss bei dem Gedanken, dass es nicht einmal einen Tag gedauert hat, um uns zusammenzuraufen, beinahe grinsen. Vaan unterschätzt mich anscheinend – oder er überschätzt mein Temperament.

Als ich alles durchsucht habe und nichts weiter mit mir anzufangen weiß, schlendere ich durch die Siedlung. Vor ihrer Zerstörung muss sie ein wunderbarer Ort gewesen sein.

Meine Gedanken wandern zu der Begegnung mit der Waldelfe in der vorletzten Nacht zurück. Etwas von dem, was sie zu mir gesagt hat, lässt mich nicht los. Etwas an Laryssas Vorgehen macht mich stutzig. Sie kann nicht nur aus Rache handeln. Ich bin mir sicher, dass sie einen Weg gefunden hätte, Vaan für die Ermordung ihres Sohnes büßen zu lassen, wenn sie gewollt hätte. Nachts wäre es für eine Armee aus Dunkelelfen ein Leichtes, an den unvorbereiteten – und größtenteils unausgebildeten – Soldaten in Eisenfels vorbeizukommen. Warum lässt sie Aeric entführen? Und warum geht sie den Umweg über die Waldelfen? Was verspricht sie sich davon, wenn sie zuerst dieses Volk, das sich aus allem heraushält und keine großen Krieger hervorgebracht hat, versklavt? Das ergibt für mich keinen Sinn. Wenn ich einen Angriff auf einen Feind planen würde, würde ich mir ein kampferprobtes Volk suchen – und meine Wahl fiele garantiert nicht auf die Waldelfen.

Das, was Fye dazu gesagt hat, kommt mir wieder in den Sinn: Während die Dunkelelfen in den Schatten der Waldelfen leben, nähren sie sich von ihnen und füllen sich mit Magie, auch abseits der dunklen Orte, die sie normalerweise als Medium benötigen würden. Außer in den Städten der Menschen ist Natur allgegenwärtig, wodurch der Manavorrat der Waldelfen nie versiegt. Könnte es sein, dass es den Dunkelelfen nur darum geht, genügend Magie wirken zu können? Haben sie sich deswegen für die Waldelfen entschieden, obwohl diese in der Schlacht keine Hilfe wären?

Das würde aber trotzdem nicht erklären, warum Laryssa das Risiko eingegangen ist und Aeric entführen ließ. So vieles hätte dabei schiefgehen können ... Ginge es ihr wirklich nur um Rache, hätte sie einfachere und schnellere Wegen finden können. Aber ich sehe keinerlei Verbindung zwischen der dunklen Herrin und uns, außer dass sie von Rache getrieben ist.

Ich massiere mir mit den Fingern die Schläfe. Meine Gedanken drehen sich im Kreis, und sosehr ich es auch versuche, schaffe ich es einfach nicht, ein anderes Motiv für Laryssas Handeln zu finden.

Deshalb widme ich mich vorerst der Frage, wie sie Aysa dazu bringen konnte, ihren eigenen Bruder ermorden zu wollen. Welche Einflüsterungen der dunklen Herrin waren nötig, um Ayruns Schwester zu einer solchen Tat zu bewegen, nachdem Laryssa selbst zurück in den Schatten der Waldelfe geflüchtet war? Und vor allem warum? Ayrun war nicht mehr als ein unbeteiligter Zuschauer im Kampf zwischen Laryssa und Vaan. Es gab keinen Grund, ihn zu der Zeit zu beseitigen, denn er stellte keine Gefahr dar – ganz anders als Vaan oder ich. Aber für keinen für uns interessierte sie sich in dem Augenblick, sondern zielte mit dem Dolch auf Ayrun, der seiner Schwester völlig schutzlos gegenüberstand.

So sehr ich es auch drehe und wende, ich finde keine Antwort auf meine Fragen. Vielmehr habe ich das Gefühl, dass sich mehr und mehr Unklarheiten auftun, je länger ich darüber nachdenke. Seufzend gehe ich zurück zu Ayrun. Es hat keinen Sinn, wenn ich mir jetzt den Kopf über das, was geschehen ist, zerbreche. Wir werden erst Antworten bekommen, wenn wir Laryssa damit konfrontieren. Und dazu müssen wir uns zuerst erholen und dann zurück nach Eisenfels.

Ayrun lehnt noch immer mit geschlossenen Augen am Baumstamm. Seine Mimik ist entspannt und sein Gesicht hat mehr Farbe als zuvor. Seine Naturmagie scheint Wirkung zu zeigen. Je schneller es ihm besser geht, desto eher können wir zurück nach Eisenfels. Ich weiß, dass ich zurückmuss, aber als ich Ayrun beobachte, seine friedliche Miene anschaue, spüre ich einen Stich im Herzen. Es steht außer Frage, dass ich meinen Bruder im Kampf gegen die Dunkelelfen unterstützen werde, aber ich kann nicht riskieren, dass Ayrun in diese Kämpfe mit hineingezogen wird. Nicht nur, weil er kein Kämpfer ist – selbst wenn es anders wäre, würde ich ihn an einem sicheren Ort zurücklassen.

Die Warnung der Waldelfe geht mir nicht mehr aus dem Kopf. Die Gefährten sind miteinander verbunden – und genau das ist unsere Schwachstelle.

Wenn ich aber Ayrun in Eisenfels zurücklasse, wird er einerseits aufgrund des wenigen Grüns von seinem Medium abgeschnitten sein, und andererseits wird mir jeder Schritt, mit dem ich mich von ihm entferne, fast körperliche Schmerzen bereiten. Vaan und Fye halten es

kaum aus, wenn sie sich in getrennten Zimmern auf der Burg aufhalten – wie wird das erst, wenn ich mehrere Tagesreisen entfernt bin?

»Was ist es, das dich beschäftigt?«, fragt Ayrun. Ich habe nicht gemerkt, dass er aufgewacht ist und mich beobachtet. »Du machst ein Gesicht, als würde die Last der ganzen Welt auf deinen Schultern liegen.«

»Ich habe nur darüber nachgedacht, was nach unserer Rückkehr nach Eisenfels geschehen wird«, sage ich.

Ayrun legt den Kopf schief. »Wir finden heraus, wo die dunkle Herrin sich versteckt und befreien den Prinzen.«

Ich stoße die Luft aus und beginne, unruhig auf und ab zu laufen. »Das sagst du so einfach! Wir brauchen mehr Männer, bessere Waffen und einen Plan. Wir können nicht einfach drauflosstürmen. Nicht dieses Mal, denn Laryssa wird uns erwarten.«

»An unserer Seite stehen zwei Mondkinder und die Elfenkönigin. Was kann uns schon passieren?«

»Wir sind alles andere als unbesiegbar, Ayrun. Wir können sehr wohl verletzt werden und sterben. Wie alle anderen auch, haben wir einen wunden Punkt, den unser Gegner ausnutzen könnte.«

Er runzelt die Stirn, während er mich beobachtet. »Ich verstehe nicht … Was macht dir solche Angst, dass du nicht mit mir darüber reden kannst?«

Ich schlucke angestrengt, zwinge mich dazu, stehen zu bleiben, und drehe mich zu ihm um. »Wenn wir zurück in Eisenfels sind, wirst du dortbleiben. Du wirst uns nicht begleiten und wirst die Stadt nicht verlassen.«

»Was?« Er springt auf, bleibt aber neben dem Baum stehen. »Ich werde dich begleiten. Ich …«

»Nein, das wirst du nicht«, stelle ich klar. »Du wirst zurückbleiben. Ich werde nicht riskieren, dass du in einen Kampf mit hineingezogen wirst.«

»Aber ich kann dir helfen«, sagt er. »Es stimmt, ich bin kein herausragender Kämpfer wie du oder dein Bruder, aber ich kann euch nützlich sein.«

Doch ich schüttele den Kopf. »Ich kann nicht zulassen, dass ihnen meine Schwachstelle in die Hände fällt.«

Er knickt unter meinem unnachgiebigen Blick ein. »Schwachstelle?«, wiederholt er ungläubig. »Das bin ich also?«

»So meine ich das nicht ...« Mit der Hand reibe ich mir über die Stirn, während ich nach den richtigen Worten suche. »Durch unsere Gefährten gelangen wir zu unserer wahren Stärke. Vaan und ich hatten den Vorteil, dass wir von klein auf trainiert wurden und dass unsere Gestalten kraftvolle Räuber sind. Durch dich, durch unsere Verbindung, bin ich in der Lage, das volle Potential meiner anderen Erscheinung auszuschöpfen. Aber ... die Bindung hat auch eine Kehrseite. Wenn dir etwas geschieht, wird es mich schwächen. Solltest du sterben ...«

»... stirbst auch du«, beendet er meinen Satz.

Ich nicke. »Wie du schon sagtest, du bist kein Kämpfer. Abgesehen davon, dass du uns im Weg stehen oder zwischen die Fronten geraten könntest, kann sich auch der Feind unsere Verbindung zunutze machen. Anstatt gegen mich im Kampf den Kürzeren zu ziehen, könnte er sich einfach dich vornehmen.«

Ayrun weicht meinem Blick aus, doch ich spüre, dass er über das, was ich ihm gesagt habe, nachdenkt. Ich gehe zu ihm und lege die Arme um seine Mitte.

»Ich versuche nur, dich zu beschützen«, sage ich. »Ich will nicht noch einmal meine Hände auf deine Wunden pressen müssen. Lass mich das alleine tun. Ich werde besser kämpfen können, wenn ich nicht deine Sicherheit im Hinterkopf haben muss. Und wenn das vorbei ist, werde ich mit dir trainieren. Du wirst sehen, im Handumdrehen wirst du besser sein als all die anderen Rekruten von Eisenfels.«

»Es geht gegen alles, woran ich glaube, dich alleine ziehen zu lassen. Ich verstehe, warum du nicht willst, dass ich mitkomme, aber ...«

Als er nicht weiterspricht, schmiege ich meine Wange an seine Brust. »Ich brauche niemanden, der mich beschützt. Das weißt du. Aber es ehrt dich, dass du so denkst.« Er murmelt etwas Unverständliches und ich beschließe, das Thema damit zu beenden. »Lass mich nach deiner Wunde schauen. Anschließend können wir etwas essen, wenn du möchtest.«

Er schiebt mich auf Armeslänge von sich und rafft sein Wams bis zur Brust nach oben. »Wir können zurück«, sagt er, während ich noch den Verband löse. »Ich fühle mich bestens. Zumindest körperlich.«

Die Bitterkeit, die in seiner Stimme mitschwingt, verrät mir, dass für ihn das Thema noch lange nicht beendet ist, aber ich hüte mich, erneut etwas dazu zu sagen. Stattdessen wickele ich den Verband auf und begutachte die Wunde – die eigentlich gar keine mehr ist. Das klaffende Loch, in dem der Dolch bis zum Heft steckte, ist vollständig verheilt. Nur ein dunkelrosa Fleck lässt mich auf die Stelle schließen, an der es sich befand. Die Haut hat sich vollends geschlossen und in ein paar Tagen wird niemand mehr erkennen können, dass Ayrun an dieser Stelle lebensbedrohlich verletzt war. Auch das umliegende Gewebe, das kurz nach der Verwundung dunkelrot war und mir einige Sorgen bereitet hat, ist nicht mehr von der übrigen glatten Haut zu unterscheiden.

»Wie … Wie konnte es so schnell heilen?«, frage ich, während ich wieder und wieder meine Finger über die Stelle gleiten lasse, die noch vor einem Tag beinahe unser beider Untergang gewesen wäre. »Ich weiß, dass die Verbundenheit zur Natur deine Heilung unterstützt, aber in dieser Geschwindigkeit …«

»Auch ich habe meine Tricks«, sagt er, schiebt meine Hände weg und zieht das Wams wieder runter. »Ich hätte mich trotz unserer Situation darüber gefreut, noch etwas Zeit allein mit dir hier zu verbringen. Aber da du mich auf unbestimmte Zeit in einer Stadt aus Stein und Eisen einsperren willst, bringe ich es lieber schnell hinter mich.«

Ich presse die Lippen zusammen und verkneife mir eine bissige Antwort. »Ich sperre dich nicht ein«, stelle ich klar. »Aber ich werde nicht riskieren, dass dich die Waldelfen bemerken, wenn du in den angrenzenden Wäldern umherstreifst. Du wirst in der Stadt – und besser noch: in der Burg – bleiben, bis die Sache vorbei ist.«

Der Blick aus seinen grünen Augen lässt mich frösteln. Nicht weil er mich einschüchtert, sondern weil es mir schier das Herz zerreißt, ausgerechnet von ihm so angesehen zu werden.

Doch er setzt meinem Schmerz noch die Krone auf, indem er sagt: »Wie Ihr wünscht, Prinzessin.« Damit wendet er sich ab, verschwimmt mit seiner Umgebung und ist so schnell im Unterholz verschwunden, dass es mir unmöglich wird, noch etwas darauf zu erwidern.

Wütend verpasse ich dem Baumstamm einen Tritt. Blöder Ayrun! Warum versteht er nicht, dass es nur zu seinem Besten ist? Warum

muss er ausgerechnet jetzt seine ritterliche Ader entdecken? Ich zwinge mich dazu, ruhig zu atmen. Es gibt viel wichtigere Dinge, auf die ich mich jetzt konzentrieren muss, als Ayruns verletzten Stolz. Trotzdem brodelt es noch immer in mir, als ich zurück zur Ruine gehe, alles Wichtige in einem Bündel zusammenpacke und mich ausziehe. Er wird lange vor mir in Eisenfels ankommen, wodurch Vaan und Fye Zeit haben, die ersten Vorbereitungen zu treffen. Den Soldaten habe ich die Informationen bereits gegeben, sodass hoffentlich alles dafür bereit ist. Ich sollte mich während des Rückwegs nicht allzu sehr verausgaben, falls wir sofort aufbrechen wollen.

Schneller als je zuvor gelingt es mir, mich zu verwandeln – und das vollkommen schmerzfrei. Ich habe also nicht übertrieben, als ich zu Ayrun sagte, dass ich nun über das volle Potential meiner anderen Gestalt verfüge.

Ich widerstehe dem Drang, aus purem Trotz den Stamm des riesigen Baumes mit meinen Krallen zu zerfetzen, nehme das Bündel ins Maul und folge dem Ziehen, das mich unweigerlich zu meinem Gefährten führen wird.

KAPITEL 23

AYRUN

Ich gebe mein Bestes, um die Gedanken an unser Gespräch aus meinem Kopf zu verdrängen, während ich durch den Wald laufe, doch es will mir nicht gelingen. Das Verständnis und der Schmerz der Zurückweisung kämpfen zu gleichen Teilen in mir. Ich verstehe, warum sie sich zu diesem Schritt gezwungen sieht, aber es verletzt mich, dass sie mir so wenig zutraut. Das Gefühl, in ihren Augen minderwertig zu erscheinen, lastet auf mir. Ich wäre gern einer der Ritter, der sich ihre Anerkennung auf dem Trainingsplatz erkämpft. Das Funkeln in ihren Augen, als sie gegen ihren Bruder antrat, der ihr als Einziger ebenbürtig ist, werde ich nie vergessen, und ich würde alles dafür geben, es erneut sehen zu dürfen, wenn sie mich anschaut.

Doch ich mache mir nichts vor. Selbst wenn sie mit mir trainiert, werde ich nie so kampferprobt sein wie Vaan. Und das will ich auch gar nicht. Ich bin ein Baumeister der Waldelfen und kein König und Mondkind. Egal, was ich tue, ich werde nie dem Vergleich mit ihm standhalten.

Ich weiß, was ich bin und nicht bin, aber die Angst, in ihren Augen nicht das zu sein, was sie will und braucht, lässt mich nicht los.

Zum ersten Mal spürte ich diese Angst letzte Nacht, als sie mich zurückwies. Auch wenn sie die erste Frau ist, die ich auf diese Weise berühre und begehre, bin ich nicht unwissend. Es tat weh, als sie sich zurückgezogen hat und mich heute Morgen nur flüchtig mit den Fingern streifte. In ihren goldenen Augen lag kein Funkeln, wenn sie mich angesehen hat, denn ihre Gedanken waren schon längst in Eisenfels und bei dem bevorstehenden Kampf. Es war, als sehe sie durch mich hindurch. Seit gestern Nacht habe ich das Gefühl, als hätte sich eine tiefe Kluft zwischen uns aufgetan, die keiner von uns beiden überwinden kann. Obwohl wir mehr verbunden sind als je zuvor, fühlt es sich an, als stünden wir wieder ganz am Anfang, als sie mir auswich und alles dafür gab, nicht in meiner Nähe sein zu müssen.

Es fällt mir schwer, aber ich werde mich ihrem Willen beugen müssen. Ich weiß selbst, dass ich bei einem Kampf nur im Weg stehen würde, und trotzdem fühle ich mich wie Ballast – zu unwürdig, um an ihrer Seite sein zu können.

Ich weiß selbst nicht, wie ich mir eine gemeinsame Zukunft – sofern es diese gibt – vorstelle. Auf Dauer kann ich nicht in Eisenfels bleiben, ohne hin und wieder eine Zeit im Wald zu verbringen. Umgeben von Stein und Eisen fühle ich mich, als würde man mir die Luft zum Atmen nehmen. Das ist ein Zustand, den ich nicht lange aushalte. Aber von ihr kann ich nicht verlangen, mit mir im Wald zu leben. Selbst nach zwei Tagen sehnt sie sich die Bequemlichkeiten ihrer Burg herbei – etwas, das ich ihr in der Natur nicht bieten kann.

Wem will ich eigentlich etwas vormachen? Sie ist eine Prinzessin und einen gewissen Luxus gewohnt. Sie wäre mit dem, was der Wald ihr bieten kann, niemals glücklich – genauso wenig wie ich es in der Stadt wäre.

Noch nie war mir die Kluft zwischen uns beiden so bewusst wie nach den wenigen Tagen, die ich mit ihr allein verbracht habe. Und bisher weiß ich nicht, was ich dagegen tun kann. In den letzten Monaten habe ich keinen Gedanken daran verschwendet, denn ich war zu sehr damit beschäftigt, dass sie mich überhaupt sieht, anstatt mich gedanklich mit einer möglichen Zukunft zu befassen. Nun ging alles so schnell, dass ich in eine Art Starre verfallen bin.

Aus irgendeinem Grund sehe ich seit gestern Nacht überdeutlich all das, was uns beide unterscheidet, und ich glaube nicht, dass das, was ich für sie empfinde, stark genug ist, um unsere Unterschiede zu überbrücken. So sehr ich es mir auch wünsche.

Meine Schritte werden langsamer, bis ich schließlich stehen bleibe. Was ist nur los mit mir? Ich habe keine Zeit zu verlieren. Ich muss nach Eisenfels, um der Königin zu sagen, dass Giselle ebenfalls auf dem Weg zurück ist. Und dann sollte ich von dort verschwinden, bevor sie eintrifft. Ich brauche Abstand, will nicht zusehen, wie sie sich für den Kampf rüstet, in den ich ihr nicht folgen kann. Das schaffe ich nicht, ohne sie wieder und wieder anzuflehen, mich mitzunehmen, damit ich mich nicht vollends nutzlos fühle. Wenn ich nicht da bin, erspare ich mir diese Peinlichkeit.

Als ich erneut einen schnelleren Schritt anschlagen will, nehme ich im Augenwinkel eine Bewegung wahr, so flüchtig, dass ich mich im nächsten Moment frage, ob es nicht doch meine Einbildung war.

»Warum lebst du noch?«, fragt eine mir vertraute Stimme. »Du müsstest tot sein.«

Ich erstarre und drehe mich langsam um. »Aysa«, murmele ich.

»Ich habe dir doch gesagt, dass sie es tun wird.« Eine weitere, volltönendere Stimme dringt aus dem Schatten meiner Schwester, bevor sich eine schemenhafte Gestalt daraus erhebt. Nach und nach fällt das Schwarz von ihr ab, ehe sich die dunkle Herrin hinter Aysa materialisiert. »Ich wusste, dass sie dich retten würde. Es ist genau so, wie ich es geplant habe.«

»Geplant?«, echoe ich.

»Was ist mit dir, Ayrun?«, fragt Laryssa und macht ein paar Schritte auf mich zu, wobei sie den Kopf schief legt und mich ganz genau mustert. »Du siehst aus, als wärst du alles andere als glücklich. Ist es nicht das, was du dir gewünscht hast? Für immer vereint mit der Frau, nach der du dich verzehrst? Schau nicht so erstaunt.« Direkt vor mir bleibt sie stehen und deutet mit dem Finger auf meine Brust. »Ich kann deine tiefsten und dunkelsten Sehnsüchte aus der Stille zwischen deinen Herzschlägen heraushören. Du fragst dich, ob du ihr jemals gerecht werden kannst. Nun, kleiner Waldelf, darauf weiß ich leider keine Antwort, aber … Ich könnte dir zeigen, was für ein Mensch deine Prinzessin in Wahrheit ist.«

Ich weiß, was sie tut. Ich spüre die Macht, die von ihren Worten ausgeht, spüre die Magie, die in meinen Körper sickert und sich wie ein Geschwür in meinem Geist festsetzt. Obwohl ich mich dagegen zur Wehr setze, sind ihre gemurmelten Versprechungen das Einzige, was gerade für mich zählt. Ein noch funktionierender Teil in mir weiß, dass sie gerade den Zauber Bezirzen bei mir anwendet, mit dessen Hilfe es ihr möglich ist, meine Gedanken zu einem gewissen Grad zu beeinflussen. Und da sie weiß, vor was ich mich fürchte, ist es für sie ein Leichtes, die Saat des Zweifels in mir zu pflanzen.

»Ich kenne jemanden, der sehr viel Zeit an der Seite der Prinzessin verbracht hat«, erzählt Laryssa weiter. »Jemand, der von ihren dunk-

len Geheimnissen und Wünschen wusste. Glaubst du zu wissen, was Giselle wirklich will? Bist du es, nach dem sie verlangt?«

Die dunkle Herrin läuft um mich herum, während sie dabei eine Hand über meinen Arm, meine Schulter und meinen Rücken gleiten lässt. Ihre Berührung verursacht mir eine Gänsehaut, doch ich bin außerstande, mich zu rühren. Wie versteinert lausche ich ihren Worten, obwohl es mich nach Antworten auf meine Fragen dürstet, die ich nicht auszusprechen wage.

»Oder ...« Sie steht neben mir, beugt sich nach vorne und flüstert mir ins Ohr: »Oder ist es doch jemand anderes, nach dem ihr Herz schreit? Jemand, den sie nicht haben kann? Bist du nichts weiter als ein Ersatz?«

Mein Atem geht stoßweise, während sich meine Gedanken überschlagen. Ich weiß, dass das, was sie mir sagt, einzig und allein darauf abzielt, mich zu verletzen, und doch ... Jedes ihrer Worte spiegelt das wider, was in mir vorgeht, als könne sie tatsächlich in mich hineinsehen.

»Dein Herz spielt eine so wundervolle Melodie voller Unsicherheit und Verzweiflung«, sagt sie lächelnd und streicht sich eine Strähne ihres roten Haares hinters Ohr, ehe sie sich nach vorne lehnt, den Kopf nur ein Stück von meiner Brust entfernt, als würde sie meinem Herzschlag lauschen. »So abgehackt, so unstet. Es gibt nichts, was sich in meinen Ohren schöner anhört.«

Erneut spüre ich einen Vorstoß ihrer Magie, der in mich eindringt und mich bis in die Fingerspitzen durchströmt. Mich zu wehren, habe ich aufgegeben.

»Ihr habt die Antworten auf meine Fragen?«, presse ich hervor. Das Sprechen fällt mir schwer. Es ist, als würde meine Zunge mir nicht mehr gehorchen.

Ein Lächeln, das mir die Nackenhaare zu Berge stehen lassen müsste, umspielt ihre Lippen. »Wie gesagt, ich kenne jemanden, der die Prinzessin fast besser kennt als ihr eigener Bruder. Möchtest du ihn ebenfalls kennenlernen?«

Ihn?, fragt eine Stimme in meinem Kopf, doch sie ist nicht stark genug, um sich einen Weg durch den Nebel zu bahnen, der meine Sinne einhüllt. Ich stelle nichts infrage, was die dunkle Herrin sagt

oder über mich weiß, sondern nicke einfach nur. Meine Glieder fühlen sich an, als würden Steine an ihnen hängen.

Wo ... wo wollte ich gerade hin? Was mache ich hier?

Immer noch lächelnd fährt Laryssa die Kontur meines Gesichts mit ihrem Zeigefinger nach. »Folge deiner Schwester«, weist sie mich an. »Sie wird dich zum Mondberg bringen, wo wir auf die Ankunft der anderen warten werden. Die Schatten flüstern schon von ihrem Aufbruch.«

Aysa greift nach meiner Hand und ich stolpere ihr willenlos hinterher. Nur am Rande bemerke ich, wie eiskalt sich ihre Hand in meiner anfühlt. Ich sollte ihnen nicht folgen. Die bloße Gegenwart der dunklen Herrin bereitet mir Angst, doch ich schaffe es nicht, mich ihrem Befehl zu widersetzen.

Ich will Antworten. Ich will Gewissheit.

Um jeden Preis.

GISELLE

Die Soldaten salutieren, als ich die Burgmauern passiere, und ich nicke ihnen zu. Bereits im Hof entdecke ich Vaan, der in ein Gespräch mit dem Stallmeister vertieft ist.

»Du bist schon zurück?«, fragt er, als er mich bemerkt. »Ich hätte frühestens in vier Tagen mit euch gerechnet.« Er schweigt und schaut hinter mich. »Wo ist Ayrun? Kommt er nach?«

Ich nicke zögernd, obwohl ich mir nicht so sicher bin. Schon seit einer Weile spüre ich das Band nicht mehr, was bedeutet, dass er nicht in Eisenfels ist. Ich rede mir zwar ein, dass er nach unserer Auseinandersetzung wahrscheinlich nur etwas Zeit für sich braucht, aber trotzdem fühle ich mich rastlos, solange er nicht in meiner Nähe ist.

»Geh hinein und nimm ein Bad«, sagt Vaan. »Du musst erschöpft sein. Ich werde alles Weitere in die Wege leiten, damit wir vielleicht schon morgen aufbrechen können.«

Ich nicke erneut und betrete die Burg.

Noch bevor ich es schaffe, mich zurückzuverwandeln, tragen zwei Mägde einen großen Badezuber in mein Zimmer. Anschließend schürt eine von ihnen das Feuer im Kamin, während weitere Frauen Eimer mit heißem Wasser hereintragen. So viel Unruhe um mich herum bin ich nicht mehr gewohnt, weshalb ich mich ans andere Ende meines Zimmers zurückziehe und mich dort zusammenrolle, bis alle verschwunden sind und die letzte Magd die Tür hinter sich schließt.

Ich lege meine andere Gestalt ab, was wieder erstaunlich schnell vonstattengeht, und gehe zu meiner Kommode hinüber, wo ich meine Finger über die Fläschchen mit Duftessenzen gleiten lasse. Bei dem rosa Fläschchen, dessen Inhalt nach Rosen duftet, halte ich inne. Rosen ... Ein Geruch, der immer Gylbert angehaftet hat. Ich wusste jedes Mal, wann er kurz vor mir durch den Korridor gelaufen ist, denn sein Rosenduft war unverkennbar. Als ich mich daran erinnere, wie oft dem leeren Kissen neben mir im Bett ebenfalls dieser Geruch anhaftete, schließen sich meine Finger um die Flasche und ich schleudere sie ins Kaminfeuer.

Der rothaarige Elf ist ein Teil meiner Vergangenheit, den ich nur zu gern vergessen würde. Ich ließ ihn zu nah an mich heran, erzählte ihm zu viel und vertraute ihm mehr als meiner eigenen Familie. Doch am Ende hat er mich verraten, sich von mir abgewandt und zugelassen, dass ich eine Gefangene der Elfen war. Er ließ mich fallen, als er die Chance bekam, sich dem Gefolge der wiedergefundenen Elfenkönigin anzuschließen. Als ich im Arkankäfig der Elfen saß, schwor ich mir, ihn für seinen Verrat büßen zu lassen. Doch Vaan kam mir zuvor und biss ihm in einem Zweikampf die Kehle durch, ehe ich die Möglichkeit hatte, es Gylbert heimzuzahlen. Ich bedauerte seinen Tod nicht und verschwendete keinen weiteren Gedanken an ihn – bis mir seine Mutter, die dunkle Herrin, über den Weg lief. Ich weiß nicht, was sie vorhat, und das beunruhigt mich.

Ich hebe den Blick und mustere mein schmutziges Gesicht im Spiegel. Meine Haare sind zerzaust und stumpf, meine Wangen dreckverkrustet und meine Augen wirken müde. Wahllos nehme ich eines der anderen Fläschchen und schütte einen Teil des Inhalts ins

dampfende Badewasser. Ich steige in den Zuber und lehne mich seufzend mit dem Rücken gegen den Rand. Bis zur Schulter schwappt das warme Wasser und lockert meine steifen Muskeln. Bis eben habe ich nicht gemerkt, wie verspannt ich bin. Ich schließe die Augen und erlaube mir ein paar Momente der Ruhe und Entspannung, bevor ich morgen erneut in den Kampf ziehe.

Als ich kurz davor bin einzuschlafen, klopft es an der Tür.

»Ich bade«, murre ich als Antwort und hoffe, den ungebetenen Gast damit vertreiben zu können.

»Trotzdem würde ich gerne mit dir reden«, entgegnet die Halbelfe.

Ich schaffe es nicht, ein Stöhnen zu unterdrücken. Warum muss es ausgerechnet die Person sein, die ich gerade am wenigsten sehen will? Ich könnte sie fortschicken, vortäuschen, dass ich Ruhe brauche, aber sie wüsste, dass es eine Lüge wäre und würde mich nur ausdauernder nerven. Also beschließe ich, es lieber gleich hinter mich zu bringen, und rufe sie herein.

Fye schließt die Tür hinter sich und zieht sich den Stuhl, der an meiner Kommode steht, zum Badezuber.

»Es hat mich überrascht, dass du schon zurück bist«, sagt sie. »Wo ist Ayrun?«

Ich verdrehe die Augen. »Nicht hier.« Ich hasse es, wenn ich das Offensichtliche aussprechen muss.

»Hat er sich so schnell erholen können?«

Ich nicke, weiche aber ihrem Blick aus. »In der Siedlung gab es einen sehr alten Baum, aus dem er eine Menge Magie beziehen konnte, um sich zu heilen.«

»Aber er ist nicht mit dir zurückgekommen.«

Am Ende des Satzes hebt sie die Stimme, und ich bin mir nicht sicher, ob es eine Frage oder ein Vorwurf sein soll. Egal, es macht mich wütend. Ihre bloße Anwesenheit bringt mich in Rage, ohne dass ich genau sagen kann weshalb. Und ich hasse es, mich vor ihr rechtfertigen zu müssen. Um einer Antwort zu entgehen, tauche ich bis zur Nase unter Wasser und starre geradeaus.

Fye sagt nichts und sieht mich eine Weile an, ehe sie aufsteht und zu meiner Kommode geht. Sie greift nach einigen Fläschchen, entkorkt sie und riecht daran. Anschließend kommt sie mit zwei von

ihnen zum Badezuber zurück, tritt hinter mich und beginnt, mir die Haare einzuseifen. Ich bin zu überrascht, um dagegen zu protestieren. Ich hätte mit vielem gerechnet: dass sie mir Vorwürfe macht, dass sie völlig aufgelöst wegen des Verlusts ihres Sohnes ist oder dass sie sich darüber lustig macht, dass es mir nach weniger als drei Tagen gelungen ist, meinen Gefährten zu vergraulen. Doch nichts davon tut sie. Stumm lässt sie ihre Finger durch meine nassen Haare gleiten, entwirrt geschickt die Knoten und massiert meine Kopfhaut. Genüsslich schließe ich die Augen.

»Trotz der Fehler, die er vielleicht begangen hat, ist Ayrun ein guter Mann«, sagt sie, während sie die Seife ausspült. »Ich bin zwar überrascht, dass du schon zurück bist, aber mir war klar, dass ihr nicht lange brauchen würdet, um euch zusammenzuraufen. Schließlich tänzelt ihr schon mehrere Monate umeinander herum. Vaan war sich jedoch nicht sicher.« Sie kichert kurz. »Er sagte, der Mann, der mit dir fertigwird, müsse erst noch geboren werden.«

Ich ziehe einen Flunsch. Es ist herzerwärmend, welch hohe Meinung mein Bruder von mir hat. »Ich bin nicht mehr wie früher.«

»Ich weiß«, sagt Fye. »Genau dasselbe habe ich ihm auch gesagt. Und ich habe ihm außerdem gesagt, dass es ein Mann wie Ayrun ist, den du brauchst. Einer, der dich erdet und der sich durch dein aufbrausendes Wesen nicht jedes Mal vor den Kopf gestoßen fühlt.«

Zu dieser Erkenntnis bin ich auch gelangt. Trotzdem ist es mir gelungen, alles aufs Spiel zu setzen. Verlegen kaue ich auf meiner Unterlippe, bis ich schließlich sage: »Er ist nicht hier, weil wir ... eine Meinungsverschiedenheit hatten.«

Fyes Finger halten mitten in der Bewegung inne. »Ihr habt euch gestritten?«

»Ja ... nein ... Nicht wirklich. Wir waren nur verschiedener Meinung.«

»Weswegen?«

»Ich wollte nicht, dass er uns morgen begleitet, weil er nicht weiß, wie man eine Waffe führt«, erkläre ich. »Auch seine Zauberkräfte sind uns dort nicht von Nutzen. Also habe ich ihm gesagt, dass er in Eisenfels bleiben soll, wo er in Sicherheit ist. Ich will nicht noch einmal zusehen müssen, wie er beinahe stirbt.«

Fye stößt hinter mir geräuschvoll die Luft aus. »Und er war anderer Ansicht. Ich glaube dir, dass du es in bester Absicht getan hast, aber wenn du es ihm genau so gesagt hast, wirst du damit seine Gefühle verletzt haben.«

»Das weiß ich jetzt auch«, murre ich. »Aber ich kann es nicht mehr ändern. Und ich will mir nicht Sorgen um ihn machen müssen, während ich mich eigentlich auf meinen Gegner konzentrieren müsste.«

Fye seufzt, greift nach dem Stapel Handtücher, der neben dem Zuber liegt, und wickelt mir eines davon um meine Haare.

»Ich werde ihn einfach schmollen lassen«, sage ich. »Es ist nur zu seinem Besten. Früher oder später wird er hierher zurückkommen.«

»Das wird er sicherlich«, stimmt Fye zu. »Aber du solltest dich trotzdem bei ihm entschuldigen. Ayrun fühlt sich schon seit seiner Ankunft hier fehl am Platz, ja beinahe nutzlos. Er hat es nicht geschafft, mich zum Wohle seines Volkes umzustimmen, und ich bin sicher, dass er denkt, auch in deinen Augen zu nichts nütze zu sein.«

»Aber das stimmt doch nicht!«

»Das ist aber das, was er glaubt.« Sie steht auf und hält mir ein weiteres Handtuch hin. »Ich hätte ihn wahrscheinlich auch nicht mitgenommen, doch ich hätte mich bemüht, es ... irgendwie diplomatischer zu gestalten. Indem ich ihm hier eine wichtige Aufgabe übertragen hätte, damit er sich nicht so nutzlos vorkommt. Wie ich dich kenne, hast du es ihm geradewegs ins Gesicht gesagt, nicht wahr?«

Ich nicke, als ich aus dem Zuber steige und nach dem dargebotenen Handtuch greife.

Fye lächelt mich an. »Beim nächsten Mal wirst du es anders machen.«

Verwirrt über ihre Freundlichkeit mir gegenüber und der gut gemeinten Ratschläge frage ich: »Warum bist du plötzlich so nett zu mir?«

»Ich habe meine Einstellung dir gegenüber nicht verändert, Giselle. Du bist es, die ihre Umgebung jetzt anders wahrnimmt.«

Mit diesen Worten dreht sie sich um und verlässt mein Zimmer. Ich sehe ihr verdutzt nach.

KAPITEL 24

Ich trockne mich ab und bleibe eine Weile vor dem knisternden Kaminfeuer sitzen, bis meine Haare nicht mehr feucht sind. Ständig huscht mein Blick zum Fenster. Die Sonne geht langsam unter, doch Ayrun ist noch nicht hier angekommen. Seit etwa einer Stunde hat sich die Intensität des Ziehens in meiner Brust nicht mehr verändert, was bedeutet, dass er sich nicht bewegt. Aber wo ist er hin? Und vor allem so plötzlich ... Er wollte nach Eisenfels, doch kurz vorm Ziel hat er seine Meinung geändert. Ich werde das Gefühl nicht los, dass etwas passiert ist. Aber ich traue mich nicht, ihm hinterherzulaufen. Wenn er allein sein will und ich mich aufdränge ...

Ich schlüpfe in eine Hose und ein einfaches Wams, flechte mir die Haare und laufe weiter unruhig im Zimmer auf und ab. Am Fenster bleibe ich stehen und schaue auf den Horizont. Ich sollte mich auf unseren Aufbruch morgen vorbereiten, mir die Rekruten noch einmal zur Brust nehmen und dafür sorgen, dass wir genügend Ausrüstung zur Verfügung haben. Stattdessen kreisen meine Gedanken einzig und allein um Ayrun. Es ist zum Verrücktwerden!

Wahrscheinlich mache ich mir grundlos Sorgen, schließlich ist es nicht das erste Mal, dass Ayrun auf Abstand gegangen ist. Er braucht die Natur wie die Luft zum Atmen. Und doch werde ich dieses nagende Gefühl nicht los, dass er in Schwierigkeiten steckt.

Ein Klopfen reißt mich aus meinen Gedanken.

»Hast du alles gepackt, was du morgen brauchst?«, fragt Vaan, als er ohne auf meine Antwort zu warten den Kopf zur Tür hereinsteckt.

Ich gebe ein Brummen von mir und deute mit einem Kopfnicken auf das Bündel, mit dem ich heute angekommen bin. Kleidung zum Wechseln und meine Waffen, falls ich – aus welchem Grund auch immer – dazu gezwungen bin, in meiner menschlichen Gestalt zu kämpfen. Mehr brauche ich nicht.

»Wie viele Soldaten werden morgen mit uns reiten?«

Vaan schließt mit einem Tritt die Tür hinter sich und bleibt mitten im Zimmer stehen. »Tja ... Nun ... Wie du selbst weißt, sind unsere Rekruten alles andere als kampftauglich.«

Ich drehe mich zu ihm um und verschränke die Arme vor der Brust. »Willst du mir damit sagen, dass wir zu dritt gegen zwei Elfenvölker antreten?«

»Ein paar Männer haben wir schon. Und Fye konnte ein paar der Hochelfen dazu bringen, an unserer Seite zu kämpfen.« Er fährt sich mit der Hand durch die Haare. »Du weißt ja, dass sie es hasst, andere in den Kampf zu schicken.«

»Und freiwillig haben sich nur wenige gemeldet, um an der Seite ihrer Königin zu stehen«, spotte ich. »Das ist Wahnsinn ... Wir haben es nicht einmal zu dritt geschafft, die dunkle Herrin zu überwältigen, und nun willst du uns drei gegen ihr gesamtes Volk ins Feld schicken?«

Seufzend reibt er sich mit beiden Händen übers Gesicht. Seine ganze Haltung wirkt kraftlos. »Was soll ich denn sonst tun? Hast du vielleicht einen besseren Vorschlag? Wenn es sein muss, gehe ich allein zum Mondberg und versuche, meinen Sohn zu retten. Ich halte es nicht mehr aus, hier herumzusitzen und abzuwarten.«

Ich gehe zu ihm und lege ihm eine Hand auf die Schulter. »Du bist nicht allein. Ich stehe an deiner Seite. Aber ich würde es sehr begrüßen, wenn wir alle lebend aus der Sache herauskommen. Habt ihr eine Forderung der dunklen Herrin erhalten?«

»Nein«, sagt er, nachdem er einmal tief durchgeatmet hat. »Wahrscheinlich will sie mich immer noch tot sehen, weil ich es war, der Gylbert getötet hat.«

»Wenn sie nur deinen Tod wollen würde, hätte sie das auch anders lösen können«, sage ich. Als Vaan mich verwirrt ansieht, erkläre ich: »Nachdem Ayrun verwundet wurde, wäre es ein Leichtes für sie gewesen, dich in der allgemeinen Verwirrung anzugreifen. Stattdessen ist sie zusammen mit Ayruns Schwester verschwunden und hat seitdem keinen Versuch mehr unternommen, einem von uns zu schaden. Warum? Warum geht sie den Umweg über deinen Sohn Aeric? Wenn sie wirklich nur will, dass du ebenso tot bist wie ihr Sohn, hätte sie mehr als eine Gelegenheit gefunden, um ihr Vorhaben in die Tat umzusetzen.«

»Stattdessen lässt sie uns laufen und wartet darauf, dass wir zu ihr kommen«, sinniert Vaan. Er runzelt die Stirn, während er nachdenkt.

»Ich glaube, es ist kein Zufall, dass sie sich ausgerechnet den Mondberg als Stützpunkt ausgesucht hat. So viel leuchtendes Gestein,

so wenig Dunkelheit«, gebe ich zu bedenken. »Sie hat irgendwas an diesem Ort vor. Und wir sollten auf alles vorbereitet sein. Deshalb würde ich heute Nacht ruhiger schlafen, wenn ich wüsste, dass wir genügend Männer zur Verfügung hätten, um es wenigstens halbwegs mit ihrer Truppenstärke aufnehmen zu können.«

Vaan schenkt mir ein schiefes Grinsen. »Ich bin ungern für deine schlaflosen Nächte verantwortlich, aber wir werden morgen einem übermächtigen Feind gegenüberstehen. Unsere Truppen sind kaum der Rede wert. Ich wünschte, es wäre anders.«

Ich seufze und stupse ihn mit der Schulter an. Die vertraute Geste wärmt mein Innerstes und lässt mich trotz der trüben Aussichten mutig in die Zukunft sehen. Ich weiß, dass wir es morgen nicht leicht haben werden, vor allem, da wir nicht wissen, was wirklich auf uns wartet. Aber selbst wenn unsere Chancen noch schlechter stehen würden, würde ich meinem Bruder in den Kampf folgen, ohne auch nur eine Sekunde zu zögern.

»Nun, ich wollte nur sehen, ob du vorbereitet bist und will dich gar nicht länger stören. Kommt Ayrun heute noch zurück?«

»Sehr subtil, Bruder, wirklich.« Ich rolle mit den Augen. »Als ob dir Fye nicht schon längst erzählt hätte, was vorgefallen ist.«

»Fye war bei dir?«, fragt er verwirrt. »Wann?«

»Kurz nachdem ich angekommen bin. Sag bloß, ihr habt Geheimnisse voreinander!«

»Nein, ich dachte nur nicht ... Ich wusste nicht, dass ihr über so etwas miteinander redet. Normalerweise geht ihr zwei euch doch aus dem Weg.«

Nun ist es an mir zu lächeln. »Wir haben es sogar geschafft, uns eine halbe Stunde lang weder anzuschreien noch gegenseitig an die Kehle zu gehen. Vielleicht machen wir so etwas wie Fortschritte. Aber nur vielleicht«, füge ich hinzu.

»Ich würde es mir wünschen«, sagt Vaan. »Dein Gefährte scheint dir gutzutun. Ich freue mich für dich.«

»Ja ...«, murmle ich ausweichend. »Aber erst einmal müssen wir den morgigen Tag überstehen.«

Vaan wendet sich zur Tür. »Das werden wir. So wie immer.«

Ich nicke, doch ich bin alles andere als überzeugt.

Nachdem ich wieder allein bin, lehne ich mich gegen den Fensterrahmen und schaue nach oben in den dunkler werdenden Himmel. Erste Sterne glitzern auf mich hinab. Es fühlt sich seltsam an, den Nachthimmel als Mensch zu sehen. Gewöhnlich streife ich um diese Tageszeit in einem anderen Körper allein durch die Wälder und kann mich nicht, wie ich es gleich vorhabe, in mein weiches, warmes Bett legen. In Ayrun habe ich meinen Gefährten gefunden, der die Last des Fluches von mir genommen hat, und ich habe nichts Besseres zu tun, als ihn vor den Kopf zu stoßen. Fye hatte recht: Ich hätte meine Forderung, dass er hier in Eisenfels bleiben soll, diplomatischer verpacken sollen. Ich wollte, dass er hier ist, damit ich mir keine Sorgen um seine Sicherheit machen muss. Stattdessen habe ich keine Ahnung, wo er sich gerade aufhält.

Es schmerzt, von ihm getrennt zu sein. Am liebsten würde ich einfach loslaufen, stets dem Schmerz in meiner Brust folgend, bis ich ihn endlich finde. Aber das, was mich am morgigen Tag erwartet, hält mich zurück. Mein Bruder braucht mich. Neben seiner Gefährtin bin ich die Einzige, die über Kampferfahrung verfügt. Ausgeschlossen, dass ich ihn im Stich lasse.

Wieder und wieder rede ich mir ein, dass Ayrun in Sicherheit ist und ihm nichts geschehen wird. Ich sage mir, dass er sich in die Natur zurückgezogen hat, um wie ich wieder einen klaren Kopf zu bekommen. Wenn der Kampf vorbei ist, wird er zu mir zurückkommen, und dann werde ich mich bei ihm entschuldigen.

Zu dumm, dass ich meinen eigenen Worten keinen Glauben schenke.

Nach einer Nacht mit zu wenig Schlaf und zu vielen wirren Gedanken, mache ich mich noch vor Sonnenaufgang daran, mein Gepäck zu überprüfen. Bereits nach fünf Minuten bin ich fertig und weiß nichts mehr mit mir anzufangen. Deshalb verwandle ich mich, schnappe mir das gepackte Bündel und gehe hinunter in den Burghof. In der Burg selbst ist es noch ruhig, aber draußen herrscht geschäftiges Treiben. Pferde, die darauf warten, gesattelt zu werden, stehen herum und

weichen ängstlich vor mir zurück. Mehrere Stallburschen sind nötig, um die aufgescheuchten Tiere wieder unter Kontrolle zu bringen.

Weil ich nicht noch mehr Unruhe stiften will, husche ich über den Platz und geselle mich zu Vaan und Fye, die etwas abseits stehen und die Vorbereitungen überwachen.

»Wenigstens bist du schon reisefertig«, murmelt mein Bruder, während er resigniert nach vorne schaut.

Ich sehe sofort, was er meint. Einige der Rekruten suchen ihre Ausrüstung oder haben Probleme, ihre Rüstung anzulegen. Einer schafft es nicht aufs Pferd, und die Handvoll Hochelfen, die Fye zum Kampf überreden konnte, stehen teilnahmslos herum, als würde sie all das nichts angehen. Ich vermisse die Unruhe, die nervöse Spannung, die einem Ritt in die Schlacht vorausgehen sollte. Stattdessen herrscht Chaos, und ich sehe Vaan und Fye an, dass sie kurz davor sind, die Beherrschung zu verlieren. Sie können kaum noch ruhig stehen und der verkniffene Zug um ihre Mundwinkel wird von Sekunde zu Sekunde tiefer. Sie wollen endlich los, doch wenn ich dem Schauspiel vor mir zuschaue, wird es noch bis Mittag dauern, bevor wir auch nur einen Fuß aus dem Burgtor setzen können.

Ich gebe ein Grollen von mir, gehe in Richtung des Tores und schaue dann über die Schulter zu meinem Bruder. Er ringt einen Moment mit sich, ehe er sich kurz mit seiner Gefährtin verständigt. Fye scheint zwar nicht begeistert zu sein, aber sie nickt, und fast im selben Moment zieht Vaan sich bereits das Wams über den Kopf und verwandelt sich. Die Halbelfe geht zum Kommandanten hinüber, der mit letzter Kraft versucht, Ordnung in das Chaos zu bringen. Ich höre nicht, was sie zu ihm sagt, denn ich verlasse gemeinsam mit Vaan den Burghof.

Seite an Seite rennen wir durch die Stadt, hinaus auf die Hügel, stets in Richtung Mondberg. Unsere Pfoten bewegen sich so schnell, dass sie kaum den Boden berühren. Ich bin mir sicher, dass Fye so gut wie hinter uns ist, sobald sie ihre Anweisungen erteilt hat. In der Zwischenzeit werden Vaan und ich bereits die Gegend auskundschaften. Allein werden wir uns nicht allzu weit vorwagen, denn das wäre Wahnsinn.

Wir sind eine Weile unterwegs, als mir auffällt, dass das Ziehen des Bandes, das mich zu Ayrun führen soll, schwächer wird. Im ersten

Moment denke ich mir nichts dabei – schließlich sind wir von lauter Wald umgeben, in dem sich Ayrun hätte zurückziehen können –, doch als der Mondberg in Sichtweite kommt und das Ziehen fast komplett verschwunden ist, werde ich nervös. Ich ramme die Pfoten ins Gras und bleibe stehen. Mit einem Mal ist das seltsame Gefühl, das mich den ganzen gestrigen Tag umgetrieben hatte, wieder da. Vaan wirft mir einen fragenden Blick zu, doch ich schüttele nur den Kopf, ehe ich mich wieder in Bewegung setze. Ich könnte es ihm ohnehin nicht erklären.

Jeder Schritt, den ich auf den Mondberg zumache, fällt mir schwerer und schwerer, obwohl es eigentlich umgekehrt sein sollte.

Was bei allen Göttern macht Ayrun hier?

KAPITEL 25

Noch bevor wir auch in die Nähe des Berges kommen, nehme ich die wabernden Schatten wahr, die ihn umgeben. Der Name des Berges kommt nicht von ungefähr: Sobald er vom Mondlicht beschienen wird, erstrahlt sein Gestein in einem hellen Weiß. Doch jetzt hängen Schatten über dem Mondberg wie Regenwolken und schirmen ihn von jeglichem Licht ab.

Schon seit einer Weile habe ich das ungute Gefühl, dass wir beobachtet werden. Zwar passen sich unsere schwarzen Tierkörper fast perfekt der Umgebung an, doch es dauert nicht lange, bis wir entdeckt werden.

Aus dem Schatten eines Baumes erhebt sich ein Dunkelelf, der uns den Weg versperrt. Vaan zögert nicht, springt den Elf an und bringt ihn mit seinem Körper zu Fall, ehe er die Zähne in ihn versenkt. Der Dunkelelf leistet keine Gegenwehr und ist tot, bevor er auch nur einen Ton von sich geben kann. Ich werfe nur einen Blick auf seinen Leichnam und auf die gebleckten, mit Blut besudelten Zähne meines Bruders, bevor wir weiterschleichen.

Ich werde das Gefühl nicht los, dass es zu einfach war ... Der Dunkelelf konnte nicht einmal die Hand heben, um sich zu verteidigen. Er schien mir seltsam schwach und ausgemergelt zu sein, und ich würde am liebsten zurückgehen, um mich von seinem Zustand überzeugen zu können.

Ich lasse derweil unsere Umgebung nicht aus den Augen, auch wenn ich – getrieben durch das Band – am liebsten direkt in den Stützpunkt der Elfen vordringen würde, um Ayrun zu finden. Doch ich weiß, dass wir nur hier sind, um auszukundschaften. Auch wenn unsere Armee wahrscheinlich nur ein schwacher Abklatsch der Elfenarmee ist, müssen wir auf sie warten, wenn wir den Hauch einer Chance haben wollen. Es widerstrebt mir, ruhig zu bleiben und abzuwarten, denn alles in mir schreit danach, die Festung des Feindes sofort zu stürmen. Zwar ist es von Eisenfels nicht allzu weit und zumindest die Elfen sollten bald eintreffen, aber dennoch werde ich mit jeder verstrichenen Minute unruhiger.

Anders als erwartet, ist es sehr ruhig. Keine Spur von den zwei Elfenvölkern oder gar einer Armee. Wir kommen zu gut und zu einfach voran. Allein das sollte mich stutzig machen, doch ich bin gerade nicht dazu imstande, klar zu denken. Ich weiß, dass Ayrun dort drin ist. Wird er gegen seinen Willen festgehalten? Oder ... Ich schlucke krampfhaft, als mir die Möglichkeit in den Sinn kommt, dass er freiwillig dort sein könnte. Dass er sich auf die Seite seiner Schwester und seines Volkes geschlagen hat. Würde er das tun? Nein, allein durch die Verbindung, die wir haben, könnte er nicht einfach ...

Ein Stoß in die Seite bringt mich wieder zur Besinnung. Ich schaue zu dem schwarzen Wolf neben mir, der mir seine Schulter in die Flanke gerammt hat. Der Blick aus seinen goldenen Augen ist fragend und ich schüttele schnell den Kopf. Vaan spürt, dass etwas mit mir nicht stimmt, aber um unser beider willen muss ich mich konzentrieren, um nicht doch einer Patrouille in die Arme zu laufen. Es bringt niemandem etwas, wenn wir jetzt geschnappt werden. Ich atme mehrmals tief ein und aus, dann gebe ich Vaan mit einem Nicken zu verstehen, dass wir weitergehen können.

Normalerweise würden wir uns in den Schatten halten oder uns durch die angrenzenden Büsche oder wachsenden Bäume schlagen, aber beide Optionen fallen aus. Aus den Schatten könnten jederzeit Dunkelelfen aufsteigen, und die Waldelfen hätten uns überwältigt, ehe wir überhaupt wüssten, dass sie da sind. Wir bewegen uns auf freiem Feld, mit nichts als Gras um uns herum, das uns bis zu den Bäuchen reicht und sich leicht im Wind wiegt.

Abgesehen von dem einen Außenposten, den Vaan ausgeschaltet hat, treffen wir auf keinen anderen Elf. Hier stimmt etwas nicht ... Sämtliche Alarmmechanismen in meinem Inneren schreien um die Wette. Ich halte den Kopf gesenkt, meine Muskeln sind bis zum Zerreißen gespannt, jederzeit bereit, anzugreifen. Wir pirschen uns vorwärts und sind uns jederzeit bewusst, dass wir über keinerlei Deckung verfügen.

Als wir direkt vor dem riesigen Höhleneingang stehen, der ins Innere des Berges führt, halten wir inne und spähen erneut in alle Richtungen. Abgesehen von dem schwachen, flackernden Licht einiger Fackeln, die innerhalb des Ganges platziert sind, der ins Innere

des Berges führt, finde ich keinerlei Anzeichen dafür, dass sich hier jemand – geschweige denn zwei ganze Völker – aufhält.

Ein Geräusch hinter uns lässt Vaan und mich gleichzeitig herumfahren. Mein Herz schlägt vor Schreck bis zum Hals, doch ich bin bereit, jeden anzugreifen, der sich uns in den Weg stellt. Ich fahre die Krallen aus, setze zum Sprung an ... und stoppe mich in letzter Sekunde. Hinter uns steht Fye, die nach Luft ringt. In einer Hand hält sie ihre Schwertlanze, in der anderen zwei Bündel. Eines davon erkenne ich als das, was ich für mich zurechtgepackt habe.

Vaan geht zu ihr und stupst sie mit der Schnauze an.

»Habt ihr schon etwas entdeckt?«, wispert die Halbelfe. Mein Bruder und ich schütteln den Kopf. Fye schaut nach vorne auf den Höhleneingang und zieht die Nase kraus. »Für mich sieht es nicht aus, als würde hier eine Armee lagern ... Aber wir werden es erst wissen, wenn wir das Innere des Berges gesehen haben. Die Gänge und Räume darin sind sehr weitläufig.«

Zu dritt nähern wir uns dem Eingang, immer darauf gefasst, gleich in einen Hinterhalt zu geraten. Aber nichts geschieht. Wären nicht die Fackeln, die die inneren Gänge säumen, hätte ich jeden, der behauptet, hier würden Elfen leben, für verrückt erklärt.

»Die freiwilligen Elfenkrieger waren direkt hinter mir«, wispert Fye in die Stille hinein. »Sie sollten jeden Moment eintreffen.«

Vaan macht einen Schritt nach vorne, dann noch einen, und Fye und ich folgen ihm. Zwar wollten wir nur die Basis des Feindes auskundschaften und herausfinden, über wie viel Kämpfer er verfügt, aber ... hier gibt es nichts auszukundschaften! Keine Stellungen, kein Lager, keine Waffen. Nichts weiter als ein riesiger Berg und eine schier endlose Ebene liegen vor uns.

Noch immer spüre ich, dass Ayrun in der Nähe ist, und das lässt meine Abwehr sinken. Meine einzige Sorge gilt meinem Gefährten, von dem ich nicht weiß, warum er hier ist. Ich will losstürmen, ihn suchen und finden und ihn sicher zurück nach Eisenfels bringen. Mit grimmiger Genugtuung male ich mir aus, wie ich ihn in einem Zimmer einschließe, damit er ...

Sobald wir den Eingang passiert haben und im Inneren des Berges stehen, beginnen die Fackeln wild zu flackern, als würden sie von einem

starken Windstoß erfasst werden. Ich wirbele herum – nur um zu sehen, dass der Höhleneingang mit einem Zauber versperrt ist. Das Summen der Arkanmagie, die wie Gitterstäbe den Weg blockiert, hallt in meinen Ohren wider und beschwört schlimme Erinnerungen herauf. Ich saß schon einmal hinter diesen Arkanstäben fest. Ich weiß, wie es sich auf meiner Haut anfühlt, wenn ich mit ihnen in Berührung komme. Fauchend weiche ich einen Schritt zurück, weg von dem Summen und Flackern der Magie, die aus dem Nichts gekommen ist.

Nein, nicht aus dem Nichts. Ein helles, glasklares Lachen lässt mich nach rechts blicken, wo eine gewundene Steintreppe in die höheren Ebenen des Berges führt. Auf einer der Stufen steht Laryssa und beobachtet uns. Lachend steigt sie die Stufen hinab. Fye hält ihre Waffe vor sich; Vaan fletscht knurrend die Zähne, und ich bin sicher, er hätte sich fast auf sie gestürzt – wären da nicht die zwei Gestalten, die ebenfalls die Treppe herunterkommen.

Nein! Ich blinzle ein paar Mal. Vielleicht spielt mir das flackernde Licht einen Streich.

»Ich begrüße euch drei herzlich in meinem neuen Zuhause«, sagt Laryssa und breitet die Arme aus, doch ich achte nicht auf sie. Meine ganze Aufmerksamkeit gilt dem Mann, der nun hinter ihr zum Stehen kommt und neben dem Aysa steht.

Fye und Vaan scheinen ebenso verwirrt zu sein wie ich. Ich wusste, dass er hier ist, aber dass er ... dass Ayrun hinter der dunklen Herrin, auf der *falschen* Seite steht, damit hätte ich nicht gerechnet. Ich mache einen vorsichtigen Schritt nach vorne, mustere ihn von oben bis unten, aber ich kann keine Fesseln entdecken. Es sieht fast so aus, als wäre er ... freiwillig hier.

»Ayrun?«, höre ich Fyes Stimme hinter mir. »Was machst du hier?«

Erneut verfluche ich meine andere Gestalt. In diesem Moment nicht reden zu können, lässt meinen Magen rebellieren, aber ich wage es nicht, mich zurückzuverwandeln. Dann wäre ich wehrlos, bis ich es geschafft hätte, an das Bündel zu kommen und meine Waffen herauszufischen. Und im Angesicht der dunklen Herrin kann ich mir keine Wehrlosigkeit leisten.

»Ich will Antworten«, sagt Ayrun. Der Klang seiner Stimme jagt mir einen Schauer über den Rücken: kalt und teilnahmslos. Vielleicht

bilde ich es mir aber auch nur ein, weil ich will, dass er sich so anhört. Weil ich noch immer krampfhaft nach einer logischen Erklärung dafür suche, warum er hier ist.

»Ihr habt ihn gehört«, schaltet sich Laryssa wieder ein. »Und die Antworten soll er bekommen.« Sie steigt weitere Stufen hinab, bis sie fast vor uns zum Stehen kommt. Von Vaans Knurren scheint sie nicht im Mindesten beeindruckt zu sein. Selbst als Fye die Spitze ihrer Waffe auf sie richtet, zuckt die dunkle Herrin nicht einmal mit der Wimper.

»Nenne mir einen Grund, warum ich dich nicht hier und jetzt töten sollte«, knurrt Fye.

»Nun, da gibt es sogar zwei.« Grinsend schnippt Laryssa mit dem Finger, woraufhin Aysa ihren Bruder auf die Knie zwingt und ihm einen Dolch an die Kehle hält. Die spitze Klinge schimmert im Schein der Fackeln. Keuchend mache ich einen Satz nach vorne, doch Laryssa versperrt mir den Weg. »Das wäre Grund eins. Der zweite Grund ist dein Sohn, kleine Halbelfenkönigin. Er ist noch immer in meiner Gewalt, und meine Lakaien haben die Anweisung, ihn sofort zu töten, wenn mir etwas geschehen sollte.«

Vaans Knurren wird noch furchteinflößender, bis es letztendlich versiegt. Die Schwertlanze zittert in Fyes Händen, bis sie diese schließlich senkt.

»Findet ihr es nicht auch unhöflich, nicht mit der Gastgeberin zu sprechen? Eure stummen Tiergestalten mögen zwar sehr eindrucksvoll sein, aber sie sind leider nicht wirklich unterhaltsam.« Ein Unheil verkündendes Glimmen erscheint in ihren blauen Augen, als sie auf uns hinabsieht. »Verwandelt euch zurück. Auf der Stelle.«

Vaan und ich tauschen einen kurzen Seitenblick – und bleiben so, wie wir sind.

Laryssas Augen verengen sich zu Schlitzen. »Ich muss wohl etwas deutlicher werden.« Erneut schnippt sie mit dem Finger. Mein Blick huscht zu Aysa, die die Klinge fester gegen Ayruns Hals drückt.

Als ich den ersten Blutstropfen sehe, der sich aus der Schnittwunde löst, knicke ich ein.

»Aufhören!«, schreie ich, während ich nackt auf dem Steinboden kauere, die Hand in Ayruns Richtung ausgestreckt. Die scharfen Kanten der Felsen schneiden mir in meine Knie. »Lasst ihn in Ruhe!«

»Es freut mich, dich endlich einmal in deiner wahren Gestalt zu sehen, Prinzessin«, säuselt Laryssa und begutachtet mich von oben bis unten, als wäre ich eine Stute, die auf dem Markt zum Verkauf feilgeboten wird. »Hübsch, wirklich hübsch. Aber was anderes habe ich nicht erwartet. Die Mondkinder waren aufgrund ihrer göttlichen Abstammung schon immer mit überirdischer Schönheit gesegnet. Das, zusammen mit der Fähigkeit, die Gestalt zu ändern, macht dich perfekt für meinen Plan.«

»Welcher Plan?«, frage ich verwirrt.

»Bald, meine Schöne. Bald wirst du alles verstehen.« Ihr Blick huscht zu Vaan und Fye. »Ihr alle werdet es verstehen, nachdem ihr euren Platz in meinem Plan eingenommen habt.«

Ich schaue zu Ayrun, der alles stumm verfolgt und ohne sichtliche Regung auf der Stufe kniet. Ich kann keine Anzeichen von Angst oder Verwirrung in seiner Miene erkennen. Wie kann er so ruhig bleiben?

»Was hast du mit ihm gemacht?«, stoße ich hervor, nachdem mein Blick wieder Laryssa fixiert hat.

Das träge Lächeln, das ihre Lippen umspielt, lässt mir die Nackenhaare zu Berge stehen. Auch Vaan stößt ein kehliges Knurren aus. »Er ist freiwillig hier«, sagt die dunkle Herrin. »Ich habe ihm Antworten versprochen, und die wird er auch bekommen. In der Zwischenzeit ist er ... ruhiggestellt, um unschöne Zwischenfälle zu vermeiden. Übrigens: Denkt lieber nicht einmal daran, irgendwas Dummes zu versuchen. Selbst wenn es euch gelingen sollte, Aysa und mich zu überwältigen, wird euer kleines Prinzchen sofort den Tod finden.«

Fye keucht hinter mir auf.

»Und falls ihr es irgendwie schaffen solltet, den Prinzen zu finden und zu retten, wird Aysa in der Zwischenzeit einen Dolch in Ayruns Herz gerammt haben, womit sich auch das Leben der schönen Prinzessin hier erübrigt hätte. Ihr seht, ihr könnt nur verlieren. Es sei denn ...«

Ich schlucke krampfhaft gegen den Kloß in meinem Hals an. »Es sei denn *was*?«

»Es sei denn natürlich, ihr spielt brav eure Rollen.« Mit einem entzückten Seufzen klatscht Laryssa in die Hände. »Zuallererst wird sich auch unser schnuckeliger König zurückverwandeln. Ich nehme an, dass in den Bündeln, die die verehrte Königin trägt, Kleidung

für euch ist, nicht wahr? Zieht euch an, wir sind ja schließlich keine Wilden. Aber denkt daran: Keine Tricks! Ich würde ungern für Tote verantwortlich sein. Solltet ihr brav eure Rollen spielen, wäre ich sogar geneigt, den kleinen Prinzen freizulassen. Allerdings nur, wenn ihr mir keine Scherereien macht!«

Ich knirsche mit den Zähnen, werfe einen letzten verzweifelten Blick zu Ayrun, ehe ich mich umdrehe, mein Bündel schnappe und mich anziehe. Meine Finger zittern so sehr, dass ich es erst im dritten Anlauf schaffe, die Schnürung am Hemdkragen und meinen Gürtel zu schließen. Wieder und wieder gehe ich im Kopf unsere Situation durch. Selbst wenn wir einen gemeinsamen Angriff wagen und es schaffen, die dunkle Herrin zu überwältigen, würde Aysa währenddessen ihren Bruder töten – und dadurch auch mich. Sollten wir es schaffen, auch Aysa auszuschalten, bliebe immer noch Vaans Sohn, von dem wir noch nicht wissen, wo er festgehalten wird. Wenn seine Wächter kein Lebenszeichen ihrer Herrin erhalten, werden sie den Jungen umbringen.

Wie ich es auch drehe und wende, ich finde keine Lösung aus dieser Lage. Wir können es unmöglich schaffen, alle zu retten. Aber ... wen opfern wir? Oder geben wir kampflos auf und beugen uns Laryssas Plänen, die sie für uns hat? Ich will mir gar nicht vorstellen, was uns erwarten könnte ...

Meine Knie fühlen sich an, als wären sie aus Brei. Ich schärfe mir ein, den Rücken gerade und den Kopf oben zu halten. Sie soll nicht sehen, wie es in mir aussieht, welcher Sturm in meinem Inneren tobt. Ich fühle mich zerrissen zwischen dem Wunsch, Ayrun und mein Leben zu retten, und der Pflicht, alles zu tun, um dem kleinen Aeric zu helfen, der am allerwenigsten für diese Situation kann.

Als ich mich neben Fye stelle, schnappt sich Vaan sein Bündel und wendet sich von uns ab, bevor er sich zurückverwandelt. Er ist schneller als ich angekleidet. Der grimmige Ausdruck auf seinem Gesicht schenkt mir etwas Hoffnung. Solange er noch wütend ist, hat er nicht aufgegeben.

»Du wolltest mit uns reden«, sagt Vaan und stellt sich vor seine Gefährtin und mich. Mein Herz krampft sich bei dieser Geste zusammen und ich schaue wieder zu Ayrun. Er sollte ebenfalls hier sein, auf

dieser Seite der Treppe. Ich sollte es sein, die vor ihm steht, um ihn zu beschützen. Stattdessen lasse ich zu, dass der breite Rücken meines Bruders mich fast vollständig vor unseren Gegnern abschirmt.

»Ich habe noch viel mehr vor, als nur mit euch zu reden«, säuselt die dunkle Herrin und zeigt mit dem Finger auf mich. Beinahe wäre ich zusammengezuckt. »Vor allem mit dir, Prinzessin.« Ihr Lächeln wird noch eine Spur breiter, als sie meine Unsicherheit bemerkt. »Meine Krieger werden euch jetzt die Waffen abnehmen und ihr werdet brav da stehen bleiben.«

Nach einem erneuten Fingerschnippen erheben sich drei kräftige Dunkelelfen aus den Schatten um uns herum. Vaan und ich haben keine Waffen angelegt, und Fye rückt nach kurzem Zögern ihre Schwertlanze heraus.

»Sehr schön. Und jetzt folgt mir.«

Sie dreht sich schwungvoll um, sodass sich ihre Robe um ihre Füße bauscht, und steigt dann Stufe für Stufe nach oben. Aysa packt Ayrun unsanft am Kragen und reißt ihn hoch. Ich mache einen Schritt nach vorne, um auf sie loszugehen, doch ein stählerner Griff legt sich um meinen Arm und hält mich auf. Ich lege den Kopf in den Nacken, um das Gesicht des Dunkelelfen zu sehen, und blecke die Zähne. Sollten wir alle unbeschadet hier rauskommen, ist er der Erste, der auf meiner Todesliste steht. Mit einem Ruck befreie ich meinen Arm, bevor ich einen Stoß zwischen die Schulterblätter bekomme, der mich nach vorne taumeln lässt. Neben Vaan und Fye erklimme ich die Treppenstufen. Jeder Schritt kostet mich mehr Anstrengung als der vorherige. Nicht zu wissen, was mich da oben erwartet, lässt mich beinahe vor Angst erstarren. Vor allem, da wir nur verlieren können …

Oben angekommen, führen uns die drei Wachen in einen riesigen Saal. Er wird von unzähligen Fackeln erleuchtet, aber bis auf ein hüfthohes Podest in der Mitte ist er vollkommen leer. Nur vereinzelte Säulen, die die Last der Decke tragen, sind in unregelmäßigen Abständen angeordnet. Unsere Schritte hallen unnatürlich laut von den hohen Wänden wider. Laryssa erwartet uns bereits freudig grinsend neben einem Podest. Ayrun kniet schräg hinter ihr, zusammen mit Aysa.

Die Dunkelelfen stoßen uns unsanft so weit nach vorne, bis wir nur etwas drei Meter von Laryssa entfernt zum Stehen kommen. Und zum ersten Mal fällt mein Blick auf das Podest. Mit einem Aufschrei weiche ich zurück, ebenso wie Fye, die sich beide Hände vor den Mund schlägt. Nur Vaan bleibt an Ort und Stelle stehen, doch so, wie sich seine Schultern verkrampfen, ist auch er nicht auf den Anblick vorbereitet gewesen.

»Bei allen Göttern«, wispere ich, ohne den Blick von der Gestalt auf dem Podest nehmen zu können.

»Wie ich sehe, erinnert ihr euch an meinen Sohn«, sagt Laryssa, beugt sich vor und streicht mit der Hand über die leblose Gestalt.

Ich muss bei diesem Anblick würgen. Dort, direkt vor uns, liegt der Leichnam von Gylbert. Seine Haut ist grau und an einigen Stellen klebt Erde. Die einst prachtvollen roten Haare sind stumpf und dreckverkrustet. In seinem Hals klafft ein großes Loch. Das war die Stelle, an der Vaan seine Zähne versenkt hat. Aber alles in allem sieht er nicht aus wie eine Leiche, die fast ein Jahr unter der Erde lag. Er sieht ... fast so aus, als würde er jeden Moment die Augen aufschlagen. Ich bekomme am ganzen Körper eine Gänsehaut bei diesem Gedanken.

»Wie bist du an den Leichnam gekommen?«, presst Vaan zwischen zusammengebissenen Zähnen hervor.

»Die Umgebung von Eisenfels wird nicht so gut bewacht, wie du vielleicht denkst, mein Lieber«, antwortet Laryssa in ihrem überheblichen Tonfall, der in mir das Bedürfnis weckt, ihr die Augen auszukratzen. »Es war für meine Männer ein Leichtes, ihn bei Nacht bergen und hierher bringen zu lassen.«

Ich schaue zu Fye, die noch immer beide Hände auf den Mund presst, und berühre sie kurz am Arm. Ihr Blick ist starr auf Gylbert gerichtet.

»Dein Sohn ist tot, Laryssa«, sagt Vaan. »Und es gibt nichts, was du dagegen tun könntest.«

Das Grinsen der dunklen Herrin wird breiter und ich wage nicht mehr zu atmen. »Und schon wieder liegst du falsch. Es gibt sehr wohl etwas, das ich dagegen tun kann.«

Ich runzle verwirrt die Stirn und schaue zu Fye, als sie laut nach Luft schnappt. »Das ist Wahnsinn«, wispert sie und reißt den Blick

von der Leiche los. »Es gibt einen Grund, warum dieser Zauber verboten ist. Schwarze Magie fordert stets einen Preis, der viel höher ist als das, was man bekommt.«

»Schwarze Magie?«, frage ich. Das alles übersteigt meine Vorstellungskraft.

»Sie will ihren Sohn von den Toten zurückholen«, grollt Vaan.

»Was?«, kiekse ich. Habe ich mich gerade verhört? »Es gibt einen Zauber, der Tote wieder zum Leben erwecken kann?« Warum hat das nicht schon früher jemand erwähnt? Wir hätten …

Doch Fye schüttelt vehement den Kopf. »Es ist verbotene Magie, an die sich nicht einmal meine Mutter herangetraut hat. Schwarze Magie erfordert jedes Mal ein Opfer. Ich habe vom Requiem-Zauber, der Tote wiedererwecken kann, gelesen. Die Durchführung des Rituals ist äußerst schwierig und das Ergebnis ist nicht von Dauer.«

»Was bedeutet das?«, frage ich.

»Das bedeutet, dass der, den du von den Toten zurückgeholt hast, nach kurzer Zeit erneut stirbt. Du würdest denjenigen, den du erweckt hast, also erneut verlieren«, erklärt Fye. »Das und die Tatsache, dass das Ritual schwierig ist, sind die Gründe, weshalb diese dunkle Magie niemand praktiziert.«

»Niemand, bis auf mich«, wirft Laryssa ein. »Ich habe lange damit zugebracht, die alten Schriften zu studieren. Und dank euch habe ich endlich alle die, die ich für das Ritual brauche, hier versammelt.«

»Du willst deinen Sohn erwecken, nur um mit anzusehen, wie er nach weniger als einem Tag erneut stirbt?«, fragt Fye fassungslos. »Selbst wenn dir das Ritual gelingen sollte, wäre Gylbert kurz darauf trotzdem wieder tot.«

»Das stimmt«, murmelt Laryssa. »Aber er wird nicht gehen, ohne etwas von sich zurückzulassen. Dafür ist ein Tag durchaus ausreichend.«

»Und was soll das sein?«, verlangt Vaan zu wissen.

Laryssas Grinsen ist nun so breit, dass ich sämtliche ihrer Zähne sehen kann. »Ein Kind.«

Ehe einer von uns etwas darauf erwidern kann, werde ich von hinten gepackt und zu Boden gedrückt. Ich wehre mich nach Kräften, aber sobald ich auf den Knien bin, habe ich keine Chance mehr.

Laryssa nutzt die Zeit und webt einen Zauber. Schatten kriechen herbei und legen sich wie Seile um die Hände und Füße von Vaan und Fye. Ich werde zur nächsten Säule geschleift, meine Arme werden weit über meinen Kopf gezogen, bis ich gerade so auf den Zehenspitzen stehen kann, bevor meine Handgelenke in eiserne Manschetten gelegt werden.

»Was soll das?« Wie wild zerre ich an meinen Fesseln, aber außer einem Rasseln der Ketten, die an den Manschetten nach oben in die Gesteinsdecke verlaufen, erreiche ich nichts.

Laryssa kommt zu mir, eine Beschwörung murmelnd, und legt mir ihre Hand auf den Unterleib. Hitze schießt durch mich hindurch und ich schreie auf. Nur undeutlich höre ich Vaan brüllen, doch dann sacke ich bereits nach vorne. Es fühlt sich an, als hätte die dunkle Herrin all meine Kraft aus mir herausgesaugt, während ich gleichzeitig innerlich glühe, als hätte ich Fieber.

»Wir wollen doch, dass auch alles klappt, nicht wahr?«, säuselt Laryssa, als sie sich wieder von mir abwendet.

Ich zwinge mich dazu, den Kopf zu heben, und schaue zu Ayrun. Sein Blick ruht auf mir und irgendwie sehen seine Augen weniger apathisch aus. Dennoch zeigt er ansonsten keine Regung, nimmt alles teilnahmslos hin, was die dunkle Herrin uns antut.

»Kommen wir nun – endlich! – zur Durchführung des Rituals.« Laryssa Stimme vibriert vor Kraft, als sie auf Vaan zugeht und gleichzeitig einen Dolch aus ihrem Gewand hervorholt. »Um meinen Sohn zu erwecken, brauche ich das Blut seines Mörders. Im Text stand nicht, wie viel Blut ich benötige, aber da ich die Königin für einen späteren Schritt brauche, muss ich sparsam sein.« Mit einer Fingerbewegung winkt sie die Schatten, die Vaan gefangen halten, näher zu sich, bis mein Bruder direkt vor dem Podest steht. Seine Brust hebt und senkt sich hektisch, während er immer wieder versucht, sich aus den Schattenfesseln zu befreien. Jedoch erfolglos.

»Aufhören!«, schreie ich mit letzter Kraft.

Die dunkle Herrin setzt den Dolch an Vaans Armbeuge an, drückt die Klinge ins Fleisch und zieht sie anschließend nach unten bis zum Handgelenk. Vaans Gesicht ist schmerzverzerrt und bleich, aber kein Ton kommt über seine Lippen. Ich weiß nicht, ob ich es ebenfalls

schaffe, nicht zu schreien, wenn ich an der Reihe bin. Und dass ich früher oder später an der Reihe sein werde, steht für mich außer Frage. Mit weit aufgerissenen Augen verfolge ich, wie Laryssa Vaans Blut in die klaffende Wunde an Gylberts Hals tropfen lässt. Es muss Minuten dauern, doch als mein Bruder aufgrund des Blutverlusts anfängt zu schwanken, lässt sie von ihm ab und übergibt ihn wieder der Obhut eines ihrer Schergen.

Fye schluchzt und wehrt sich gegen ihre eigenen Fesseln, während immer mehr Blut aus Vaans Arm zu Boden rinnt. Sein Kopf ist gesenkt und seine Atmung geht stoßweise. Die Haare kleben ihm auf der Stirn und er versucht nicht einmal, sich gegen seine Häscher zu wehren. Wenn sich nicht bald jemand um seine Wunde kümmert, wird er verbluten … Doch Laryssa schert sich nicht darum, sondern wirft allerlei Pulver und getrocknete Dinge, die ich nicht näher erkennen kann, in die Feuerschale neben dem Podest, sodass dunkler Rauch aufsteigt. Der Gestank, den die verbrannten Materialien erzeugen, beißt so stark in meiner Nase, dass mir Tränen in die Augen treten. Doch Laryssa scheint das nicht zu stören. Sie geht auf und ab und murmelt dabei unablässig Beschwörungsformeln, deren bloßer Klang einen Schauer nach dem anderen über meinen Rücken jagen. Ihre Hände glühen und die Muskeln in ihren Armen zucken, als hätte sie Schwierigkeiten, die Zauber, die sie heraufbeschwört, zu bändigen.

»Und nun das Blut eines Herrschers«, sagt sie nach einer gefühlten Ewigkeit. »Ich würde mein eigenes nehmen, aber ich bin keine geborene Anführerin. Also, Elfenkönigin, komm zu mir.«

Erneut bewegt sie die Schattenfesseln mit einer Handbewegung und ruft Fye so zu sich. Sie stolpert mehrmals, wird aber von den Fesseln auf den Füßen gehalten. Ihr Gesicht hat jegliche Farbe verloren. Sicherlich erleidet sie Vaans Schmerzen. Wenn die dunkle Herrin sie ebenfalls so aufschneidet wie meinen Bruder, nachdem Fye durch seine Verletzung bereits geschwächt ist, könnte das ihren Tod bedeuten. Trotz unserer Differenzen komme ich nicht umhin, die Halbelfe dafür zu bewundern, wie aufrecht sie sich hält. Sie hat Angst, aber sie weint oder bettelt nicht, weder für sich noch für Vaan. Stoisch begegnet sie dem Grinsen der dunklen Herrin, ohne zu wissen, was sie erwartet.

»Komm schon, nicht so schüchtern«, säuselt Laryssa, als sie nach Fyes Arm greift. Die Halbelfe zuckt bei der Berührung zusammen, doch ihre Lippen bleiben verschlossen. »Ich bin ganz sanft, das verspreche ich dir.«

Und tatsächlich, anders als bei Vaan zieht sie die Klinge des Dolchs nur einmal quer über Fyes Handfläche und lässt einzelne Blutstropfen auf den Leichnam fallen. Die Halbelfe scheint darüber genauso verwirrt zu sein wie ich, denn ihr Blick huscht zwischen Laryssa, dem Dolch in ihren Händen und der Leiche vor sich hin und her.

»Sperrt sie weg. Ich brauche sie nicht mehr«, weist Laryssa ihre Wächter an.

»Was ist mit unserem Sohn?«, protestiert Fye. »Wir haben getan, was du wolltest. Lass unseren Sohn frei!«

Laryssa schenkt ihr einen abschätzenden Blick, dann seufzt sie. »Ich bin niemand, der sein Wort bricht. Von mir aus. Sperrt sie in die Zelle und werft ihr Balg hinterher. Ich will keinen von ihnen sehen, bis alles vollendet ist.«

»Giselle ...«, sagt Vaan undeutlich, fast lallend, und stemmt sich gegen den Griff des Wächters. »Was ... hast du mit ihr vor?«

Eine sehr gute Frage, aber nach allem, was ich gesehen habe, bin ich mir nicht sicher, ob ich die Antwort hören will. Ich wünsche, dass sie mich ebenfalls in die Zelle zu Vaan und der Halbelfe sperren, damit ich nicht alleine hier mit dieser Wahnsinnigen zurückbleibe. Um Ayrun würde ich mich kümmern, wenn ich den gröbsten Schrecken verdaut habe, aber im Moment bin ich froh, wenn ich halbwegs normal atmen kann. Mit jeder Minute, die ich hier gefesselt bin und dem Schauspiel zusehen muss, wächst meine Panik immer weiter.

Die dunkle Herrin gluckst vor Lachen. »Deine Schwester wird noch ein bisschen hierbleiben müssen. Sie wird mir ein Enkelkind schenken. Ein Kind, halb Elf, halb Mondkind. Eine unbesiegbare Mischung.«

Ich bin zu schockiert, um dazu etwas zu sagen. Mit offenem Mund starre ich sie an, während sich meine Gedanken überschlagen. Enkelkind ... Meint sie damit etwa das Kind des toten Gylbert? Aber das ...

»Ich wusste es«, stößt Fye hervor. »Du bist wahnsinnig!«

»Na, na, meine Liebe«, tadelt Laryssa sie. »Ich habe alles ganz genau geplant. Der Zauber, den ich auf sie gelegt habe, wird dafür sorgen, dass sie schwanger wird. Das Mondkind, das sie bekommen wird ...«

»Es gibt keine Garantie dafür, dass die Nachfahren der Mondkinder ebenfalls welche werden«, fällt Fye ihr ins Wort. »Mein Sohn ist kein Mondkind.«

»Ich weiß«, antwortet Laryssa mit einem süffisanten Grinsen. »Deshalb ist er ja so nutzlos. Ich habe die Mondkinder schon seit dem Zeitpunkt studiert, als deine Mutter meinen Sohn in die Dienste der Menschenkönigin gestellt hat.« Sie hebt die Hand und hält zwei Finger nach oben. »Es gibt zwei Arten von Mondkindern: die Jäger und die Gejagten. Bekommt ein Jäger ein Mondkind, wird es ebenfalls ein Jäger sein. Schaut euch beide doch an«, sagt sie an Vaan und mich gewandt. »Wolf und Löwin. Eure Mutter war ein Falke, ein Jäger der Lüfte, und ihr Vater ein Bär. Ihr stammt aus einer langen Linie von Jägern. Weit weg von hier, in einem Gebiet am Rande des Meeres, leben noch andere Mondkinder. Sie sind die Gejagten, wie ich sie nenne. Beutetiere, wie Hasen, Singvögel oder Rehe. Nutzlose Gestalten, allesamt. Deshalb muss es ein Mondkind aus der Linie der Jäger sein.«

Vaan und ich tauschen einen kurzen Blick, während wir ihre Worte sacken lassen. Es ist nicht von der Hand zu weisen, dass die Mondkinder aus unserer Familie allesamt Raubtiere waren, aber bisher habe ich mir noch nie etwas dabei gedacht.

»Aber selbst wenn das, was du sagst, stimmt, heißt das noch lange nicht, dass Giselles Kind ebenfalls ein Mondkind wird«, wirft Fye ein.

»Oh doch, das wird es. Ist es euch noch nicht aufgefallen?«

Verwirrt schauen wir uns erneut an, was Laryssa wieder dazu veranlasst zu lachen.

»Wie viele Geschwister hatte deine Mutter, die Menschenkönigin Miranda?«, fragt die dunkle Herrin an Vaan gewandt.

»Viele«, sagt er zögernd. Mutter sprach nicht viel von ihrer Zeit, bevor sie unserem Vater begegnete. Es war kein gutes Leben, das sie führte, aber ich glaube mich zu erinnern, dass sie über zehn Geschwister hatte, die allesamt in einer kleinen Hütte hausen mussten.

»Und sogar noch mehr«, sagt Laryssa. »Euer Großvater hatte seine Gefährtin nie gefunden und in seinem langen Leben mehrere Familien gehabt. Er hat unzählige Nachkommen gezeugt, aber nur ein Kind davon war wie er. Eure Mutter hingegen hatte nur euch, nur zwei Kinder – und beide sind Mondkinder. Glaubt ihr da etwa an einen Zufall?«

»Heißt das«, murmelt Fye, »dass die weiblichen Mondkinder ...«

»Du hast es erfasst«, jubelt die dunkle Herrin. »Die männlichen Mondkinder zeugen nur hin und wieder Mondkinder. Aber wenn die Mutter die Gabe der Verwandlung hat, wird das Kind sie in jedem Fall erben. Und da kommst du ins Spiel, Prinzessin.« Sie dreht sich zu mir um. »Ist es nicht passend, dass ein weibliches Mondkind aus der Linie der Jäger direkt vor meiner Nase lebte und ich nur die Hand nach ihm ausstrecken musste? Es ist ärgerlich, dass du dich zwischendurch an Ayrun gebunden hast, aber zum Glück ist zwischen euch nichts vorgefallen. So ist der Gute wenigstens noch als Druckmittel nützlich.«

Mir bricht kalter Schweiß aus und mein Herzschlag dröhnt unnatürlich laut in meinen Ohren.

»Ursprünglich hatte ich geplant, das Balg der Königin zu entführen und selbst großzuziehen, um es nach meinem Gutdünken zu formen«, sagt die dunkle Herrin. »Ein Mondkind aus der Linie der Jäger, das noch dazu Magie einsetzen kann, ohne ein direktes Medium zu benötigen, wäre die ultimative Waffe im Kampf gegen die Menschen. Jedoch ...« Ihr Blick richtet sich auf Fye und ihr Mund verzieht sich angewidert. »Dein Balg ist nutzlos. Es besitzt weder die Gabe der Verwandlung noch beherrscht es Magie. Ihr könnt euch meine Enttäuschung vorstellen ... Zum Glück gab es noch einen weiteren Teil in meinem Plan, den ich ausbauen konnte, und das Balg wurde doch nicht komplett nutzlos für mich. Und nun bringt die beiden endlich weg«, herrscht Laryssa ihre Wachen an. »Ich will hier weitermachen und dazu brauche ich sie nicht.«

Fassungslos sehe ich dabei zu, wie mein Bruder und seine Gefährtin aus dem Saal geschleift werden. Vaan ist mittlerweile so geschwächt, dass er sich nur mit Mühe auf den Beinen halten kann. Fyes Arme wurden ihr auf den Rücken gedreht, sodass es für sie unmöglich ist zu zaubern. Ich bleibe allein unter Feinden zurück, gefesselt an eine Säule. Ohne Magie, ohne Waffen – völlig hilflos. Ich könnte mich verwandeln, aber dann ist noch immer Ayrun in unmittelbarer Gefahr. Seine Schwester hält den Dolch weiterhin fest umklammert und auf seinen Hals gerichtet. Eine falsche Bewegung von mir oder auch nur der Hauch einer Vermutung, dass ich die Gestalt ändern könnte, würde seinen Tod bedeuten. Und somit auch meinen. Vielleicht schaffe ich es aber, wenigstens Ayrun zu retten. Wenn er hier rauskommt und sich mit Vaan und seiner Gefährtin zusammentun könnte ...

»Lass Ayrun gehen«, bettele ich. »Du hast mich gefangen. Er ist dir nicht mehr von Nutzen.«

»Das kann ich leider nicht, Prinzessin«, antwortet Laryssa und schüttelt den Kopf. »Weißt du, als ich Ayrun zufällig auf dem Weg nach Eisenfels begegnet bin, war er sehr aufgebracht. Er hatte so viele Fragen, während sein Herzschlag fast so ängstlich wummerte wie deiner im Moment. Er war verwirrt und wollte wissen, was für ein Mensch du bist. Ich versprach, es ihm zu zeigen. Oder besser, mein Sohn wird das übernehmen.«

Wie auf Befehl bewegt sich der Leichnam hinter der dunklen Herrin und setzt sich auf.

KAPITEL 26

Mein Herz setzt einen Schlag aus, als ich fassungslos dabei zusehe, wie der eigentlich tote Gylbert den Kopf bewegt und auf seine Hände schaut. Ich will schreien, doch jeder Ton bleibt mir im Hals stecken. Ich schaffe es nicht einmal, an meinen Fesseln zu zerren.

»Binde Ayrun an die Säule dort drüben«, weist die dunkle Herrin Aysa an, die dem Befehl sofort nachkommt. Wie eine Puppe hängt Ayrun schlaff in den Handgelenksfesseln. »Es wird Zeit, dass wir ihn aufwecken, nicht wahr? Es wäre doch schade, wenn er all das hier verpassen würde.«

Sie schnippt mit den Fingern und sofort geht ein Ruck durch Ayruns Körper, als würde er zu neuem Leben erwachen. Er hebt den Kopf und schaut sich um; ein verwirrter Ausdruck liegt auf seinem Gesicht.

Bis sein Blick an mir hängen bleibt. Seine Augen sind weit aufgerissen, als könne er nicht begreifen, was gerade vor sich geht.

»Giselle, was ...« Seine Stimme versagt. »Was machst du hier? Warum ...«

Als er sich der anderen hier im Raum gewahr wird, verstummt er. Vor allem, als er Gylbert sieht.

»Nun schau nicht so vorwurfsvoll«, tadelt ihn die dunkle Herrin. »Du wolltest Antworten, oder? Mein Sohn«, sie lässt ihre Hand an Gylberts Arm hinaufwandern, »wird dir die Antworten geben, nach denen du suchst. Er wird dir zeigen, was für ein Mensch deine Gefährtin in Wirklichkeit ist, und welch dunkle Geheimnisse in ihr schlummern.«

Gylbert schwingt – erstaunlich behände für einen Toten – die Beine über den Rand des Podestes und steht langsam auf, testet, ob sein Stand hält. Zum ersten Mal seit dem Ritual erhasche ich einen Blick auf ein Gesicht. Die Wunde an seinem Hals hat sich fast vollständig geschlossen, aber seine Augen ... Ich versuche krampfhaft die bittere Galle, die meinen Hals hinaufsteigt, wieder hinunterzuschlucken. Seine Augen sind schneeweiß.

Als er sicher auf den Beinen steht, ballt Gylbert ein paar Mal die Hände zu Fäusten und bewegt den Kopf hin und her, sodass einzelne Wirbel knacken.

»Das Ritual ist abgeschlossen und du hast meine Wünsche empfangen. Du weißt, was du zu tun hast, nicht wahr?« Laryssa steht hinter ihm und überwacht seine Fortschritte, jederzeit bereit, einzugreifen. »Dir bleibt nicht viel Zeit, bis ich dich wieder verliere. Sorg dafür, dass die Mühen nicht umsonst waren.«

Gylbert dreht den Kopf zu seiner Mutter und lächelt. »Es ist ja nicht so, als hätte ich das noch nie getan.« Seine Stimme ist rau und kratzig, als hätte er sie sehr lange nicht benutzt – was auch der Fall ist. Trotzdem erschaudere ich bei ihrem Klang.

Er wendet sich wieder mir zu, und als er den ersten Schritt in meine Richtung macht, fauche ich: »Wag es ja nicht, mich anzurühren! Bleib weg von mir!«

Seine bläulich verfärbten Lippen verziehen sich zu einem Lächeln. »Aber, aber, warum so kratzbürstig? Früher hast du dich nicht dagegen gewehrt.«

Mein Herz galoppiert so schnell, dass ich befürchte, es könnte jederzeit aus meinem Brustkorb springen. Mein Blick huscht zu Ayrun, dessen Miene so viele Emotionen widerspiegelt, dass mir schlecht wird. Verwirrung, Wut, Unverständnis, Angst, Unglauben – doch nirgends erkenne ich an ihm eine Spur von der Liebe, von der er gesprochen hat. Er schaut mich an, als sähe er mich zum ersten Mal. Als wäre ich eine Wildfremde, mit der er nichts zu tun hat. Spürt er nicht meine Panik in sich? Sieht er nicht, dass ich gegen meinen Willen hier bin?

»Bitte, bring ihn hier weg«, flehe ich erneut die dunkle Herrin an. »Er muss das nicht sehen.«

Grinsend dreht Laryssa sich um und geht zu Ayrun. Kurz freue ich mich, weil ich glaube, sie würde ihn wirklich von seinen Fesseln befreien und wegschaffen lassen. Doch stattdessen beugt sie sich zu ihm vor und sagt: »Schau genau hin, kleiner Waldelf. Und hör gut zu.«

Ayruns Blick wird für einen Moment wieder so träge wie vorhin, ehe er mehrmals hintereinander blinzelt. Und endlich begreife ich, was hier vor sich geht. Zwar hat Laryssa den starken Zauber von ihm genommen, aber trotzdem ist Ayrun empfänglich für ihre geflüsterten

Befehle. Er sieht, was sie will, dass er sieht. Hört, was sie will, dass er hört. Er nimmt nicht wahr, wie ich mich wehre, sieht nicht, dass ich ebenfalls gefesselt bin wie er und alles andere als freiwillig hier bin.

Meine Gedanken werden durch Gylbert unterbrochen, der nun bei mir angekommen ist und seine Hand hebt, um mein Gesicht zu berühren. Zischend drehe ich mich von ihm weg, so gut es geht, doch weit komme ich nicht. Das Kettenrasseln ist neben meinem keuchenden Atem und dem Knistern der Fackeln das einzige Geräusch im Saal.

»Was ist los mit dir?«, sagt Gylbert und packt mich am Kinn, sodass ich mich nicht mehr von ihm abwenden kann.

Blitzschnell schießt er nach vorne und drückt seine Lippen auf meine. Sofort treten mir Tränen in die Augen und ich bin kurz davor, mich zu übergeben. Sein Gestank nach Dreck und Verwesung raubt mir die Luft zum Atmen. Ich versuche, ihn mit meinen Beinen zurückzudrängen, doch er presst sich mit seinem ganzen Körper an mich. Irgendwie schaffe ich es, meine Panik niederzukämpfen, öffne den Mund und beiße ihm in die Unterlippe. Ich schmecke Erde und den metallischen Geschmack von Blut und bin wirklich kurz davor, mich zu erbrechen. Doch ich habe es geschafft, dass Gylbert zumindest vorerst vor mir zurückweicht.

Er fährt sich mit der Hand über den Mund und spuckt einmal aus. »Wir können das sanft hinter uns bringen, Kätzchen, oder wir machen es auf die harte Tour. Das liegt ganz bei dir.«

Wieder kommt er auf mich zu und packt diesmal meine Brust. Er drückt so fest zu, dass ich aufschreie.

»Ja, schrei für mich. Wie in alten Zeiten«, schnurrt er, als er beginnt, meinen Gürtel zu öffnen. »Du weißt, dass ich es kann.« Mit einem Ruck reißt er mein Hemd entzwei. »Ich war schon früher gut darin, dich deine Sorgen vergessen zu lassen.« Mit dem Zeigefinger fährt er meinen Bauch entlang, immer weiter nach unten. »Wie oft hast du mich angefleht, dich so lange zu nehmen, bis du nicht mehr klar denken konntest?«

Ich drehe den Kopf zur Seite, beiße fest die Zähne zusammen und ignoriere die heißen Tränen, die meine Wange hinunterlaufen.

»Zeig mir, wo es wehtut, Kätzchen«, murmelt er an meinem Hals. Seine Berührungen lassen meinen Magen rebellieren. »Tu einfach

so, als würde es dir gefallen, so wie früher. Als du meinen Namen geschrien hast, wieder und wieder und wieder. Tu wieder so, als würde ich dir etwas bedeuten. Dafür musst du dich nicht schämen.«

Seine Finger nesteln an meiner Hose und ich erwache aus meiner Starre. Ich strampele wie wild mit den Beinen, was mir allerdings nur eine schallende Ohrfeige einbringt. Benommen schüttele ich den Kopf, um wieder zur Besinnung zu kommen. Gylberts Hand legt sich um meinen Hals und drückt zu.

»Du lässt mir keine Wahl, meine Liebe«, raunt er. Röchelnd schnappe ich nach Luft. »Ich habe kein Problem damit, deinen bewusstlosen Körper zu vögeln, obwohl es uns beiden anders sehr viel mehr Spaß bereiten würde. Es liegt ganz bei dir.«

Um seine Worte zu unterstreichen, verstärkt er den Druck nochmals, bis ich befürchte, dass mein Kehlkopf gleich in tausend Splitter zerspringen wird.

»Keine Tränen, meine Schöne. Die haben dir noch nie gestanden. Und jetzt ...«

Seine eiskalte Hand schiebt sich in meine Hose. Mein Körper verkrampft sich sofort. Ich will schreien, ihn treten oder schlagen, doch das Zittern, das mich erfasst hat, lässt nichts davon zu. Seine andere Hand wendet sich wieder meiner entblößten Brust zu, sanfter diesmal, aber immer noch schlimm genug, um mich würgen zu lassen.

Irgendwie schaffe ich es, den Kopf zu heben und über Gylberts Schulter zu schauen. Mein Blick findet Ayruns und ich schließe gequält die Augen, als ich die Abscheu in seiner Miene sehe. Das ist tausendmal schlimmer als alles, was Gylbert mir antun könnte.

Meine andere Gestalt rumort in mir, bettelt darum, freigelassen zu werden, doch ich halte sie zurück. Ich weiß nicht, was sie mit Ayrun machen, wenn ich mich verwandle, und ich weiß auch nicht, ob meine Pfoten dann noch immer gefesselt sind. Falls das der Fall sein sollte, wäre auch meine andere Gestalt aussichtslos. So wie es scheint, habe ich keine andere Wahl, als alles über mich ergehen zu lassen.

»Geben die beiden nicht ein wunderschönes Paar ab?«, höre ich Laryssas Stimme von der anderen Seite des Raumes. Sie und Aysa

habe ich fast ganz vergessen. »Er hätte es sein sollen, den sie zu ihrem Gefährten nimmt, und nicht einen namenlosen Waldelfen.«

Bei ihren Worten höre ich Ayruns Fesseln rasseln. »Aufhören!«, brüllt er und mein Herz macht einen Satz.

Sofort wirbelt Laryssa zu ihm herum. »Wie es aussieht, muss ich dich wieder vollständig unter meinen Zauber stellen.«

»Lass ihn in Ruhe!«, schreie ich und versuche erneut, Gylbert irgendwie von mir wegzustoßen. Wieder handele ich mir einen schmerzhaften Schlag ins Gesicht ein, der mich Sterne sehen lässt. Nur undeutlich höre ich, wie Ayrun meinen Namen ruft, und es dauert eine Weile, bis ich mich wieder vollständig erholt habe.

»Nimm deine dreckigen Hände von meiner Gefährtin!«

Zu meiner Überraschung lässt Gylbert tatsächlich von mir ab und wendet sich Ayrun zu. »Den da?«, gluckst er. »Den ziehst du mir oder deinem Bruder vor? Oh, bitte, schau nicht so vorwurfsvoll. Ich weiß, ich sollte eigentlich nicht über deine seltsamen Neigungen sprechen.«

»Ich ziehe Ayrun jedem von euch vor«, stelle ich klar. »Vaan habe ich schon vor langer Zeit aufgegeben, und du warst nicht mehr als ein schlechter Zeitvertreib. Heute könnte ich kotzen, wenn du mich nur ansiehst!«

»Lass dich von den beiden nicht ablenken, Gylbert«, sagt Laryssa. »Dir bleibt nicht viel Zeit in dieser Welt. Ich werde den Waldelfen nach draußen schaffen lassen, wenn er dich stört.«

Gylbert nickt, bleibt aber mit dem Rücken zu mir in ein paar Metern Entfernung stehen und beobachtet seine Mutter. Auf einen Wink Laryssas macht Aysa sich sofort daran, Ayruns Fesseln zu lösen. Sein Blick huscht zu mir und er neigt beinahe kaum merklich den Kopf. In dem Moment, als seine Hände frei sind, holt er aus und rammt den Ellenbogen in Aysas Bauch. Sie krümmt sich nach vorne und lässt den Dolch fallen. Laryssa ist zwar sofort zur Stelle und hält Ayrun mit einem ihrer Schattenzauber in Schach, doch ich hatte durch Ayruns Tat genügend Zeit, mich zu verwandeln und dadurch die Ketten zu sprengen. Gylbert setze ich mit einem gezielten Hieb in seine Kniekehlen außer Gefecht.

Fauchend stehe ich in meiner anderen Gestalt hinter Laryssa, spanne die Muskeln an und springe.

Laryssa reagiert schnell: Noch während ich in der Luft bin, webt sie einen Zauber und einen Augenblick später werde ich von einer dunklen Energiekugel zur Seite gestoßen. Ich pralle so hart auf dem Steinboden auf, dass mir sämtliche Luft aus den Lungen gepresst wird, und überschlage mich ein paar Mal, bis ich einige Meter entfernt liegen bleibe. Meine Schulter schmerzt so stark, dass ich im ersten Moment nicht auf die Pfoten komme. Blinzelnd versuche ich, meine Gegnerin nicht aus den Augen zu verlieren; dennoch verschwimmt meine Sicht. Ich mobilisiere meine letzten Kräfte und gebe mein Bestes, den Schmerz in meiner Schulter zu ignorieren, und drücke mich wieder nach oben.

Diese Zeit nutzt die dunkle Herrin, um sich wieder Ayrun zuzuwenden. Hastig bückt er sich, hebt den Dolch auf und weicht kein Stück zurück. Mein Herz quillt über vor lauter Stolz. Ayruns Mut gibt mir die Kraft, um wieder fest auf allen Beinen zu stehen. Es ist meine Aufgabe, ihn zu beschützen und vor allem Unheil zu bewahren. Erneut wage ich einen Angriff.

»Pass auf!«, erschallt Gylberts Stimme. »Hinter dir!«

Doch diesmal ist Laryssa zu langsam. Sie schafft es zwar, sich zu mir umzudrehen, aber nur, um mitzubekommen, wie ich die Vordertatzen hebe, aushole und meine Krallen in sie schlage. Ihr Kreischen ist Musik in meinen Ohren. Hinter ihr hebt Ayrun den Dolch und rammt ihn in Laryssas Rücken, zieht ihn jedoch gleich wieder heraus. Als sie auf die Knie sinkt und gerade die Hände heben will, um zu zaubern, versenke ich meine Zähne in ihrem Hals. Ich spüre die Vibration ihrer Stimme in meinem Mund, dann den Schwall Blut, der meine Kehle hinabströmt. Ich hasse den metallischen Geschmack von frischem Blut und würde normalerweise angewidert zurückweichen, doch ich zwinge mich dazu, es nicht zu tun, sondern mein Werk zu beenden.

Als ich sicher bin, dass sie tot ist, lasse ich von ihr ab und fahre ein paar Mal mit der Zunge am Rand meiner Zähne entlang, um den ekligen Geschmack abzustreifen. Wie ein gefällter Baum kippt

Laryssa um und bleibt reglos auf dem Steinboden liegen. Von ihrem Hals aus bildet sich innerhalb weniger Augenblicke eine Blutlache und im nächsten Augenblick versinkt sie in den Schatten, die ihr Körper wirft. Nur ihr Blut bleibt zurück.

Ich schaue zu Ayrun, der keuchend nach Luft ringt. Er ist ziemlich blass um die Nase und seine Finger zittern, als er den Dolch loslässt, der scheppernd zu Boden fällt, aber ich könnte nicht stolzer auf ihn sein. Ich gehe zu ihm, schiebe kurz meinen Kopf unter seine Hand und schnurre, ehe ich ihm mit einem Kopfnicken zu verstehen gebe, dass er sich um seine Schwester kümmern soll. Er zögernd einen Moment, geht dann jedoch zur bewusstlosen Aysa. Grollend drehe ich mich um. Ich werde mir in der Zwischenzeit Gylbert zur Brust nehmen.

Einst waren seine Bewegungen geschmeidig und flink, doch der Tod steht dem Elfen alles andere als gut. Nur mit Mühe schafft es Gylbert, einen Fuß vor den anderen zu setzen, als würden ihm seine Glieder nicht vollständig gehorchen. Das war unser Glück, denn ich bin nicht sicher, ob wir es mit Laryssa und Gylbert gleichzeitig hätten aufnehmen können. Geduckt schleiche ich auf ihn zu. Zwar wird er innerhalb einiger Stunden sowieso wieder tot sein, aber die Genugtuung, ihn vorher umzubringen, werde ich mir nicht nehmen lassen. Nicht nach dem, was er mir angetan hat.

Ich werde ihn für jede einzelne Sekunde in meiner Nähe, für jede Berührung gegen meinen Willen leiden lassen.

Da ich nicht weiß, über wie viel Kraft er nach seiner Erweckung verfügt, behalte ich seine Hände im Blick, jederzeit bereit, auf ihn loszugehen, falls er es wagen sollte, einen Zauber zu weben. Aber er tut nichts dergleichen. Ohne Waffe, ohne Magie ist er nichts weiter als ein Mann, der genau weiß, dass er verloren hat. Ich merke es seiner Haltung an. Aber warum sollte er sich wehren? Seine Zeit war schon vor einem Jahr abgelaufen.

»Ich hätte meiner Mutter gerne ihren Wunsch erfüllt«, sagt er, während er die Stelle betrachtet, an der Laryssas toter Körper lag. »Hätte sie nur eine andere Frau gewählt und keine, die sie hinterrücks anfällt.« Sein Blick huscht zu mir zurück. Ich blecke die Zähne. »Los. Greif mich schon an. Bringen wir es hinter uns. Nur du und ich.«

Ich weiß nicht, was es ist, aber etwas an der Art, wie er es sagt, macht mich stutzig. Ich hatte zwar nicht vor, Ayrun in den Kampf gegen Gylbert zu verwickeln, aber ... Mein Nackenfell stellt sich auf, als ich im mich Saal umschaue. Wo sind ... Ayrun und Aysa? Ich vergesse zu atmen, als ich mich um die eigene Achse drehe. Wie konnten sie so schnell – und vor allem so leise – verschwinden?

»Dachtest du, dass meine Mutter die Einzige war, die die Schatten beherrschen kann?« Gylberts Grinsen, das mich auf groteske Art und Weise an Laryssas erinnert, lässt mich die Zähne fletschen. »Nein, bis zu einem gewissen Grad können das alle Dunkelelfen. Und die, die in einem mächtigen Träger leben, sind Meister der Schattenmagie. Meine Kräften mögen zwar bei Weitem nicht an ihre heranreichen, aber sie sind stark genug, um mit dir und deinem jämmerlichen Gefährten fertigzuwerden, der gerade so einen Dolch halten kann.«

Ich fauche ihn an, doch er lacht mich aus.

»Ich kenne dich, seit du laufen kannst, Kätzchen. Ich war dabei, als du dich Nacht für Nacht verwandelt hast. Ich habe mit dir trainiert, als die anderen Männer nur darüber gelacht haben, dass eine Frau eine Waffe in die Hand nehmen will. Ich kenne deine Taktiken, deine Art, anzugreifen.«

Noch immer über Ayruns plötzliches Verschwinden erschrocken, mache ich einen Satz nach vorne, doch Gylbert weicht mir in letzter Sekunde aus. Mein Angriff läuft ins Leere. Wieder schaue ich über die Schulter zu der Säule, an der Aysa lag. Unmöglich, dass ich nicht mitbekommen habe, wie Ayrun seine Schwester hier rausgeschafft hat ... Aber wo sind sie hin?

Weil ich mit meinen Gedanken ganz woanders bin, sehe ich Gylberts Angriff nur aus dem Augenwinkel und schaffe es nicht mehr, zur Seite zu springen. Seine Faust trifft meine Flanke mit sehr viel mehr Wucht, als hinter einem einfachen Schlag stecken könnte. Ich schreie auf und höre im selben Moment meine Rippen knirschen. Der Schmerz, der in Wellen durch meinen Körper rollt, lässt mir beinahe die Sinne schwinden.

Ich blecke die Zähne und stoße ein Grollen aus, während ich versuche, auf den Pfoten zu bleiben.

»Denkst du ernsthaft, dass du mich einschüchtern kannst?«, brüllt Gylbert. »Mich wirst du nicht so einfach überrumpeln können wie meine Mutter.«

»Sie kann das vielleicht nicht«, sagt eine Stimme hinter Gylbert, die ihn herumfahren lässt, »aber *ich* kann das.«

Im nächsten Moment ragt die Spitze von Fyes Schwertlanze aus Gylberts Rücken, der mir zugewandt ist. Mit einem Ruck zieht sie die Waffe wieder aus ihm heraus. Obwohl mein Körper protestiert, nutze ich meine Chance, mache einen Satz und reiße ihn von hinten von den Füßen. Meine Krallen schneiden durch sein totes Fleisch wie durch Papier, und das Blut, das aus den Wunden hervorquillt, ist dunkel, beinahe schwarz, und dickflüssig.

Irgendwie schafft es Gylbert, sich auf den Rücken zu drehen und meinen Kopf mit den Händen zu packen. Seine Finger graben sich an mein Fell, versuchen verzweifelt, mich auf Abstand zu halten, während ich mein Maul nur wenige Zentimeter von seiner Nase entfernt wieder und wieder zuschnappen lasse. Meine Krallen haben sich in seinen Schultern verhakt, dringen immer tiefer in sein Fleisch ein, bis sie auf Widerstand stoßen. Gylbert jault vor Schmerzen auf; sein Griff an meinem Hals lockert sich für den Bruchteil einer Sekunde und ich schieße nach vorne. Ehe er reagieren kann, schlage ich meine Fangzähne in seine Haut, zerfetze das umliegende Gewebe und reiße ihm mit einem Ruck den Kehlkopf heraus.

Schwer atmend, aber berauscht von meinem Sieg trete ich einen Schritt zurück. Blut tropft von meinem Maul, während ich gierig Luft einsauge. Jeder einzelne Atemzug brennt in meinen Lungen.

Fye tritt neben mich, und ohne einen Ton zu sagen, rammt sie ihre Schwertlanze in Gylberts Brust. Ihre Miene ist wie versteinert und macht mir Angst. Ich würde sie gerne fragen, was sie da tut – schließlich ist Gylbert bereits tot. Sie braucht mehrere Anläufe, um seinen Brustkorb auseinanderzubrechen. Das Knirschen, Knacken und Schmatzen, das dabei entsteht, lässt mir sämtliche Fellhaare zu Berge stehen, doch ich schaffe es nicht, den Blick abzuwenden. Stück für Stück arbeitet sie sich weiter vor, bis sie seinen Brustkorb komplett freigelegt hat. Einzelne Rippen stehen in seltsamen Winkeln ab, und der Gestank, der sich augenblicklich ausbreitet, lässt wieder meinen Magen rebellieren.

Als sie fertig ist, legt Fye ihre Waffe nieder und kniet sich neben den Leichnam. Mit der bloßen Hand fasst sie in den Brustkorb und zieht ein schleimiges Gebilde hervor, das ihre Handfläche ausfüllt.

Ich schaue auf Gylberts nachtschwarzes Herz, dann zu Fye. In ihrem Blick liegt dieselbe Abscheu, die auch ich empfinde, und unwillkürlich ziehe ich die Lefzen nach oben. Mit einem leichten Nicken wirft Fye mir das Herz entgegen. Ich fange es in der Luft und zermalme es mit meinen Zähnen, bevor ich es ausspucke. Um nichts in der Welt will ich irgendwas davon in meinem Magen haben.

»Damit ist sicher, dass er nicht noch einmal von den Toten zurückkehren kann«, murmelt Fye, ehe sie sich bückt und nach ihrer Waffe greift. »Wir müssen uns beeilen. Vaan wird die Wachen nicht mehr lange aufhalten können.«

Ohne einen weiteren Blick zurückzuwerfen, eilt sie aus dem Saal. Ich will ihr folgen, doch nach wenigen Metern geben meine Beine nach. Da ich nicht mehr durch den Kampf berauscht bin, sind die Schmerzen nun stärker als zuvor, und jeder Atemzug wird zur Qual. Das Stechen in meinem Brustkorb überlagert alle anderen Empfindungen. Meine Krallen schaben über den Steinboden, während ich verzweifelt versuche, Halt zu finden. Um den Schmerzen zu entgehen, versuche ich flach zu atmen, aber schon nach kurzer Zeit habe ich das Gefühl, zu ersticken.

Fye kniet plötzlich neben mir, ohne dass ich ihre Rückkehr bemerkt habe. Ihre Hand streicht über meine Flanke, während sie mich mit gerunzelter Stirn betrachtet.

Ihr mitleidiger Blick lässt mir die Galle hochkommen, und ich versuche umso verzweifelter wieder auf die Beine zu kommen. Ich will nicht, dass sie mich so ansieht … Ich muss … aufstehen.

»Bleib hier liegen«, sagt die Halbelfe und erhebt sich wieder. »Ich helfe Vaan und bringe ihn dann hierher. Er wird wissen, was zu tun ist.«

Sie eilt aus dem Saal. Ihre Schritte hallen dumpf von den steinernen Gemäuern wider.

Nach weiteren Versuchen gebe ich es auf und bleibe liegen. Auf der Seite liegend sind die Schmerzen halbwegs erträglich, dennoch lässt mich jeder neue Atemzug vor Angst erzittern. Ich versteife mich

immer mehr, und ich glaube, dass es dadurch nur noch schlimmer wird. Mein Kopf weiß das, aber meine Muskeln wollen sich einfach nicht entspannen.

Aber ich muss aufstehen … Ich muss Ayrun finden. Das nagende Gefühl, dass etwas nicht stimmt, lässt mich nicht los. Ich kann es mir nicht leisten, hier liegen zu bleiben. Jede Minute, die ich vergeude, könnte über Ayruns Wohl entscheiden. Er hätte mich nicht so einfach zurückgelassen. Zumindest hoffe ich das.

Mit Schwung versuche ich noch einmal, mich aufzurichten, und schreie vor Schmerzen auf.

KAPITEL 27

AYRUN

Die Schmerzen in meiner Brust nehmen mit jeder Sekunde zu, bis ich nicht mehr klar sehen kann. Ich weiß, dass Giselle etwas zugestoßen sein muss, denn an mir kann ich keinerlei Verletzung erkennen. Ich spüre ihre Angst, spüre, wie sie in Gedanken nach mir ruft und wie mein Körper diesem Ruf Folge leisten will.

Doch ich kann es nicht.

Ich schaffe es nicht, den Kopf zu heben und nach oben zu sehen. Stattdessen starre ich auf meine Hände, die ich ausgestreckt vor mir halten muss.

Ich habe keine Ahnung, wie ich hierhergekommen bin. In einem Moment laufe ich zu meiner Schwester und im nächsten … bin ich hier. Ich wage nur kurz, zur Seite zu blicken, ohne dabei meinen Kopf zu bewegen. Die Strafe für Zuwiderhandlung habe ich bereits mehrmals zu spüren bekommen. Die Schnitte in meinen Armen sind zwar oberflächlich, aber hier inmitten dieser steinernen Gemäuer, weitab von jeglichen Pflanzen, habe ich nicht die Kraft, sie heilen zu lassen.

Und Aysa weiß das. Obwohl ich mir nicht einmal mehr sicher bin, ob es wirklich meine Schwester ist, die sich vor mir befindet. In ihrem Blick liegt etwas Dunkles, das ich so noch nie an ihr gesehen habe. Immer wieder blitzt kurz ihre Hand, die einen Dolch umklammert hält, in meinem Sichtfeld auf, als würde sie mich daran erinnern wollen, dass sie es ist, die die Fäden in der Hand hält. Es ist derselbe Dolch, den ich der dunklen Herrin in den Rücken gerammt habe, als sie Giselle angriff. Ich weiß im Nachhinein nicht mehr, wie er in meinen Besitz kam. Ich erinnere mich nur an den Drang, meiner Gefährtin helfen zu wollen.

»Sie wird dich hier nicht finden«, zischt Aysa, als hätte sie meine Gedanken erraten.

»Wo ist hier?«, frage ich, woraufhin sie die scharfe Spitze des Dolchs über meinen Unterarm zieht. Ich ziehe scharf die Luft ein. Die Wunde ist nicht tief, brennt aber wie Feuer.

»Das braucht dich nicht zu interessieren«, erwidert sie, nachdem sie das Blut, das an der Klinge haftet, an ihrer Hose abgewischt hat.

Ich beiße fest die Zähne zusammen, als mir bewusst wird, was sie vorhat. Zwar verletzt sie mich, aber nicht stark genug, dass Giselle es spüren würde. Die Wunden sind oberflächlich und dienen nur dazu, dass ich mich ruhig verhalte. Ich würde gerne sagen, dass sie mir so viel Schmerzen zufügen kann, wie sie will, aber so mutig bin ich nicht.

»Auf was warten wir hier?«, frage ich nach einem Moment des Schweigens.

»Spürst du es nicht?« Aysa atmet tief ein, als könne sie in dieser muffigen Luft etwas riechen, das ich nicht wahrnehme. »Es wird nicht mehr lange dauern.«

Ich verstehe kein Wort von dem, was sie sagt. Das geht schon seit unserer Ankunft so. Ich versuche zwar ständig, eine verständliche Antwort aus ihr herauszubekommen, aber bisher ohne Erfolg. Weder weiß ich, wo ich bin, noch was ich hier soll. Das Stechen in meinem Brustkorb wird nahezu unerträglich, während ich bewegungslos auf dem Boden knien muss. Meine Arme werden schwerer und schwerer. Die waagerechten Schnitte bluten zwar leicht, aber schlimmer ist das Brennen und das Wissen, dass ich sie nicht selbst heilen kann. Es ist ungewohnt für mich und zehrt an meinen Nerven. Ich will diese Gemäuer verlassen, will Giselle finden und dann mit ihr gemeinsam fliehen. Ihr Wehklagen und ihre Schmerzen werden zu meinen. Mittlerweile ist mir der wirre Plan der dunklen Herrin egal, von dem ich kaum etwas verstanden habe.

Wieder taucht Giselles schmerzverzerrtes Gesicht in meinen Gedanken auf. Ich weiß nicht mehr, wie ich hierhergekommen bin, aber als ich Giselle gefesselt sah, während ein anderer Elf sie berührte und Dinge zu ihr sagte, die nie über meine Lippen gekommen wären … Da war ich außer mir vor Wut.

»Aysa, bitte, lass mich gehen«, flehe ich erneut. Es ist mir gleichgültig, ob ich bettele. Sie ist meine Schwester. Ich kann noch immer nicht begreifen, wie sie sich gegen mich stellen konnte. Dass sie hier ist und mir diese Schmerzen zufügt, kommt mir wie ein schlechter Traum vor. »Wir finden einen Weg, die Dunkelelfen zurückzudrängen, aber dazu musst du mich gehen lassen.«

»Warum sollte ich die Dunkelelfen bekämpfen wollen?« Aysas Stimme ist ein merkwürdiger Singsang, der mich dazu veranlasst, nach oben zu blicken. Zu schnell, als dass ich reagieren kann, fährt sie erneut mit der Klinge über meinen Arm. »Sie sind jetzt ein Teil von uns und nicht mehr unsere Feinde. Mir wurde eine besondere Ehre zuteil.«

»Was redest du da? Die Dunkelelfen sind seit jeher unsere Feinde. Sie haben unsere Siedlungen angegriffen und sogar unseren Vater getötet.«

Ich erinnere mich an die Nacht, die die schlimmste meines Lebens war. Die Dunkelelfen überraschten uns in mitten in der Nacht mit einem Angriff. Wir erwachten durch die Schreie der anderen, aber es war bereits zu spät. Die verzehrende Verderbnis der Schatten hatte sich bereits auf die äußeren Bäume ausgebreitet, sodass die Pflanzen verkümmerten. Unsere Häuser stürzten ein und drohten uns unter sich zu begraben. Vater stützte die herabfallenden Balken und Äste auf seinen Schultern ab, erkaufte uns wichtige Sekunden, bis Mutter, Aysa und ich aus unserem Haus fliehen konnten. Ich war damals noch sehr jung, aber ich werde nie sein schmerzverzerrtes Gesicht vergessen, als er immer weiter auf die Knie sank, weil er das Gewicht kaum noch halten konnte. Als der Letzte von uns seinen Fuß nach draußen setzte, stürzte unser Haus und der Baum, an dem es sich befand, in sich zusammen und begruben Vater unter sich.

»Ich habe erkannt, dass es sinnlos ist, gegen sie zu kämpfen«, sagt meine Schwester. »Ohne Rückhalt unserer ach so geliebten Königin waren wir machtlos, doch jetzt, nachdem wir uns mit ihnen verbündet haben, sind wir nicht aufzuhalten. Kein anderes Volk wird es wagen, sich uns in den Weg zu stellen, nicht einmal die unzähligen Menschen. Keiner von ihnen wird je wieder einen Baum roden, um Platz für ihre immer zahlreicher werdende Brut zu schaffen!«

»Du … Ihr wollt gegen die Menschen in den Krieg ziehen?« Meine Stimme versagt beinahe, als ich das Ausmaß ihres Plans begreife. Es ging nie darum, unsere eigenen Grenzen zu sichern. Hinter meinem Rücken hat mein Volk entschieden, einen anderen Weg einzuschlagen; einen dunkleren, gefährlicheren Weg.

»Und du – mein eigener Bruder! – hast dich mit einem Menschen eingelassen«, murmelt Aysa und schüttelt den Kopf, als könne sie es immer noch nicht begreifen. »Ich habe lange Zeit ein gutes Wort bei der dunklen Herrin für dich eingelegt. Habe immer wieder betont, wie wichtig deine Baukunst und deine Diplomatie für unser Volk sind. Aber jetzt … Jetzt, wo du dich an diese Menschengöre gebunden hast, kann ich nichts mehr für dich tun. Die dunkle Herrin wird darüber entscheiden, wie wir mit dir verfahren werden.«

»Die dunkle Herrin ist tot«, sage ich und bemühe mich, völlig emotionslos zu klingen. Ihre Worte verletzen mich tief, aber das darf ich mir nicht anmerken lassen. »Giselle und ich haben sie getötet.«

Ich rechne damit, dass Aysa die Nerven verlieren und mich anschreien wird. Dass sie erneut den Dolch gegen mich erheben wird. Doch nichts dergleichen geschieht. Stattdessen lacht sie. Laut und scheppernd, ganz anders, als ich es in Erinnerung habe. Ich erkenne nichts mehr von dem lebenslustigen Mädchen in ihr, das sie einst war. Vor mir steht eine völlig Fremde, eingehüllt in dunkle Schatten, die es mir unmöglich machen, sie zu erreichen.

»Meine Herrin war nie lebendiger«, sagt sie. »Und bald wird sie sich wieder erheben, um dich und das Flittchen, das sich Prinzessin nennt, eurer gerechten Strafe zuzuführen. Ihr werdet die Ersten sein, die ihren Zorn zu spüren bekommen werden.«

»Sie … Laryssa war tot! Daran gibt es keinen Zweifel. Ihr Hals … Der Dolch … Ich habe ihn in ihren Rücken …«

»Ein Schatten kann nicht sterben!«, herrscht meine Schwester mich an und ich verstumme. »Sie ist geschwächt, das stimmt, aber solange sie mit mir verbunden ist, könnt ihr sie nicht besiegen. Niemand kann das. Sie ist allmächtig, zieht die Strippen aus der Dunkelheit heraus und wird euch vernichten. Daran besteht kein Zweifel.« Sie legt eine Hand auf ihre Brust. »Ich spüre, wie sie in mir wieder an Stärke gewinnt. Dadurch werde ich zwar schwächer, aber das ist nur ein kleiner Preis, den ich bereit bin zu zahlen. Ich bin stolz darauf, als Werkzeug zu dienen. Später, in vielen Generationen, wird man sich an meinen Namen erinnern.«

»Du bist genauso verrückt wie sie«, murmele ich fassungslos und starre die Frau an, die nicht mehr meine Schwester ist. Sie sieht zwar

noch dem Mädchen ähnlich, mit dem ich aufgewachsen bin, aber ihr Blick ist eiskalt.

Ich merke, dass ich genauso gut gegen eine Wand reden könnte. Meine Worte prallen an ihr ab – ungehört und ungewollt. Es ist sinnlos, sie weiterhin davon überzeugen zu wollen, dass sie auf der falschen Seite steht. Doch kann ich meine Schwester einfach so zurücklassen? Wie soll ich je wieder meiner Mutter unter die Augen treten können? Ich muss mich entscheiden und zwar bald. Ich kann es mir nicht erlauben, noch mehr Zeit zu vertrödeln, nicht, wenn ich nicht weiß, wie es um Giselle steht. Ihre Qualen werden schlimmer. Sie braucht mich dringender als meine Schwester, die meine Hilfe scheinbar nicht haben will.

Aber wie komme ich von hier weg? Wie kann ich Aysa überrumpeln? Solange sie den Dolch hat, ist sie mir gegenüber auf jeden Fall im Vorteil. Mir bliebe nur rohe Gewalt, doch ich zögere. Auch wenn ich wenig in ihr erkenne, ist die Elfe vor mir immer noch meine Schwester. Ich könnte nie die Hand gegen sie erheben ...

Der Moment, in dem sie mir den Dolch in den Bauch stieß, zieht noch einmal vor meinem inneren Auge vorbei, und beinahe kann ich den Schmerz erneut spüren. Sie besaß keinerlei Skrupel, zögerte nicht eine Sekunde – sondern handelte. Sie *wollte* mich töten, das habe ich deutlich in ihren Augen gesehen. Und ich habe Bedenken, sie nur unschädlich zu machen. Ich bin wirklich ein hoffnungsloser Fall ...

Aysa begeht den Fehler, mir den Rücken zuzudrehen, während sie weiter über Schatten und Magie palavert. Ich nehme all meinen Mut zusammen und ramme ihr meinen Unterarm in die Kniekehlen. Mit einem erschrockenen Schrei verliert sie das Gleichgewicht und rudert wild mit den Armen. Ich nutze ihre Verwirrung, packe sie an den Schultern und ziehe sie ganz nach hinten, bis sie auf dem Rücken liegt. Fluchend versucht sie, einen Zauber heraufzubeschwören. Ganz eindeutig dunkle Magie, denn auch sie dürfte, umgeben von Stein, ebenso wenig wie ich ein Medium zum Zaubern finden.

Eigentlich wollte ich sie nur zu Boden ringen, um ihr den Dolch zu entwenden. Dass es ihr möglich ist, Magie gegen mich zu wirken, habe ich nicht bedacht.

Ohne weiter darüber nachzudenken, balle ich meine Rechte zur Faust und schlage sie gegen ihre Schläfe. Ihr Körper unter mir erschlafft und sie bleibt reglos liegen, die Augen geschlossen. Ich vergewissere mich, dass sie gleichmäßig atmet, ehe ich nach dem Dolch greife und damit beginne, einen Ausgang zu suchen.

Da ich zuvor den Blick gesenkt halten musste, kann ich erst jetzt meine Umgebung in Augenschein nehmen. Wir befinden uns in einem ovalen Raum, der so niedrig ist, dass ich gerade so aufrecht darin stehen kann. Ich brauche nur wenige Schritte, um ihn nach allen Seiten auszumessen, und lasse meine Hände über jeden Zentimeter der Gesteinswände gleiten, in der Hoffnung, eine Tür oder irgendeine Art von Mechanismus zu finden. Schließlich müssen wir auch irgendwie hierhergekommen sein.

Doch es ist vergebens. Ich finde weder eine Tür noch einen Spalt. Es scheint, als wären wir wie durch Zauberhand in diesen Raum gelangt.

»Nach was suchst du, kleiner Waldelf?«, fragt eine Stimme hinter mir.

Ich zucke erschrocken zusammen, wirbele herum und starre die dunkle Herrin an. Beinahe gelangweilt steht sie mitten im Raum, direkt neben meiner bewusstlosen Schwester. »Du ... du warst tot«, stammele ich. »Ich habe ... Ich habe gesehen, wie du gestorben bist.«

Laryssas schönes Gesicht wirkt durch das sanfte Lächeln, das sie mir schenkt, noch anmutiger. Für einen Moment sehe ich nur die Dunkelelfe vor mir und vergesse, was sie meiner Gefährtin antun wollte. Ich lasse mich von ihrem Äußeren einlullen, spüre, wie ihre Magie in meinen Körper sickert und wie sie versucht, meine Sinne zu vernebeln. Schnell schüttele ich den Kopf und weiche so weit zurück, bis ich mit dem Rücken gegen Stein pralle.

»Derselbe Trick klappt nicht zweimal«, sage ich und klinge zuversichtlicher, als ich mich fühle. Es kostet mich fast meine ganze Kraft, mich gegen ihre Magie zu wehren. An einen Gegenangriff ist nicht zu denken.

»Es wäre viel leichter für dich, wenn du dich einfach meinem Willen beugen würdest, so wie der Rest deines jämmerlichen Volkes«, sagt die dunkle Herrin gönnerhaft. »Ich würde dafür sorgen, dass du der

Träger eines starken Dunkelelfen werden würdest, der nicht viel deiner Lebenskraft beanspruchen würde. Vielleicht«, sagt sie und sie streckt die Hand nach mir aus, doch ich drehe den Kopf so weit wie möglich weg, »könnte ich dich zu meinem Träger machen. Deine Schwester ... Nun, sie tut ihren Dienst, aber ich bevorzuge männliche Wesen, in deren Schatten ich leben kann. Sie sind stärker, leichter zu beeinflussen und ihre Magie schmeckt einfach um einiges besser als die von Frauen.«

Immer noch grinsend leckt sie sich über die Lippen und ich kann ein Zittern nicht unterdrücken.

»Nach dem, was du Giselle antun wolltest, werde ich mich niemals mit deinem Volk verbünden«, presse ich hervor. »Ich habe geholfen, dich zu töten, und ich würde es jederzeit wieder tun.«

»Hast du nichts gelernt, kleiner Ayrun?«, säuselt sie und macht dabei einen Schritt auf mich zu. »Du kannst mich nicht töten. Ich lebe in den Schatten und nähre mich von ihnen und von der Lebenskraft meines Trägers. Eure ganze Mühe war umsonst. Wobei sich deine liebe Gefährtin nicht sehr verausgabt hat, nicht wahr? Hing sie für deinen Geschmack nicht auch zu lange an ihren Fesseln?« Sie beugt sich zu mir, um mir ins Ohr zu flüstern: »Sie konnte sich nicht gegen meinen Sohn wehren. Sie *wollte* sich nicht wehren. Weil sie genossen hat, was er mit ihr getan hat.«

»Das ist nicht wahr!«, schreie ich und weiche zur Seite aus. Weg, bloß weg von ihr und ihrem Geflüster. Doch der winzige Raum, in dem wir uns befinden, bietet mir keine Fluchtmöglichkeiten. Egal, wohin ich mich wende – mit wenigen Schritten ist sie wieder bei mir, umschmeichelt mich erneut mit Worten, die ich nicht hören will, die sich jedoch tief in mein Herz schneiden und meine schlimmsten Ängste hervorbringen. Und Laryssa weiß das ganz genau. Wieder und wieder schlägt sie in dieselbe Kerbe, legt die gleichen Wunden frei, flüstert mir mit dunkler Stimme ein, dass meine Vermutungen die ganze Zeit über richtig waren.

Wäre es nicht ihr Sohn, dann wäre es ein anderer – jemand anderes als ich. Jemand, der mit ihr auf einer Stufe steht und zu dem sie nicht hinabsehen muss. Wie zu mir.

Wieder und wieder versuche ich, der dunklen Herrin zu entkommen. Ich taumle durch den winzigen Raum, doch sie hat mich in ihrer

Gewalt. Ihre Stimme flüstert unablässig in meinem Kopf, lässt Bilder aufblitzen, die ich nicht sehen will. Giselle, wie sie sich nackt auf einem weißen Laken räkelt, der muskulöse Körper eines anderen Mannes über ihr. Giselle, die das Training der Rekruten beobachtet und dem besten Kämpfer gönnerhaft zunickt, der ihr Lächeln mit Freuden erwidert.

Ich presse beide Hände gegen meine Schläfen und kneife fest die Augen zu, doch die Bilder ziehen unablässig vor meinem inneren Auge vorbei. Keuchend sacke ich auf die Knie. Für einen Moment verpufft Laryssas Magie und ich sehe wieder den Raum vor mir, in dem ich mich befinde.

Das ist nicht wahr, ist nicht die Realität, sage ich zu mir selbst. *Du siehst nur das, was Laryssa dich sehen lassen will.*

»Du kannst aus dem Zwischenraum nicht entkommen«, sagt sie. »Ich lasse dich erst gehen, wenn ich bekommen habe, was ich will. Keine einzige Sekunde vorher. Hör auf, dich zu wehren. Was erwartet dich denn, wenn du hier rauskommst?«

Ich sehe Giselles schmerzverzerrtes Gesicht vor mir, während sie gefesselt an der Säule hing. Sehe ihren Blick, der unablässig zu mir huschte und das Messer an meiner Kehle beobachtete. Sie konnte sich nicht wehren. Nicht, solange ich in deren Gewalt war. Ich weiß das. Warum kam es mir eben aber so abwegig vor?

»Meine Gefährtin«, antworte ich und presse eine Hand gegen meinen Brustkorb.

»Bist du dir da so sicher?«

Erneut spüre ich, wie ihre Bezirz-Magie gegen die Mauern, die ich um meinen Verstand errichtet habe, brandet. Sie umhüllt mich wie ein dichter Nebel, der nach einer Lücke in meiner Verteidigung sucht, um sie wieder vollständig zu durchbrechen. Ich stemme mich zwar mit aller Kraft dagegen, aber ich weiß nicht, ob ich das auf Dauer aushalte. Es hat mir geholfen, Giselle zu sehen, doch jetzt ist sie schon wieder so weit entfernt, dass ich sie kaum noch spüren kann. Ich fühle zwar ihren Schmerz und höre ihr Rufen, aber die Verbindung zwischen uns besteht aus einem zarten Faden, der bei der kleinsten falschen Bewegung zertrennt werden könnte.

Ein falscher Gedanke, ein falscher Verdacht, gesät auf fruchtbaren, dunklen Boden könnte alles zunichtemachen.

Ich brauche sie in meiner Nähe, um nicht vollends den Verstand zu verlieren, doch sie scheint unerreichbar fern. Erneut.

»Du hast sie allein mit Gylbert zurückgelassen«, sagt die dunkle Herrin. »Bist du dir sicher, dass sie dich nicht nur unter einem Vorwand weggeschickt hat, damit du ihr nicht mehr im Weg stehst?«

»Nein«, zische ich und schüttele mich. Es kostet mich so viel Kraft, ihrer Magie standzuhalten. »Ich werde deinen Lügen keinen Glauben schenken!«

»Lügen? Was für ein böses Wort! Ich spreche doch nur das aus, was du tief in deinem Inneren selbst glaubst. Ich höre es.« Sie schließt für einen Moment die Augen, als lausche sie einer Melodie, die nur sie hören kann. »So ängstlich. So zweifelnd. So verwirrt. Nichts hat sich geändert, kleiner Ayrun. Du hast keinerlei Vertrauen zu deiner Gefährtin, und das aus gutem Grund. Sie hat dich nur zu ihrem Gefährten genommen, weil du sonst gestorben wärst. Wäre das nicht der Fall gewesen, hätte sie diesen Schritt nie gewagt. Und dann? Sie hat dich zwar geheilt, aber das war auch schon alles, nicht wahr? Nichts weiter als ein paar Küsse und flüchtige Berührungen, wo du dich doch nach so viel mehr verzehrst. Aber sie wollte es nicht. Selbst davor hat sie dich aus ihrem Zimmer gejagt, als du dich ihr nähern wolltest. Das muss wehtun …«

»Sei still!«, presse ich hervor. »Du weißt gar nichts! Meine Schwester hatte mich zu Beginn vor Giselle gewarnt und ich habe ihr dummerweise geglaubt. Dabei stand sie zu der Zeit schon längst unter deinem Einfluss, oder? Die Aysa, die ich kannte, hätte mir jedes Glück gegönnt.«

»Mit der Menschenprinzessin wirst du kein Glück finden«, sagt Laryssa. »Sie hat dich nun am Hals, aber sie wird nie zufrieden damit sein. In ihren Augen bist du schwach und kein Vergleich zu dem Mann, den sie wirklich liebt.«

Ich knirsche mit den Zähnen. Woher weiß sie so genau, was sie sagen muss, um mich zu brechen? Mein ganzer Körper zittert vor Anstrengung. Mich gegen ihre unsichtbare Magie zu behaupten, ist anstrengender, als ich es je vermutet hätte.

»Und wer soll dieser Mann sein? Etwa dein Sohn? Danach sah das für mich vorhin nicht aus!«, zische ich, um eine kleine Atempause zu bekommen.

Laryssas Mundwinkel verziehen sich siegesgewiss. »Oh, nein. Es stimmt, dass sie mit meinem Sohn Kontakte *besonderer* Art pflegte, aber sie hat ihn nie geliebt. Das Herz der Prinzessin gehört einem Mann, den sie niemals für sich beanspruchen kann. Du kennst ihn sogar.«

Ich verenge meine Augen zu Schlitzen, während mein Herz wie wild in der Brust trommelt. Ich soll ihn kennen? Wer könnte das sein? Eigentlich will ich es gar nicht wissen, aber die Neugier siegt am Ende doch. Ich hänge förmlich an ihren Lippen, auch wenn mir bewusst ist, dass mich ihre Antwort wahrscheinlich zerstören wird.

Nach einer Pause sagt Laryssa: »Ihr Herz gehört Vaan, ihrem Bruder.«

GISELLE

Ich weiß nicht, wie lange ich bewusstlos bin. Als ich jedoch das nächste Mal die Augen aufschlage, knien Vaan und Fye neben mir. In ihren Mienen spiegeln sich Sorge und Angst.

Ohne mich zu bewegen, lasse ich meinen Blick an Vaans Arm entlangwandern und kann zum Glück keine Verletzung mehr erkennen. Bis auf einen geröteten Striemen ist alles verheilt.

Warum meine Tiergestalt die Wunden in meinem Inneren nicht heilt, weiß ich jedoch nicht. Noch immer schmerzt jeder Atemzug, als würde ein glühender Schürhaken in meine Brust getrieben werden.

Vaan lässt eine Hand über meine Flanke gleiten. Als er bei den Rippen ankommt, schreie ich auf. Stumm tauscht er einen Blick mit Fye.

»Wir müssen Ayrun finden«, sagt die Halbelfe. »Er ist zu weit weg.«

»Ich glaube nicht, dass es daran liegt«, murmelt Vaan. »Selbst wenn wir keinen Gefährten haben, heilen Wunden in unserem anderen Körper fast augenblicklich. Selbst innere Verletzungen sind unproblematisch, erst recht, wenn uns die Verletzungen in unserer Tiergestalt zugefügt werden. Es scheinen mehrere Rippen gebrochen zu sein, aber sowohl ich als auch Giselle waren schon weitaus schlimmer verwundet.«

Fye murmelt etwas Unverständliches, bevor sie fragt: »Woran liegt es dann, dass es nicht verheilt? Es muss doch einen Grund dafür geben.«

»Ich weiß es nicht«, gibt mein Bruder zu. »Es ist ... seltsam. Irgendwie erinnert es mich an unsere Mutter. Sie hatte sich über viele Jahre hinweg geweigert, die ihr verhasste Tiergestalt anzunehmen, doch als sie es tun musste, waren die Schmerzen so schlimm, dass ihr beinahe die Sinne schwanden. Sie konnte ihre Verletzungen auch nicht mehr heilen.«

»Giselle hat aber nie lange auf ihre andere Gestalt verzichtet«, hält Fye dagegen. »Bis vor wenigen Tagen wurde sie noch jede Nacht zur Löwin.«

Vaan brummt vor sich hin. »Wo liegt aber dann die Gemeinsamkeit?« Erneut legt er seine Hand auf mir ab, diesmal auf der Schulter, um mir keine unnötigen Schmerzen zuzufügen. »Sie kann nicht einmal aufstehen, geschweige denn von hier entkommen. Und wir können sowieso nicht weg. Du und ich gehen nicht ohne Aeric, der immer noch irgendwo hier gefangen gehalten wird, und Giselle wird nicht ohne Ayrun gehen.«

Fye tippt sich mit dem Zeigefinger gegen das Kinn, während sie nachdenkt. »Wenn wir wüssten, was geschehen ist, nachdem wir aus dem Saal gebracht wurden. Gylbert lebte wieder, zumindest irgendwie, aber ...« Ihr Blick huscht zu mir. »Was hat er dir angetan, Giselle?«

Ich bewege den Kopf ein Stück und blecke die Zähne.

»Ich kann mir nicht vorstellen, dass Giselle irgendwas zugelassen hat«, sagt Vaan.

»Neben Gylbert waren noch Laryssa, Aysa und Ayrun im Saal. Was, wenn sie Ayrun bedroht haben?«, gibt Fye zu bedenken. »Ich traue es seiner Schwester zu, schließlich hat sie schon einmal nicht gezögert, Ayrun ernsthaft zu schaden. Das könnte die Ursache dafür sein, dass es Giselle unmöglich ist, ihre Verletzungen zu heilen. So wie es bei Miranda der Fall war.«

»Und wo soll dann der Zusammenhang zu meiner Mutter sein?«

»Es liegt nicht an den Mondkindern«, erklärt Fye. »Mit ihnen ist alles in Ordnung. Aber nicht mit ihren Gefährten. Wenn Ayrun, vielleicht sogar unter dem Einfluss von Magie, zusehen musste, was

Gylbert deiner Schwester antat ... Wenn Giselle sich nicht wehren konnte und Ayrun glaubte, dass sie es freiwillig tat, weil er unter einem Zauber stand ... Das könnte etwas bei ihm verändert haben. Ich habe am eigenen Leib gespürt, wie mächtig der Bezirz-Zauber sein kann, deshalb will ich mir gar nicht vorstellen, wie es für Ayrun ausgesehen haben muss ... Um deinen Vater stand es so schlimm, dass er zeitweise weder euch noch eure Mutter erkannt hat. In seinem Kopf hatte er keine Gefährtin, denn Miranda war für ihn eine Fremde.« Sie macht eine kurze Pause, als müsse sie überlegen. »Kann eine Bindung wieder aufgehoben werden?«

»Was?« Vaan klingt schockiert. »Das ist unmöglich! Ein mit Blut besiegelter Bund kann nicht aufgehoben werden. Abgesehen davon kann ich mir nicht vorstellen, dass ein Gefährte so etwas je tun würde, egal, ob er ein Mondkind ist oder nicht.«

»Genau darauf will ich ja hinaus«, sagt Fye. »Wenn es etwas gäbe, das die Verbundenheit zwischen den beiden Gefährten so nachhaltig erschüttern würde, dass sie sich nicht mehr vertrauen ... Was würde dann geschehen? Wenn Ayrun glauben würde, dass Giselle freiwillig mit Gylbert ...« Die Halbelfe bricht ab und schüttelt sich. »Was wäre, wenn Ayrun sich bewusst dazu entscheiden würde, mit Giselle keine Zukunft zu haben?«

»Das würde sie schwächen«, murmelt Vaan. »Aber das sind nur Vermutungen.«

»Diese Vermutungen sind das Einzige, was wir zurzeit haben«, erwidert Fye und wirft mir einen schnellen Blick zu. »Wir dürfen keine Zeit verlieren.«

Sie sehen sich eine Weile über mich hinweg an, ehe Vaan die Luft ausstößt.

»Du bleibst bei ihr«, sagt mein Bruder. »Ich finde Ayrun und bringe ihn hierher. Benutze am besten den Eiszauber wie damals bei mir, um die schlimmsten Schmerzen einzudämmen.«

Fye nickt und erhebt sich zeitgleich mit Vaan. Sie umarmt ihn und murmelt an seinen Lippen: »Pass auf dich auf.«

Wenige Augenblicke später rennt Vaan aus dem Saal. Dann spüre ich etwas Kaltes an meiner Seite. Im ersten Moment brennt es, doch nachdem die Kälte durch die äußeren Hautschichten gedrungen ist, fühlt es sich gut an. Es betäubt das Pochen und Stechen, und ich kann wieder halbwegs normal atmen.

»Vaan wird ihn finden«, sagt Fye, während sie den Eiszauber aufrechterhält und dabei ihre Hand auf meinem Rippenbogen ruhen lässt. »Er wird ihn herbringen und dann kannst du alles klären. Keiner von uns wird zulassen, dass es dir wie Miranda ergeht.« Sie zögert einen Moment, ehe sie weiterspricht. »Ich kannte sie zwar nicht lange, aber ich habe deine Mutter sehr ins Herz geschlossen. Sie hatte es nicht leicht, weder mit ihrem Gefährten noch mit zwei Mondkindern, aber sie hat ihr Bestes gegeben. Bis zum Schluss. Trotzdem sah ich ihr an, dass sie litt, auch wenn sie fast unaufhörlich gelächelt hat. Ich möchte dieses falsche Lächeln nie wieder bei jemandem sehen, der mir nahesteht.«

Ich würde ihr gerne sagen, dass ich ihr nicht nahestehe, aber selbst wenn ich sprechen könnte, würden die Worte wohl nicht meinen Mund verlassen.

KAPITEL 28

AYRUN

Im ersten Moment glaube ich nicht, was ich da höre, doch je länger ich darüber nachdenke, desto mehr ergibt es einen Sinn. Auf erschreckende Art und Weise. Die Sekunden verstreichen, in denen ich Laryssa einfach nur anstarre, und tief in mir weiß ich, dass es keine Lüge ist. Ich sehe es in dem Aufblitzen in ihren Augen, in dem wissenden Lächeln, mit dem sie mich bedenkt, als sie merkt, dass ich es bisher nicht wusste oder ahnte.

Nun, ich *hatte* eine Ahnung – nicht zuletzt, weil Aysa bereits eine ähnliche Bemerkung von sich gegeben hatte –, aber ich hatte es als Humbug abgetan. Ich fühle mich meiner Schwester auch verbunden; vor allem nachdem unser Vater umkam, hatten wir ein sehr inniges Verhältnis. Aber ich würde nie behaupten, dass Aysa mein Herz gehört. Meine Loyalität, ja, meine Zuneigung als Bruder, aber niemals mein Herz. Selbst bevor sie sich auf die Seite der Dunkelelfen geschlagen hat, hätte ich das nie gesagt.

»Du glaubst mir also«, sagt Laryssa grinsend. »Das ist doch schon ein Fortschritt.«

Sie kommt zu mir und fährt mit den Händen meine Arme entlang. Ich will mich von ihr losreißen, aber ich bleibe stocksteif und zitternd stehen.

»Du siehst, deine teure Gefährtin ist nicht die, für die du sie gehalten hast.«

Sie umrundet mich, lässt ihre Hände über meinen Körper gleiten, während ich die magische Kraft ihrer Worte so stark wie nie zuvor spüre. Ich habe keine Kraft mehr, mich gegen sie zu wehren. Meine Mauern sind eingerissen, zermalmt unter dem Wissen, vor dem ich die ganze Zeit über die Augen verschlossen habe.

Wie blind und dumm ich doch war …

»Was willst du?«, presse ich zwischen zusammengebissenen Zähnen hervor. Jedes Wort kostet mich so viel Anstrengung, dass ich für einen Moment gequält die Augen schließe.

Laryssa kommt vor mir zum Stehen, lächelt mich an und legt ihre Hände um mein Gesicht. Sie sind kalt und senden eisige Schauer durch meinen Körper, und doch brennt ihre Berührung förmlich auf meiner Haut.

»Werde mein Diener«, wispert sie. »Ich will dich als meinen Träger. Ich will, dass du derjenige bist, der unsere beiden Völker eint und zum Sieg führt. Verbünde dich mit mir und sie werden dich den dunklen Ritter nennen. *Meinen* Ritter. Mit meiner Kraft wärst du in der Lage, alle Feinde, die uns im Weg stehen, zu vernichten. Niemand wird dich je wieder verhöhnen oder einen Schwächling nennen. Ich biete dir ungeahnte Macht und ein Leben an der Spitze der Dunkel- und Waldelfen an. Sie werden zu dir aufsehen, dir huldigen. Und ich verspreche dir, dass du nie wieder Leid oder Kummer spüren musst.«

Sie lässt eine Hand sinken und legt sie auf meine Brust, direkt über meinem Herzen. Ich schlucke hektisch.

Laryssa entgeht mein Zögern nicht und sie beugt sich so nahe zu mir heran, dass sie mir ins Ohr flüstern kann. »Ich werde dich sie vergessen lassen. Sie wird nie wieder Herrin über deine Sinne sein, das verspreche ich dir. Dein Leiden, dein unerwidertes Sehnen wird ein Ende haben, und du wirst endlich frei sein.«

Frei … War ich je frei? Ich weiß nicht, wie sich das anfühlt. Von klein auf war ich für meine Familie verantwortlich, arbeitete oft Tag und Nacht, um Vaters guten Namen nicht zu beflecken. Dann wurde ich zum Abgesandten unseres Volkes und trug erneut eine Last, der ich nicht gewachsen war, auf meinen Schultern. Und ich begegnete *ihr*. Zum ersten Mal in meinem Leben wollte ich etwas für mich selbst. Ich wollte *sie*. Und als ich dachte, dass sie mich ebenfalls begehrte, war ich der glücklichste Elf auf der Welt.

Doch jetzt …

Jetzt empfinde ich nichts als eine pulsierende Leere, die mich von innen her zu verschlingen droht. Eine Leere, die mich daran zweifeln lässt, ob ich je wieder etwas anderes fühlen kann.

»Ich werde dich vergessen lassen, was du für sie empfunden hast, wenn du mein Ritter wirst«, sagt Laryssa.

Ich horche in mich hinein, suche nach der Stärke, die ich brauche, um ihr Angebot abzulehnen. Doch ich finde sie nicht. In mir herrscht

nichts als resignierte Stille. Ich bin schwach und unwürdig. Ich bin nichts weiter als ein unbedeutender Waldelf, der zur falschen Zeit am falschen Ort war. Das Wissen und die Leere in meiner Brust ertrage ich keine Sekunde länger. Beides droht mich unter sich zu begraben, nimmt mir die Luft zum Atmen, bis ich meine, ersticken zu müssen.

Unendlich langsam falle ich vor Laryssa auf die Knie und senke den Kopf vor meiner neuen Herrin.

Das Letzte, was ich höre, ist der Schrei eines Tieres, der durch die Gemäuer hallt. Gehetzt sehe ich mich um, weil der Schrei mich bis auf die Knochen erschüttert, doch im nächsten Moment verschwimmt alles um mich herum und ich verliere mich in der Schwärze, die nun mein Zuhause ist.

GISELLE

Es fühlt sich an, als würde es mich von innen heraus zerreißen. Die Schmerzen sind so unerträglich, dass ich den Schrei, der sich in meiner Kehle zusammenbraut, nicht zurückhalten kann. Halt suchend scharren meine Krallen über das Gestein, bis ich sie mir bis aufs Fleisch abgewetzt habe, doch diese Schmerzen sind nur ein schwacher Lufthauch im Vergleich zu dem Chaos, das in mir tobt.

Verschwommen sehe ich, wie Fye um mich herumläuft und meinen Körper abtastet, um die Ursache für meine Qualen zu finden. Ich weiß selbst nicht, woher sie rühren. Zwar bin ich noch immer verletzt, doch der Eiszauber der Halbelfe hielt die schlimmsten Schmerzen in Schach. Aber jetzt, von einer Sekunde auf die andere, kann kein Zauber der Welt meine Pein lindern. Ungeachtet meiner gebrochenen Rippen winde ich mich von einer Seite auf die andere, brülle wieder und wieder mein Leid hinaus, bis mir die Sinne schwinden.

Mein anderer Körper sollte heilen und mich vor solchen Höllenqualen schützen, aber nichts davon ist passiert. Ich fühle mich wie ein normaler Mensch – verletzlich und schwach. Was ist nur los?

Das Zerren, das normalerweise eine Wandlung ankündigt, beginnt in meinen Tatzen und breitet sich in rasender Geschwindigkeit in meinem restlichen Körper aus. Ich bäume mich auf, während meine Knochen und Muskeln sich verschieben und mich zurück in meine menschliche Gestalt pressen.

Ich spüre Fyes Hände auf mir, wie sie wieder und wieder versucht, mir mit ihren Zaubern Linderung zu verschaffen, doch das ist nur ein winziger Tropfen auf den heißen Stein. Nun, da ich in meiner schwächeren Gestalt bin, werden die Schmerzen so unerträglich, dass ich befürchte, mein Herz könnte jeden Moment aufhören zu schlagen. Es rast, galoppiert in einem halsbrecherischen Tempo, schlägt so hart gegen meine lädierten Rippen, dass immer neue Schmerzwellen durch meinen Körper rauschen.

»Hilf… mir«, würge ich hervor.

Fye sieht mich verzweifelt an. »Verzeih mir«, murmelt sie, ehe sie mir die stumpfe Seite ihrer Waffe gegen den Kopf schlägt.

Endlich versinke ich in dankbarer Dunkelheit.

KAPITEL 29

AYRUN

Meine Herrin schaut mich erwartungsvoll an. »Wer bist du?«
»Ayrun«, sage ich sofort. »Dein Erster Ritter.«
Ein Lächeln umspielt ihre Lippen, während ihre Augen vor Freude funkeln. »Und was ist deine Aufgabe?«

»Dein Leben zu schützen, notfalls mit meinem eigenen«, beginne ich die Aufzählung. »Ruhm und Ehre für die vereinten Elfenvölker, abseits der Herrschaft einer schwachen Königin. Und die Vernichtung der Menschen, die sich ständig weiter in unseren Gebieten ausbreiten.«

Die dunkle Herrin kichert und klatscht erfreut in die Hände. »Bravo!«

Sie steigt über den leblosen Körper meiner Schwester und stellt sich an meine Seite, berührt meinen Arm. Ich schaue auf Aysa, deren Gesicht zwar aschfahl ist, aber ihr Brustkorb hebt und senkt sich in regelmäßigen Abständen. Sie schrie jämmerlich, als die dunkle Herrin sich aus ihrem Schatten löste und in meinen trat. Danach sank Aysa bewusstlos zu Boden, doch Laryssa versicherte mir, dass sie sich bald wieder erholen würde. Sobald es ihr besser geht, wird sie sich uns anschließen und einen anderen Dunkelelfen in ihrem Schatten aufnehmen. Derweil werden wir uns um die nutzlose Elfenkönigin und ihren Gemahl kümmern, die sich noch immer hier im Mondberg aufhalten.

Wir werden diesem Berg wieder zu neuem Glanz verhelfen und Fye zwingen, abzudanken, notfalls mit Gewalt.

Laryssa legt den Kopf schief und lauscht einen Moment. »Der Gemahl der Königin ist in der Nähe.« Sie schaut mir fest in die Augen. »Du weißt, was du zu tun hast.«

Ich nicke, und im nächsten Augenblick ist die dunkle Herrin in meinem Schatten verschwunden. Obwohl ich sie nicht mehr sehen kann, spüre ich ihre Präsenz, fühle die nicht versiegende Kraftquelle,

die meinen Körper dank ihr durchströmt. Mein Blick schweift an mir hinab und mustert die Rüstung, die ich trage. In dem Moment, als Laryssa mit meinem Schatten verschmolz, änderte sich auch meine Erscheinung. Vorher war ich ein Waldelf, ein unbedeutender Baumeister – nun bin ich ihr Erster Ritter, und so sehe ich auch aus. Ich spüre auch, dass sich meine gesamte Haltung und Ausstrahlung dank ihr verändert hat. Ich halte meinen Rücken gerade, während eine Hand lässig auf dem Schwertgriff an meiner Hüfte ruht. Meine Rüstung besteht aus dunklem, fast schwarzen Leder und schmiegt sich wie eine zweite Haut an meinen Körper. Der lange blutrote Umhang bauscht sich hinter mir auf, als ich auf Aysa zugehe und mich neben sie knie. Mühelos hebe ich sie auf die Arme und trage sie zur gegenüberliegenden Seite des Zwischenraums. Dort balanciere ich sie kurz auf einem Arm und lege die freie Hand auf die Steinmauer. Sofort öffnet sich ein versteckter Durchgang, der mich in tiefere Schatten führt.

Früher habe ich mich vor ihnen gefürchtet, doch jetzt sind die Schatten mein Zuhause. Ohne zu zögern schreite ich in die Dunkelheit und verlasse gemeinsam mit Laryssa und Aysa den Zwischenraum.

Als ich mich wieder in den Gängen des Mondberges befinde, lehne ich Aysa, die noch immer nicht zu Bewusstsein gekommen ist, gegen die nächste Wand. Im Angesicht ihrer Schwäche durchfährt mich ein Anflug von Ärger, ehe ich mich abwende. Ich werde meine Sache besser machen als sie. Ich werde die dunkle Herrin nicht enttäuschen.

Laryssas Flüstern hallt unablässig in meinem Kopf wider und weist mir den Weg. Sie weiß genau, wo sich Vaan aufhält und leitet meine Schritte. Er ist der Erste, um den ich mich kümmern muss. Als Mondkind ist er ein sehr gefährlicher Gegner, doch wenn ich es schaffe, ihn zu schlagen, ist es auch um die Königin geschehen. Nur ein Kampf ist nötig, um beide Feinde auszuschalten, und nun, da sie getrennt sind, sollte es ein Leichtes sein, mit ihm fertigzuwerden. Ich werde nicht versagen. Dank Laryssas Kraft und die neu gewonnene

Macht über die Schatten wird es mir möglich sein, Vaan zu besiegen. Daran habe ich keinen Zweifel.

Als ich um die nächste Abzweigung biege, sehe ich Vaan, der in seiner menschlichen Gestalt auf mich zurennt. Schlitternd hält er vor mir an und packt meine Schultern.

»Endlich habe ich dich gefunden«, keucht er zwischen zwei tiefen Atemzügen. Sein Gesicht ist verschwitzt, sein Blick wirkt gehetzt – ein tosender Strudel aus Gold. »Du musst sofort mitkommen. Sie braucht dich, schnell!«

Ich starre ihn an. Er ist so groß wie ich, etwas kräftiger gebaut. Und doch wirkt er im Augenblick unglaublich schwach. Warum vertraut er mir so sehr, dass er in seiner normalen Gestalt kommt, um mich zu suchen? Er ist mein Feind und ich bin seiner. Ein unbekannter Hass auf diesen Mann vor mir brandet in mir auf, und mit einem Ruck befreie ich mich aus seinem Griff. Ich mache einen Ausfallschritt zurück und ziehe in einer flüssigen Bewegung das Schwert aus der Scheide. Die Spitze halte ich auf Vaan gerichtet, während er mich verständnislos ansieht.

Ich erwidere seinen Blick. Nach außen hin zeige ich keinerlei Emotion, aber irgendwas kommt mir an diesen goldenen Augen bekannt vor. Sie sind mir seltsam vertraut und wecken ein Gefühl in mir, das bisher in Dunkelheit gehüllt war. Doch im nächsten Moment zieht sich ein schwarzer Schleier über meine Gedanken und schließt die aufbrandenden Gefühle ein, als wären sie nichts weiter als eine Einbildung gewesen.

»Was soll das?«, herrscht der Menschenkönig mich an, macht aber keinerlei Anstalten, mir auszuweichen. »Wir haben keine Zeit für solchen Blödsinn. Giselle geht es sehr schlecht.« Blinzelnd mustert er mich. »Das hattest du doch vorhin gar nicht an. Und ein Schwert hattest du auch nicht. Was ... geht hier vor?«

»Ich fordere dich heraus, Vaan.« Um meine Forderung zu unterstreichen, ziele ich mit der Schwertspitze direkt auf sein Herz.

»Hast du den Verstand verloren, verdammt noch mal?«, antwortet er sichtlich gefasst, doch ich erkenne die schwelende Wut, die er sorgsam zu unterdrücken versucht. »Und was soll die Rüstung und der Umhang? Wo hast du die Sachen gefunden?«

Ich verstehe nicht, warum er mit mir spricht, als würde er mich kennen. Vielleicht hat er mich einige Male gesehen, als ich bei der Königin um Audienz gebeten habe? Und wer ist diese Giselle, von der er gesprochen hat?

Niemand, um den du dich zu kümmern brauchst, säuselt Laryssas Stimme in meinen Gedanken und überdeckt meine Fragen. Sie verschwinden im Nebel, als hätte es sie nie gegeben, und eine Leichtigkeit erfasst mich, durch die ich mich wieder voll und ganz auf mein Vorhaben konzentrieren kann.

Ich schieße nach vorne, ziele direkt auf Vaans Brust, doch er weicht mir aus.

»Bist du von Sinnen?«, schreit er mich an, doch ich achte nicht auf sein Gebrabbel, sondern setze zum nächsten Angriff an.

Flink taucht er unter meinen Schlägen hindurch und ist hinter mir, noch bevor ich wieder das Schwert heben kann. Der Zweihänder fühlt sich ungewohnt schwer in meinen Händen an und verlangsamt meine Bewegungen enorm. Vaan hingegen ist wendig und so agil, dass er bis zur letzten Sekunde warten kann, bevor er mir ausweicht. Mit keinem Muskelzucken verrät er mir, in welche Richtung er ausweicht, sodass ich nur raten kann. Das, zusammen mit meinen verlangsamten Bewegungen, macht es mir nahezu unmöglich, ihn zu treffen. Mit jedem Hieb, der ins Leere geht, wächst meine Frustration. Verbissen hiebe ich weiter auf ihn ein, doch er weicht mir mit Leichtigkeit aus. Während ich bereits vor Anstrengung keuche, scheint er sich wie neu geboren zu fühlen. Und das frustriert mich noch mehr.

»Kämpfe endlich, verdammt!«, knurre ich, nachdem er mir erneut ausgewichen ist.

Ich weiß, dass der Gemahl der Königin über eine weitere Erscheinungsform verfügt, die weitaus gefährlicher ist. Laryssa hat sie mir gezeigt und mich eindringlich davor gewarnt, die Verwandlung zuzulassen. Ich muss ihn jetzt besiegen, solange ich noch eine Chance habe. Wenn er sich in einen schwarzen Wolf wandelt, werde ich verlieren.

Ich hole mit dem Schwert weit aus, sodass Vaan nur nach hinten und nicht zu den Seiten ausweichen kann. Das wiederhole ich einige Male, bis er mit dem Rücken zu Wand steht, doch trotzdem scheint er sich keine Sorgen zu machen. Seine Miene ist verbissen, aber nicht,

weil ich ihn in die Enge getrieben habe. Unentwegt huscht sein Blick über mich, als könne er nicht verstehen, was er vor sich sieht.

»Ich will dich nicht verletzen, Ayrun«, sagt er. »Um Giselles willen liegt es mir fern, dir etwas anzutun. Aber ich werde mich verteidigen, wenn ich muss. Das ist meine letzte und einzige Warnung. Leg das Schwert nieder und komm endlich wieder zu dir!«

»Deine Warnungen kannst du dir sparen!«, presse ich hervor, damit er mein Keuchen nicht hört. Schweiß rinnt mir mittlerweile in Strömen den Rücken hinunter und meine Hände schaffen es gerade noch, das Schwert zu halten, so sehr zittern sie. Warum nur fühle ich mich so schwach? Als dunkler Ritter sollte ich es doch gewohnt sein, ein Schwert zu führen …

Ich konzentriere mich, mobilisiere meine letzten Kräfte und stoße die Waffe so flink ich kann nach vorne, direkt auf Vaans Oberkörper zu. Kurz sehe ich das Weiß seiner gefletschten Zähne aufblitzen, ehe er sich duckt und unter mir hindurchtaucht. Die Schwertspitze trifft klirrend auf Stein und ich verliere aufgrund des Aufpralls, den ich bis hinauf in meine Schultern spüre, das Gleichgewicht. Um ein Haar hätte ich meine Waffe losgelassen.

»Ich weiß nicht, was in dich gefahren ist«, höre ich ihn hinter meinem Rücken sagen, während ich mich wieder aufrapple.

Das Schwert schleift auf dem Boden, weil ich es nicht mehr schaffe, es anzuheben. Es wundert mich, dass er meine Schwäche, die er deutlich sehen muss, nicht gnadenlos ausnutzt. Ich würde es tun. Ich würde ihn angreifen und vernichten, wenn ich die Möglichkeit dazu hätte.

»Und ich habe auch keine Zeit, es zu verstehen«, fährt er fort. »Ich werde das hier nicht vergessen, aber es gibt Wichtigeres, um das wir beide uns kümmern müssen. Verzeih, aber du lässt mir keine andere Wahl.«

Seine Faust saust auf meinen Kopf zu und trifft mich an der Schläfe, ehe ich es schaffe, auszuweichen. Benommen sacke ich zusammen, verliere aber nicht das Bewusstsein. Vaan tritt zu mir, schiebt das Schwert mit dem Fuß aus meiner Reichweite und hockt sich vor mich. Blinzelnd schaue ich zu ihm auf.

»Wenn du dich ruhig verhältst und dich von mir zurück zum Saal bringen lässt, werde ich dich nicht noch einmal schlagen. Soll-

test du dich jedoch wehren, puste ich dir die Lichter aus. Hast du verstanden?«

Ich zögere, nicke aber dann. In meinem jetzigen Zustand – selbst bevor mich sein Fausthieb getroffen hat – war ich kein Gegner für ihn. Ich muss mich erholen, bevor ich erneut gegen ihn antreten kann, oder eine Möglichkeit finden, ihn aus dem Hinterhalt anzugreifen – etwas, für das ich mir nicht zu schade bin, solange der Erfolg auf meiner Seite ist.

Folge ihm, wispert die dunkle Herrin in meinen Gedanken. *Er wird dich zur Königin führen. Von der anderen Frau, die sich im Saal aufhält, droht dir keine Gefahr. Verschließe dich vor dem, was sie dir einzureden versuchen. Vertraue nur auf mich und ich werde dich zum Sieg führen.*

Vielleicht bestehe ich gegen die Königin, solange es mir gelingt, sie in einem Moment anzugreifen, bevor sie Magie wirken kann. Gegen ihren Gemahl habe ich versagt, aber das wird mir nicht noch einmal passieren. Ich darf meine Herrin nicht erneut enttäuschen!

So ist es richtig, mein Ritter, säuselt Laryssa. *Ich weiß, dass du bestehen und die Welt von der ungerechten Königin befreien wirst.*

Ich lasse zu, dass Vaan mich unter den Achseln packt und nach oben hievt. Schwankend komme ich zum Stehen, brauche jedoch seine Hilfe, um nicht wieder umzukippen. Er legt sich einen meiner Arme um die Schultern und läuft mit kleinen Schritten los.

Es dauert eine gefühlte Ewigkeit, bis wir bei einem großen Raum angelangen. Er ist direkt aus dem Berggestein gehauen und die Decke wird durch mehrere Säulen gestützt. Bis auf ein paar Fackeln, die hauptsächlich den Eingang und das seltsame Podest in der Mitte des Raumes beleuchten, ist es stockdunkel – die perfekte Umgebung für meine Herrin. Sollte es hier zu einem Kampf kommen, kann ich auf sie zählen.

Noch bevor wir den Raum richtig betreten haben, kommt uns die Königin entgegengelaufen. Ich erkenne sie sofort. Ihr unscheinbares Aussehen – zumindest gemessen am Maßstab der Elfen – ließ mich schon bei unserem ersten Treffen die Stirn runzeln. Sie umschlingt Vaans Mitte und presst ihr Gesicht gegen seine Brust. Er legt seinen freien Arm um ihren Rücken und streicht beruhigend mit der Hand darüber.

»Ist ja gut«, murmelt er in ihr Haar. »Wir sind zurück.« Dann hebt er den Kopf und schaut in die Mitte des Raumes. Schlagartig

ändert sich seine Miene. »Was ist mit ihr?« Ich höre die Panik in seiner Stimme und folge seinem Blick.

Eine blonde Frau liegt quer auf den zwei Stufen, die zu dem Podest führen. Ihr langes Haar ist wie ein Schleier um sie ausgebreitet und verhüllt zum Teil ihre nackte Gestalt. Über dem restlichen Körper liegt ein Umhang.

»Ich habe sie hierher zurückgebracht. Sie konnte ... Ihre Schmerzen wurden immer schlimmer«, berichtet die Königin stockend und macht sich von ihrem Mann los. »Sie hat geschrien und sich gewunden. Nichts, was ich tat, hat ihr geholfen. Zu allem Überfluss hat sie sich auch noch zurückverwandelt, wodurch es noch schlimmer wurde. Ich weiß nicht, warum das passiert ist. Ihr menschlicher Körper konnte die Schmerzen kaum aushalten. Sie hat mich angefleht, ihr zu helfen, kannst du dir das vorstellen?«

Fassungslos schüttelt Vaan den Kopf. »Nicht wirklich ... Wie schlimm müssen ihre Schmerzen gewesen sein, wenn sie dich darum bittet ...«

»Ich wusste nicht, was ich tun sollte. Meine Zauber waren allesamt wirkungslos und sie konnte sich nicht wieder zurückverwandeln. Ihr Körper wurde nahezu zerrissen, so kam es mir vor. Ihre Muskeln haben seltsam gezittert und ewig gebraucht, um sich der neuen Gestalt anzupassen. Das Einzige, was ich tun konnte, war, sie bewusstlos zu schlagen. Seitdem liegt sie so da und dämmert vor sich hin. Ihre Lider bewegen sich hin und wieder, aber sie ist nicht wieder zu sich gekommen. Das ist wahrscheinlich auch besser so.« Der Blick der Königin huscht zu mir. »Aber nun ist Ayrun wieder da. Sie wird sich besser fühlen, sobald er in ihrer Nähe ist.«

Ich weiche ihrem Blick aus, versuche, mein Gesicht zu einer ausdruckslosen Maske erstarren zu lassen.

»Ich weiß nicht, ob er ihr helfen kann«, sagt Vaan in die entstandene Stille.

Die Augen der Königin weiten sich, als sie abwechselnd zu mir und ihrem Gemahl schaut und anschließend meine Rüstung mustert. »Was geht hier vor?«

»Das wüsste ich auch gerne«, antwortet Vaan, streift meinen Arm von seinen Schultern und macht einen Schritt zur Seite. Ich sacke

erschöpft auf die Knie. Der Kampf mit ihm, der mir seltsam ungewohnt erschien, steckt mir noch immer in den Knochen. »Er hat vorhin das Schwert gegen mich erhoben. Irgendwas stimmt nicht, aber ich weiß noch nicht, was das ist.«

Die Königin kniet sich neben mich und berührt meine Schulter. Automatisch fährt meine Hand an meine Hüfte, greift jedoch ins Leere. Mein Schwert ... Es liegt noch dort, wo ich es verloren habe. Jetzt wäre die passende Gelegenheit, die Königin zu überrumpeln. Sie ist mir so nah, so unbedarft und ohne Angst, dass es ein Leichtes wäre, sie mit einem Streich zu töten.

Doch ich Tölpel habe keine Waffe bei mir.

Locke sie in die Finsternis, sagt Laryssa. *Hier, im Schein der Fackeln, verfüge ich nicht über genug Kraft, um es mit der Königin und ihrem Gemahl, der zweifellos eingreifen würde, aufzunehmen. Aber wenn es dir gelingt, sie allein in die Schatten zu locken, werde ich mich aus deinem erheben und sie vernichten. Vertraue mir!*

Ich nicke unmerklich und schiele zur Seite, wo die Königin neben mir kniet.

»Was ist mit dir geschehen?«, fragt sie, als sie merkt, dass ihr meine Aufmerksamkeit gilt. »Du siehst ... verändert aus. Ist Aysa etwas zugestoßen?«

Ich kann ein abfälliges Schnauben nicht unterdrücken. »Sie war unwürdig«, presse ich hervor, schließe aber schnell wieder den Mund und räuspere mich. »Ich musste sie zurücklassen«, sage ich etwas lauter. »Aber als ich ging, war sie am Leben.«

Fye lächelt mir aufmunternd zu. »Das beruhigt mich. Schaffst du es hinüber zum Podest? Dort wartet deine Gefährtin auf deine Hilfe. Es geht ihr sehr schlecht, aber ich bin sicher, dass du ihr helfen kannst. Sie braucht dich jetzt in ihrer Nähe. Als du fort warst, wurde ihr Zustand zusehends schlechter.«

Gefährtin? Mein Blick huscht erneut zum Podest. Ich habe die Frau, die dort liegt, noch nie in meinem Leben gesehen. Warum sollte ich ihr helfen können oder wollen?

Vaan beobachtet uns einen Moment, kommt dann aber anscheinend zu dem Schluss, dass von mir momentan keine Gefahr droht, und läuft zum Podest, wo er sich neben der unbekannten Frau auf die

Knie fallen lässt. Sanft hebt er ihren Oberkörper an und bettet ihren Kopf auf seinem Schoß.

Heiße, alles verzehrende Wut flammt bei diesem Anblick in mir auf, ohne dass ich weiß, woher dieses Gefühl plötzlich kommt. Ich presse fest die Zähne zusammen, um ihn nicht anzuschreien, dass er seine Finger von ihr nehmen soll. Ich will ihm sagen, dass ich es sein müsste, der dort sitzt und ihr sanft die wirren Haare aus der Stirn streicht.

Nein!, herrscht Laryssa mich an und ich zucke zusammen. *Sie ist unwichtig. Eine Randfigur, die du ignorieren kannst. Konzentriere dich auf die Königin. Jetzt ist die Gelegenheit! Ihr Gefährte ist abgelenkt. Locke sie in die Schatten, um es ein für alle Mal zu beenden.*

Meine Wut ebbt genauso plötzlich ab, wie sie erschienen ist, und sanfte Schatten legen sich über meine Gedanken, bis ich gar nichts mehr fühle. Ich betrachte Vaan und die Fremde mit völliger Gleichgültigkeit, während sich der Blick der Königin in mich einzubrennen scheint. Sie erwartet etwas von mir, aber ich kann mich nicht erinnern, was es ist. Ich muss sie in die Finsternis locken, damit die dunkle Herrin aus meinem Schatten emporsteigen und sie überwältigen kann. Ohne Waffe fühle ich mich so nutzlos … Auch meine Magie scheint aus irgendeinem Grund nicht zu funktionieren, denn egal, wie oft ich versuche, die Dunkelheit als Medium anzurufen, antwortet mir nur Stille.

Ich höre, wie Vaan etwas zu der Frau, deren Kopf auf seinem Schoß liegt, murmelt, doch ich kann nicht verstehen, was er sagt. Sie bleibt reglos, reagiert weder auf seine Worte noch seine Berührungen.

»Willst du nicht zu ihr gehen?«, fragt die Königin erneut, aber mir entgeht nicht die Schärfe, die plötzlich in ihrer Stimme liegt. Abrupt steht sie auf, als ich mich nicht rege, und weicht einen Schritt von mir zurück. »Wer bist du?«

Ich schaue zu ihr auf. Ihr Blick ist hart, die Augenbrauen so zusammengezogen, dass sich eine steile Falte dazwischen gebildet hat. Misstrauisch beobachtet sie mich, als erwarte sie, dass ich jederzeit auf sie losgehen könnte. Damit hat sie nicht unrecht, doch es ist zu früh. Hier, inmitten des Lichts der Fackeln, kann ich keine Hilfe meiner geschwächten Herrin erwarten. Und ich selbst bin ohne Waffe machtlos.

»Ich frage dich noch einmal, wer du bist«, herrscht sie mich an. »Du bist nicht Ayrun, auch wenn du es dem Aussehen nach sein solltest. Der Ayrun, den ich kenne, wäre selbst auf allen vieren oder mit gebrochenen Gliedmaßen zu Giselle gekrochen. Doch du bewegst keinen Muskel, obwohl du selbst von hier aus siehst, wie schlecht es um sie steht. Spürst du nicht ihre Schmerzen, ihre Angst? Hast du nicht gehört, wie verzweifelt sie nach dir gerufen hat?«

Ich habe keine Ahnung, was ich darauf erwidern soll, denn ich weiß nicht einmal, von wem sie redet. Deshalb rühre ich mich nicht, um mich nicht noch weiter in Widersprüche zu verstricken.

Die Königin macht abermals einen Schritt zurück, sodass sie nun vollends außerhalb meiner Reichweite ist. Auch Vaan schaut nun zu uns herüber und verfolgt das, was zwischen seiner Frau und mir vorgeht. Sanft hebt er den Kopf der Frau an und legt ihn vorsichtig zurück auf die Steinstufen, ehe er aufsteht. Seine Haltung wirkt bedrohlich, lauernd, als sei er jederzeit bereit, einzugreifen. Fieberhaft überlege ich, was mein nächster Schritt sein soll, flehe Laryssa an, mich zu unterstützen, doch sie bleibt stumm. Unerwartet bin ich auf mich allein gestellt.

Ohne weiter darüber nachzudenken, stürze ich auf die Königin zu, will sie zu Fall bringen, doch sie reagiert schneller, als ich es je gekonnt hätte. Im Bruchteil einer Sekunde bewegt sie ihre Hände und webt einen Blitzzauber, den sie auf mich niedergehen lässt. Vor Schmerzen reiße ich den Mund zu einem Schrei auf, während mein Körper unkontrolliert zuckt. Sofort ist Vaan an ihrer Seite und stellt sich schützend vor sie.

Ich sacke zusammen und bleibe liegen, wobei meine Muskeln immer weiterzucken und sich verkrampfen.

Diesen Moment nutzt Laryssa, um aus meinem Schatten emporzusteigen. Sie materialisiert sich neben mir und schaut mit hochgezogenen Augenbrauen auf mich herab, bevor sie sich der Königin und ihrem Gemahl zuwendet.

»Das ist unmöglich«, knurrt Vaan. »Du warst in Aysas Schatten.«

Laryssa kichert, während sie sich eine Strähne ihres roten Haares über die Schulter wirft. »Ich habe meine Entscheidung geändert. Aber ich sehe, dass das ein Fehler war. Ich habe mehr von dir erwartet, mein Ritter.«

Unter großer Anstrengung drehe ich mich auf den Bauch und stemme mich auf die Unterarme, ehe ich langsam in eine kniende Position komme. Die Geringschätzung in ihrer Stimme lässt meinen Magen rumoren. »Ich bin noch nicht mit ihnen fertig«, sage ich gepresst. »Bitte gib mir eine weitere Gelegenheit, meine Treue zu beweisen, Herrin.«

Doch ich ernte nur ein Schnauben als Antwort. Meine gesamte Welt bricht aufgrund dieses einen Geräusches in sich zusammen und ich habe Mühe, in meiner knienden Position zu bleiben. Von meiner Herrin abgelehnt zu werden, ist das Schlimmste, das mir passieren kann.

»Was hast du mit ihm gemacht?«, faucht Fye.

»Ist das wieder der Memoria-Zauber?«, fragt Vaan fast zeitgleich.

»Für wie erbärmlich haltet ihr mich eigentlich?« Laryssa macht einen Schritt auf sie zu. »Der Memoria-Zauber ist nichts weiter als ein Zaubertrick, der die Erinnerung eines Individuums in eine Truhe schließt, die mit dem richtigen Schlüssel wieder geöffnet werden kann. Viel zu unsicher. Ich hingegen lebe in den Schatten meines Trägers, werde zu einem Teil von ihm, ohne eine Möglichkeit, dass er sich je von mir lösen kann. Er wird zu meinem willigen Diener, der all meine Befehle ausführt.« Sie dreht sich halb zu mir um. »Ist es nicht so?«

Ich senke ehrerbietig den Kopf. »Ja, meine Herrin.«

Fye gibt ein Zischen von sich, das sich verdächtig nach einem Fluch anhört. »Mach das rückgängig«, fordert sie. »Auf der Stelle!«

Doch Laryssa lacht die Elfenkönigin aus. »Warum sollte ich das tun, kleine Halbelfe? Auch wenn er sich gerade nicht von seiner besten Seite zeigt, ist Ayrun ein sehr viel zuverlässiger Träger als seine Schwester. Er ist stärker und loyaler. Und vor allem: Er ist von sehr viel mehr Zweifeln und Ängsten zerfressen, wodurch es für mich ein Leichtes war, ihn für mich zu gewinnen. Ein richtiges Wort hier, ein geflüstertes Versprechen dort – und schon herrsche ich über seine Gedanken. Ich habe ihm das versprochen, was er sich gewünscht hat.«

»Und was soll das sein?«, fragt Vaan.

Grinsend breitet Laryssa die Arme aus. »Vergessen«, sagt sie. »Er hat seiner Gefährtin von Anfang an misstraut, und als er sie zusam-

men mit meinem Sohn sah, war er davon überzeugt, dass er nicht der Mann wäre, an dem ihr Herz hängt. Und – was soll ich sagen? – er hat eindeutig recht damit. Nicht wahr, König Vaan?«

Vaans Miene verfinstert sich zusehends, während er die Hände zu Fäusten ballt. »Das ist Schwachsinn!« Sein Blick huscht zu mir. »Wie kannst du diese Lügen glauben? Giselle hat ihr Leben riskiert, um deines zu retten. Und du misstraust ihr?«

»Gib dir keine Mühe«, sagt Laryssa und bewegt ihre Hand hin und her. »Er kann sich nicht an sie erinnern, denn – wie gesagt – ich habe ihn alles vergessen lassen, was mit deiner Schwester zu tun hat. Er ist nicht mehr ihr Gefährte, zumindest nicht von seinem Standpunkt aus.«

»Aber ...« Vaan und Fye tauschen einen besorgten Blick. »Eine Bindung kann nicht rückgängig gemacht werden.«

»Das nicht«, gibt Laryssa zu. »Das Blut wurde getauscht und der Schwur somit besiegelt. Trotzdem kann sich einer der Gefährten dazu entscheiden, das Band zu lösen. Was dann mit dem anderen Gefährten geschieht, seht ihr an Giselle.« Sie wedelt mit der Hand in Richtung Podest. »Sie wird daran nicht sterben, aber die Schmerzen werden nahezu unerträglich sein. Immerhin wurde ihr eines ihrer Herzen bei lebendigem Leibe herausgerissen.«

Vaan ist merklich blass geworden und schluckt angestrengt. »Warum tust du das?«, presst er hervor. »Warum lässt du uns so leiden?«

»Rache ist ein hervorragender Antrieb, das wusste auch schon deine Mutter«, sagt Laryssa. »Neben meinem Sohn, den ihr auf dem Gewissen habt, ist es für mich unerträglich, dass sich Elfen mit Menschen einlassen. So etwas wie du«, sie zeigt mit dem Finger auf die Königin, »sollte nicht existieren. Noch dazu hast du dir erneut einen Menschen gesucht und ein Kind erzeugt, dessen Kräfte nicht absehbar sind. Wahrscheinlich sollten wir den Göttern danken, dass euer Sohn kein Mondkind ist, aber trotzdem weiß niemand, was einmal aus ihm werden wird. Durch deine Heirat mit dem Menschenprinzen wurde das Volk der Menschen zu sehr gestärkt. Einst fürchteten sie sich vor uns Elfen, verneigten sich vor uns, weil sie wussten, dass wir die überlegene Rasse waren. Und jetzt ...« Die dunkle Herrin ver-

zieht angewidert den Mund. »Jetzt hat sich das Machtgefüge verschoben. Die Menschen denken, dass sie die Herrscher dieser Welt wären, und vertreiben uns Elfen aus unseren angestammten Gebieten oder zerstören unsere Kultur. Ich werde nicht zulassen, dass das so weitergeht. Deine Tante Bryande hätte dich damals vor die Tür setzen und erfrieren lassen sollen, als du noch ein Säugling warst. Du bist eine Schande für uns. Eine Königin wie dich haben wir nicht verdient. Und ich werde das ändern.«

»Aber wenn du uns Menschen so sehr hasst«, wirft Vaan ein, »warum hast du dann versucht, Gylbert mit Giselle ...«

Erneut wedelt Laryssa mit ihrer Hand. »Du vergisst etwas Wichtiges, kleiner Vaan: Du bist *kein* Mensch. Du bist der Nachfahre von Göttern. Dein Blut – genauso wie das deiner Schwester – ist wertvoll und durchaus eine Bereicherung für unsere Rasse. Aber nicht, wenn es mit dem unreinen Blut einer Halbelfe vermischt wird. Daraus entspringt nichts Brauchbares, wie man an eurem Sohn sieht. Er ähnelt mehr einem Menschen als einem Elfen oder gar einem Mondkind. Schwach und unnütz, wie ich bereits sagte.« Laryssa stößt ein Schnauben aus. »Wie dem auch sei, ich hatte in den letzten Tagen genügend Zeit, eure Brut zu studieren, und ich habe nichts gefunden, was mich auch nur ansatzweise interessieren würde. Ihr könnt ihn also zurückhaben. Allerdings ... werde ich nicht gestatten, dass ihr diesen Berg lebend verlasst. Schließlich will ich die Ermordung meines Sohnes rächen.«

»Gylbert hat sich gegen mich gewandt«, sagt Vaan. »Er hat sein Schwert gegen mich und meine Gefährtin erhoben, und ich habe ihn dafür bestraft. Hätte ich ihn nicht getötet, hätte er uns jederzeit von hinten erdolchen können. Ich werde mich nicht für das, was ich getan habe, entschuldigen.«

Laryssas Lippen verziehen sich zu einem gehässigen Grinsen. »Etwas anderes habe ich auch nicht von dir erwartet, mein Lieber. Ich bin gespannt, ob du gegen meinen Ersten Ritter ebenso gut bestehen kannst wie gegen meinen Sohn, ganz besonders, wenn noch mehr auf dem Spiel steht.«

Auf ihr Fingerschnippen hin erhebe ich mich und starre die Elfenkönigin und ihren Gemahl an.

»Du … du willst uns gegen Ayrun kämpfen lassen?«, fragt Fye fassungslos. »Aber … wenn wir ihm schaden, dann …«

»Genau«, sagt Laryssa und klatscht erfreut in die Hände. »Gesetz dem unwahrscheinlichen Fall, dass ihr gegen Ayrun bestehen solltet, wird unweigerlich auch die kleine Prinzessin darunter leiden. Wobei sie bereits jetzt nicht mehr ganz beisammen ist, nicht wahr?«

Vaan knirscht mit den Zähnen und ballt seine Hände zu Fäusten, ehe er in Windeseile drei Schritte nach vorne macht, ausholt und direkt auf Laryssa zielt. Alles geht so schnell, dass ich keine Zeit habe zu reagieren. Doch anstatt meine Herrin zu treffen, gerät er ins Straucheln – und stürzt einfach durch sie hindurch, als wäre sie nichts als eine Spiegelung.

Glockenklar hallt Laryssas Lachen von den Wänden wider. »Wirklich herzallerliebst, mein Lieber, aber du kannst mich nicht besiegen. Du hast es schon einmal versucht. Auch deine Schwester hat schon ihre Zähne in mich geschlagen, doch trotzdem stehe ich hier.«

Ich sehe aus dem Augenwinkel, wie die Halbelfe ihre Hände bewegt, um einen Zauber zu weben, doch auch der Feuerball, der im nächsten Augenblick auf Laryssa zurast, fliegt einfach durch sie hindurch.

Die dunkle Herrin reibt ihre Finger aneinander und lässt wabernde Schatten aus den dunklen Teilen des Raumes auf uns zukriechen. »Habt ihr es immer noch nicht begriffen?«, fragt sie, während sich die Schattenfesseln um die Füße von Fye und Vaan legen. »Ich bin die Herrscherin der Dunkelelfen. Ich bin die Herrin der Schatten. Und einen Schatten kann man nicht töten. Ihr konntet mich schwächen, aber ich bin nicht so dumm, euch ein weiteres Mal in meiner wahren Gestalt gegenüberzutreten.« Als sie sicher ist, dass sich die beiden nicht mehr bewegen können, winkt sie mich heran. »Dort drüben liegt eine Schwertlanze, die Waffe der Königin. Hol sie und bring sie her.«

Ich folge ihrer Handbewegung, eile in die Richtung, die sie mir weist, und finde die Waffe in der Nähe des Podests. Als ich mich danach bücke, fällt mein Blick auf die junge Frau, die hier liegt. Während ich sie ansehe, beginnen ihre Lider zu flattern, als würden sie sich jeden Moment öffnen. Sie ist unfassbar schön, auch wenn sie dreckig und mitgenommen aussieht, und sosehr es mich auch dazu drängt, die Waffe zu nehmen und zurück zu meiner Herrin zu gehen,

kann ich doch den Blick nicht von ihr abwenden. Anstatt nach der Schwertlanze zu greifen, wie meine Herrin es mir befohlen hat, strecke ich meine Hand zögernd nach dem Gesicht der Fremden aus. Sie scheint noch immer nicht bei Bewusstsein zu sein, auch wenn ihre Lider zucken und ihre Lippen sich bewegen, als wolle sie etwas sagen.

Kurz bevor ich sie berühren kann, halte ich jedoch inne. Meine Finger schweben in der Luft, nur wenige Zentimeter von ihrer Haut entfernt, die fiebrig glänzt. Je länger ich sie ansehe, desto schwerer lastet ein Gefühl auf meiner Brust, das ich nicht zuordnen kann und das mir die Luft zum Atmen nimmt. Es zerreißt mich innerlich, sie dort liegen zu sehen, obwohl ich mir sicher bin, dass ich ihr noch nie zuvor in meinem Leben begegnet bin. Die Frage, wer sie ist und warum sie dort liegt, geistert in meinem Kopf herum und lässt mich vergessen, warum ich eigentlich hier bin. Ich möchte sie hochheben, in meine Arme schließen und an mich drücken, möchte ihr die Qualen nehmen, die sie zweifelsohne durchleidet.

Hinter mir höre ich, wie Laryssa weiterhin mit der Königin und ihrem Gemahl redet. Sie erzählt von einem Sohn, den ich nicht kenne, von Problemen, die ich nicht verstehe. Doch meine Loyalität ihr gegenüber ist weiterhin ungebrochen. Auch wenn ich ihre Beweggründe nicht zur Gänze verstehe, hindert mich das nicht daran, für sie zu kämpfen.

Nur der Anblick der jungen Frau vor mir, die mir so fremd, aber gleichzeitig so vertraut erscheint, lässt mich innehalten. Ihre zierliche Gestalt wirkt so zerbrechlich und fehl am Platz, dass ich gar nicht anders kann, als sie beschützen zu wollen.

Noch immer schwebt meine Hand untätig in der Luft. Der Drang, sie berühren zu wollen, kollidiert mit der Ahnung, dass Laryssa dies nicht gutheißen würde. Vorhin hat sie etwas über die Fremde erzählt, aber ich kann mich nicht mehr daran erinnern. Da ist nichts weiter als dunkler Nebel in meinem Kopf. Schnell werfe ich einen Blick über meine Schulter, sehe, dass Laryssa noch immer mit den anderen beiden beschäftigt ist und ihr keine unmittelbare Gefahr droht.

Dann überbrücke ich die letzten Zentimeter und berühre das Gesicht der Fremden.

KAPITEL 30

GISELLE

Ich weiß, dass er in meiner Nähe ist, noch bevor er mich berührt. Als ich seine Finger spüre, die sich zögerlich auf meine Haut legen, regt sich etwas in mir.

Ich reiße die Augen auf und begegne dem Blick aus seinen grasgrünen Augen. Er sieht erschrocken aus, als hätte er nicht damit gerechnet, dass ich wieder zu mir komme, doch ich meine noch mehr in seiner Mimik zu erkennen. Ich sehe Verwirrung und Angst.

Er betrachtet mich, als würde er mich zum ersten Mal sehen.

Ich versuche mich aufzurichten, rutsche jedoch mit der Hand an der Stufenkante des Podests ab. Der Schmerz, der durch seine bloße Nähe etwas gedämpft wird, flammt mit jeder noch so kleinen Bewegung wieder auf. Als ich erneut einknicke, umfasst er meine Schulter, um mich halbwegs in einer aufrechten Position zu halten.

Trotzdem werde ich nicht schlau aus dem Blick, mit dem er mich bedenkt. Kein Lächeln, kein Aufblitzen in seinen Augen – nichts, das mir sagt, dass jetzt alles in Ordnung ist. Stattdessen sieht er wie ein Fremder aus. Auch seine Kleidung ist anders, ebenso wie seine Haltung. Die Rüstung, die er trägt, erinnert mich entfernt an die der Schwarzen Ritter – ein Söldnertrupp, der einst meinem Bruder unterstand. Es passt nicht zu dem Ayrun, den ich kenne; dem, der gerade so imstande ist, eine Waffe an der richtigen Seite zu packen.

Noch während ich ihn mustere und versuche, mir auf seine geänderte Erscheinung einen Reim zu machen, höre ich Laryssa hinter ihm rufen. Beim Klang ihrer Stimme zuckt Ayrun zusammen und lässt mich so hastig los, als hätte er sich an mir die Finger verbrannt. Schnell weicht er einen Schritt von mir zurück, wodurch ich ohne seinen Halt ein Stück in mich zusammenfalle.

»Die Waffe, Ayrun!«, ruft die dunkle Herrin, woraufhin sich Ayrun nach Fyes Schwertlanze bückt.

Was bei allen Göttern geht hier vor? Warum befolgt mein Gefährte die Befehle der Dunkelelfe? Fassungslos schaue ich dabei zu, wie Ayrun mit der Waffe in der Hand einige Schritte zurückmacht, ohne sich dabei von mir abzuwenden. Noch immer ist sein Blick mit meinem verhakt, als wäre er unfähig, sich zu lösen. Auch ich wage es nicht, woanders hinzusehen. Ich will zwar wissen, wie es sein kann, dass Laryssa noch lebt und was sie vorhat, aber ich schaue nur auf ihn.

Mit heiserer Stimme flüstere ich seinen Namen, woraufhin er stehen bleibt. Ich sehe, wie er einen stummen Kampf mit sich selbst ausficht.

Irgendwas stimmt hier ganz und gar nicht. Laryssa lebt, obwohl ich mir sicher bin, sie getötet zu haben, und mein Gefährte scheint nicht mehr der zu sein, den ich kenne. Ich bin mir nicht einmal sicher, ob er mich erkennt, so seltsam, wie er mich ansieht.

Nach einem weiteren gebellten Befehl der Dunkelelfe wirbelt Ayrun herum und bringt Fyes Waffe zu Laryssa, die bereits wartend die Hand danach ausstreckt. Direkt vor ihr stehen mein Bruder und seine Gefährtin. Ihre Hände und Füße sind mit Schattenfesseln fixiert, gegen die sie sich aufbäumen, doch es gelingt ihnen nicht, sich loszureißen. Ich sehe, wie Vaan versucht, seine Gestalt zu wechseln, doch eine weitere Schattenfessel schießt aus der Dunkelheit hinter ihm hervor, legt sich um seinen Leib und drückt so fest zu, dass er nicht imstande ist, seinen menschlichen Körper abzustreifen.

Laryssa will nach der Schwertlanze greifen, doch der hölzerne Griff der Waffe gleitet durch ihre dargebotene Hand hindurch, stößt auf keinerlei Widerstand, als würde sie gar nicht existieren. Die dunkle Herrin verzieht das Gesicht und versucht es erneut, doch wieder bekommt sie die Waffe nicht zu fassen. Ich habe so etwas noch nie gesehen. Es ist, als bestünde Laryssas Gestalt aus nichts weiter als Nebel.

Sie stößt einen Fluch aus, bevor sie zu Ayrun sagt: »Na schön, dann machst du das eben. Richte die Waffe auf die Halbelfe, ziele genau auf ihr Herz und beende es.«

»Nein!«, schreie ich und komme wackelig auf die Beine. Mein ganzer Körper protestiert bei dieser plötzlichen Bewegung und ich ziehe scharf die Luft ein, als das Stechen in meiner Brust wieder stärker wird. Doch irgendwie schaffe ich es, nicht zu Boden zu gehen.

»Ah, die Prinzessin ist also endlich aufgewacht«, spottet Laryssa und neigt den Kopf in meine Richtung. Auch Ayrun hat sich mittlerweile wieder mir zugewandt. Die Schwertlanze hält er weiterhin mit beiden Händen umklammert. »Und das ohne den Kuss eines Prinzen. Oder sollte ich lieber ›den Kuss eines Königs‹ sagen?«

Sie tritt neben Ayrun. Ihre Hand liegt auf seiner Schulter. Ich bin mir zwar sicher, dass sie auch ihn nicht direkt berühren kann, aber trotzdem will ich nicht, dass sie sich in seiner Nähe aufhält. Noch schlimmer finde ich jedoch, dass sich Ayrun nicht dagegen wehrt. Er weicht nicht zurück. Auch wenn sein Blick verwirrt umherhuscht, scheint ihm die Nähe der dunklen Herrin nicht unangenehm zu sein.

»Was hast du mit ihm gemacht?«, presse ich hervor.

»Die Frage sollte eher lauten: ›Was hast *du* mit ihm gemacht?‹«, kontert Laryssa. »Ich habe nichts weiter getan, als die Saat des Zweifels in seinem ohnehin verwirrten Herzen zu säen, und in Windeseile hat diese Saat Früchte getragen. Er muss zwar noch viel lernen, aber ich bin mit meinem Träger sehr viel zufriedener als mit meinem alten.«

Ich runzele die Stirn und versuche das, was sie eben von sich gegeben hat, zu verstehen, während mein Blick an Ayrun hängen bleibt. Noch immer hat er sich nicht bewegt.

»Gib dir keine Mühe, Prinzessin«, sagt Laryssa. »Weder deine Blicke noch deine Worte können ihn erreichen. Er hört einzig und allein auf mich, und es gibt keinen Weg, den alten Ayrun zurückzuholen. Anders als bei dem Memoria-Zauber, der auf dir lastete, gibt es keine Hintertür. Ayrun hat sich aus freien Stücken für das, was er jetzt ist, entschieden.«

»Das ist eine Lüge!«, zische ich. »Nach allem, was du seiner Schwester und seinem Volk angetan hast, würde er nie …«

»Du hast recht«, unterbricht sie mich. »Er hasste mich dafür. Aber es gab ein Gefühl, das noch stärker war als sein Hass auf mich: Zweifel. Zweifel, die du, Prinzessin, pausenlos in ihm geschürt hast. Zweifel, die ihn beinahe verrückt werden ließen. Und du hast versäumt, diese Zweifel auszulöschen, ja, stattdessen hast du sie noch weiter verstärkt, als du dich nicht gegen Gylbert gewehrt hast.«

»Ich konnte mich nicht wehren!«, schreie ich. »Ihr hattet Ayrun in eurer Gewalt. Seine eigene Schwester hat ihm einen Dolch an den

Hals gedrückt. Wie hätte ich mich wehren sollen, ohne ihn gleichzeitig in Gefahr zu bringen?«

Laryssa stößt ein hohes Lachen aus. »Natürlich hattest du keine andere Wahl, schließlich war das mein Plan. Leider hast du es doch geschafft, dich von deinen Fesseln zu befreien, bevor Gylbert zum Ende kommen konnte, aber das, was geschehen war, genügte schon. Ayrun hatte durch die Worte, die Gylbert zu dir sagte, einen Blick auf die wahre Prinzessin erhascht – ein dunkles Geschöpf voller Laster und schwarzen Neigungen. Etwas, das er unmöglich mit der strahlenden Frau, für die er dich hielt, in Einklang bringen konnte.«

Ich schlucke angestrengt, doch mein Hals ist wie zugeschnürt. Gylberts Worte haben mich selbst erschreckt, aber nichts von dem, was er zu mir gesagt hatte, war gelogen.

»Hinzu kamen einige weitere Begebenheiten, die ihn bereits zuvor an dir und eurer Verbindung zweifeln ließ. Die Tatsache, dass du ihn immer auf Abstand gehalten hast zum Beispiel. Er verzehrte sich so sehr nach dir, dass es dir durch eine einzige Nacht mit ihm möglich gewesen wäre, ihn auf ewig an dich zu binden. Doch du hast ihn von dir gestoßen, immer und immer wieder, während du meinen Sohn in der Vergangenheit ständig in dein Bett gezerrt hast.«

»Das ist nicht wahr!« Mit weit aufgerissenen Augen wende ich mich an Ayrun. »Bitte, du darfst ihr nicht glauben! Es stimmt, dass ich in der Vergangenheit öfters mit Gylbert zusammen war, aber das würde ich jetzt nicht mehr tun.«

»Weil dein Herz einem anderen gehört und bereits vor Ayruns Auftauchen gehörte«, sagt Laryssa mit einem süffisanten Grinsen.

Ich spüre, wie mir schlagartig sämtliche Farbe aus dem Gesicht weicht. Nein ... Das *darf* sie ihm nicht erzählt haben! Für den Bruchteil einer Sekunde huscht mein Blick hinter Laryssa, wo mein Bruder und Fye sich weiterhin verbissen gegen ihre Fesseln wehren und den Moment der Unaufmerksamkeit ausnutzen.

Doch Laryssa entgeht nicht, wen ich gerade ansehe. »Schmerzt es dich noch immer so, wenn du sie neben ihm stehen siehst? Die Halbelfe, die du so verachtest, ist nun Königin über beide Völker und hat dir den einzigen Menschen genommen, der dir noch etwas bedeutet hat.«

Ich beiße so fest die Zähne zusammen, dass ich meinen Kiefer knacken höre. Ich spüre, wie ihr Zauber um mich herumwabert und versucht, nach mir zu greifen.

»Bezirzen funktioniert bei uns Götterkindern nicht«, presse ich hervor.

»Das stimmt«, erwidert die dunkle Herrin grinsend. »Aber das ist zum Glück nicht der Zauber, den ich bei dir anwenden muss.« Für einen Moment schließt sie die Augen. »Ich liebe den abgehackten Takt eines zweifelnden oder verängstigten Herzens. Es ist wie Musik in meinen Ohren. Und deines schlägt gerade genauso wie Ayruns, als ich ihm den Namen des Mannes sagte, den du wirklich liebst. Sein Gesichtsausdruck, als er hörte, dass es nicht sein Name war, war wirklich nicht mit Gold aufzuwiegen.«

Nur mit Mühe kann ich mich noch auf den Beinen halten, die unter mir nachzugeben drohen.

»Wäre es nicht wundervoll, all das zu vergessen?«

Mit aller Macht prallt Laryssas unbekannter Zauber gegen meinen Körper, frisst sich in mein Innerstes und nistet sich in meiner Brust und meinem Kopf ein. Ich spüre seine dunklen Schatten, die sich über meine Gefühle und Gedanken legen, und ohne dass ich etwas daran ändern kann, blitzen vor mir die schlimmsten Momente meines Lebens auf. Meine Muskeln verkrampfen sich, als ich Vaans bewusstlosen Körper sehe, der auf einem Bett liegt und mit Bissspuren übersät ist. Bissspuren, die *ich* ihm zugefügt habe, als ich mit aller Macht versucht habe, mich an ihn zu binden. Oder als ich vor vielen Jahren mitbekam, dass Vaan eine der Frauen in der Stadt aufsuchte und ich mir aus Trotz seinen engsten Vertrauten in mein Bett holte. Gylbert war der erste Mann, der mich auf diese Weise berührte, und jedes Mal stellte ich mir vor, dass es Vaans Hände wären, die über meinen Körper glitten.

Ich kneife die Augen so fest zusammen, dass ich kleine Lichtpunkte tanzen sehe, doch unerschütterlich prasseln die Bilder weiterhin auf mich ein. Ich will an nichts davon erinnert werden, nicht jetzt, wo ich glaubte, endlich mein Glück gefunden zu haben. Ich dachte, ich hätte meinen Frieden mit meiner Vergangenheit gemacht – nicht zuletzt nach der Aussprache mit meinem Bruder –, doch der Schmerz, der in

meiner Brust tobt und nichts mit meiner Verletzung zu tun hat, lässt mich daran zweifeln.

All diese Erinnerungen sind nicht neu für mich, aber ich hatte sie in einem dunklen Winkel meines Bewusstseins verbannt und mir geschworen, sie nie wieder hervorzuholen.

»So ist es gut«, säuselt Laryssa, während ihr Zauber unablässig weiter in mir wütet.

»Hör nicht auf sie, Giselle!«, höre ich meinen Bruder schreien und zwinge mich dazu, die Augen zu öffnen. Selbst diese winzige Bewegung fällt mir unglaublich schwer. Es wäre so einfach, mich fallen zu lassen, meine Schmerzen zu vergessen und in der Dunkelheit zu versinken ... »Es bringt nichts, vergessen zu wollen! Du hast in deiner Vergangenheit Fehler gemacht. Das habe ich auch! Jeder von uns hat das. Aber diese Fehler haben zusammen mit dem, was wir richtig gemacht haben, uns zu denjenigen gemacht, die wir sind. Nur durch sie sind wir heute hier. Wenn du deine Fehler über dein Leben bestimmen lässt oder dein Heil im Vergessen suchst, so wie Ayrun es getan hat, wirst du nicht mehr die Person sein, die du jetzt bist. Du wärst nichts weiter als ein Feigling!«

Keuchend hole ich bei seinen Worten Luft. Es fällt mir nicht leicht, die Schatten so weit zurückzutreiben, dass ich in mich hineinhorchen kann. Ich mag vieles sein, aber ich bin kein Feigling. Das war ich nie und das will ich auch niemals sein. Egal, wie übermächtig mein Gegner oder das Problem, vor dem ich stand, war, ich habe nie aufgegeben, habe mich nie abgewandt, sondern trotz allem versucht, es irgendwie zu überwinden.

Ich laufe nicht davon.

Grinsend beiße ich die Zähne zusammen, richte mich so gut es geht auf und vertreibe die dunklen Gedanken aus meinem Kopf. Ich spüre, wie der Zauber aus meinem Körper weicht und sich zurückzieht. Auch Laryssa spürt es, das sehe ich deutlich an ihren entgeisterten Gesichtszügen.

»Ich habe Fehler gemacht«, sage ich, während ich immer wieder innehalten muss, um nach Luft zu ringen. »Ich habe sogar sehr viele Fehler gemacht. Meine Vergangenheit war geprägt von falscher Liebe und falschem Begehren. Ich war selbstsüchtig, habe

andere für mein Versagen verantwortlich gemacht und die drangsaliert, die am wenigsten etwas für meine Misere konnten. Aber«, ich unterdrücke die Schmerzen, die durch meinen Körper rauschen, als ich mich aufrichte und die Schultern straffe, »ich werde nicht vor meiner Vergangenheit weglaufen. Ich bin kein Feigling, sondern habe die Hoffnung, dass ich meine Zukunft besser gestalten kann.« Ich schaue zu Ayrun, der alles bisher stumm verfolgt hat, und lächele ihn an, während ich versuche, all meine Gefühle für ihn in dieses Lächeln zu legen. »Eine gemeinsame Zukunft mit dir, wenn du mich lässt.«

Trotz allem sehe ich keinerlei Anzeichen dafür, dass Ayrun mich erkennt oder das, was ich sage, versteht, dennoch strecke ich die Hand nach ihm aus.

Daraufhin bricht Laryssa in schallendes Gelächter aus. »Wirklich herzallerliebst, Prinzessin. Ich hätte nicht gedacht, dass du dich gegen meine Saat des Zweifels wehren kannst, in Anbetracht deiner verkorksten Vergangenheit. Aber nun ja, auch ich kann mich irren.« Sie zuckt mit den Schultern und dreht mir den Rücken zu. »Ich werde mich später um dich kümmern. Zuerst muss ich deinen lieben Bruder zum Schweigen bringen, denn ohne ihn wirst du dich mir ergeben. Du wirst eine wundervolle Ergänzung meiner Sammlung sein. Da ich die schwache Halbelfen-Königin vom Angesicht dieser Welt tilgen will, geht mir leider ein Götterkind durch die Lappen. Aber ich habe ja noch dich. Und solange ich deinen Gefährten unter meiner Kontrolle habe, wirst du keine Dummheiten machen, nicht wahr?«

Sie macht zwei Schritte auf Vaan und Fye zu und winkt Ayrun heran, der ihr nach einem zögerlichen Blick in meine Richtung folgt. Ich will ihn aufhalten, doch meine Kräfte verlassen mich, und ich bin auch viel zu erschrocken darüber, dass er sich tatsächlich nicht an mich erinnert.

Laryssa stellt sich hinter die gefesselte Fye, die merklich blass geworden ist. »Erkennst du deine Waffe, kleine Königin? Willst du wissen, wie es sich anfühlt, davon durchbohrt zu werden?«

»Frag doch deinen Sohn«, zischt Fye. »Der weiß genau, wie sich das anfühlt.«

Das Gesicht der dunklen Herrin verzieht sich zu einer hässlichen Fratze. »Dein falscher Mut und die tapferen Worte werden dich gleich verlassen. Ayrun! Tu es, jetzt!«

Fassungslos sehe ich dabei zu, wie Ayrun die Waffe erhebt und mit der Spitze auf Fyes Brust zielt. Vaan schreit etwas, doch seine Worte werden durch das Rauschen in meinen Ohren übertönt. Ich muss etwas tun! Doch mein Kopf ist wie leer gefegt. Noch immer kann ich nicht verstehen, wie wir in diese Situation geraten sind, wie alles so weit kommen konnte.

Ayrun ist mein Gefährte. Es ist meine Aufgabe, auf ihn zu achten und ihn zu beschützen. Aber jetzt wendet er sich gegen meine Familie.

Er ist mein Gefährte, also ist er auch mein Problem.

Die Erkenntnis, dass ich die Einzige bin, die ihn noch aufhalten kann, lässt mein Blut beinahe zu Eis gefrieren. Ich erlaube mir nicht, weiter darüber nachzudenken und noch länger zu zögern, sondern stolpere mit letzter Kraft auf eine der nahestehenden Fackeln zu.

Ich ignoriere die beklemmende Enge in meinem Hals, versuche zu vergessen, was ich gerade im Begriff bin zu tun, und halte meine Hand in die tanzenden Flammen. Der Schmerz, der sich augenblicklich meinen Arm hinauffrisst, lässt mir beinahe die Sinne schwinden, und der Wunsch, meine Hand sofort zurückzuziehen, wird übermächtig. Doch ich halte sie weiter in die Flammen, presse fest die Lippen zusammen, um jedes Wimmern im Keim zu ersticken, und wende mich Ayrun zu.

Scheppernd fällt ihm die Schwertlanze aus den Händen, bevor er die Spitze in Fyes Brust stoßen kann. Verwirrt schaut mein Gefährte auf seine unverletzten Hände, als suche er nach einem Anzeichen, was die Schmerzen ausgelöst haben könnte. Nun erlaube ich mir, meine eigene Hand aus dem Feuer zu ziehen. Die Haut ist schwer verbrannt und wirft Blasen. Mit der gesunden Hand umklammere ich das Handgelenk der anderen, um das Zittern zu dämpfen. Tränen brennen mir in den Augen, doch ich würge den aufkommenden Schrei hinunter und schleppe mich auf Ayrun zu.

Fye und Vaan starren mich mit offenen Mündern an, während ihre Blicke abwechselnd zu meiner Hand und wieder zu meinem Gesicht huschen.

Auch Laryssa scheint endlich zu begreifen, was vorgefallen ist. »Heb sofort die Waffe wieder auf!«, herrscht sie Ayrun an, doch dieser ist noch immer wie erstarrt. »Tu, was ich dir befehle!«

Als er ihr Schreien nicht beachtet, sondern stattdessen weiter auf seine Hände starrt, stößt Laryssa einen frustrierten Laut aus, ehe sie erneut die Schatten herbeiruft. Sie greifen nach mir, schlingen sich um meine Fußgelenke, doch ich habe Ayrun bereits erreicht. Ich lege ihm die Arme um den Hals und presse mein Gesicht gegen seine Brust.

»Verzeih mir«, wispere ich, während heiße Tränen meine Wange hinunterlaufen. »Verzeih, dass ich so lange gebraucht habe, um es zu verstehen.«

»Nimm die Hände von ihm!«, herrscht Laryssa mich an und reißt mich mit ihren Schattenfesseln zurück.

Zum Glück war sie so dumm, meine Arme ungefesselt zu lassen, weil sie der Annahme war, dass ich ihr ohne Zauberkraft nicht gefährlich werden kann. Mein Herz pocht wie wild in meiner Brust, als ich mich nach der Schwertlanze bücke und sie aufhebe.

»Du dummes Ding«, spottet Laryssa, als sie mich mit der Waffe sieht. »Du kannst mich nicht verletzen, geschweige denn töten. Ich bin ein Schatten!«

»Das stimmt«, sage ich und bin erstaunt darüber, wie ruhig meine Stimme klingt. »Du bist an einen Träger gebunden, bist eins mit ihm und seinem Herzen. Deine jetzige Erscheinung ist nur ein Trugbild. Ich habe endlich verstanden, wie ich dich besiegen kann.«

Ich nicke Fye und Vaan zu und schenke ihnen ein kleines Lächeln, was sie nur noch verwirrter aussehen lässt.

»Was hast du vor?«, fragt Vaan, doch ich beachte ihn nicht.

Stattdessen drehe ich mich zu Ayrun um, der mich ebenso fragend mustert. Gern würde ich ihn berühren, doch mit der verletzten Hand wage ich es nicht und die andere hält Fyes Waffe umklammert. Wie sehr wünsche ich mir, dass er mich noch einmal so ansieht wie am Abend des Balls. Oder als ich ihm sagte, dass er nun mein Gefährte ist. Ich wünsche mir den alten Ayrun zurück, möchte noch einmal zu dem Zeitpunkt reisen, als alles begann, aus dem Ruder zu laufen, um diesmal alles richtig machen zu können. Es wäre so einfach: ein paar

Worte, ein paar Berührungen, um seine unangebrachten Zweifel zu zerstreuen.

Doch dazu ist es zu spät. Es gibt nur einen Weg, um alle zu retten und Laryssa zu besiegen. Freiwillig wird sie Ayruns Herz nicht verlassen und weiterhin danach trachten, Fye, meinen Bruder oder mich zu töten und die Menschheit zu vernichten.

Schnell werfe ich Vaan einen Seitenblick zu. »Findet Aeric und erzählt ihm von seiner Tante. Aber lasst bitte die wenig schmeichelhaften Details aus.«

Vaan öffnet den Mund, um etwas zu erwidern, doch da habe ich mich wieder Ayrun zugewandt. Ich schaue meinem Gefährten fest in die Augen, als ich die Waffe hebe und die scharfe Spitze in meine Brust bohre. Ich ignoriere die Schmerzen, als sie gegen meine ohnehin malträtierten Rippen trifft, und mobilisiere meine letzten Kräfte, um sie gänzlich in mich hineinzustoßen.

Bis zum letzten Augenblick beiße ich die Zähne fest zusammen, selbst als sich mein Mund mit Blut füllt. Doch es kommt kein einziger Laut über meine Lippen, bis ich auf die Knie sacke. Ein letzter Anflug von Stolz überflutet mich und irgendwie schaffe ich es, zu lächeln. Undeutlich sehe ich, wie Ayrun ebenfalls zusammenbricht, bevor mein Sichtfeld mehr und mehr verschwimmt, doch ich kämpfe darum, bei Bewusstsein zu bleiben.

KAPITEL 31

AYRUN

Der Schmerz explodiert in mir, ohne dass ich weiß, woher er kommt. Kurz zuvor ist mir das schon mit meiner Hand passiert, die die Waffe, mit der ich die Elfenkönigin töten sollte, plötzlich nicht mehr halten konnte. Auch jetzt kann ich keinerlei Verletzung erkennen. Meine Rüstung ist intakt und ich sehe nirgendwo Blut. Trotzdem sinke ich auf die Knie und schnappe röchelnd nach Luft.

Mein Blick ist starr auf die junge Frau gerichtet, die sich von einem Moment auf den anderen die Waffe der Königin in die Brust gerammt hat. Sie war es auch, die sich vorhin die Hand über eine Fackel gehalten hat. Aus irgendeinem Grund scheine ich ihre Schmerzen in mir zu spüren. Aber ... ich weiß nicht wieso. Die ganze Zeit über schaut sie mich an. Selbst als Blut aus ihren Mundwinkeln quillt und sie auf die Knie sackt, hält sie den Kopf oben und den Blick mit meinem verschränkt. Als wäre ich ihre Stütze, das Letzte, an das sie sich klammern kann.

Neben mir gibt Laryssas Schattengestalt einen zischenden Laut von sich, bevor auch sie beginnt, sich vor Schmerzen zu winden. Ihr Schreien gellt in meinen Ohren, doch trotzdem schaffe ich es nicht, den Blick von der jungen Frau zu nehmen. Ihre Hand ist mittlerweile von dem langen Holzgriff der Schwertlanze abgerutscht, aber sie macht keinerlei Anstalten, die Waffe aus ihrem Körper zu ziehen.

»Du Miststück!«, schreit Laryssa neben mir.

Anschließend passiert so vieles gleichzeitig, dass ich nicht alles mitbekomme. Die Schmerzen in meiner Brust verstärken sich, als würde mir das Herz bei lebendigem Leib herausgerissen werden. Ich krümme mich auf dem Boden zusammen, spüre, wie sich etwas aus meinem Inneren mit Zähnen und Klauen den Weg nach draußen bahnt. Keuchend versuche ich, bei Bewusstsein zu bleiben, presse meine Hände gegen meinen Brustkorb in dem verzweifelten Versuch, die Schmerzen einzudämmen.

Als dunkle Schatten zwischen meinen Fingern herausfließen, schreie ich auf.

Die Frau, die neben mir auf dem Boden liegt, streckt eine Hand nach mir aus. Ihre Finger zucken und ihr Gesicht ist von den Qualen, die sie zweifellos durchleidet, verzerrt. Jede noch so kleine Bewegung muss sie anstrengen, trotzdem nähert sich mir ihre Hand Stück für Stück.

Ich will ihr sagen, dass sie sich nicht überanstrengen und aufhören soll, sich zu bewegen. Noch immer läuft ein stetiges Rinnsal Blut aus ihren Mundwinkeln. Sie muss sich schonen, denn mit jeder Bewegung könnte die Waffe, die in einem grotesken Winkel aus ihrem Körper ragt, noch schlimmere Verletzungen anrichten.

Doch statt den Mund zu öffnen, strecke ich ebenfalls die Hand nach ihr aus. Meine zittert ebenso wie ihre.

Als sich unsere Fingerspitzen berühren, schenkt sie mir das wundervollste Lächeln, das ich je in meinem Leben gesehen habe.

Erneut brechen Schatten aus meinem Körper aus, bahnen sich ihren Weg nach draußen, aber ich schließe meine Finger so fest ich kann um ihre. Sie erwidert den Druck, zwar schwach, aber stark genug, dass ein Teil ihrer Stärke auch auf mich überspringt.

Erneut blicke ich in ihre goldenen Augen und kann mich an ihren Namen erinnern.

»Giselle«, wispere ich und werde erneut mit einem Lächeln belohnt, bevor sich eine einzelne Träne aus ihrem Augenwinkel stiehlt.

Die Schatten kriechen über den Boden auf Laryssa zu, sickern in ihre halb durchsichtige Gestalt und vereinen sich mit ihr. Als der letzte umherhuschende Schatten mit ihr verschmilzt, sinkt sie keuchend auf die Knie. Im selben Moment verschwinden die Fesseln, die bis eben noch Fye und Vaan in Schach gehalten haben. Ohne zu zögern, verwandelt sich der König in einen rabenschwarzen Wolf und stürzt sich auf die dunkle Herrin. Ihre Schreie sind hoch und schrill, doch hier, inmitten des Feuerscheins und so geschwächt, wie sie ist, kann sie sich nicht wehren. Nicht gegen den geballten Zorn eines Mondkindes.

Fye rennt auf uns zu, kommt schlitternd neben uns zum Stehen und kniet sich neben Giselle.

»Hilf ihr«, würge ich unter Schmerzen hervor.

Mit panischem Blick starrt die Königin auf Giselle hinab. »Ich kann die Waffe nicht herausziehen, ohne Gefahr zu laufen, noch mehr Schaden anzurichten. Es ist ein Wunder, dass sie überhaupt noch lebt.«

Ich stemme mich auf die Unterarme und krieche den Meter, der uns voneinander trennt, zu ihr hinüber. Jede noch so kleine Bewegung schickt neue Schmerzwellen durch mich hindurch, doch ich kämpfe mich vorwärts. Giselles Atmung geht flach und aus ihrem Gesicht ist jegliche Farbe gewichen, sodass das Blut umso stärker leuchtet. Ihr Blick ist auf mich gerichtet, doch ihre sonst so funkelnden Goldaugen sind wässrig und glanzlos.

»Bringt mich nach draußen«, fordere ich keuchend, ohne die Königin anzuschauen. Meine einzige Sorge gilt Giselle und es gibt nur einen Weg, um sie vielleicht noch zu retten.

Neben mir ertönt ein Knurren. Ich muss nur leicht den Kopf wenden, um in Vaans blutverschmiertes Maul zu blicken. Die gebleckten Zähne sind besudelt vom Blut der dunklen Herrin, und ich brauche einen Moment, bis ich verstehe, dass das Knurren mir gilt.

»Ich glaube, er kann sich wieder erinnern«, sagt Fye schnell, bevor ihr Gefährte mit mir weitermachen kann, und deutet auf unsere verschränkten Hände.

Der König zögert, wirft mir noch einen vernichtenden Blick zu, ehe er beginnt, seinen Wolfskörper unter meinen zu schieben. Es dauert eine Weile, bis ich auf seinem Rücken liege. Meine Hände und Füße schleifen seitlich auf dem Boden. Da ich es nicht schaffe, mich aufzurichten oder ihn anderweitig zu unterstützen, komme ich mir wie ein nasser Sack vor, und weil ich auf der Brust liege, bekomme ich kaum Luft.

»Lauft«, sagt Fye, als sie einen kurzen Blick mit ihrem Gefährten tauscht. »Wir sind direkt hinter euch.«

Ich sehe nicht, dass sie es tut, aber ich höre und spüre, wie sie die Schwertlanze aus Giselles Brust zieht; höre das schmatzende Geräusch und Giselles Wimmern, spüre die neue Schmerzwelle, bevor mir für ein paar Sekunden schwarz vor Augen wird. Meine Sicht verschwimmt immer mehr, während Vaan, so schnell es ihm mit der Last auf seinem Rücken möglich ist, durch die Gänge des Mondberges rennt.

Ich kann nur hoffen, dass wir es rechtzeitig schaffen, bevor meine Sinne gänzlich schwinden. Ich zwinge mich dazu, die Augen offen zu halten und immer wieder einen neuen Punkt auf unserem Weg zu fixieren, um nicht abzudriften. Mit jeder verstrichenen Sekunde fällt es mir schwerer, nicht einfach die Lider zu schließen und mich der Dunkelheit hinzugeben.

Unterwegs treffen wir auf einige Dunkelelfen, die uns jedoch kaum zur Kenntnis zu nehmen scheinen. Sie schlurfen in den Schatten herum, meiden das Licht der Fackeln, während ich auch ein paar Waldelfen sehe, die sich zitternd aneinanderdrücken, als wüssten sie nicht, wo sie sind und was um sie herum geschieht. Als der schwarze Wolf an ihnen vorbeirennt, zucken sie zusammen und sehen uns ängstlich nach. Ich würde sie gern beruhigen, aber ich wage nicht zu sprechen. Aus irgendeinem Grund scheinen die Verbindungen, die die Dunkelelfen mit den Schatten anderer Lebensformen eingegangen sind, mit Laryssas Tod nicht mehr zu bestehen, sodass die Dunkelelfen aus den nährenden Schatten der Waldelfen verbannt wurden und nun ziellos und abgeschnitten von ihrem Medium umherirren.

Vor dem Mondberg herrscht ein Gemetzel. Ich erkenne die Soldaten aus Eisenfels, ebenso wie eine Handvoll Hochelfen, die an der Seite der Menschen kämpfen. Auf den Grasebenen, die sich direkt vor dem Eingang zum Berg erstrecken, machen sie nun Jagd auf die Dunkelelfen, die sich ihnen widersetzen und sich nicht wie die anderen ihres Volkes apathisch im Schatten verbergen. Da es jedoch helllichter Tag ist, haben sie selbst den kampferprobten Truppen aus Eisenfels rein gar nichts entgegenzusetzen.

Vaan zögert kurz und lässt den Blick über die Ebene schweifen. Ich spüre, dass er mit sich ringt und am liebsten ebenfalls kämpfen würde. Erst als er sicher ist, dass keiner seiner Leute in direkter Gefahr schwebt, setzt er seinen Weg fort. Er rennt auf den nahe gelegenen Wald zu, läuft ein Stück hinein, bis die Bäume um uns herum älter und dicker werden. Ich zwinge mich dazu, die Hand zu heben und auf den Baum zu weisen, von dem die meiste Magie ausgeht. Vaan stürzt auf ihn zu und lässt mich von seinem Rücken gleiten.

Schwer atmend bleibe ich auf der Seite liegen, unfähig, mich auch nur ein winziges Stück zu bewegen. So gut es geht, kralle ich meine

Finger in die weiche Erde, spüre, wie mich Magie durchfließt, doch es genügt nicht. Ich fühle mich weiterhin dem Tode nah wie innerhalb des Berges. Zwar kann ich wieder halbwegs klar denken, weil die Schatten, die meine Gefühle und Gedanken überlagert haben, aus mir verschwunden sind, aber mein Körper ist durch Giselles Tat noch immer zerschmettert.

Unruhig läuft Vaan um mich herum, hält unablässig nach seiner Gefährtin und seiner Schwester Ausschau. Es dauert nicht lang, bis die beiden Frauen zwischen den Bäumen erscheinen. Fye trägt Giselle huckepack und kämpft sich durch das Unterholz. Sie strauchelt ein paar Mal, setzt jedoch verbissen einen Fuß vor den anderen, bis sie bei uns angekommen ist.

Ich werfe einen Blick auf Giselle. Ihre Augen sind geschlossen, ihre Lippen zusammengepresst. Weiterhin ist jedwede Farbe aus ihrem Gesicht verschwunden und ihre Haare kleben an der verschwitzten Stirn.

Äußerst vorsichtig lässt Fye Giselle von ihrem Rücken gleiten. Vaan geht zu ihr, stupst sie mit der Schnauze an und stößt ein Winseln aus, während Fye mich so weit aufrichtet, dass ich mich mit dem Rücken gegen den Baumstamm lehnen und die Hände an die Wurzeln legen kann.

»Bring sie zu mir«, weise ich die Elfenkönigin an und deute mit einem schwachen Kopfnicken auf die leblose Giselle.

So sanft wie möglich packt Fye sie unter den Armen und zieht sie bis zu mir herüber, wo sie Giselle halb auf mich legt. Vaan beobachtet das alles ganz genau und gibt ein Knurren von sich. Er vertraut mir nicht und ich kann es ihm nicht verdenken. Ich habe mich schändlich verhalten, habe die verraten, die ich hätte schützen sollen, nur um meinen eigenen Schmerz zu vergessen.

Einen Arm schlinge ich um Giselle, die freie Hand lege ich auf die Wurzel des Baumes. Ich spüre die Feuchtigkeit ihres Blutes, das durch den provisorischen Verband sickert, auf meinem Bauch. Ihr Atem geht flach und abgehackt. Zwar ist ihr Körper sehr viel stärker und widerstandsfähiger als der eines normalen Menschen, aber dennoch wird auch sie es nicht überleben, wenn sie sich freiwillig eine spitze Waffe in die Brust rammt. Glücklicherweise scheint sie ihr Herz verfehlt zu haben, sonst gäbe es keine Hoffnung mehr für uns.

»Können wir irgendwas tun?«, fragt Fye, nachdem sie Vaan beruhigt hat.

Ich schüttele leicht den Kopf. »Wir ... können nur abwarten.«

Von Minute zu Minute fühle ich mich schwächer, als wäre es mein Blut, das aus mir herausfließt. Die Magie, die ich von dem Baum hinter mir und denen um mich herum beziehe, gleicht einem Tropfen auf den heißen Stein. Es genügt, um unsere Qualen zu verlängern, aber nicht, um uns zu heilen.

»Wir müssen zurück«, murmelt Fye. »Können wir euch hier alleine lassen?« Gehetzt wirft sie einen Blick über die Schulter in Richtung Mondberg.

Undeutlich kommt die Erinnerung an ihren Sohn zurück, der noch immer von den Dunkelelfen als Geisel gehalten wird. Während des ganzen Chaos, das ich verursacht habe, habe ich ihn ganz vergessen.

»Geht«, sage ich.

Fye zögert und mustert Giselle und mich mit einem Blick, den ich nicht deuten kann. Wahrscheinlich kommt sie zu dem Schluss, dass sie alles getan hat, um uns zu helfen, und dass unser Leben nun in den Händen der Götter liegt. Daher nickt sie einen Moment später und macht sich auf den Weg, während Vaan mir erst noch einen vernichtenden Blick zuwirft und seine Schwester gegen die Schulter stupst. Die Geste hat etwas Trauriges an sich, und der bloße Anblick schnürt mir die Kehle zu. Dann folgt er seiner Gefährtin.

Giselle und ich bleiben allein zurück. Ich ziehe sie so weit wie möglich an mich heran, bis ich meinen Kopf gegen ihren lehnen kann. Schwach nehme ich ihren Duft wahr, der mich sonst eingehüllt hat, wann immer ich in ihrer Nähe war. Warum habe ich all das aufs Spiel gesetzt?

»Es tut mir leid«, murmele ich.

Ich war so dumm. Wie konnte ich nur den Lügen der dunklen Herrin Glauben schenken?

Die Vorstellung, dass die einzige Frau, die ich je geliebt habe, dasselbe für mich empfinden und jetzt zu mir gehören soll, war für mich so abwegig, so surreal, dass ich alles, was uns beide betraf, auf die Waagschale legte. Jedes Wort von ihr, jeder Blick, jede Berührung

prüfte ich und grübelte darüber nach, ob es nur eine Lüge war. Ich konnte nicht glauben, dass eine Frau wie Giselle sich für mich interessieren könnte.

Ich hoffte es von ganzem Herzen – aber mein Verstand glaubte nicht daran.

Die Zweifel in meinem Kopf wurden stets lauter, überlagerten alle Gefühle, die ich ihr gegenüber hatte, und ließen mich zu Mitteln greifen, für die ich jetzt am liebsten im Boden versinken würde.

Die dunkle Herrin nistete sich in meinem Herzen und meinem Geist ein, nahm mir meine Erinnerungen und damit auch die Zweifel. Im Gegenzug erhielt sie die Kontrolle über mich. Ich habe Dinge getan ... Dinge, die ich aus meinen Erinnerungen löschen will. Ich habe meine Königin und ihren Mann bedroht, habe mich mit dem Feind verbündet, habe meine Schwester attackiert.

Aber am Schlimmsten ist: Ich habe es so weit getrieben, dass meine Gefährtin keinen anderen Ausweg sah, als sich für uns zu opfern.

Als Einzige durchschaute Giselle, dass Laryssa so lange unbesiegbar war, wie sie mit mir in Verbindung stand. Nachdem sie zweimal von den Mondkindern überwältigt worden war, während sie ihnen in ihrer normalen Gestalt gegenübertrat, wählte die dunkle Herrin diesmal ihre Schattengestalt, in der sie zwar die Macht über die Schatten, aber keinen Körper besaß. Laryssa mochte skrupellos gewesen sein, aber keinesfalls dumm. Allerdings hatte sie etwas in ihrem Plan nicht bedacht: Sie konnte die Schwertlanze nicht selbst führen, also musste ich es tun. In meinem Kopf hörte ich nur ihre Stimme, die mir wieder und wieder befahl, die Königin mit ihrer eigenen Waffe zu töten. Ich nahm nichts anderes wahr bis auf die Schwertlanze in meiner Hand und die gefesselten Feinde vor mir. Nichts anderes zählte in diesem Augenblick für mich. In meinem Kopf klangen Laryssas Pläne und ihr Vorhaben so einfach, so verständlich. Zu keiner Zeit bin ich auf die Idee gekommen, das, was sie mir befahl, zu hinterfragen.

Im letzten Moment konnte mich Giselle aufhalten, indem sie ihre Hand so schwer verbrannte, dass ich die Schmerzen ebenfalls spürte und nicht anders konnte, als die Waffe fallen zu lassen. Ich glaube, in diesem Moment verstand sie, was sie tun musste. Giselle musste eine Entscheidung treffen, ohne lange darüber nachdenken zu können,

genau wie bei unserer Bindung. Sie war die Einzige, die die dunkle Herrin noch aufhalten konnte, doch das, was sie dafür tun musste ... Nein, ich will mir nicht einmal vorstellen, wie sich Giselle in diesem Moment gefühlt haben muss.

Sie verstand, dass sie die dunkle Herrin in ihrer Schattenform unmöglich besiegen konnte. Also musste sie dafür sorgen, dass sie aus meinem Körper verschwand, und das ging nur, indem sie mich an die Schwelle des Todes brachte. Wäre ich gestorben, während sich Laryssa noch in mir befunden hätte, wäre die dunkle Herrin ebenfalls tot gewesen. So verschwand sie aus mir, als sie merkte, wie ich schwächer – und für ihre Begriffe nutzlos – wurde.

Es war furchtbar ... Abgesehen von den Schmerzen, die ich mit Giselle teilte, glaubte ich, auf der Stelle sterben zu müssen, als Laryssa begann, aus meinem Körper zu fliehen. Sie kämpfte sich regelrecht aus mir heraus.

Als ihre Schatten endlich aus mir heraussickerten und ich Giselles Hand berührte, kehrten mit einem Schlag alle Erinnerungen an sie und die letzten Monate zurück. Der dunkle Nebel, der alle Gedanken und Empfindungen überlagert hatte, verschwand, und ich konnte endlich wieder klar sehen. Doch es war zu spät. Viel zu spät.

Durch meine dummen Handlungen habe ich meine Gefährtin dazu gebracht, eine Entscheidung treffen zu müssen. Und anstatt mich dafür zu verfluchen, sie in diese Situation gebracht zu haben, lächelte sie mich an.

Ich schlinge den Arm fester um sie, presse sie so fest an mich, wie ich es bei ihren Verletzungen wage. Schlaff und reglos wie eine Puppe liegt ihr zierlicher, geschundener Körper auf meinem Schoß. Es ist meine Schuld ...

Als ich sie hätte schützen sollen, habe ich versagt. Ich habe sie allein bei diesem Kerl Gylbert zurückgelassen, der sie misshandelte und verletzte. Ich habe zugelassen, dass sie sich opfert, um alle anderen zu retten.

Schwach und nutzlos, nichts anderes bin ich, und ich habe vollstes Verständnis für Vaans Wut und Misstrauen mir gegenüber. Ich hätte sogar Verständnis dafür, wenn er mich nie wieder in die Nähe seiner Schwester lassen würde, nach allem, was ich ihm und seiner Familie

angetan habe. Aber jetzt ... Jetzt darf ich nicht aufgeben. Noch steckt Leben in uns beiden. Ihr Götterkörper wehrt sich verbissen gegen die Verletzungen, aber ich spüre, dass ihr Leben – und damit auch meines – kurz davor ist, zu verlöschen.

Die einzige Chance, die uns noch bleibt, ist meine Magie. Ich muss Giselle so weit stabilisieren, dass sie sich verwandeln kann. Ihre Löwin wird die Wunden sehr viel schneller heilen können. Jedes Fitzelchen Magie, das ich aus der Natur um mich herum ziehe, leite ich an Giselle weiter, ohne etwas davon für mich zu behalten.

Es muss funktionieren ... Es *muss* einfach!

Als ich ganz in der Nähe Zweige knacken höre, zucke ich zusammen. Automatisch presse ich Giselle noch fester an mich, obwohl ich weiß, dass ich nicht in der Lage wäre, uns zu beschützen. Wenn uns eine Schar Dunkelelfen finden und angreifen würde, hätte ich nichts, was ich ihnen entgegensetzen könnte.

Doch es ist kein Dunkelelf, der zwischen den Bäumen hervortritt.

»Aysa«, murmele ich, als meine Augen ihre Umrisse wahrnehmen. Neben ihr steht eine weitere Frau, die ich an ihrer Silhouette erkenne, bevor sie ihre Kapuze zurückschlägt. »Mutter, was ... Was macht ihr beide hier?«

Das Sprechen fällt mir schwer; jedes Wort kratzt in meinem Hals, doch ich bin zu verwirrt über das plötzliche Auftauchen meiner Familie, um den Mund zu halten.

»Du musst besser auf deine Gefährtin achtgeben«, sagt meine Mutter, als sie sich neben mich kniet und eine Hand an den Baumstamm legt. »Als ich sie das letzte Mal sah, war sie ebenfalls in keiner guten Verfassung, weil sie dich retten musste.«

»Das letzte Mal?«, wiederhole ich verwirrt. »Wann ...?«

»Als sie das erste Mal dein Leben gerettet hat.« Ihre andere Hand legt sie auf Giselles Schulter und lässt ebenfalls die Magie in sie fließen. Dann bedenkt sie mich für meine Frage mit einem Kopfschütteln. »Auch wenn sie ein Mondkind und eine starke Frau ist, braucht auch sie hin und wieder eine Stütze an ihrer Seite. Und nun sieht es so aus, als hätte sie sich schon wieder für dich opfern müssen.«

»Woher ...?«

»Überanstrenge dich nicht durch sinnlose Fragen«, weist mich meine Mutter zurecht und ich klappe den Mund wieder zu. »Ich war die ganze Zeit über zu Hause und behielt Aysa so gut es ging im Auge. Um sie machte ich mir mehr Sorgen als um dich, denn ich wusste, dass es dir in Eisenfels soweit gut gehen würde. Als ich jedoch hörte, dass Aysa dich unter Laryssas Einfluss getötet haben soll, kehrte ich jedoch in unsere alte Siedlung zurück, um deinen Leichnam zu bestatten, wie es der Brauch ist. Du kannst dir meine Überraschung vorstellen, als ich dich lebendig vorfand.« Sie schaut zu Giselle und ihr Blick wird weich. »Ich verdanke ihr das Leben meines Sohnes und ich werde alles in meiner Macht Stehende tun, um diese Schuld zurückzuzahlen.«

Hinter Aysa, die noch immer unschlüssig auf Abstand bleibt, kommen Fye und Vaan, Letzterer in seiner menschlichen Gestalt, zu uns. Die Königin hält ihr Kind fest an sich gepresst und ich atme erleichtert auf.

»Aysa hat ihn uns gebracht«, erklärt Fye, als sie meinem Blick gefolgt ist, und streicht ihrem Sohn zärtlich über den Rücken. »Sie trug ihn bei sich und kam auf uns zu, als wir auf dem Rückweg waren.«

Mein Blick huscht zu Aysa, die betreten zu Boden schaut.

»Es war das Mindeste, was ich tun konnte«, murmelt sie undeutlich. »Nachdem ich wieder zu mir kam, schlich ich mich zu dem Zimmer, in dem sie den Jungen festhielten. Ich tat so, als würde ich weiterhin unter Laryssas Einfluss stehen. Ohne zu zögern ließen sie mich passieren und protestierten auch nicht, als ich das Kind einfach mitnahm. Ich trug den Kleinen in einen Umhang gewickelt nach draußen, und dort kamen mir bereits Fye und Vaan entgegen.«

»Nach allem, was passiert ist, sind wir überglücklich, dass wir unseren Sohn wiederhaben«, sagt Vaan. Sein Blick gleitet zu Aysa, die darunter zusammenzuckt. »Über alles Weitere werden wir entscheiden, wenn wir zurück in Eisenfels sind. Auch die Kämpfe vor dem Berg sind zum Erliegen gekommen. Die Dunkelelfen sind besiegt und haben sich zurückgezogen. Ihre Herrin ist tot und wird keinen Schaden mehr anrichten können. Alles ist gut ausgegangen. Bis auf ...« Er hebt den Kopf und schaut zu Giselle.

»Nun macht nicht so ein Gesicht, Hoheit«, scheltet ihn meine Mutter. Nur sie hat den Schneid, so mit einem König zu reden. »Noch

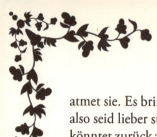

atmet sie. Es bringt Unglück, einem Lebenden den Tod nachzusagen, also seid lieber still. Aysa, komm hierher und hilf mir. Und Ihr, Vaan, könntet zurück zum Mondberg gehen und alle Waldelfen zusammentrommeln, die Ihr finden könnt. Wir brauchen jeden Einzelnen von ihnen hier, um die Prinzessin zu retten.«

Ohne zu zögern, verschwindet Vaan im Dickicht. Aysa kommt zu uns und kniet sich auf meine andere Seite, gegenüber von Mutter. Meine Schwester weicht meinem Blick aus und hält den Kopf gesenkt. Dennoch lässt auch sie ihre Magie in Giselle fließen, und langsam spüre ich, wie es ihr besser geht. Die schlimmsten Schmerzen klingen in meinem Körper ab und ich schließe dankbar die Augen, während ich weiterhin Mana durch mein Medium in mir aufnehme.

Nach kurzer Zeit kehrt Vaan zusammen mit neun Waldelfen zurück. Sie sehen mitgenommen und verwirrt aus, doch Mutter zögert nicht, erklärt ihnen mit knappen Sätzen, was von ihnen verlangt wird, und scheucht sie zu uns, wo sie sich in einem Halbkreis hinknien. Nicht jeder von ihnen hat einen Baum in der Nähe, dessen Magie er anzapfen kann, also ziehen sie die Magie so gut es geht aus dem Waldboden.

Mutter überwacht jede von ihnen, ehe sie sich wieder der Königin und ihrem Gemahl zuwendet. »Ihr könnt hier nichts tun«, erklärt sie, pragmatisch wie immer. »Nehmt Euer Kind und Eure Männer und geht zurück nach Eisenfels.«

»Aber …« Vaan macht einen Schritt nach vorne. »Ich kann sie doch nicht einfach hier zurücklassen.«

»Wir werden uns um die Prinzessin kümmern. Durch ihre Verbindung mit meinem Sohn ist sie eine von uns, und eine der Unsrigen geben wir nicht kampflos auf. Wir tun alles, was in unserer Macht steht, um sie und Ayrun zu retten. Ihr seid dabei nur im Weg.«

Hilfe suchend wendet Vaan sich an seine Gefährtin, doch zu meiner Überraschung nickt Fye.

»Lass uns nach Hause gehen«, sagt sie in einem versöhnlichen Tonfall und streckt die freie Hand nach ihm aus. »Giselle wird hier bestens versorgt.«

Noch immer zögert der König, doch dann stößt er ein Schnauben aus und fährt sich mit beiden Händen übers Gesicht, bevor er sich zu

mir umdreht. Der Blick, mit dem er mich bedenkt, ist mörderisch. »Ich würde gerne sagen, dass ich dich umbringen werde, wenn sie es nicht schafft, aber das wäre wohl hinfällig. Alles, was innerhalb des letzten Tages geschehen ist, hat mein Vertrauen in dich erschüttert, Ayrun, und ich weiß nicht, ob sich das je wieder ändern wird. Ich weiß, dass es meiner Schwester unmöglich sein wird, sich von dir fernzuhalten, aber ... Wenn ich ehrlich bin, hätte ich nichts dagegen, wenn du mir nie wieder unter die Augen treten würdest.«

Ich senke den Kopf ein Stück und räuspere mich, um besser sprechen zu können. »Sobald es Giselle besser geht, werde ich sie und anschließend auch Euch um Verzeihung bitten. Ich bin einmal vor meinen Zweifeln und Ängsten davongelaufen. Das werde ich nicht wiederholen. Ich werde alles dafür tun, um Giselles und auch Euer Vertrauen zurückzugewinnen, aber ich weiß, dass es Zeit brauchen wird, bis Ihr mir vergeben könnt. Ich kann es ja fast selbst nicht. Nur der Gedanke, dass ich sie retten muss, hält mich aufrecht, sonst hätte ich wohl bereits aufgegeben.«

Vaan hadert mit sich, bevor er den Atem ausstößt und sagt: »Bring sie mir gesund zurück.«

»Das werde ich.«

Er nickt mir zu, legt einen Arm um Fyes Schultern und verlässt gemeinsam mit ihr und ihrem Sohn den Wald.

Als sie verschwunden sind, lehne ich meinen Kopf nach hinten gegen den Baumstamm. Die Anspannung fällt von mir ab. Ich schließe die Augen, rücke Giselle in eine etwas andere Position und falle innerhalb von Sekunden in einen unruhigen Schlaf.

KAPITEL 32

AYRUN

Ich schrecke hoch, als ich eine Bewegung auf mir spüre. Da ich im ersten Moment nicht weiß, wo ich mich befinde, packe ich die Person über mir, die ich nur undeutlich erkennen kann, fest an den Armen.

Zwei Hände legen sich an mein Gesicht und zwingen mich so, nach oben zu schauen. Als ich in ihre Goldaugen sehe, bleibt mir für einen Augenblick das Herz stehen.

»Beruhige dich«, sagt sie.

Ich dachte, ich würde diese Stimme nie wieder hören. Sofort lasse ich meine Hände sinken und starre sie an.

»Ich wollte dich nicht wecken«, erklärt sie. »Geht es dir gut?«

»Ob es mir gut geht?«, krächze ich und hätte beinahe aufgelacht. »Ich bin nicht derjenige, der sich eine Schwertlanze in die Brust gerammt hat.«

An ihren wundervollen Lippen zupft ein Lächeln, bevor sie sich ein Stück aufrichtet. Ihre langen Haare fallen nach vorne über ihre Schultern, während sie sich mit den Händen an meiner Brust abstützt. Sie sitzt rittlings auf mir, und als ich einen Blick auf ihre Verletzung werfen will, sehe ich, dass sie vollkommen nackt ist.

Ich weiß nicht, ob mich der offene Mund oder meine weit aufgerissenen Augen verraten haben, aber Giselle zupft schnell ihre Haare so zurecht, dass sie das Nötigste verdecken.

Mein Mund ist staubtrocken, als ich mich dazu zwinge, nach oben in die Äste des Baumes zu schauen.

»Wo sind meine Mutter, Aysa und die anderen?«, frage ich, um das Thema zu wechseln.

Wieder bewegt sie sich auf mir und ich ziehe scharf die Luft ein. Es kostet mich unablässig mehr Anstrengung, sie nicht anzusehen oder zu berühren. Meine Finger krallen sich in das Gras, damit ich erst gar nicht auf dumme Ideen komme. Schließlich sind wir gerade erst dem Tod entronnen. Wie kann ich jetzt daran denken, sie zu …? Doch so sehr ich mir auch den Gedanken daran verbiete, kann ich nichts dagegen tun, dass mein Körper auf sie reagiert.

»Eine Waldelfe – das muss wohl deine Mutter gewesen sein – hat zu mir gesagt, dass ihre Arbeit getan wäre, als ich zu mir kam. Dann ist sie mit den anderen Waldelfen verschwunden, ohne ein weiteres Wort. Ich kannte ihre Stimme; ich glaube, sie war es, die mich in der Ruinensiedlung gewarnt hat.« Sie schweigt kurz und runzelt die Stirn, als müsse sie nachdenken. »Was ist mit Fye und Vaan? Und mit Aeric?«

»Denen geht es gut«, sage ich. »Sie sind zurück nach Eisenfels gegangen, nachdem die Waldelfen uns in ihre Obhut genommen haben.«

»Ayrun.« Als sie meinen Namen mit diesem schnurrenden Unterton sagt, huscht mein Blick kurz zu ihrem Gesicht. Das schelmische Grinsen und das Funkeln in ihren Augen lassen mich nach Luft schnappen. »Gibt es einen Grund dafür, dass deine Ohrenspitzen knallrot sind? Was gibt es da oben in den Zweigen, das interessanter ist als ich?« Sie beugt sich so weit vor, dass ihr Gesicht direkt neben meinem ist, und richtet ihren Blick nach oben in die Baumwipfel.

»Ich …«, bringe ich hervor, mache aber schnell wieder den Mund zu, um mich zu räuspern. »Ich glaube, ich würde mich besser fühlen, wenn du dir etwas anziehen könntest.«

Sie kichert. »Ich enttäusche dich ja nur ungern, aber in ihrer Eile haben die Waldelfen vergessen, Kleidung für mich dazulassen.« Sie verlagert ihr Gewicht ein Stück nach hinten und bewegt dabei ganz sanft ihr Hüfte. Ich verschlucke mich beinahe. »Irgendwie finde ich es niedlich, wenn du so schüchtern bist.«

Mit dem Zeigefinger fährt sie zuerst die Kontur meines Kinns nach, bevor sie sich nach oben zu meinen Ohren vorarbeitet.

»Du … Als ich dich das letzte Mal gesehen habe, warst du so schwach, dass du kaum noch atmen konntest«, sage ich, aber ich höre selbst, wie lahm sich mein Einwand anhört. Das einzig Richtige wäre, sie zu packen, hochzuheben und neben mich zu setzen. Am besten in einem Sicherheitsabstand von zehn oder mehr Metern. Stattdessen

seufze ich auf, als ihre Finger federleicht an der Außenseite meines Ohres entlangstreichen.

»Das mag sein«, murmelt sie. »Aber wenn du mich für eine Sekunde anschauen würdest, würde dir auffallen, dass ich wieder völlig genesen bin.«

Sie richtet ihren Oberkörper ein Stück auf – wodurch ich ihre Brüste fast direkt vor dem Gesicht habe. Ich werde jeden Moment an einem Herzanfall sterben, da bin ich mir sicher! Zwar verdecken ihre blonden Haare noch immer den größten Teil ihrer Gestalt, aber ... trotzdem!

Sie nimmt die zweite Hand von meinem Bauch, wodurch ihr ganzes Gewicht jetzt auf meiner Hüfte lastet. Ich hole zischend Luft, als ihr Körper genau auf die richtige Stelle drückt. Sie grinst, während sie die Hand auf ihr Brustbein legt. Vorsichtig folgt mein Blick ihrer Bewegung. Sie deutet auf die einzige rote Stelle auf ihrer sonst makellosen Haut. Dort hat sie sich die Spitze der Schwertlanze in den Körper gerammt. Nichts deutet daraufhin, dass sie an dieser Stelle lebensbedrohlich verletzt war.

»Glaubst du mir jetzt?«, fragt sie.

Ich schaue schnell zur Seite. »Kannst du dich dann bitte verwandeln, wenn du keine Kleidung hast?«

»Warum?« Erneut verlagert sie leicht ihr Gewicht. Sie muss das sein lassen, sonst werde ich ... »In meiner anderen Gestalt könnte ich das hier nicht tun.«

Ihre Hand legt sich an meine Wange und dreht meinen Kopf wieder in ihre Richtung. Ich sträube mich kurz dagegen, weil meine Augen ein Eigenleben zu führen scheinen, gebe jedoch nach, als sie den Druck weiter verstärkt. Im nächsten Moment liegen ihre Lippen auf meinen, während sie ihren Körper der Länge nach an mich presst. Es geht so schnell, dass ich keine Chance habe, sie davon abzuhalten. Nicht, dass ich das wirklich will, aber ...

Ich hebe meine Hände und lege sie an ihre Oberarme; eigentlich um sie aufzuhalten, aber sobald ich sie berühre, beginnt sie zu schnurren – und bringt damit meine ohnehin papierdünne Selbstbeherrschung komplett ins Wanken. Ihre Brust vibriert gegen meine, während sie noch immer diese wundervollen Laute von sich gibt, und ich kann gar nicht anders, als meine Hände über ihren Rücken wandern

zu lassen. Ich vergrabe meine Finger in ihren Haaren, ertaste jeden Zentimeter ihrer Haut, ohne auch nur einen Moment den Mund von ihrem zu lösen. Währenddessen öffnen ihre Finger flink die Schnüre an meiner Rüstung.

Unsere Küsse sind hungrig und ich vergesse die Welt um mich herum.

Ich brauche mehrere Anläufe, um mich aus der engen Rüstung zu schälen, und es wird nicht leichter dadurch, dass Giselle sich weigert, von meinem Schoß zu klettern. Ihre Augen leuchten verheißungsvoll, als sie mich wieder an sich zieht und den Kopf nach hinten lehnt. Ihre Finger gleiten über meine nackten Schultern, während ich mich küssend und knabbernd an ihrem dargebotenen Hals entlangarbeite und dafür hin und wieder mit einem leisen Schnurren belohnt werde. Nur um diesen sinnlichen Ton zu hören, könnte ich mein ganzes Leben damit weitermachen.

Was mich jedoch völlig um den Verstand bringt, ist ihre Hüfte, die sich sanft vor und zurück bewegt. Ich spüre ihre Hitze durch meine Hose und jede Bewegung von ihr, jede Berührung meines empfindlichsten Punktes lässt mich aufstöhnen.

Sie weiß ganz genau, dass sie mich damit in den Wahnsinn treibt. Das sehe ich an dem schelmischen Grinsen, das immer wieder ihre Lippen umspielt. Und ich glaube, dass es ihr unheimlich viel Freude bereitet, mich so zu quälen. Alles in mir schreit danach, endlich einen Schritt weiterzugehen, aber ich habe Angst, etwas Falsches zu tun. Im Gegensatz zu ihr besitze ich keinerlei Erfahrung, weiß nicht, wie ich vorgehen soll, und erst recht bringe ich nicht den Mut auf, die Stellen an ihr zu berühren, die mich wirklich reizen. Zwar reckt sie mir ohne Unterlass ihre Brüste entgegen, aber meine Hände bleiben auf ihrem Rücken liegen.

Irgendwann scheint sie mein Dilemma zu bemerken.

»Was ist los?«, fragt sie und mustert mich aus halb geschlossenen Lidern.

Verlegen weiche ich ihrem Blick aus und suche fieberhaft nach Worten.

»Ayrun?« Ihre Stimme ist ein einziges Schnurren und jagt mir einen wohligen Schauer über den Rücken. »Du musst dir um mich wirklich keine Sorgen machen. Mir geht es bestens und ich habe keinerlei Schmerzen.«

»Das ist es nicht«, murmele ich. Erneut zwingen mich ihre Hände, sie anzusehen. »Ich …Denke nicht, dass ich es nicht will, aber …« Seufzend lasse ich den Kopf hängen. »Ich war noch nie mit einer Frau so zusammen wie mit dir.«

Für den Bruchteil einer Sekunde schießen ihre Augenbrauen in die Höhe und ihre Gesichtszüge entgleiten ihr, aber sie hat sich blitzschnell wieder unter Kontrolle. In einem wirren Moment rechne ich damit, dass sie sich über mich lustig machen oder verspotten könnte. Dass sie aufstehen und gehen könnte. Doch stattdessen lehnt sie sich vor, um mich zu küssen. Zuerst auf den Mund, bevor sie sich seitlich über meine Wange vorarbeitet. Ich hole zitternd Luft, als sie mit der Zunge die Kontur meines Ohres nachfährt.

»Vertraust du mir?«, wispert sie.

Ohne zu zögern, nicke ich. Die Zweifel, die ich einst hegte, sind vollends verschwunden. Ich vertraue meiner Gefährtin mit Leib und Seele, und es kommt mir beinahe lächerlich vor, dass es je anders gewesen sein soll.

»Dann entspanne dich und lass mich machen.«

Und das tue ich.

EPILOG

2 Jahre später ...

GISELLE

Meine Hände bedecken meine Augen, während mich Ayrun am Arm über die unebene Wiese führt. Ich rieche die Blumen, die in der Morgensonne ihre Blüten öffnen, und spüre eine leichte Brise über meine Haut streichen. Sie ist nicht kalt genug, um mich frösteln zu lassen, aber ich merke, dass der Sommer bald vorüber sein wird.

»Darf ich jetzt schauen?«, frage ich wohl zum hundertsten Mal.

»Gleich«, antwortet er und ich kann das Grinsen in seiner Stimme hören. »Sei nicht so ungeduldig.«

Ich gluckse. »Wie lange kennst du mich jetzt schon?«

»Nicht lange genug.«

Ein wohliger Schauer durchfährt mich bei seiner Antwort. Mein Herz klopft vor Aufregung wie verrückt, und am liebsten würde ich schneller laufen, doch Ayrun hält mich zurück.

Dann bleiben wir stehen und er dreht mich ein Stück zur Seite.

»Jetzt darfst du die Hände wegnehmen«, raunt er mir ins Ohr und ich gehorche voller Ungeduld.

Ich blinzle kurz, da das Sonnenlicht in meinen Augen brennt, und richte meinen Blick nach vorne. Mir stockt bei dem, was ich sehe, der Atem. Direkt am Rand des Waldes, der an Eisenfels grenzt, liegt unser neues Zuhause. Ayrun hat sich bei diesem Bauwerk selbst übertroffen. Mehrere Pavillons schmiegen sich um die Baumstämme, ranken sich an ihnen bis fast in die Kronen hinauf, jedoch ohne sie in ihrem Wachstum zu behindern. Die einzelnen Gebäude sind mit Treppen und weiter oben mit kurzen Hängebrücken verbunden. Mehr als genügend Platz für uns und ...

»Ich weiß, dass es kein Schloss ist, aber ...«

Ayrun scheint meine Sprachlosigkeit falsch zu deuten, deshalb schüttele ich schnell den Kopf. »Es ist perfekt«, sage ich und meine es auch so.

Die letzten zwei Jahre waren nicht immer einfach für uns. Ayrun konnte nicht über einen längeren Zeitraum hinweg ununterbrochen in Eisenfels bleiben, und ich fühlte mich wie zerrissen, wenn er fortging, um sein Volk zu besuchen. Oft folgte ich ihm. Die Waldelfen begegneten mir zwar mit Freundlichkeit, aber ich spürte dennoch, dass ich nicht zu ihnen gehörte. Ihre bedingungslose Nähe zur Natur und all die Bequemlichkeiten, auf die sie deswegen verzichteten, kollidierten mit meinen Gewohnheiten als Prinzessin. Es fiel mir schwer, mehrere Nächte hintereinander auf dem blanken Boden zu schlafen und mich im kalten Fluss waschen zu müssen.

Die Aussöhnung mit den Waldelfen verlief nahezu ohne Schwierigkeiten. Die Ältesten, die den Plan zu Aerics Entführung gefasst hatten, wurden bestraft und ihres Amtes enthoben. Seitdem führt Ayruns Mutter das Volk an.

Ohne ihre Herrin stellten auch die Dunkelelfen keine Gefahr mehr dar. Fye sorgte dafür, dass die schattenliebenden Elfen umgesiedelt wurden. Sie leben jetzt nahe der Küste in weitläufigen unterirdischen Höhlen und scheinen zufrieden zu sein.

Nachdem ich mich mit Fye und Vaan versöhnt habe, verbringen wir viel Zeit zusammen. Sie beziehen mich in Regierungsentscheidungen mit ein und ernannten Ayrun und mich vor Kurzem zu ihren Statthaltern, bis Aeric alt genug ist.

Doch nun, da unser eigenes Heim endlich fertiggestellt ist, müssen wir uns nicht mehr trennen. Ich bin in direkter Nähe zu Eisenfels, während Ayrun ständig von seinem Medium umgeben ist.

»Mira wartet sicher schon auf uns«, sagt er und nimmt meine Hand.

Lächelnd folge ich ihm. Unsere einjährige Tochter Mira – benannt nach meiner Mutter – ist unser Sonnenschein und bezaubert jeden, egal, ob Mensch oder Elf. Ihre goldenen Augen weisen sie eindeutig als Mondkind aus, jedoch sind ihr grünlicher Haarflaum und die spitz zulaufenden Ohren ein Hinweis auf die Herkunft ihres Vaters. Ich erwarte ihren fünften Geburtstag mit einer Mischung aus Spannung

und Schrecken, denn ich weiß, was auf sie zukommen wird. Erst dann wird sich entscheiden, welche andere Gestalt in ihr schlummert.

Ayrun führt mich in unser Haus. Direkt neben unserem Schlafzimmer liegt Mira friedlich schlafend in einer Holzwiege. Ich streichle ihr kurz über den Kopf, ehe ich das Zimmer wieder verlasse, um sie nicht zu wecken. Sie ist ein unkompliziertes Kind, und oft glaube ich, dass sie mehr von Ayrun geerbt hat als von mir. Aber das muss nicht schlecht sein.

Nachdem er mir alle weiteren Zimmer gezeigt hat, zieht mich Ayrun in seine Arme. »Gefällt es dir?«

»Wie ich schon sagte: Es ist perfekt. Ich könnte nicht glücklicher sein«, antworte ich. »Endlich haben wir einen Platz für uns. Und es sind genügend Räume, um auch deine Mutter und Aysa zu uns einladen zu können. Ich weiß, dass sie dich ständig bitten, Mira mitzubringen, aber ... sie ist noch so klein.«

»Mach dir keine Gedanken, Liebste«, murmelt er und küsst mich auf die Stirn. »Sie verstehen, dass ich unsere Tochter nicht mitbringen kann, und sie würden sich bestimmt über eine Einladung freuen. Doch vorher ...« Ein übermütiges Funkeln erscheint in seinen Augen und lässt mich grinsen. »Vorher möchte ich unsere Zurückgezogenheit mit dir allein genießen.«

»Ich weiß genau, was du meinst«, schnurre ich.

Er hebt mich hoch. Ich schlinge meine Beine um seine Taille und lasse mich von ihm zurück ins Schlafzimmer tragen.

– ENDE LÖWENTOCHTER –

DANKSAGUNG

»Löwentochter« ist das dritte eigenständige Buch in der Divinitas-Reihe. Zwei Kurzgeschichten gehören ebenfalls dazu.

Ich habe mich lange dagegen gewehrt, dass auch Giselle ihre eigene Geschichte bekommt. Nach »Divinitas« ging es mir wie vielen Lesern: Ich mochte sie nicht. Deshalb war der Gedanke, ein ganzes Buch mit ihr als Protagonistin zu schreiben, völlig abwegig für mich.

Bis ich eines Nachts eine Eingebung hatte. Ja, es gibt sie wirklich! Diese Geistesblitze, wenn der Verstand gerade dabei ist, ins Reich der Träume abzudriften. Ich stand wieder auf, startete meinen Laptop, ignorierte die seltsamen Blicke und Fragen meines Mannes und tippte wie eine Besessene. Die ersten drei Kapitel entstanden innerhalb von knapp zwei Stunden und flossen quasi aus meinen Fingern heraus, ohne dass ich mir Gedanken über die Worte machen musste.

Bei meinen Testleserinnen hatte Ayrun sofort einen Stein im Brett – und alle freuten sich über ein Wiedersehen mit Vaan. Ich kann es ihnen nicht verdenken. Ayrun ist nicht wie meine üblichen Helden, sondern nimmt eher den passiven Part ein und bildet den Gegenpart zur aufbrausenden Giselle.

Während des Schreibens entwickelte sich Giselle vom herzlosen Miststück zur Eisprinzessin bis hin zum missverstandenen Mädchen, das sich nach Zuneigung und Akzeptanz sehnt. Ich habe sie gern auf dieser Reise begleitet, auch wenn es nicht immer leicht war und ich hin und wieder wirklich mit dem Gedanken gespielt habe, eine sehr, sehr hohe Klippe in eine Szene einzubauen und sie dort einfach runterzuwerfen. Ich glaube, dass gerade diese Hassliebe den besonderen Reiz dieser Geschichte ausmacht, und ich hoffe, dass du, lieber Leser, genauso viel Spaß beim Lesen hattest wie ich beim Schreiben.

Mein erster Dank gilt wie jedes Mal meiner Familie. Allen voran meinem Mann, der dafür sorgt, dass ich nicht jämmerlich vor der Tastatur verhungere und der meine seltsamen Anwandlungen (siehe oben) nur noch mit einem Schulterzucken abtut, anstatt an meinem gesunden Menschenverstand zu zweifeln. Ich liebe dich!

Meinen Hunden – leider sind es nur noch zwei – Tank und Hera danke ich ebenfalls, denn ohne sie würde ich keinen Schritt aus der Wohnung machen, sondern nur hinter meinem Laptop klemmen. Dabei habe ich unterwegs an der frischen Luft doch die besten Ideen! Meine Mama hat wieder einmal als Testleserin fungiert. Vielen Dank dafür und für deine Tipps! Aber am meisten danke ich dir dafür, dass du immer für mich da bist und an mich glaubst! Das bedeutet mir alles! Ich habe dich lieb!!

Mein Testleser-Team hat wieder wundervolle Arbeit geleistet. Danke, dass ihr mich aufbaut, wenn ich am liebsten alles hinschmeißen würde, und dass ihr mir in den Hintern tretet, wenn ich es nötig habe! Danke, liebe Jessica, Zeina, Kira, Katha, Canni, Sabrina und Nadine. Ihr seid genial und ich möchte keine von euch missen!

Tausendmal Danke geht an meine Verlegerin Astrid für ihre unermüdliche Arbeit und ihr Engagement.

Vielen Dank auch meiner Lektorin Marlena, die versucht hat, das Beste aus meiner Geschichte herauszuholen!

Auch meiner Korrektorin Michaela gilt mein Dank. Vor allem für die witzigen Kommentare, die mir die dröge Korrekturarbeit erleichtern.

Ein ganz großes Danke geht auch ein mein fabelhaftes Blogger-Team! Tausend Dank für euer Engagement, eure unerschöpflichen Ideen und dafür, dass ihr stets ein offenes Ohr für mich habt! Ich freue mich so, euch alle an Bord zu haben!

Und zu guter Letzt geht mein Dank wieder an dich, lieber Leser. Danke, dass du zu diesem Buch gegriffen und gemeinsam mit meinen Helden auf eine Reise gegangen bist. Ich hoffe, ich konnte dich mit meiner Geschichte abholen und deinem Alltag eine Zeit lang entreißen. Ich würde mich sehr freuen, wenn du auch bei meinen anderen Büchern vorbeischaust! Für aktuelle Infos empfehle ich dir meinen Newsletter oder meine Facebook-Seite.

Alles Liebe
Asuka

https://www.facebook.com/AsukaLionera/
http://asuka-lionera.de/wordpress/

PLAYLIST

MEINE PLAYLIST

Ohne bestimmte Reihenfolge

Ellie Goulding – Still falling for you
Yuri on Ice – History Maker
Yuri on Ice – Yuri on Ice Theme
Kimi no na wa – Sparkle
Aimer – Through my Blood
Kabaneri of the Iron Fortress – Ninelie
Kabaneri of the Iron Fortress – WarCry
Final Fantasy XV – Apocalypsis Noctis
Final Fantasy XV – Sorrow without Solace
Your Lie in April – Watashi no uso
Leeandlie – Butter-Fly
Caleb Hyles – Let it go
Guilty Crown – Bios
Pentatonix – Hallelujah
Beauty and the Beast – Evermore
Burnout Syndrome – Fly High!
Diverse Game-, Anime- und Disney-Soundtracks

Du brauchst Lesenachschub und hast Entscheidungsschwierigkeiten, möchtest dich überraschen lassen oder wünschst Empfehlungen? Da können wir helfen!
Wir stellen für dich ganz individuell gepackte Buchpakete zusammen – unsere

Drachenpost

Du wählst, wie groß dein Paket sein soll, wir sorgen für den Rest.

Du sagst uns, welche Bücher du schon hast oder kennst und zu welchem Anlass es sein soll.
Bekommst du es zum Geburtstag #birthday
oder schenkst du es jemandem? #withlove
Belohnst du dich selber damit #mytime
oder hast du dir eine Aufmunterung verdient? #savemyday
Je mehr wir wissen, umso passender können wir dein Drachenmond-Care-Paket schnüren.
Du wirst nicht nur Bücher und Drachenmondstaubglitzer vorfinden, sondern auch Beigaben,
die deine Seele streicheln. Was genau das sein wird, bleibt unser Geheimnis ...

Die Wahrscheinlichkeit ist groß,
dass sich das ein oder andere signierte Exemplar in deiner Box befinden wird. :)

Wir liefern die Box in einer Umverpackung, damit der schöne Karton heil bei dir ankommt und
als Geschenk nicht schon verrät, worum es sich handelt.

Lisan bringt das kleinste Drachenpaket zu dir, wobei *klein* bei Drachen ja relativ ist. € 49,90
Djiwar schleppt dir in ihren Klauen einen seitenstarken Gruß aus der Drachenhöhle bis vor die Tür. € 74,90
Xorjum hütet dein Paket wie seinen persönlichen Schatz und sorgt dafür, dass es heil bei dir ankommt –
und wenn er sich den Weg freibrennt! € 99,90

Der Versand ist innerhalb Deutschlands kostenfrei. :)

Zu bestellen unter www.drachenmond.de